戲曲研究

第一〇八辑

中国艺术研究院戏曲研究所
《戏曲研究》编辑部
编辑

文化藝術出版社
Culture and Art Publishing House

戲曲研究

中文社会科学引文索引CSSCI(2017—2018)来源集刊

编辑部邮箱　xiquyanjiu@sina.com
编辑部电话　010-6493 3087

目录

戏曲研究 第一〇八辑

深度访谈

戏曲文献

戏曲史

少数民族戏曲

岭南戏曲

学术动态

Traditional Chinese Drama Research No. 108

CONTENTS

In Depth Interview

Traditional Drama Literature

Traditional Drama History

Ethnic Minority Opera

Lingnan Traditional Chinese Drama

Academic Events

戲曲研究

在马克思主义指导下进行戏曲研究和创作

——读《郭汉城文集》心得

安　葵

《郭汉城文集》（十卷）即将由北岳文艺出版社出版，笔者读了这部文集，收获很多。郭汉城先生首先是以戏曲理论家为学界所熟知，同时他也是诗人和剧作家，在诗歌和戏曲创作方面都有很高的成就。他的这些著作和作品是在几十年的漫长岁月中写作的，许多文章和作品发表后都曾引起比较强烈的反响，有许多学者呼应、评论、唱和。为了反映历史的真实面貌，文集的后四卷收录了各家的评论以及体现郭先生诗意的书画等。下面我谈一谈自己学习汉城先生著作的初步体会，与大家分享。

一

郭汉城先生1917年出生于浙江萧山的一个贫苦家庭，在艰难的环境中读完小学和职业学校。抗日战争爆发后，他怀着报国之志，辗转来到陕甘宁边区，进入陕北公学学习。在这里，他如饥似渴地学习马克思列宁主义和毛泽东的著作。从学校毕业之后，他便参加了抗战教育和革命文化工作。1943年加入中国共产党。在陕北公学的学习和之后的革命实践中，汉城先生逐步树立起马克思主义的人生观和世界观。这一先进的思想一直是指导汉城先生进行学术研究和创作的巨大力量。

1989年，汉城先生在《述怀》一诗中回忆自己的人生经历，写道："抗日风暴起，吹我如一叶。飘零到北地，狂喜获马列。明珠骤入怀，使我心亮洁。长夜路漫漫，导引如北极。"此后虽经过"文革"等灾难，"初衷岂轻改，天道终有极"，"始悟马列理，成功无径捷"。他坚信："江流石不转，马列势难易。"因此，"老也何足悲，此心长似铁"。汉城先生平生的实践和他的著述充分证明了他诗中所表达的情感。

1951年，汉城先生任察哈尔省人民政府文化局副局长兼察哈尔省文学艺术界联合会主任，开始从事戏曲改革工作，1953年调任华北行政委员会文化局文艺处副处长，1954年，调中国戏曲研究院任研究室副主任，后任戏曲研究所所长。"文化大革命"后，任中国艺术研究院副院长兼戏曲研究所所长、中国戏剧家协会副主席、中国戏曲学会副会长、顾问等职。这半个多世纪的时间里，汉城先生主要精力用于戏曲改革和戏曲艺术事业的组织领导工作，用于戏曲艺术的学术研究，这个过程也是他把马克思主义应用于戏曲改革和戏曲研究的过程。他的戏曲理论研究文章和评论都是在这一实践的过程中产生的。

汉城先生具有诗人的气质。他在小学读书时，所写诗歌就曾得到语文老师的激赏。“文革”期间及之后，积郁胸中的情感化为大量的诗篇。汉城先生对戏曲创作一直有很高的热情，20 世纪 50 年代初，他在张家口工作时就创作有《蝶双飞》《卓文君》等剧本，后来集中精力投身于戏曲改革和理论研究工作，但在对戏曲艺术如何进行推陈出新等理论问题进行探讨的过程中，也常想把思考的结果付诸创作实践。然而由于没有充足的时间，所以他说，想写而没有写的不少。现在收在《文集》中的剧作多是 20 世纪 80 年代以后创作和修改的。汉城先生这三方面的著作是互相紧密联系的，这些著作都是在马克思主义思想指导下，以诗人的情感进行写作的。“文章合为时而著，歌诗合为事而作。”（白居易《与元九书》）汉城先生既关注戏曲和文化事业，也关注国家和人民的命运与世界大事，这种思想情感在不同的环境下，或通过文章，或通过诗歌，或通过剧本表现出来。因此通过这些著作的整体可以看到一位努力学习和践行马克思主义的学者，一位对祖国、对人民无限热爱，对民族艺术无比赤诚的戏剧诗人的形象。

二

收在《文集》第一卷的是汉城先生论述戏曲方针政策的文章。正确地阐述党的戏曲方针政策以推动戏曲改革顺利进行是汉城先生在理论上的重要贡献。1949 年后，如何对待民族文化遗产，是一个新的并且是必须解决的重要问题。解决这一问题，国际上无成功的先例可循。20 世纪五六十年代的戏曲改革是中国共产党努力实现马克思主义中国化在文化领域的一场伟大的实践，它从中国的历史文化和现状出发，理论与实践紧密结合，制订了一系列的方针政策：“二为”方向，“双百”方针，推陈出新，古为今用，洋为中用，以及剧目方面的“三并举”，在党的领导下有计划有步骤地进行戏曲改革。但是政策的执行需要理论的支撑。在戏曲改革的过程中，需要对各种类型的剧目做出分析判断，许多具体的问题需要从理论上予以解答。推陈出新——何者为陈，何者为新，如何推陈，如何出新？再如如何对待传统道德问题，民间小戏有无思想意义，清官戏是否有人民性，史与剧的关系问题，现代戏创作如何戏曲化的问题，等等，人们都有不同的看法。这些问题不解决，戏曲改革就不能顺利进行。对戏曲改革这样一件前无古人的事业，人们必然要有一个认识过程，而一些违背艺术规律的"左"的思想常常对"戏改"造成严重干扰。汉城先生与许多前辈戏剧家一起，坚持马克思主义实事求是的原则精神，认真学习传统，深入实际进行调查研究，及时地总结了推陈出新的成就和经验，论述了各类剧目所具有的教育意义和文化价值，在理论上阐述了戏曲改革的正确道路。

传统剧目产生于封建社会，因此在许多剧目中民主性精华与封建性糟粕常常混杂在一起，如忠孝节义等语言，不同阶级的人都在用。张庚先生著文指出，对此类剧目必须仔细辨别，不能因为剧中人物用了此类词语就对其否定。他说，传统道德也具有人民性的一面。为此他受到了集中的批判。这件事本身也说明，戏曲改革经过了艰难复杂的认识过程。汉城先生写了《道德、人民性及其他》一文进行辨析，在理论上做了进一步的廓清。他指出，今天研究传统剧目和古代的道德观念不能简单化，"必须站在无产阶级的立场上，用辩证唯物论和历史唯物论的观点进行分析考察各种历史和社会的情况，才能得出科学的结论"。其他还有很多文章也都是在论争中撰写的。今天重读这些文章，我们深深感到汉城老师勇于坚持真理的精神和实事求是的学风。

"四人帮"的倒行逆施造成了民族文化的巨大灾难。打倒"四人帮"之后，拨乱反正，党的正确的方针政策逐步恢复，但是随着改革开放和市场经济的发展，人们对传统戏曲的价值、"戏改"的功过和"文革"前党的戏曲方针政策又有不同的认识。有人认为传统戏曲仍是传播封建思想的"渠道"，"五四"时期的任务还没有完成；有人则认为“戏改”一无是处，戏曲根本不需要改革，等等。汉城先生认真思考和总结历史经验教训，他列举历史事实论述党的戏曲方针政策是正确的，是马克思主义思想与我国民族文化、传统戏曲的实际相结合的胜利；同时也指出，过去在执行政策中间也有很多失误、很多干扰，有时候还是很严重的，对此要做实事求是的分析。在人们惊呼戏曲出现了“危机”的情况下，汉城先生坚定地指出，戏曲不会消亡，因为它深深地植根于人民中间。在困难的时候要看到成绩，看到光明。他指出，改革开放以来，出现了许多优秀作品，剧目质量有新的提高，特别是现代戏创作发展很快，许多作品证明现代戏创作已“趋于成熟”。同时他指出：“戏曲改革任务的完成，并不意味着戏曲现代化的实现。”“当前我们面临着改革开放的新时期，我们的工作必须‘与时俱进’，不然又会出现第二个与时代变化不相适应的问题。”因此他提出今天仍然要有忧患意识，要树立戏曲建设的思想，要加强人才建设、剧目建设、理论建设和民间职业剧团建设，实现民族文化向社会主义先进文化的发展（《戏曲现代化要与时俱进》）。他反对对戏曲和民族文化采取“生死由之”的消极态度，积极支持戏曲研究所和其他单位举办编剧、导演、演员培训班等积极的措施。他与张庚先生一起，向领导提出建议，希望召开新的戏曲工作会议，制订如“五五指示”那样的政策文件。他提出戏曲教育应有正确的布局。汉城先生的这些观点体现了他对民族文化具有充分的自信，尽管现在已是百岁高龄，但他对马克思主义、对党的方针政策的学习依然十分认真，并努力与戏曲艺术的实际相结合，在对习近平新时代中国特色社会主义思想的学习过程中，不断提出许多切合实际的新的见解。

三

在戏曲改革和剧目评论的实践中，汉城先生对戏曲理论的发展做出了卓越的贡献，其核心是对戏曲人民性的论述。20 世纪五六十年代，汉城先生与张庚先生等老一辈戏剧家运用“人民性”“现实主义”等理论论述中国戏曲的价值。我曾经有一个误解，觉得他们是借用外国的理论来保护传统戏曲。经过重新深入学习，我认识到，人民性不是外来的，它是中国戏曲固有的属性。中国戏曲是人民创造的，它体现了人民的思想感情和愿望，因此能够生生不息。汉城先生对人民性问题作出了精辟的论述，并且随着时代的发展，对人民性的内涵不断作出新的阐释。他认为，戏曲创作与人民的思想和审美趣味相合，就蓬勃发展，违背了人民的愿望和审美要求，戏曲就要衰败。因此人民性既是创作的标准，也是评价的标准。在《道德·人民性及其他》《关于人民性问题》等文章和《中国戏曲通论》中关于人民性的一章中，他对人民性问题做了翔实的历史考察和辩证的论述。他指出：“文学艺术的人民性，就是指文学艺术与人民的精神联系。”“文学艺术的人民性的内涵的广阔性和丰富性，还在于它是一个历史的发展的概念。”“包含在文学艺术之内各种作品的人民性，也是多层次、多方面、有极其丰富的历史社会内容的。”（《中国戏曲通论》第二章“中国戏曲的人民性”）“人民这个概念既然包含着这样复杂的历史内容和阶级内容，那么，作为反映人民的思想、感情、愿望、要求的文学艺术的人民性，必然具有丰富的历史内容和阶级内容。它不是一种抽象的概念，更不是某种永恒的道德，或人类共同本质的表现。所以，我们讲文学艺术人民性的时候，就必须坚持历史主义的观点和阶级分析的方法。”（《关于人民性问题》）

汉城先生认为，人民性是一个历史的概念，它要随着时代的发展而发展。今天的人民性与古代的人民性有联系又有不同。他不断地思考这一问题，在《中国戏曲通论》中指出：“社会主义时代的戏曲，是一个庞大的剧目系统。在这个系统中，包括现代戏、历史戏和经过整理、改编的传统戏三类剧目。这三类剧目存在于一个剧目大系之中，既有共同性，又有差异性。它们的共同性在于都具有人民性；但它们的人民性又有历史发展层次的不同，所以又存在差异性。”（《中国戏曲通论》第二章“中国戏曲的人民性”）进入新时代，戏曲的人民性有怎样的新的表现？汉城先生说：“社会主义社会里文学艺术的‘人民性’，应该比历史上任何一个时代更丰富多彩、多姿多样”，“多种多样‘人民性’要受具有中国特色的社会主义体系核心价值观所统率，这就是社会主义时代文学艺术‘人民性’的特色。”（《关于人民性问题的补充说明》）

四

与人民性紧密联系的是艺术的民族性和现代性问题。汉城先生认为，人民性越发展，各民族不同的艺术特点就突显出来。中国戏曲与外国戏剧的区别主要是在美学特点上。

一般认为，中国戏曲美学研究起步较晚，实际上汉城先生很早就关注到中国戏曲美学特点问题，这主要表现在他对中国的悲剧、喜剧和悲喜剧的论述上。

悲剧、喜剧是西方戏剧美学的重要范畴。王国维先生最先引进了这一美学概念，但他没有来得及对中西悲剧喜剧观念的不同进行深入的比较。后来很多论者以西方的悲剧喜剧观念为标准否定中国戏曲的价值。有的认为中国没有真正的悲剧和喜剧。这一问题不廓清，就不能对中国戏曲做出全面正确的评估。早在 20 世纪五六十年代，汉城先生在对莆仙戏《团圆之后》和一些民间小戏的评论文章中就指出：中国喜剧有其自身的特点而为群众所喜爱；而悲剧也是各种各样的，不能用西方的标准否定中国具有悲剧性的作品。此外，在西方的美学观念中，悲喜剧与正剧混淆在一起，被认为没有多大价值；汉城先生最早在评《薛刚反朝》的文章中提出悲喜剧的观念，指出中国的悲喜剧具有不同于西方戏剧的特点和价值。“悲喜剧是一种独特的风格，独特的形式，表现着人们独特的美学理想。”20 世纪 80 年代悲剧、喜剧问题成为学术研究的一个热点，王季思先生主编了《中国十大古典悲剧集》《中国十大古典喜剧集》，汉城先生主编了《中国十大古典悲喜剧集》，将《牡丹亭》等不能列入悲剧也不能列入喜剧的经典作品收入其中，推动了戏曲美学研究的发展。

在当代戏曲创作实践中，剧作家、艺术家对于中国悲剧、喜剧、悲喜剧的发展突破做出很多新的探索，汉城先生对此很关注，并及时给予理论上的总结。比如湘剧《琵琶记》的改编，汉城先生说："正明同志在整体构思、立意、布局、取舍、剪裁等方面做了周密的思考，特别在处理结尾上，既保留了'大团圆'的形式，同时又赋予这种形式以沉重、深刻的悲剧内涵，用实践解决了一个戏曲界争论不休的'老大难'问题。"（《范舟湘剧高腔剧作选·序》）再如昆曲《张协状元》，汉城先生说："在看戏过程中，我不断被一个念头困扰着：按张协的负心行为（不仅是负心，而且是刺杀），贫女同他团圆是不可能的。但这是一个喜剧，不团圆又如何结局？正面解决这个团圆或不团圆都不合适。我担心的是，处理不当会使前面的好戏黯然失色，或悖于情理，或扭曲风格，那就太可惜了！可是编导者却出乎我意外，正在大家都劝贫女与张协团圆、贫女表示拒绝的当儿，一条结婚红布把二人捆在一起，贫女仍斜侧身子离开张协，脸上浮现一种尴尬而又痛苦的感情。看到这里我心上的一块大石砰然落地。这个结尾看似简单，内蕴却十分丰富。它告诉我们，在封建社会里，妇女们善良的意志与命运是背离的，它像一面镜子照出了这种不合理的社会的畸形状态。这种带有象征意味的荒诞的手法，运用在讽刺喜剧中很协调，如果运用到严肃戏剧中去，是不合适的。我国古代许多伟大作家的作品中，其真实描写生活与世界观的矛盾往往在结尾中集中暴露出来，所以也是今人改编的一个最棘手的问题，《张协状元》是一个创造，是一个很好的推陈出新。"（《张协状元评论集·序》）

在对具体作品的评论中，汉城先生对中国戏曲美学的其他特点也常有深入的发挥。如他在为《周长赋剧作选》（一）写的序中说："古人论文，常言及'气'字，所谓文以气为主，故有文人养气一说。纵览长赋剧作，会感觉有郁勃之气浮动于字里行间。何为气？古人解释语多含混，其实也无须深究，中国文化更注重直觉。应该说有感而发，作品中情感饱满，思想内容充实，气则生焉。”

汉城先生这些理论与实践紧密结合的论述，推进了中国戏曲美学的研究。

习近平总书记提出，要用历史的、人民的、艺术的、美学的观点来评判和鉴赏作品。中西美学有很多不同，我们只有懂得中国美学特点，才能深入理解作品的意蕴并引导戏曲创作沿着人民喜闻乐见的方向发展。

五

汉城先生重视戏剧评论，从 20 世纪 50 年代到改革开放之后，他写下了大量的戏剧评论，这些文章都具有很高的学术含量并产生了积极的影响。第一，如前所说，他的评论能够从美学的高度指出作品的价值，通过总结创作经验推动戏曲理论建设。第二，对于一些内容丰富、复杂和有争议的作品，他能以历史的、人民的、艺术的、美学的观点进行细致的分析，起到解放思想、拓宽创作思路的作用。第三，他对探索性作品和新人新作给予热情的鼓励，帮助作者分析创作中的得失，使戏曲创作沿着健康的道路前进。

中国的戏曲评论，自古以来就不是冷漠的“他者”的评论，评论家和剧作家是朋友，评论家对作品既要能入乎其内，体察作者的心声，又要能出乎其外，给予整体的评价。戏曲是剧诗，剧作家须是诗人，评论家也须是诗人，没有诗情、诗心之人是不能成为好的评论家的。汉城先生继承了中国戏曲评论的优良传统，他是剧作家、艺术家的朋友，又是诗人，因此他的评论多从艺术感受出发，并能切中肯綮，读来使人心悦诚服。从他 20 世纪五六十年代对《团圆之后》《斩经堂》《妇女代表》等作品的评论，到改革开放后对《八品官》《巴山秀才》《皮九辣子》等作品的评论，以及他为许多剧作家的书所写的序言中，都可以看到评论家睿智的头脑和炽热的心肠。

六

汉城先生既有坚定的理想信念和清晰的艺术观念，又有丰富细致的情感。这在他的诗词作品中是直接地表现出来的。他自谦地认为自己的诗词只是“大时代的一点小浪花”，因此名之曰“淡渍”，但我们读他的诗词，感到这是时代的强音。祖国的山川风物，历史人物的胜迹，都常常引起他充沛的诗情。登山则情满于山，观海则意溢于海。他的诗中常有雄奇的意象：“大海奇哉，奔腾恣肆，无边无际。”（《永遇乐·对海》）“万浪奔腾壶口入，仰天大笑出河津。”（《壶口》）有些诗词，豪放兼有婉约，“江山乍冷不萧条，倍情豪，更妖娆，谁泼青山，片片火般娇。（《江城子·香山红叶》）”（此词有张庚先生书法，堪称双璧）他仰慕先贤，更热爱美好的今天，在岳阳楼下：“我对范公长揖拜，前人忧乐后人归。”（《洞庭吟》）祭拜汤显祖，想到：“有情世界终须到，花任芳菲鸟任鸣。”（《在汤显祖墓前》）对国际上的一些败类的丑行，汉城先生也写有多首犀利的讽刺诗。

以真挚深厚的感情歌颂党、歌颂社会主义事业，是汉城先生的诗歌中的重要部分。如《咏花四首》，前三首写于改革开放初期，他通过咏玉兰、咏菊，表达了对改革开放的欣喜之情，“十八大”之后，又写了《咏兰》：“襟怀一幅涧边开，随想清荷仰听雷”。他在诗序中说：“十八大坚持走中国特色社会主义道路，发扬民主，反腐倡廉、清除浮华不实之风，全国全党，人心大振。余衰迈，久无诗。略改旧作《咏兰》，缀成咏花四律，略表欣喜雀跃之情，奋发蹈励之志。”

还有一些诗记述了他与各地戏曲工作者的友情。这些人中，有的是老朋友，如冯纪汉，从陕北公学同学，在革命的道路上一路走来，结下深厚友谊。“文革”期间，汉城先生在干校劳动，也常思念老友，

“思君一夜眠难得”，在得知冯纪汉被“四人帮”迫害而死时悲痛欲绝，“泪洒人间多少恨，忠魂铁骨哭沉埋”。有的是因戏曲工作而相识，因共同的理想志愿而结成友谊，而结成友谊之后就是一种心灵的相通，而不只是在工作的层面了。如湖北的管纵，病重临终前给汉城先生写信，未写完而逝。汉城先生读到这未竟之信，写诗五首，“迟来书信未修成，历历心胸笑语亲。望断江天云水处，数行清泪答生平。”“今生缘会今生好，未悔他生不可寻。梦里犹堪同携手，江花江草细点评。”此情多么感人！

在1952年第一届全国戏曲观摩演出大会上，汉城先生看到许多优秀演员的精彩表演，使他爱上了戏曲艺术，并对这些演员产生了钦佩之情。如湘剧演员彭俐侬演出的《琵琶记·描容上路》，“那有韵味的嗓音，优美的身段，细微的表情，解开了一个普通妇女复杂、深邃、善良的心灵，使我受到强烈的震惊，原来戏曲中竟有这样的珍品！”“我这一生愿意为戏曲事业献身，与戏曲结下不解之缘，这是一个重要的契机和转折。至今想起，我还要衷心感谢彭俐侬同志等优秀表演艺术家。”（《湘剧〈琵琶记〉序》）

有的演员原来并不相识，但被演员扮演的剧中的人物感动，也便对演员产生真挚之情。如他看了周云娟在《巧凤》一剧中扮演的乡村教师，深为感动，“我与云娟此时识，握手相看泪尚湿”。

汉城先生给各地的戏曲工作者朋友写过很多信，大多已难以找到了，感谢湖南的范正明先生，他保存了汉城先生给他的数十封信，从这些信中，不仅可以看到汉城先生对各地朋友们创作的作品所倾注的心血，而且可以看到他对志同道合的朋友们友谊之深之纯。各地的戏曲工作者都把汉城先生看做良师益友。浙江的剧作家钱法成在诗中写道：“说理精微开妙境，课徒和煦送阳春。”

七

汉城先生的剧作是他理论思考与诗情结合的产物。这些题材他曾长期关注。汉城先生的剧本创作首先是考虑到这一题材的现实意义，他为故事和人物所蕴含的丰富的人民性所吸引，同时想解决传统剧目中思想上和艺术上存在的矛盾。他喜爱剧中鲜活的人物形象和演员精湛的表演，期望作品达到更高的境界。因此这些作品是作者情与理紧密交融而产生的。如《海陆缘》，开始是喜爱这优美的神话，经过几十年的思考，最后把主题升华为海陆结缘，天人合一。这与我们今天所提倡的绿色发展理念是很相合的。《青萍剑》的创作是作者长期孕育的思想观念与一个有丰富内涵的故事的“遇合”。解放战争时期现实生活使作者深感“不要丧失战争警惕”的思想的重要，为了体现这一主题，作者曾想写中山狼等题材；后来“遇到”了《青萍剑》的故事，被它的美丽的爱情和如诗如画的情景所吸引，而“不要丧失战争警惕”的经验教训自然蕴含其中，于是两者就有机地结合了。

传统剧目的改编不是一朝一夕就可完成的。汉城先生看到汉剧《合银牌》，很欣赏演员的表演，汉剧的改编对传统剧目已做了推陈出新的工作和艺术上的丰富，但感到改编尚未到位，于是继续进行再创造，他改编的剧本，增强了对底层人物的同情和对具有较深封建道德观念的韩弘道的批判。

汉城先生对《琵琶记》也是长期关注的，他对湘剧作家范正明和湘剧优秀演员彭俐侬创作演出的《琵琶记》很赞赏，同时对剧中人物也有自己的理解。在他与谭志湘合作改编的昆曲《琵琶记》中，既吸取了地方戏改编的积极精神，对赵五娘、牛小姐、张大公等人物的内心又做了新的开掘，在创作中努力对中国悲剧的特点进行弘扬和发展。

汉城先生喜欢目连戏的生活气息和其闪烁的民间的乐观主义精神，同时又认为，剧中对刘青提的“罚”，是外来佛教思想与中国封建专制思想结合的结果，因此产生了改编目连戏、为刘青提翻案的冲动。他改编的作品对刘青提充满同情，闪烁着人性的光亮。

因为有深厚的文化修养和理论素养，所以汉城先生的作品都具有很高的学术含量；也因为他自己有创作实践，所以进行批评时，能设身处地地理解创作的甘苦，而不发空洞的议论。理论与实践的紧密结合，构成了汉城先生创作与学术的整体形象。

汉城先生从战争年代走来，与人民共和国一起成长，他毕生努力使自己的作品和著述能够为人民、为社会主义时代服务，直到百岁高龄也没有停止追求真理、探寻艺术真谛的脚步。汉城先生最近在与笔者的一次谈话中充满豪情地说：我们已经进入有中国特色的社会主义新时代，要实现中华民族伟大复兴的中国梦，对中国戏曲的规律性问题要更加深入地研究，使之适应新的时代的需要。生活在变，戏曲也必须要变。我们要很好地继承历史文化遗产，同时还要有新的创造。要加强现代戏的创作和研究。我们的时代要出高峰，高峰是一个时代的代表性作品，高峰总是在变革的时代出现的。我们要为此做出不懈的努力。

汉城先生一直重视戏曲理论队伍的建设和人才的培养，他在与张庚先生共同主持《中国戏曲通史》《中国戏曲通论》等集体项目的编撰过程中，既培养了本单位的骨干研究力量，也团结带动了全国各地研究工作的开展。以张庚、郭汉城为领军人物的学术集体被人们称为“前海学派”。2011 年，汉城先生获得中国艺术研究院设立的“中华艺文奖”，随后，汉城先生就提出用他获得的奖金资助出版“前海戏曲研究丛书”，以使“前海学派”理论联系实际的学风得以发扬广大。

我对汉城老师的著述和作品学习得不够，理解得不深，敬请大家批评指正。

（安葵　中国艺术研究院研究员）

“尚长荣三部曲”带来无尽思考

——且说个人化艺术创造的价值

汪人元

一

以《曹操与杨修》为代表的“尚长荣三部曲”（以下简称“三部曲”），以及以这几部作品为代表的上海京剧院（以下简称“上京”）的卓越成就，显示了改革开放 40 年来其在京剧乃至整个戏曲创作发展中居于全国突出的领军和标杆地位。其中《曹操与杨修》更以其标志性的成就显示了它作为新时期以来戏曲创作里程碑的价值。

“三部曲”自“曹杨”首演面世至今已有30年了，其间评论、研讨、访谈无数，尤其对“曹杨”写专文进行研究的数量之高，恐怕已成为当代戏曲新剧目所获待遇之最。然而，30年后今天的研讨会仍然给人以谈不尽的话题之感，如同陈酿，历久而弥香，可以引发太多的思考。

比如从上京创作“曹杨”的经验总结，会让我们思考当时处于同一个历史发展时期比上京更有钱、也更有人的地方却为什么并没有出这么多的好戏，而其后几十年来我们却未能再度出现“曹杨”这样作品的原因；又如“曹杨”创作中的强强联合、人才济济所能达到的艺术高度，会让我们思考当前各级戏曲院团创作实力参差不齐、甚至落差极大的现实条件下，戏曲发展中创作与演出到底哪个更为重要、工作怎样合理布局为妥；再如“曹杨”创作中以尚长荣为代表的艺术群体深厚的传统积累对于艺术创新的贡献，会让我们思考今天的艺术创造力、特别是创造性转化和创新性发展的能力因为缺乏深厚传统支撑而呈现弱化的情况下，该如何重视和强化戏曲传统继承的工作；还如从“三部曲”传承版研习班的成功举办，也让我们思考当前戏曲生态中是否应该形成对优秀作品自然的或是积极的合理传播与共享，并克服对剧目原创的盲目崇拜、克服轻视移植、更蔑视搬演的问题，让创作与演出更直接地面向民众的需求……

但在这里，我还是特别想谈谈对作品价值的再认识，我总觉得，我们对“曹杨”价值的认识还没有完全透彻。好作品的“好”究竟在哪里？“文革”以后数十年来好戏也不可谓不多，但我最欣赏的剧目还是京剧《曹操与杨修》，如果要再往下数，以个人的眼光与偏好，就会是梨园戏《董生与李氏》。这是两个在许多方面完全不同的作品，它们的不同这里暂且不做分析，但我想说的是，它们都以殊途同归的方式体现了戏曲优秀作品的基本特征：剧本与表演两方面都精彩。这很能说明问题，就是剧本作为一剧之本，它是决定戏剧作品内涵的根基和前提。但戏曲是以歌舞演故事的，因此歌舞表演实为戏曲之体。

一剧之本的“魂”最终还是要附到戏曲之“体”上来，剧本和表演正是戏曲艺术最重要的两端。这当然绝不是说，在戏曲中导演、作曲、舞美设计不重要，而是说那一切演出之前极其重要、完整而精彩的艺术创造，最后都将在剧院舞台方寸所营构的戏剧空间中通过演员的表演表现出来，而且，这些设计与创作还应该注意同表演紧密地结合起来。

现在对“曹杨”的价值认定，似乎更多还是着眼于它的文学与思想的深刻内涵之上，这当然是有着很充分的道理的。但也必须看到，这也是很不完整并且很不恰当的。尚长荣先生的表演艺术成就在该剧中的重大意义，我们还并没有认识深透。而这个重大意义恐怕就在于，一方面是他精湛而饱满的表演创造支撑起了这个戏作为“京剧能够表现现代文化精神的有力例证”（龚和德语）；另一方面则是他精湛的表演创造突出体现了京剧表演艺术的重要发展，特别是彰显了个人化艺术创造的价值。而我则格外看重这后者，即个人化艺术创造的价值。

二

之所以要特别强调这样一个问题，是出于对近一个世纪以来戏曲从“看人不看戏”到“看戏不看人”这个变化趋势的反思。对此需要稍加一点展开。

所谓“看人不看戏”是指并不在意戏是否完整，只注重看演员，看演员身上的玩意儿；而“看戏不看人”则是指以戏为本，注重剧本及戏剧的完整性，不突出演员。在我看来，若论理想的戏曲艺术，只看人或只看戏都是不完整的。只看演员身上的玩意儿，而丢掉了戏剧表现生活的价值或者不具备戏剧艺术自身的完整性，这种“跛足”既不合潮流也不合规律；而只看戏，只讲究对戏剧内容的表达、对人物的刻画，而丧失了对表演艺术的独立审美价值追求，以及对演员个人魅力的肯定，同样也是戏曲艺术的重大损失和对传统的背离。

戏曲艺术的一个重要传统与特点就在于不仅要演“戏”（表现戏剧的情节与人物），而且还要演“艺”（展示娱人耳目的戏曲技艺，提供愉悦心灵的表演创造），而且这个后者恰恰是戏曲最有价值的、把对世界和人生的认知和感悟诉诸情感的独特表达。正如张庚先生所说，“戏曲艺术的特点基本上是从戏曲表演艺术的特点产生出来的”①，戏曲表演特质是一个根基性的特点，也形成了自己深厚的、重要的传统。而从戏曲审美角度来说，戏曲观众从来也都是既要看演员如何表现戏剧、刻画人物，也要看演员自身的功夫与素质所构成的独特魅力。上述特点是同戏曲以歌舞演故事的基本特征紧密关联着的，而且逐渐形成了自己在创作与观赏两个方面的独特传统。所以，精彩的戏曲剧目一定不能仅从平面的文学阅读就获得完整的甚至是基本的感受（我们知道，同样的一个《曹操与杨修》剧本，在上京演出之前，曾经已由其他剧种搬上过舞台却效果远不如京剧演出，这就是个最好的例证），而必须从立体的表演中方可得到充分的领略。进一步说，它还导致了历史上同一个剧目，在杰出艺术家与平庸者的不同表演中所形成的落差之大，几乎达到难以想象的地步。这里文本的作用，演员在此基础上所做的创造性转化、表演技艺纵情挥洒的巨大空间，乃至最终竟然能变化、发展出同一剧目的不同版本和不同流派的演出形态，这种情况，颇像明代戏曲理论家王骥德所说的曲谱与演唱关系那样：“乐之框格在曲，而色泽在唱。”② 也就是说，同一首曲谱、同一个唱段，不同的演员完全会唱出千差万别的质地和光彩来，此话固然道出了观念的放达和宽松，对表演艺术极尽才华和意趣追求的推动，但也更揭示出千百年来戏曲表演独特的重要地位及其魅力。

---

① 张庚《漫谈戏曲的表演体系问题》，载《张庚文录》（四），湖南文艺出版社 2003 年版，第 221 页。

② 王骥德《曲律》，载《中国古典戏曲论著集成》（四），中国戏剧出版社 1959 年版，第 114 页。

“五四”新文化运动以来，文化启蒙意识日渐清晰，对戏曲的文学性及思想内涵的追求成了戏曲发展新的动力，这为传统戏曲走进现代带来了重大的进步。然而，在有力提升戏曲文学地位及其水平，克服以往“看人不看戏”不良倾向的同时，却又把“看戏不看人”当作了现代戏曲的追求目标，这就在不知不觉中走向了戏曲表演核心地位逐渐丧失的道路。

这是一个在戏曲现代化进程中本不该发生，却在各种合理的要求下潜默地形成、缓慢地推进的过程。比如当我们积极推行戏曲创作专业化分工之时，一方面是有力地提高了戏曲创作专业水准，另一方面却并未在意演员创作能力不断的退化（当然也与我们戏曲教育中存在的问题相关），更严重的是日渐缺乏创作能力的演员常常在一台新戏的创作中仅仅成为了编导、作曲创作设计的执行者与复述者，而完全不是一个表演艺术的创造者；再比如在倡导现实主义创作思想中，却有形而上学地以“一切要从生活出发”为由，用形式主义的帽子来否定表演程式，要求演员“生活”在角色中，克服所谓的“表演”痕迹，甚至要求演员化身为角色，用写实戏剧的标准来改造和消融戏曲表演的现象；还比如在要求准确刻画人物的同时，却无视戏曲基本的程式性特征而只讲个性不讲共性，只看角色不看演员，只讲表现戏剧而不讲演员的艺术特色与魅力，这种情况发展到“文革”中的极致状态下，演员仅仅成为体现角色且为绝对服从角色的工具，以至“样板戏”的主角常常一换再换，甚至荒唐到了成功扮演某戏、某角色之后不许再演其他角色，以保证角色所谓“个性形象”的唯一性……凡此种种都极大伤害了戏曲表演艺术。所以，多少年来戏曲表演艺术的不断衰退和步步萎缩，固然与我们不同时期曾经发生过对传统的种种背离而当下对传统抢救尚不够充分有关，但实在也与长期以来我们在观念上还存在着问题，使演员个人化艺术创造受到扼制，从而能力退化密切关联。

今天戏曲演员创造力的大幅度退化，最典型的现象就是他们大多已经无法与前辈杰出艺术家的创腔能力相比，甚至到了作曲家完成创作之后演员因为不识谱而必须跟着录音模仿、学唱的地步，这哪里还谈得上独特的艺术创造、艺术个性的发挥、个人风格和魅力的形成？更不可能出现流派。在以表演为中心的舞台艺术中，自成体系的戏曲表演具有自身强烈而鲜明的特征，“诸如完整成套的基本功法，贯融的歌舞形态，鲜明的节奏特点，程式化的表演方式，行当的角色分工，流派的表演风格，兼容体验与表现的追求，结合程式技术的独特体验方式等等”[①]，这正是赋予整个戏曲演出个性风采和艺术本体特质的关键。但在今天新剧目的创作中，本该占据重要地位的戏曲表演艺术创造却常常是被匆匆忙忙的“拉戏”所替代。弄得不好，如果在不懂得戏曲表演的导演手中，排戏只知靠情节的曲折和紧张来抓人，却不擅长于充分发挥戏曲表演的本体魅力，更缺乏对表演艺术独立审美价值的追求与积累，甚至更加依赖越来越多的舞台物质条件来为演出增色，却反而在不经意中压抑着表演，这都是我们本应该避免、却又是很常见的不良现象。正因如此，我们便格外应该高度重视尚长荣先生在“三部曲”以及与之相伴的一系列剧目中表演艺术创造的卓越成就，特别是其个人化艺术创造的重要意义。

三

30 年前“曹杨”的创作经过，在陈云发《新的求索》[②] 一文中有着较为细微和生动的描写，看了让人深感其中的艰辛与繁难。但是，尚长荣先生在这出戏的艺术创造方面究竟下了多少工夫？是怎么下功夫的？首演之后演至今日，并且在不断反刍、教授后学中又继续下了

---

① 参见拙作《张庚与中国戏曲表演体系研究：纪念张庚先生诞辰百年》，《艺术百家》2012 年第 1 期。

② 陈云发《新的求索》，载龚和德、黎中城主编《京剧〈曹操与杨修〉创作评论集》，上海文化出版社 2005 年版，第 112～133 页。

多少工夫？实在太值得上京做一个专题的深入研究，太不可小看了其中表演艺术的创造价值。在“曹杨”这出戏中，实有着超乎寻常、十分繁重的唱、念、做、舞，其中一字一腔、一招一式无不经过苦思苦练而成。此戏的唱腔，是西皮、二黄各半，还多有突破，更尝试了花脸行历史上从未有过的大段【反二黄慢板】，极大丰富了京剧花脸的唱腔；该剧的念白，也被精心创造出了丰富的形态与色彩：以吟诵式的念白来表现曹操的诗人气质，又以恳切式的念白来刻画曹操求贤若渴的真诚，再以威重型的念白去描绘曹操顿起杀心和盛怒之中的磅礴威势……；剧中的表演，则有着更多的绝妙：如得知错杀孔闻岱时的惊悔，在被杨修逼问时的不堪，又绝不肯认错时那种底气不足的固守；不得不杀倩娘时的痛苦、隐忍和悲壮；杀杨修前刑台对白那种如对谈、又似交锋，欲交心、却又深藏的大开大合，都让人看得过瘾，又深深折服，分明把剧本所提供却并未能够尽言的人物心理、性格、气质、情感都酣畅淋漓且又富于形式感地表现了出来。至于剧中那些倍受人们称道、极富表现力的各种笑声，如初会杨修时的爽朗之笑、一拍即合顿觉会心的喷笑、见孔闻岱之冷笑、杀孔时的阴森之笑、马行三十里的豪放长笑、杀杨修时五味俱全的由笑而泣等等，这些堪称一绝的表演形式，都是尚长荣先生当年在京剧院宿舍里抱着录音机如痴如醉地反复尝试、苦练出来的。但是更重要的还在于，他在塑造了“为人性的卑微所深深束缚、缠绕着的历史伟人”① 曹操的全新艺术形象的同时，构建起了一个超越铜锤、架子两门抱的全能型、性格化新净行艺术，并把这种追求与实践贯通在了“三部曲”在内的其后所有演出中。这就充分说明，他绝不是仅仅着眼并且满足于一两个好作品的创排，而是在推动京剧艺术向前发展的总体实践中，更加追求自己完全个人化的艺术创造。在确保剧目创作的成功、体现角色的光辉

---

① 尚长荣《一个演员的思索》，载龚和德、黎中城主编《京剧〈曹操与杨修〉创作评论集》，第111页。

同时，也让这种融入了个体生命意识的演员个人魅力能够吸引和征服当下观众，并形成有效积累，从而注入戏曲传统的长河之中。

为什么要一再强调这种个人化的艺术创造，而不说个性化创造呢？这是因为此二者并不可以简单混同。在戏曲舞台表演中，个性化创造主要是针对并且体现于角色的；个人化创造则主要是充分开掘演员自身生理与艺术素质之后对演员成就及其价值的体现。比如技巧形式在为戏剧服务、为人物服务时，用得准，用得符合角色，这就是个性化的艺术创造；但同时又能充分体现演员个性魅力的，便又带来了另一种价值，另一种审美享受，具有另一种不可取代的独特性，这便是个人化的艺术创造。这是两种不同的艺术创造，并存于戏曲传统之中。

前面说到戏曲表演的传统从来都是既讲准确刻画人物也讲演员个人魅力体现的，比如同为小生，但对柳梦梅、潘必正、张生的表演语汇的选择运用以及人物的刻画会有相当精致、明确的区分，但这又丝毫并不遮掩、更不否定扮演巾生的那个演员个人特色及其魅力。所以表演语汇用得准确，达到一种精彩，是一种高度；体现了个人魅力，也达到一种精彩，又是另一种高度。这二者并不是一回事，不应该被粗放地混淆，更不可以用前者的要求来否定后者的合理存在。

进一步说，追求刻画人物“这一个”的准确、显示“这一个”人物的精彩时，在戏曲里也并不是唯一的。正像不同剧种来演贾宝玉会有各种解释和表达方式一样，在同一个剧种的不同流派演出中，对同一个剧目、同一个角色的呈现也是各有特色与光彩，甚至难分伯仲。所以，个性化的标准，绝不是唯一的。这也就告诉我们，所有的个性化创造也都是由每位艺术家充分发挥了个人才智以后所形成的结果，是艺术家个体内功、外力充分发挥所致，个性化创造是涵盖在个人化创造之内的，它只是个人化创造中那个将目标对准角色个性刻画与表达的部分，但它也难免依然会带有一定的个人特点，所以从根本上来说，戏曲表演艺术的发展，就必须充分尊重和发挥演员个人化艺术创造的天性及其价值，个人化创造正是戏曲表演艺术发展的一种根本性拓展方式。而“看戏不看人”的观念，只讲角色不讲演员的追求，都必然形成对戏曲表演艺术发展的扼制和对戏曲传统的背离。

四

表演艺术个人化创造的核心，是个体生命意识的觉醒与自觉。每一位演员都不是也不可能是对前辈的原样复制，当然也不应该成为对他人的模仿，而应当是在本领域“知己知彼”的前提下，通过“扬长避短”和“扬长补短”之后以个人潜质的极致发挥和彰显来形成对艺术发展的独特贡献。因此个人化艺术创造需要有更多的自觉意识，当自己在舞台上塑造一个又一个不同的角色时，既积极追求贴近人物，努力表现出人物的精彩，又懂得并不丧失自我，不会在一个个的角色扮演中遮掩、消融演员自己的个人魅力。更进一步说，还要能够有意识地不断建构起真正属于个体艺术系统的、结构性的成果。这种系统的个人化表演艺术创造，自然具有异于前辈及他人的“个性”特色，但又因其系统化之后而必然带着在自己所有剧目演出中皆会自然散发出来的“共性”气息，从而具有了独具魅力的标签和招牌意味（即如流派）。它不再只是仅仅懂得强调“腔由情出”，而且还有了“腔由我出”的意味和成分，在戏曲表演中可以贡献出完全属于个人化艺术创造带来的独特价值。它不再会是把“样板戏”唱腔音乐创作中的性格、情感、时代感“三对头”要求当作最高标准，而会是一种更多可以展现演员独特风采和优势的艺术创造。

这就告诉我们，在今天推动戏曲现代化的进程中，不必把追求戏曲应有的整体性效果和质地同演员个人魅力的体现截然对立起来，而应当自觉追求更为精当和高妙的统一。在创作中要注意避免仅仅懂得讲究剧目个性与角色个性，而把戏曲艺术中的必要重复一概视为今天专业创作中的大忌，完全看不到相似的旋律、音乐风格、演唱方法、润腔技术的稳定与重复，恰恰正是构成并体现演员艺术个性的要点。务求避免把整体效果同个体效果完全对立起来，艺术效果中只讲角色形象而不讲演员形象，对演员的创造不重视、对演员的个性发展与发挥不尊重的现象。另外，在戏曲创作分工并不断专业化的格局中，也要警惕原本高度综合的戏曲创作被完全割裂，甚至出现流水作业化，特别强调在新格局中如何来形成新的艺术综合，尤其是注意同表演艺术的紧密协调和关联，以充分调动和发挥表演艺术的重大作用。

戏曲新编剧目，当剧本成功完成之后，只有做到了表演艺术精彩，戏才真正能够站得住，并且留得下、传得开。“三部曲”就是很好的例证。当然，表演艺术是全面的，唱念做打，各个方面都要好。在这一点上，我们特别要注意对唱腔音乐有更多的关注，下更大的工夫。这不仅是因为“唱”是戏曲表演“四功”之首，演戏就是唱戏，看戏几为听戏；更重要的是，唱腔所达到的高度成就，特别是它所具有的独立审美价值，可以让剧目离开舞台演出依然能够为观众欣赏和传播。目前有些好戏看起来是留住了，但还只是留在了舞台之上，也就是说，只要剧目上演就还会有观众，就能有人喜欢，这也是很不容易的事情。但如果进一步来看，它们还没有能够做到在剧目不上演时仍然有人于舞台之外的社会上广为传唱、欣赏并传播，也就是尚未做到在剧场之外的社会流传，这就与其中唱腔音乐的成就还没有达到理想的高度有关，这恐怕也就是张庚先生针对新剧目的创作殷切地关嘱道“唱腔不过关，戏就留不住”的原因。我们实在是需要极大提高对戏曲音乐创作的重视程度，并且注意充分发挥演员的创造性，以及他们的个人风格及其魅力，而不只是在创作中只考虑剧目风格和作曲家风格。

总之，“三部曲”的价值，从表演艺术来看，它在长期以来“千生百旦一净难求”的传统格局中，通过激活传统，融入当代，将戏曲传统变为深刻表现戏曲内涵的新手段，又赋予它新的气质这样卓越的艺术创造，既成就了剧目，也成就了演员自己。特别可贵的是，他个人化的艺术创造在上京这个传统深厚、艺术氛围极佳的环境中得到了自由而充分的发挥，他非常自觉而主动地“突破了传统的净角行当界限，试图将架子的做、念、舞和铜锤的唱糅合在同一表演框架内，努力形成粗犷深厚又不失妩媚夸张的表演风格”①，终于构建起了一个以超越铜锤、架子两门抱的全能型、性格化新净行艺术为最显著表征的个人化艺术新格局。这样一种贯穿着自己的创作冲动、艺术理想，围绕着自身艺术素质和风格的系列艺术创造，所形成稳定的、完整的也便于传承的结构性艺术积累具有十分重要的意义。这个意义就是在自己所有的剧目演出中确保剧目创作成功、体现角色光辉的同时，也以独特而鲜明的演员个人魅力吸引和征服当下观众，这是对戏曲既看角色也看演员传统的自觉继承，也是对近百年来戏曲从“看人不看戏”走向“看戏不看人”过程中表演艺术不断衰退的反拨。尚长荣的“三部曲”在为新时期剧坛奉献了令人钦敬的硕果的同时，更让我们反思当代戏曲发展中所存在的问题，为当代戏曲表演艺术的健康发展带来了极为深刻的启示，并且提供了生动的范本。

（汪人元　江苏省文化厅研究员）

① 参见尚长荣《一个演员的思索》，载龚和德、黎中城主编《京剧〈曹操与杨修〉创作评论集》，第 111 页。

戲曲研究

从“君父”形象破裂到德化人格重建

——“尚长荣三部曲”再思考

樊国宾

30年来，“尚长荣三部曲”（《曹操与杨修》《贞观盛事》《廉吏于成龙》）被认为是“代表了这个时代最高艺术水平”的戏剧作品。[①] 10年前，有关方面隆重召开了纪念改革开放30周年暨“三部曲”的研讨会，并激发了热烈的学术讨论甚至争论（譬如龚和德、陈云发与吕效平、李伟等人之间的辩诘），至今依然不绝于耳。这个现象一方面证明了上海京剧院出品的这一系列原创剧目之戏剧史价值不容忽视；另一方面，围绕这三部戏剧文本进行不间断的、开放性的回眸反思，对于京剧界、戏剧界乃至文化艺术界而言，其认知总结的价值意

① 参见2008年11月王文章同志在“纪念改革开放30周年暨‘尚长荣三部曲’研讨会”上的发言稿《由尚长荣京剧“三部曲”所想到的》首句。

义犹如“柳暗花明又一村”，可以持续发掘出其叙事肌理或精神机制上的深邃特征，这种特征使它们无意中印证着戏剧艺术作品内含的时代伦理奠基原则与“人”这一最高理想目标之间的价值冲突从未被遗忘过。本文认为，对“三部曲”细读之后，会发现从《曹操与杨修》里“君父”形象破裂到《廉吏于成龙》中德化人格的重建，时代精神特质与戏剧史观发生了意味深长的变迁。

一　《曹操与杨修》：破碎的“君父”与人性黑洞

中国传统戏曲有一个极为重要的主题类型就是帝王将相戏，其繁盛原因除了传统儒家秩序观对高台教化的任务使命，恐怕专制时代老百姓对王权的恐惧与迷恋，也是非常重要的接受美学基础。传统戏曲常演不衰的保留剧目中，反映帝王与将相之间关系的，诸如《大回朝》《赠绨袍》《草桥关》《强项令》《清官册》《大探二》《贺后骂殿》《状元媒》《打龙袍》《孙安动本》……可谓不胜枚举。在中国的历史词典上曾经有一个专用政治名词，那就是“君父”。作为一个带有强烈封建色彩的敬辞，它隐含了儒家对礼教秩序的顶层合法性设计，皇帝既是最高权威也是需要亲孝奉敬的主上，正如《国语·晋语一》中所谓：“孝、敬、忠、贞，君父之所安也。”[①] 在这个前提下，当臣子与君父的关系遭遇到危机时，其矛盾冲突的戏剧性就变得饶有意味（“三部曲”中，曹操及康亲王虽不是名义上的最高权威，但君臣逻辑关系是成立的）。从曹操到唐太宗再到康亲王，三部曲中“君父”形象塑造的价值内涵，发生了某种意义上的“退行”，进而隐喻着30年来中国当代戏剧史观的重要变迁。

要说传统戏曲对“民本”精神的张扬，特别是对最高权威的怀疑，《孙安动本》已经十分痛快淋漓了。在压根不可能实际发生的文

① 《国语·晋语一》，上海古籍出版社1978年版，第265页。

学想象中，定国公徐龙手执先王御赐的虎铜锤——“君不正打君，臣不正打臣”——此乃再典型不过的草民在戏剧中梦呓般的代偿性满足。传统戏曲的核心主题多是劝善惩恶，逼急了连君父也不例外。而《曹操与杨修》惊世骇俗的意义则不止于此，它把是非善恶分两边了，它不讨论这个，不下结论，甚至故意使之混沌模糊。于是这个君父的形象干脆碎掉了，观众看到的是深陷无边的人性黑洞。曹操不再是或奸或雄的脸谱人物，而是在光明王国与黑暗王国、善恶两域漂移穿梭、被赋予选择自由和责任承诺的伦理认知者，这无疑使曹操成为克尔凯郭尔意义上的“那个人”，真理领域只有真/假二者择一的抉择，而在价值领域，可以有“比较好”或“比较坏”的判断，因而在价值领域，“优选公理”与“价值公理”同样重要，选择是价值的唯一来源，“所谓价值，也只是你挑选的意义”，一个人所能发现的价值现象领域愈广，愈能更广阔更真切地洞见到吸引着他的生活价值前景。

《曹操与杨修》中，两位主人公都在不停地、痛苦地选择着自己的行为。

“君父”形象在《曹操与杨修》中显示出澎湃的力比多驱力，譬如曹操阴邪痛苦的内心焦虑，这正是他自己真实本能的滋生物，不像他的诗词那般宏大，却落在了地上，是灵与肉、禁忌与冲动之间的较量，而不再是那种概念化的幻象。这部戏通过这个形象的塑造也在某种程度上告诉我们个体是文化相当被动的导体。

杨修面临的冲突，一方面是他恃才傲物狂生角色的本能；另一方面，他获得了一种否定君父合法性后自我实现的契机，这种自我实现又带来了“自由之后”的“痛苦”。作为“自由人”是一种强烈的诱惑，这诱惑也伴随着罪感，因为他破坏了“父亲准则”，粉碎了父亲所施使的“应该之暴行”，由自己另外重建了某种价值观上的“应该”。这个姓曹的君父不像雨果《悲惨世界》中那位主教大人一样，具有理解一切人（哪怕是罪犯）的慷慨仁慈的精神力量，两类悖反的“应该”在杨修心中纠缠激荡，最终，自己选择的“应该”战胜了君父指令的“应该”，君父的“应该”里充满着一种自大的精神，而这部戏的叙述语气中却蕴藏着对这种“病态”的自大精神的讥讽和不满。这两种矛盾的“应该”，最后使用了一个弗洛伊德治疗式的方案解决了问题：杨修终于意识到君父性格中蕴藏的小丑的一面，于是君父“碎”了。他慷慨赴死了，但死之前实现了精神痊愈。

这里的君臣决裂，完全不同于《贞观盛事》《廉吏于成龙》中那种令人丝毫不会担心、操心、揪心的“误会式分裂”——在这两部戏的尾声中，君父必须重获尊严。从君臣关系（冲突）开始到君臣关系（团圆，亲密无间）结束，必须胜利完成叙事的闭锁。而《曹操与杨修》显然是一个“弑父”主题，主人公在更富戏剧性的危急关头，具有充分的显示他精神品质的机会。

这部戏的深度还在于，杨修从君父身边逃开，并不意味着个体原创一种个人式乌托邦存在模型，相反，他的“执念”令观众为他惋惜的同时，会觉得他是一个有几分可笑的“杠精”，他的确有时候像个行为需要矫正的幼儿园小孩。观众笑过哭过后，会悚然意识到自己又何尝不是这样的呢，自己日常生活与命运中的局限、偏见、无常感与杨修又何异?！于是犹如层层剥笋，这部戏意义的丰富性次第翻卷开来——一部好戏的显著特征即在于此。

《曹操与杨修》其实是对历史上曹操形象进行的“同题材”重写，这一重写把关注重心放到了曹操的“心理世界”与人性黑洞中。犹如《牛虻》中的亚瑟突然知道了自己无比崇敬的蒙泰尼里竟然也是上帝的贰臣逆子时突然产生的精神彻悟一样，杨修在对君父的质疑与幻灭中，认识到拆毁自己曾真诚架建过的那座“念之断肠、匡扶天下”的理想主义楼厦，注定是一场道德尴尬。同时这种对君父形象“否定性”的重写之中涌动着一种情感，一种新的价值偏爱的情感，一种从否定中建构肯定的话语辩护。

通过重写，以《曹操与杨修》为代表的文艺作品开始酝酿一种新的价值基准，这种价值基准是 20 世纪 90 年代之后文化现代性/伦理现代性构想的逻辑前提，它预言了一个前所未有的无论是目标诉求/价值指向还是知识背景/话语方式都不可通约的时代的到来。然而后来的情况证明：这个时代并未到来。

二 《贞观盛事》："君父"的神圣化

《贞观盛事》中的君臣关系已经变成了"小棍受大棍辞"式的父子博弈。儒家主张"小棍受大棍辞"，父亲生气，用小棍打你，就受了吧；用大棍打，就赶快跑，你逃跑了就是孝顺了父亲，不逃反而是愚孝。你真受伤，父亲事后也会伤心，名声也不好，左邻右舍会说这父亲残忍，所以你跑是保护了父亲的名声。魏征使出的折扇贺礼、陕北民歌等"鸡贼"式聪明，目的是要维护君父的完美无损，"狰狞"和"妩媚"实现了皆大欢喜的圆满统合。

关栋天扮演的君父唐太宗在此剧中已经呈现出一副胸怀宽广、拯救苍生的圣贤气象。他英气勃勃，魅力四射，他是柏拉图主义者所谓用以照亮各种对象的"光之源泉""智慧之光"，他能够给无意义的黑暗的大地带来意义。即便他会因为那匹叫"飒露紫"的宠骥之死而迁怒于魏征，但这顿脾气发作，犹如黑子之于太阳，丝毫无损太阳的光芒。"太阳"拥有无条件的、垄断性的精神权力，也正是因为如此，它偶尔被质疑，被质疑的也是皮毛。难以想象唐太宗代表的"永恒的发出者"的合理性与合法性会被质疑，否则这出剧目的修辞性前提（诸如"盛世居安思危"等）就成了尖锐的问题。更何况对讽谏的宽容也是它海纳百川之圣父形象的一部分，特别是三千宫女被恩准放出宫闱之后。

"君父"是不容反对的，因为它意味着元信仰，它有着绝对的支点，它是拉康意义上的"主人话语"，它不允许进行谬误推理，因为人类任何总体化的努力都隐含着极权。

三 《廉吏于成龙》：德化人格与君子气象的重建倡导

不可否认，《廉吏于成龙》出现的现实需要，在于于成龙式的道德内指对于新时代国家在群己关系辨析上具有示范作用。“十八大”以后的国家伦理价值偏爱结构（或曰国家伦理奠基原则）与讲求“自行、自使、自禁、自止”的中国传统儒家精神理念有着惊人的契合。共产党员是要担负空前未有的改造世界的“大任”的，所以要像孟子说的那样，凡在历史上担负“大任”的人，必先“苦其心志、劳其筋骨、饿其体肤、空乏其身、行拂乱其所为……”——饿了肚子就当掉旧衣服、没钱沽酒就挑一桶山泉来过瘾。这里的“空乏其身”，正是强调“律己”是“身”之“本”，一种道德心理学上的“意志”修养与奥古斯丁式的转变倡举，一种康德“绝对命令”式的决断。一种印度瑜伽术或斯多葛主义式的人性理想，可以“借壳”（借助于成龙）重现，在“整体”中以“整体”的价值诉求为标的，从艰难的道德内指训练中消灭利益分殊，成为卢梭说的也是党章意义上的“公共的大我”。

道德内指的承担并非任意一个凡人庸人可以轻易胜任的，类似上述这样的求公共之大我而抑私欲之小我的段落，唯有在于成龙这种只能学习难以模仿（今天很难批量出现收集履职地泥土行为的县委书记）的“典型”那里，才使理想实现升华。于成龙在成“圣”之前，按照人本主义戏剧的情节规律，他本来应该是一个有缺点的、“人心”私重于“道心”的舍勒意义上的“变节者”（譬如李玉和曾经胡子拉碴贪嗜喝酒、杨子荣身上匪里匪气……），但他一出场就通体透明，无可挑剔，简直是道德上的“素王”，所以那种纠正较低境界的缺点、克服人格同一性危机、经过实践考验最终成为圣贤的叙事主题路线无法设计。这可能不能仅仅归咎于戏剧的时间长度局限。

“君子之志所虑者，岂止其一身？直虑及天下千万世”（程颐语）。

宋儒所定义的求取圣贤品格的规范——作为个体存在的自我必须面向群体履行责任的要求，就充分体现在于成龙那句闪闪发光的名言中："人人治己，国虽乱而必治"。

那么，从"治己"的角度看，这个戏其实有着更加深广的现实意义。

20 世纪 90 年代及 2000 年之后经济、政治、法律、道德、学术、文化诸领域的"自主性"的建立，意味着市场和社会加入了对国家权力的分享。随着资本、信息、市场愈发活跃，所有制、生产方式、消费观念与社会分层已经发生了深刻变动，与此同时关键性的改革仍然步履困顿，权力寻租与文化专擅现象依旧触目惊心，特别是道德基础的双重瓦解，都使曾经勃兴于"五四"与"新时期"的启蒙理性彰显出其醒目的有效性。近些年的小说电影电视剧中，各类主人公道德的向度已经发生了重要的逆转，通过自我批评与自我抑制来对付主体身体内部非法欲望的"内指型伦理"受到了深刻的质疑。伦理关于人性再造的规范性品格，比如"律己"，在价值重估中被严重怀疑，道德冲突的责任不在自己"身内"，所以"正心诚意"的内圣进路对他们失去了范导作用，那种通过"慎独"来建立明觉而端正的精神本体不再有什么内在根据，价值行为的根据立于"身内"而指向"身外"，传统戏剧倡导的那种"善"，已经无法提供有足够说服力的力量。仅以电视剧为例，《人间正道是沧桑》《走向共和》《北平无战事》《风筝》等大量这样的年代主流作品已经呈现出深奥繁复、可信性强、震撼人心的价值观力量。

但戏剧却不曾走这么远。

其原因在于：一方面政府以评价介入、资金资助的方式开始深度影响戏剧的生态，这本来是戏剧这种边缘化艺术实现中兴的契机，然而各地舞台项目的组织者甚至主创者大多已经习惯于固有的教条，本末倒置；另一方面由于现实禁忌与才华匮乏，导致大量舞台作品的真实度与深度大幅减弱，以至于近些年部分舞台作品出现了向 20 世纪六七十年代叙事套路返潮回归的逆流趋势。《廉吏于成龙》在这股强劲的力道下，也难逃被指责为“道德教化”式庸俗伦理剧的嫌疑——无论它在构思设计、唱腔反转等方面的创新做了多少努力。

笔者不完全认同这种评判，只想从“国民性品格”的角度，部分肯定这一类道德劝喻型作品的价值。

中国文化中最深入人心的人格，就是君子气象。我们知道，如果道德的咎由指向身外，人身内的“动物性”就会渐渐理直气壮起来，而动物就是满足于有限和经验的。如果让身体来沟通有限与无限，从而承担意义诉求，结果如何呢？文化现代性构想带来了人的世俗感性官能的满足与幸福，却也生产出了更加隐蔽不见的异化方式。“市民社会”的崛起，把人从“神义”本位或国家本位的异化沉沦状态下解放出来，又重新把人领入了新的异化与沉沦状态。人的心性与生活情境失去了高位的度量衡，精神标尺游移不定，个体有可能陷入与被剥夺了选择权的时代同样无助的境地，道德失范、信仰危机将习以为常，如勒春所谓：上哪儿去找不偷油的耗子、不沾腥的猫儿，大家都已经活成了一堆肉而已。通过“买”与“卖”，似乎人就可以满足一切需要。这一文化逻辑彻底压服了社会的离心力量。

这绝不是斯宾塞式的进步，而是人类发展的一种衰微。我们无法想象一个只热衷于欲望交换的时代、一个只是埋头寻找米粒不问生活意义的时代可以是一个理想时代。从这个意义上说，于成龙的道德位格有着深刻的时代针对性与度量衡意义。

道德目的的复杂之处就在于它的有限性和无限性的交互。于成龙在认知/道德两域都居于优势位置，通过与强权的委婉对垒，宣示他代表着历史的价值，而且是一个可以影响和范导他人（康亲王、勒春）的魅力型人物。于成龙既为追随者设定标杆价值，同时也呈现一种要把人类升华为居高俯视世俗的英雄的意向，他的意义在于可以造成群众价值观念与行为的转变。

“道成肉身”的意义在于：如果没有了于成龙这样的精神参照物，

我们今天工具理性与实用理性把生活全面物质化的“人间天堂”，它真的是“天堂”吗？谁又能说它不是一个牢笼呢？

于成龙能够果断地为信仰献身，能够无私地去利他，能够弃个人欲望如弃敝屣……在人类义利群己的关系辩证上达到了某种极致——自柏拉图、孔子以来所能够设想出来的“止于至善”“明明德”的最高人格理想在这里找到了“现实”依据，一种空前的精神可能性。但我们反对的是利用于成龙身上强大的道德免疫力去实施社会化学工程——像中世纪的僧侣那样，每时每刻都向人们提出精神纯洁化、道德化的要求，那样最终必定会引发出一场“恐怖美德”催生下的革命，结果只是凸显了某种意识形态的“献祭性”，此类戏剧作品甚至不惜悖背一种底线的叙事真实，使这一出关于道德教化的实验，变成一幕“播下龙种收获跳蚤”的讽刺喜剧。

于成龙的意义，奠基于古代中国的人格修养进而“成圣”的理论，除了重视道德自我完善的“君子之守，修其身”（《孟子·尽心下》）之外，也强调其淑世的功用，要使修得圆满的“圣心”去担当德化和救济天下之大任。所谓“为天地立心，为生民立命，为往圣续绝学，为万世开太平”，对这种由“内圣”（修身进德）衍进为“外王”（积极为社会文明做贡献）的舞台示范形象的提倡是必要的，尤其在欲壑难填的今天。

现代意义上的戏剧，会让观众看到看到梅洛·庞蒂意义上的六个面立方体。《曹操与杨修》就是要把人性立方体中看不到的六面中的暗面披露出来，因为戏剧艺术优于人的生理条件（如目力所及、大脑判断）之处正在于，它是海森堡著名的测不准定理的一个异教，测不准定理认为客观上的观察是不可能的，而戏剧却可以接近这种可能。

《廉吏于成龙》在十多年后的出现并受到热捧，一方面难免单轨道地设计主人公欲望的方向，欲望方向的单一又意味着意义的单一，意义的单一反过来注定了解释的单一，这是它被部分学院派专家诟病的主要原因。另一方面，于成龙这类戏剧主人公身上有一种无利害性的美，闪射着崇高的光芒。人在“崇高”的氛围中是无法拒绝“受洗礼”的，因为人在无意识深处有一种对自己身上进化存留的动物性的厌恶与原罪，譬如人们会对一个过于自私的人感到猥琐和烦闷；再譬如人们在听到打嗝、放屁的声音时会不由自主地皱起眉头，这些都是因为它们暴露了人的动物性。我们希望于成龙去倡导正能量，希望这样的戏剧对一个“祛除巫魅”（一切终极而最崇高的价值从公共生活中隐退）的世俗化的生活世界中人成为秩序钳抓着的爬虫图景有所拯救，进而更具深刻冷峻的现实批判力量——解答如何破除“发展拜物教”，如何解答“有了钱之后生活的意义是什么”的问题。

当然，劝喻式戏剧非常重要的前提是千万不能忽略一个最基本的人性事实——即人本质上是非常不同的，不能以一种伦理价值体系来规统他们，否则，一个人在某一方面失败，就彻底全面失败了。本来是反人性异化的道德革命，到头来在“真实的历史环境中”却产生了更加残忍的革命异化，乌托邦空间就会溃散掉。

“尚长荣三部曲”不应该仅仅作为一种单纯的舞台艺术现象来析读，虽然其蕴藉的戏剧史意义十分丰盈。本文上述所有论理的基点，是建立在一种假设之上——假设当代中国典型戏剧文本具有某种叙事肌理或精神机制上的象征性，这种象征性是当代中国文化精神要害变迁的证词。

（樊国宾　中国戏剧出版社社长）

戲曲研究

从时代中的“尚长荣”到“尚长荣时代”

——改革开放40年“评尚”历史脉络及启示

胡一峰

艺术是相通的，优秀的艺术家总能引起同道的关注和欣赏。著名画家程十发（1921－2007）曾赞扬“尚长荣的戏吸引人”①，“吸引人”是一种评价，也是一种评论。那么，尚长荣的戏到底如何吸引人？又为什么吸引人？评论家们对此是如何叙说的？从中又可以得到什么样的启发呢？围绕这些问题，本文以改革开放40年来评论家对

① 程十发艺术馆编《程十发谈画录》，上海人民美术出版社2011年版，第108页。

尚长荣的评论（即“评尚”）为中心[①]，考察“评尚”之历史脉络并归纳其启示。

对尚长荣表演艺术的评论，其实在改革开放前就已开始。《人民日报》最早提到尚长荣是1964年，当年6月24日，该报发表《革命人民不可征服——京剧现代戏〈延安军民〉观后感》，对尚长荣的表演略做点评。26日，尚长荣在《人民日报》发表《抒革命战士之情》，实际是一篇创作谈形式的评论。后来，也有人评论过改革开放前尚长荣的表演。比如，评论家认为1956年尚长荣在《秦英征西》中饰演的秦英，“表演自然而适度，他刻划的秦英有思想、有血肉、行动入情入理，因而鲜明可爱”[②]。但是，系统、深入、理论化地“评尚”是改革开放后才开始的。纵观40年来“评尚”历程，大体可分三个阶段。[③]

第一阶段是20世纪70年代末到80年代中期，评论家们以新编古装京剧《射虎口》为中心，重点探讨了尚长荣京剧革新的探索和

---

① 40年来“评尚”活动积累了许多文献，在“中国知网”以“尚长荣”为主题进行检索，可得文献560余条，相当一部分可归为评论，大部分已收入上海文化出版社出版的《京剧〈曹操与杨修〉创作评论集》《京剧〈贞观盛事〉创作评论集》《京剧〈廉吏于成龙〉创作评论集》《“尚长荣三部曲”研究评论集》等文集之中，本文的研究主要以这四部文集及“中国知网”等收录的文献为依据。需要说明的是，尚长荣本人所撰文章尤其是属于创作谈性质的文字广义上亦应归入评论之列。考虑到本文主要关注评论界对尚长荣艺术的评析，以及篇幅所限，暂未将尚长荣本人的文章列入本文考察之范围。另外，进入21世纪以来，网络戏曲评论也逐步发展，百度贴吧以及各种戏曲网站上也有不少对尚长荣的评论，但总的来看，学理性原创性较弱。这些拟留作笔者后续研究之主题。

② 王家熙《尚长荣印象》，载王家熙《王家熙戏剧论集》，中西书局2014年版，第252页。

③ 尚长荣的艺术创作及其发展是一个连贯的过程，评论界对尚长荣的评论也是连贯的，阶段划分只是出于学术研究和文献梳理的需要，事实上也只有如此才可能对40年“评尚”之脉络作出清晰的把握，并使之成为思维的对象。正如史学家所言，“时期有着特殊的含义；对于历史学家来说，无论是在它们之间的承接、暂时的连续性，抑或承接过程中所引起的断裂，总之各个时期构成了思考的本质客体。”（参见［法］雅克·勒高夫著，杨嘉彦译《我们必须给历史分期吗?》，华东师范大学出版社2018年版，第3页。）

成就。

新编古装京剧《射虎口》创作于1979年，“这个戏是尚长荣在粉碎‘四人帮’后参演的第一出新编古装戏，是‘文革’后他独立塑造舞台艺术形象的一次成功尝试”，“意味着尚长荣开始了新的起跑线上的跃进”。[①] 1979年11月，陕西省京剧团带着《射虎口》等南下赴川演出，一时引起轰动，《四川日报》《成都日报》《重庆日报》都发表了评论文章。其中，厉慧福的《艺苑佳赏，欣欣长荣——谈尚长荣的表演艺术》[②] 和方元的《艺无坦途 贵在登攀——介绍著名京剧演员尚长荣》[③] 比较系统地分析和介绍了尚长荣艺术生涯和成就。特别是方文对尚长荣的京剧革新探索做了比较深入的分析，并将其总结为三点。其一，要尊重传统，但不能墨守成规，否则将脱离时代，走向僵化。“创新不能脱离京剧的传统”。其二，要表现人物，不要表现自我；要抒发真情，不要卖弄技巧。其三，要切合实际，因人而异，形成演员自己的风格。[④] 值得注意的是，随着《曹操与杨修》《贞观盛事》《廉吏于成龙》等更具代表性的作品的完成，此后评论家提到《射虎口》的不多，但是方文拈出的时代性、创新性、演人物等要点一直是“评尚”的关键词。

这一阶段的“评尚”是在京剧革新大背景下展开的。或者说，评论家关注的是这个改革创新年代里的“尚长荣”。1982年，黄宗琪在《尚长荣的表演风格》中较早地从唱腔、念白、表演等对尚长荣的表演风格作了细致的分析，也认为其长处在于表演的“现代化”，并说“这种从人物出发、从生活出发，敢于创新的精神，正是应该加以提

---

① 陈云发《吟啸菊坛——大写尚长荣》，复旦大学出版社2001年版，第279页、第300页。

② 厉慧福《艺苑佳赏，欣欣长荣——谈尚长荣的表演艺术》，《重庆日报》1980年1月8日。

③④ 方元《艺无坦途 贵在登攀——介绍著名京剧演员尚长荣》，《陕西戏剧》1981年第7期。

倡的”。[1] 1983 年，陕西京剧团全国巡演，在武汉首战告捷，全部戏票三两日预售一空。然后又到九江、南京、无锡、上海等地，亦是盛况空前，《长江日报》《新华日报》《解放日报》《文汇报》《南京日报》《新民晚报》《舞台与观众》等媒体对此发表了数十篇报道和评论。[2] 剧团离开上海前夕，中国戏剧家协会上海分会在上海召开了一次座谈会。京剧革新是与会人员热议的话题，也是此时“评尚”最主要的基点。比如，“左联”时期的著名戏剧家石凌鹤说，从尚长荣的演出中看出了推陈出新，“戏曲要进行改革，尤其古老的京剧艺术更需要改革。任何事物都是发展的，只有改革，才能更快更健康地发展。尚长荣的表演就有出新，很值得总结、研究”。[3] 1985 年，赓续华的《架子铜锤两门抱——记第二届梅花奖获得者尚长荣》综述尚长荣的从艺经历，对他在《射虎口》《平江晨曦》等作品中的艺术创新作了更为系统地评述。[4] 总之，这一阶段的评论家关注、肯定尚长荣的艺术，本质上呼唤京剧革新，而这显然又和当时风起云涌的改革思潮和实践分不开。

第二阶段是 20 世纪 80 年代中期至 20 世纪末，评论家们以《曹操与杨修》为中心，从理论上对尚长荣的艺术创新进行总结，作出了“全能化性格演员”的重要评价。

1988 年 12 月 13 日，《曹操与杨修》在天津参加文化部组织的全国京剧新剧目汇演，大获成功，媒体对此做了热烈报道。12 月 20 日的《解放日报》报道其为“近十年京剧艺术探索的一个划时代开端”，同日《文汇报》报道说“一出标志着十年来京剧探索达到一个新高度的新编历史剧”，12 月 25 日的《人民日报》称之为“新时期京剧艺

---

① 黄宗琪《尚长荣的表演风格》，《人民戏剧》1982 年第 1 期。

② 静波《陕西省京剧团南下巡演载誉归来》，《当代戏剧》1983 年第 9 期。

③ 参见静波《京剧事业定长荣——上海戏剧界座谈会小记》，《当代戏剧》1983 年第 9 期。

④ 参见赓续华《架子铜锤两门抱——记第二届梅花奖获得者尚长荣》，《中国戏剧》1985 年第 5 期。

术革新探索重大收获”[①]。戏曲理论评论界对此进行了更具深度的探讨。中国戏曲学会、上海市文化局、《人民日报》文艺部联合召开了《曹操与杨修》艺术座谈会。在围绕这一标志性作品对尚长荣的评论中，最值得注意的是指出了尚长荣的曹操演的是“性格”而不是“行当”，对人物内心世界的展现，是京剧艺术的一大突破。刘厚生提出：“尚长荣的表演，最令人兴奋的是体现在角色身上的那种创造激情。”“尚长荣整个创造过程的核心是曹操的性格而非行当。因此这个曹操才显得丰富、饱满、有厚度，才活了起来，是个立体的人物。”[②] 李希凡说，尚长荣扮演的曹操和言兴朋的杨修“在剧情规定的性格里，也都表演很成功，很细腻，特别是在京剧艺术中，能如此丰富地展现人物的内心世界——用当代评论家的术语，这大概叫作‘对角色深层心理的分析和真实的体验’，从唱、念、做全面入戏，确实是极少见的功力，也确实是显示了导、表演通力合作，适应时代要求的创新和突破”。[③] 正是通过对《曹操与杨修》的这部剧被认为确立了尚长荣的艺术风格的作品的评论，评论界把尚长荣对京剧的革新聚焦为一个理论问题，即如何通过性格化人物形象的塑造和生活客观实在性的表达，以满足当代观众的审美需要。

此后，随着首届京剧艺术节、上海京剧万里行等活动顺利开展，《曹操与杨修》在不同人群和地域接受了更广泛而深刻的检验，特别是京剧万里行活动“沿西安、成都、重庆、武汉、岳阳、长沙、广州、深圳一线，演出38场，观众达61000多人次”。[④] 同时，“评尚”活动也在理论的轨道上继续开拓前行。一方面，评论家认真总结尚长

---

① 转引自陈云发《吟啸菊坛——大写尚长荣》，第370页。

② 刘厚生《京剧大作出现——评〈曹操与杨修〉》，《上海戏剧》1989年第3期。

③ 参见李希凡《关于〈曹操与杨修〉及其评价——一次座谈会上的发言》，《中国文化报》1989年11月15日，转引自陈云发《吟啸菊坛——大写尚长荣》，第375页。

④ 参见高义龙《播种——“上海京剧万里行”活动述评》，《上海戏剧》1997年第2期。

荣表演艺术的独到之处，特别是与前人的差异。黄在敏指出："尚长荣的表演，程式与生活融合在一起。他演戏，是世俗化的，平易近人，在表演上注重真实感。以一个普通人的角度去理解人物，去与观众平等对话。这与五六十年代的京剧表演有很大的差别。"[①] 另一方面，也是更重要的，评论家把尚长荣的艺术特色概括提升为了理论概念。1996 年，龚和德发表了《全能化性格演员：谈尚长荣》一文。笔者认为，此文是"评尚"40 年最重要的文章，也是最具有学术史意义的文章。因为它不但是对这一阶段"评尚"的理论总结，也开启了此后"评尚"的基本范式。龚和德提出的"全能化性格演员"这一概念，对于尚长荣来说是具有标识性的，而对于评论史而言，则是"界碑式"的。更重要的是，龚和德还对此做了明晰的阐发。他认为，尚长荣的创新与成功蕴含着"当代意识"，而这种"当代意识"又包括探索人性、激活传统和文化支撑。[②] 同年发表的《京剧之幸 观众之幸》中，他又指出谭鑫培是京剧有史以来生行第一个"全能化性格演员"，尚长荣则"跃进为当今净行首屈一指的全能化性格演员"，进而认为，"全能化性格演员"与传统的"两门抱""三门抱"有同有异，相同之处在于掌握传统技艺的全面性，不同之处在于"化"，也就是把技艺"化"到有新意的性格创造之中。[③] 在《难得尚长荣》一文中，龚和德又对"当代意识"作了进一步申发，并强调了尚长荣经验的普遍意义。[④]

此后的不少评论家或受龚文之启发，或殊途归同、英雄所见略同，在学术理路上大都取径于此。1998 年，罗怀臻认为，《曹操与杨

---

① 《呼唤大家——尚长荣表演艺术座谈会》，《中国戏剧》1996 年第 1 期。

② 参见龚和德《全能化性格演员——谈尚长荣》，载龚和德、黎中城主编《京剧〈曹操与杨修〉创作评论集》，上海文化出版社 2005 年版，第 68～69 页。

③ 参见龚和德《京剧之幸 观众之幸》，载龚和德、黎中城主编《京剧〈曹操与杨修〉创作评论集》，第 220 页。

④ 参见龚和德《难得尚长荣》，载龚和德、黎中城主编《京剧〈曹操与杨修〉创作评论集》，第 272～274 页。

修》以及“曹操”是尚长荣表演艺术的“一个高峰”，也是京剧改革的“一个成果”，在国内或国外的舞台上都将成为“一种标志”。他提出，“评价尚长荣对于当代京剧表演艺术的贡献，恐怕仅仅局限于净角行当的概念是不够的；所谓‘铜锤架子两门抱’也还只是评价他在花脸行内的通融。事实上，尚长荣在《曹操与杨修》中的表演已经逾越了净角行当的规则。在这个角色的身上，传统意义上的行当乃至传统戏里的曹操形象，依然是他创造的基础和底色，但他却能在这个基础和底色上自由挥洒。他吸收并且运用着许多行当表演方法乃至京剧表现形式之外的技巧或方式，来完成对于这一个崭新形象的塑造。”① 1999年，毛时安在评论《贞观盛事》时认为：“在表演上，演魏征的尚长荣更是全身心投入，将他心理现实主义的表演发挥得淋漓尽致。”② 2000年，戴平提出《曹操与杨修》的“最成功之处，在于将戏曲的程式化、写意原则与话剧的长于内心体验完美地结合起来，用话剧对人物的心理分析，通过戏曲的程式表演再现在舞台上”。③ 2002年，安志强认为，尚长荣的台词不仅符合京剧的程式特点，而且边“想”边“说”，“这种‘想着说’，能够紧密地结合表情、动作以及大段唱腔的演唱，在舞台上创造了一个真实的艺术化了的生活场景”，把程式化和性格化很好地结合了起来。④ 康式昭认为尚长荣的曹操是“调动了多种艺术手段，依托于深层的内心体验，生动而形象地展示出来的”。⑤ 李默然也认为，尚长荣是一种“有生活内容的程

① 罗怀臻《评说尚长荣》，载龚和德、单跃进主编《“尚长荣三部曲”研究评论集》，上海文化出版社2018年版，第127页。

② 毛时安《历史况味：盛世演盛事》，载毛时安、单跃进主编《京剧〈贞观盛事〉创作评论集》，上海文化出版社2005年版，第158页。

③ 戴平《界碑式的作品从何而来？——京剧〈曹操与杨修〉现象探究》，载戴平《聆听戏剧行进的足音：戴平戏剧评论选》，上海远东出版社2013年版，第63页。

④ 参见安志强《尚长荣的念白》，载毛时安、单跃进主编《京剧〈贞观盛事〉创作评论集》，第197页。

⑤ 康式昭《不懈追求 不断超越》，载毛时安、单跃进主编《京剧〈贞观盛事〉创作评论集》，第199页。

式表演”。[①] 曲六乙说，尚长荣在演曹操时自觉意识到突破旧表演程式体系，“寻求到符合当代艺术观念的创作思路，即从人性出发追溯曹操的心理历程，确定角色的历史与审美定位”。[②] 2009年，马也提出尚长荣的表演给危机中的京剧带来了两个证明，一是京剧能塑造新的高难度的人物，二是京剧传统程式和艺术语汇可以被激活。“尚长荣超越了程式激活了程式，使传统程式获得了现代的新的感性形式！使传统语汇获得了当代生活的质感！于是尚长荣的表演对于当代大众来说就变得易于接受了。台上虽然演的是古代人的生活，但当代观众对那些程式和语汇，分明有了一种现实感、亲近感、熟悉感；他们的艺术体验似乎更接近‘日常体验’和‘当下体验’，京剧拨动了他们的心弦，京剧离他们不再遥远。”[③] 总之，这一阶段的“评尚”活动充满了理论气息，评论家努力从理论上对尚长荣的艺术作出阐释和总结，最重要的成果则是提出了“全能化性格演员”的概念，其意义后文还将详述。

第三阶段是21世纪以来，评论界以“尚长荣三部曲”为中心，对尚长荣的艺术成就做了更加全面的总体性评析，明确提出了“尚长荣时代”的概念，并将“评尚”的视角提升到美学的维度，力图解析“尚长荣时代”的美学内涵。

“尚长荣三部曲”是指上海京剧院创作演出的三部新编历史剧，分别为1988年首演的《曹操与杨修》、1999年首演的《贞观盛世》和2004年首演的《廉吏于成龙》。三部剧诞生的时间相隔较远，但2008年11月23日至24日，中国剧协、中国戏曲学会、上海市文联、

---

① 李默然《艺技结合 情理相通》，载毛时安、单跃进主编《京剧〈贞观盛事〉创作评论集》，第206页。

② 曲六乙《尚长荣的“双子星座”》，载毛时安、单跃进主编《京剧〈贞观盛事〉创作评论集》，第208页。

③ 马也《〈曹操与杨修〉再认识》，载马也《门外乱弹》，北京时代华文书局2016年版，第254页。2015年5月26日，马也在“上海京剧院未来之路论坛”的发言中对此又有论述，并整理发表于《中国戏剧》2015年第7期，亦收入前引书。

中国艺术研究院等联合对三部作品进行学术研讨，举办了“纪念改革开放30周年暨‘尚长荣三部曲’观摩研讨系列活动”，此后，“尚长荣三部曲”之名不胫而走，媒体也掀起了对“尚长荣三部曲”报道评论的高潮。在这一阶段，评论家不但肯定“三部曲”是一个内在统一的整体，而且力图从美学的高度对此进行解析。刘厚生认为，“这三部剧虽诞生相距多年，却都从不同角度又不同程度地形象地反映和弘扬了当前的时代精神。我以为这是这三部优秀大作之所以优秀的出发点或主要标志，亦即它们的共同成就。”① 龚和德则认为：“对‘尚长荣三部曲’就不必称之为‘海派京剧’或‘新海派京剧’了，这就是现代京剧。”②

也是在上面提到的学术研讨中，罗怀臻提出了“尚长荣时代”的概念，他说“上海京剧院这二十年来，可以说是一个‘尚长荣时代’。这个时代可以和‘周信芳时代’相媲美”。③ 其实，早在2003年，吴为忠就在《解放日报》撰文提出“尚长荣现象”。当然，此文所谈的“尚长荣现象”主要是从文艺人才培养和队伍建设立论的，对尚长荣艺术成就本身涉及不多。④ 2005年，即上海京剧院建院50年之际，龚和德提出了“尚长荣阶段”的概念，指的是从1988年推出《曹操与杨修》至2005年的17年，目的是“为了把有‘尚长荣三部曲’之称的《曹操与杨修》《贞观盛世》和《廉吏于成龙》所取得的剧院的阶段性辉煌给以生命化、人格化”。⑤ 不论用“尚长荣时代”或“尚长荣阶段”，其文化内涵是基本一致的，就是以尚长荣为代表的对京剧艺术回应时代、发掘人性，在创新中张扬现代精神的努力。正如前

① 刘厚生《尚长荣“三部曲”·新史剧·时代精神》，《戏曲研究》第78辑。

② 龚和德《海派京剧终于修成正果》，《中国戏剧》2010年第7期。

③ 《纪念改革开放30周年暨“尚长荣三部曲”学术研讨会纪要》，载龚和德、单跃进主编《“尚长荣三部曲”研究评论集》，第19页。

④ 参见吴为忠《尚长荣现象》，载《艺论短文：吴为忠“随便说说”专栏短文选》，上海人民出版社2007年版，第213页。

⑤ 参见龚和德《“尚长荣阶段”与理想建设》，《中国戏剧》2005年第8期。

文所述，在“评尚”第一阶段，评论界的言说其实是以“时代中的尚长荣”为中心展开的，致力于讨论的是艺术家对时代变革的捕捉、反应、反映和回馈，这也是 40 年“评尚”最重要的议题，用毛时安的话说，尚长荣是“时代瞬间的镜像”。[①] 而 20 多年后“尚长荣时代”的提出恰好实现了历史的回环，完成了“评尚”活动的逻辑要求，回答了艺术家如何与时代相处的课题。

而且，评论家还在努力发掘和建构这一课题的美学意义。当然，艺术评论永远不可能脱离美学的支撑，揆诸历史，对尚长荣的表演进行美学评析也早已有之。早在 1989 年，廖奔就已提出《曹操与杨修》对人物作出了“审美化开掘”，“曹操在剧中首先是一种人类性格的审美对象，有其丰富的个性和心理世界，把握住他心灵历程的变化轨迹，找出这种内在性格力量与历史事件的有机联系，才能使观众进入最佳审美状态”，这样才使观众在文化心理层面与剧中人产生了契合感和胶着感。[②] 荣广润也较早地提出，尚长荣在“增加京剧的现代美方面作出了重要贡献”，“这并不只是指高超的绝招、技巧等东西，而是指他给作品注入了新的生命。相对而言，以往传统京剧比较板滞，缺乏活力，而《张飞敬贤》一开始就很明快。因为京剧的古典美发展到今天，已经登峰造极，但是它光有古典美是不行的，京剧的生命力应在古典美的基础上由内到外注入现代人文内容，把京剧表演的艺术手段和人物形象的创造结合起来，使京剧的表现力和美感提升到现代审美心理的层次。我觉得，这恐怕是尚长荣同志真正带给我们研究的课题。”[③] 1996 年，谢柏梁的《危机型人格与人格化冲突——〈曹操与杨修〉的审美特征》虽然未专门论及尚长荣的表演，但从审美特征

---

① 参见《纪念改革开放 30 周年暨“尚长荣三部曲”学术研讨会纪要》，载龚和德、单跃进主编《“尚长荣三部曲”研究评论集》，第 27 页。

② 参见廖奔《沟通历史与现实的审美场——京剧〈曹操与杨修〉观后》，载龚和德、黎中城主编《京剧〈曹操与杨修〉创作评论集》，第 190 页。

③ 《欢迎你，尚长荣——尚长荣专场演出座谈会纪要》，《上海戏剧》1992 年第 2 期。

的角度对该剧做了分析。[①] 但 21 世纪之后，随着《廉吏于成龙》等作品的问世以及“三部曲”的完成，对尚长荣作品和表演的美学内涵的探讨，成为评论家们频繁关注的话题，而且对扩宽“评尚”活动的历史视野和理论维度，促使其进入新的理论层面起到了实质性的推动作用。2003 年，林毓熙明确提出《曹操与杨修》是改革开放之后的“审美文化嬗变期”孕育出的文化精品，找到了传统美与现代美的最佳契合点，“使观众在探究人物悲剧命运的成因并进行理性思考时，获得审美愉悦”。[②] 2005 年，吕效平提出，“‘现代戏曲’超越伦理，从精神的高度审视人性，塑造矛盾的、发展的、辩证的性格是它的美学理想。《曹操与杨修》成功地体现了这种美学理想。”[③] 2006 年，龚和德提出，尚长荣“代表剧院的美学追求”，“于成龙”是尚长荣表演艺术的“意境化”。[④] 在 2008 年 11 月 22 日召开的“京剧《廉吏于成龙》学术研讨会”上，美学分析也成为主要视角之一。[⑤] 2009 年，汪人元指出，尚长荣“以曹操形象的重塑，第一次构筑起超越铜锤、架子两门抱的全能型和性格化的新净行艺术，再次揭示了传统持续生长的规律”。而且他认为，尚长荣的艺术创造解决的是审美上的传统与现代需求的融通问题，戏曲艺术活用传统、不懈创新，是为了形成“新的气息、趣味、语汇及技术”。[⑥] 换言之，也就是追求一种新美

---

① 参见谢柏梁《危机型人格与人格化冲突——〈曹操与杨修〉的审美特征》，载龚和德、黎中城主编《京剧〈曹操与杨修〉创作评论集》，第 239～243 页。

② 参见林毓熙《对〈曹操与杨修〉的再认识——写在〈曹〉剧上演十五年之后》，载龚和德、黎中城主编《京剧〈曹操与杨修〉创作评论集》，第 283～285 页。

③ 吕效平《〈曹操与杨修〉的美学理想》，载龚和德、黎中城主编《京剧〈曹操与杨修〉创作评论集》，第 314 页。

④ 龚和德《激活传统 融入时代——京剧〈廉吏于成龙〉赏析》，载龚和德、单跃进主编《京剧〈廉吏于成龙〉创作评论集》，上海文化出版社 2018 年版，第 185 页。

⑤ 参见苏丽萍整理《游弋在历史与现实之间——京剧〈廉吏于成龙〉学术研讨会纪要》，载龚和德、单跃进主编《京剧〈廉吏于成龙〉创作评论集》，第 207～208 页。

⑥ 参见汪人元《成大器者，常为第一——从〈曹操与杨修〉看尚长荣艺术价值》，《艺术百家》2009 年第 4 期。

学。王蕴明撰文提出，尚长荣树立了戏曲表演美学的当代范式。他在“三部曲”中塑造的三个人物“皆达到或接近于典型化的美学高度”，而且深得“中和”这一中国戏曲美学精神，既重视体验，又重视表现，力求通过精湛的技艺（唱、念、做、舞）开掘并呈现人物独具的性格特征和内在的心态情貌。① 仲呈祥、张金尧更进一步指出，尚长荣三部曲是对时代的审美化表达，对构建戏剧的美学理论大厦具有意义。② 廖奔在《尚长荣的意义》中提出，“新时期京剧艺术面临新一轮的历史抉择。当其时，时代审美主潮发生了深刻变化，人们呼唤文艺作品对于人性、人的心灵的贴近，脸谱式表现受到嘲讽，真实地塑造出性格化的人物形象、准确地揭示出生活的客观实在性，成为时代新的审美渴求……其时，尚长荣正在酝酿他艺术生命中的重大突破……他已经具备了传统功底深厚、舞台经验老到、艺术领悟力强、创造精神旺盛的全部前提条件，需要并正在完成从继承传统到舞台创新的伟大转折，即把熟练掌握技艺转化为对人物性格活灵活现的塑造，把从传统学习揣摩和塑造人物转化为凭空依傍地创造全新人物形象。这一年他 47 岁，尚长荣来到了他艺术的羽化点”。③ 2011 年，常立胜认为，在《曹操与杨修》这出戏中，尚长荣“在艺术上运用唱、念、做、表手法，将铜锤与架子的不同表演形式融合为一体，确立了自己‘架子花脸铜锤唱，铜锤花脸架子演’的符合现代审美需求的艺术风

---

① 参见王蕴明《由京剧生命历程的坐标看尚长荣的表演艺术》，载龚和德、单跃进主编《“尚长荣三部曲”研究评论集》，第 199～205 页。

② 仲呈祥、张金尧《国粹长荣——门外说戏》，载龚和德、单跃进主编《“尚长荣三部曲”研究评论集》，第 206～214 页。值得注意的是，本文还指出“三部曲”中第一部即《曹操与杨修》审美化成就最高，后两部则多少存在一点主题外露的倾向。

③ 廖奔《尚长荣的意义》，《中国戏剧》2010 年第 7 期。

格”，“尚长荣的表演特点是激情饱满，善于以声腔来塑造人物”。[①] 朱恒夫认为，尚长荣的三部曲“努力谋求戏曲和当代观众的审美趣味的契合”，探索新的戏曲表演方法，积累了十分宝贵的经验。首要的一条就是“不受行当拘束，能准确地表现人物性格的‘表演’就是最好的”。尚长荣的表演之成功，源于其正确并由衷认同剧本所要表现的思想意义和准确、深刻地把握人物的心理世界。[②] 2017 年，周丽斌撰文专题论述了“尚长荣表演艺术之美学特征”，从唱做念舞四个层面作了细致分析。[③] 而最近顾春芳又对《曹操与杨修》的美学意义做了分析，并认为该剧反映了对戏剧艺术最根本的美学问题的体悟。[④] 应该说，美学分析为“评尚”开拓了更加广阔也更具思辨性的领域，笔者认为，这必将成为评论家持续关注的课题，也将成为“评尚”活动今后发展的主流。

还值得一提的是，在这一阶段，有学者借鉴西方美学思想资源对尚长荣的艺术进行研究和评析。比如，吕效平认为，《曹操与杨修》

① 参见常立胜《谈京剧流派艺术》，《戏曲艺术》2011 年第 2 期。需要指出的是，尚长荣本人不认为自己形成了流派：“只能说我有自己的戏路，有自己的演出风格。”如果要问属于哪一派，还是尚派。（参见郑标《尚长荣：小舞台演绎大人生》，《大舞台》2005 年第 4 期）又如，“我觉得在舞台上，演也好、唱也好，你的风格也好，如果说能够有自己的路子，或者说是尚长荣的路子，能够趟出一点儿路子来，就已经很不容易了。我永远不称派，永远也不敢称派，也不能称派。”（参见白燕升《尚长荣永远不称派》，《中国戏剧》2008 年第 11 期）关于流派问题，黄宗英在上海国际艺术节闭幕之际曾说，“长荣如此多能，如此精彩，能形成新的流派否？我看不能不必。我以为过去的京剧发展史或可直称为流派发展史，但时至现代，京剧作为综合艺术将更为综合，更为多彩，更为完整完美。表演艺术也大大地突破了以唱为主的流派风格的继承，而以各种手段塑造人物为表演的中心目的。”（参见黄宗英《说说尚长荣》，载《剧人集》，上海人民出版社 1999 年版，又见《读人笔记》，中国青年出版社 2004 年版）。

② 参见朱恒夫《城市化进程中戏曲传承与发展研究》，上海辞书出版社 2013 年版，第 276 页。

③ 参见周丽斌《尚长荣表演艺术之美学特征》，载龚和德、单跃进主编《“尚长荣三部曲”研究评论集》，第 358～363 页。

④ 参见顾春芳《现代经典〈曹操与杨修〉的美学意义》，载龚和德、单跃进主编《“尚长荣三部曲”研究评论集》。

是“一部充分实现黑格尔悲剧美学理想的优秀剧作”。[①] 同时，他又对三部曲的另两部进行了批评，将“于成龙”视为“平庸的散文”，“只有依赖他的表演艺术才能获得剧场里有限的喘息”。[②] 李伟认为，前两部充满了怀疑主义美学的精神，而后一部则是高台教化，因而“是从经典到平庸的质的变化，是京剧舞台上精神品格出现的巨大落差”。他还从时代和体制变迁的角度进行了分析。[③] 这些观点尚不易形成共识甚至引起争议，比如陈云发就认为，被吕效平否定的《廉吏于成龙》具有“极高的审美价值”，并提出不应将黑格尔的理论套中国的戏曲创作，进而提出“评判这部戏平庸与否、成功还是不成功，不能看它是不是正剧，而应看它是否遵循了中国戏曲的艺术传统，即思想的积淀、情节的架构、人物的力度、表演的到位、接受的感染力等”，以及京剧本身其他特点的体现。[④] 但从“评尚”的历史脉络来看，也说明了尚长荣艺术在体系上的开放性和理论上的可发掘性，为其经典化提供了可能的思路。

纵观上述“评尚”历程，可以得到一些启示。

其一，文艺评论具有内在逻辑和规律性。首先体现为文艺评论与文艺创作、作品的密切关系。人们常用车之两轮、鸟之双翼形象地比喻文艺创作与文艺批评之间的关系。一个时代的文艺最终要通过作品表现出来，而作品又来自于艺术家的创造。推动艺术家不断攀登艺术的高峰，创作精品力作，是文艺批评的使命所在。批评家对艺术家的研究和评论也是提升文艺评论的理论性、时代性和有效性的必然要

---

① 参见吕效平《依然是一座巅峰——再论现代京剧〈曹操与杨修〉》，载龚和德、单跃进主编《“尚长荣三部曲”研究评论集》，第 87 页。

② 吕效平《论戏剧不可或缺的个人性、精神性和悲剧性与喜剧性》，载龚和德、单跃进主编《“尚长荣三部曲”研究评论集》，第 196 页。

③ 参见李伟《从怀疑到教化：怀疑主义美学视野下的“尚长荣三部曲”研究》，《扬子江评论》2009 年第 2 期。

④ 参见陈云发《平庸研究读不懂〈廉吏于成龙〉——评一种对西方文化臣服的戏剧研究》，载龚和德、单跃进主编《“尚长荣三部曲”研究评论集》，第 214 页、第 219 页。

求。从上文的分析可以看到，对尚长荣的评论是与其创作演出紧密联系的，“评尚”的时序节点，都与尚长荣新作品问世相伴随。这再一次表明，评论家是在作品中发现艺术家的，对艺术家的评论必须立足作品，离开了具体作品，评论家与艺术家之间就丧失了交流的可能。正是在对《射虎口》到《曹操与杨修》再到“尚长荣三部曲”的评论中，评论界对尚长荣的表演艺术作出了层层递进的分析，肯定尚长荣对京剧的创新后，又从理论上回答了“新”在何处，并由此探究尚长荣的创新所具有的美学意义。

其二，文艺评论需要“界碑式”的概念。文艺评论无疑与评论者面对作品和艺术家形成的审美感受密切相关，因此也可视为评论家情感的抒发。但在本质上，评论是一种学术活动。① 而且，由于文艺评论直接把握艺术现场，因而在接受理论指导的同时又对理论建构具有反哺作用。② 不过，评论向理论的转化，有赖于形成具有理论阐释力的“界碑式”概念，其价值在于让评论发展的理论取径更加清晰。在“评尚”过程中，龚和德提出的“全能化性格演员”就是这样的概念。在龚和德之前，一些评论家在评论《曹操与杨修》时，也表达过类似的意思，比如，刘厚生说过，“尚长荣整个创造过程的核心是曹操的性格而非行当。”③ 安葵说，尚长荣的表演基于对人物的深刻体验，显露了性格冲突的丰富内容。④ 张立提出，“演员通过做小品，把话剧的表演技法揉进京剧的表演程式之中”⑤。叶舫瑞认为，尚长荣

① 参见陆贵山《文艺批评的“四大观点”：马克思主义文艺理论新发展》，《中国文艺评论》2015 年第 1 期。

② 参见胡一峰《文艺批评“反哺”文论的意义与途径——探析文论建构的方式》，《艺术广角》2017 年第 3 期。

③ 刘厚生《京剧大作出现——评〈曹操与杨修〉》，载龚和德、黎中城主编《京剧〈曹操与杨修〉创作评论集》，第 184 页。

④ 参见安葵《〈曹操与杨修〉的艺术成就》，载龚和德、黎中城主编《京剧〈曹操与杨修〉创作评论集》，第 201 页。

⑤ 张立《〈曹〉剧一枝独秀 功在博采创新》，载龚和德、黎中城主编《京剧〈曹操与杨修〉创作评论集》，第 156 页。

“创造出一套独特的而又不脱京剧特色的表演程式”，以唱念做融合剧中人情感起落表达出来。① 在《曹操与杨修》的座谈会上，也多有专家论及于此。② 还有评论家对尚长荣的“架子表演铜锤唱”，摆脱流派的羁绊，借鉴各派，突破“十净九裘”局面进行过分析。③ 而与龚和德同时期，钮骠也提到，尚长荣在程式中自由驰骋，把人物的丰富内心世界展示给观众。④ 童道明则认为尚长荣的曹操具有“心理的深度”。⑤ 但比较而言，“全能化性格演员”概念具有更强的理论概括力、解释力和延展力，不但简洁明了地概括了尚长荣的艺术特征，而且为由此出发的戏曲美学建构提供了概念贮备。

其三，不可忽视专业文艺评论平台建设。两类平台在“评尚”活动中起了重要作用。一类是专题性和综合性的创作研讨会或观摩研讨会，对观点间的辩正、补正和驳正起到了重要作用，也为创作与评论的沟通提供了可能。另一类是专业期刊和评论文集，《中国戏剧》《戏曲研究》《中国京剧》等都曾以专题的形式集中刊登“评尚”文章，上海文化出版社陆续出版了专题评论文集，这不但在当时起到了评价和阐释作用，而且保存了历史资料，为后续研究提供了基础。

总之，“评尚”已成中国戏曲史和文艺评论史上一段佳话，必将成为一个持续发酵的议题，而我们也有理由相信，它不但为中国文艺

---

① 参见叶舫瑞《尚长荣的为我所用》，载龚和德、黎中城主编《京剧〈曹操与杨修〉创作评论集》，第168～169页。

② 参见《京剧艺术的新突破——京剧〈曹操与杨修〉座谈会纪要》，载龚和德、黎中城主编《京剧〈曹操与杨修〉创作评论集》，第172～181页。

③ 参见翁再思《尚长荣成功塑造“新”曹操》，《中国戏剧》1989年第5期；翁再思《别开生面的“活曹操”——评尚长荣在〈曹操与杨修〉中的表演》，《当代戏剧》1990年第4期。

④ 参见钮骠《演员的才、慧、致》，载龚和德、黎中城主编《京剧〈曹操与杨修〉创作评论集》，第225页。

⑤ 参见童道明《曹操的悲剧》，载龚和德、黎中城主编《京剧〈曹操与杨修〉创作评论集》，第227页。

评论话语的建构奠定了“艺案”基础，而且为戏曲评论与艺术家评论的范式建构提供了丰富的启发。

（胡一峰　《中国文艺评论》杂志副主编）

戏曲研究

“尚长荣三部曲”的美学价值和历史贡献[①]

顾春芳

“尚长荣三部曲”《曹操与杨修》《贞观盛事》《廉吏于成龙》代表了京剧艺术在改革开放之后不同历史时期所达到的艺术高度，其中《曹操与杨修》是新时期京剧现代性进程中高山仰止的巅峰之作，《贞观盛事》呈现了世纪之交新编历史剧的人文追求，《廉吏于成龙》在新世纪发出了时代共同的呼声。“三部曲”所取得的艺术成就，为京剧及其现代性的道路作了生动的注解，为中国京剧未来的纵深拓殖奠定了坚实的基础，更为中国戏曲经典化的道路积累了丰富的经验。

① 本文为 2017 年教育部人文社会科学重点研究基地重大项目“中国艺术与中华美学精神”（项目编号：17JJD720009）阶段性成果。

一　尚长荣的艺术思想对京剧表演美学的突出价值

研究和总结“尚长荣三部曲”，具有重要的历史意义。尚长荣是世纪转型期一位承上启下的京剧表演艺术大家，他是亲证现代京剧的历史阵痛的戏曲改革家和开拓者，同时也是一位属于我们这个时代的大艺术家。对尚长荣京剧艺术的研究，在理论上有助于确证京剧艺术“自己的灵魂”，厘清现代京剧发展道路上的得失，在实践上也有助于把握当代戏曲舞台的关于传统和创新的关系。

尚长荣谈京剧表演的几篇文章，诸如《演员的“内功”与“外功”》《艺无坦途》《戏曲要死学而用活》等，其中所蕴含的美学思想和理论价值似乎还没有加以充分地发掘和提炼。

一般认为，尚长荣表演艺术的奥秘在于抓住了程式行当为人物性格服务。以曹操的塑造为例，过去京剧舞台上的曹操基本上是以《三国演义》中那个白脸奸雄为蓝本的，而尚长荣之所以能够突破传统曹操的范型，关键在于他把程式行当作为塑造人物的手段，将花脸行当、“架子”“铜锤”归并于人物形象的创造。这个观点在他的《演员的内功和外功》一文中早已提到，他说：“如果把人物形象的理解和切入作为内功的话，那么使这一形象展示于舞台的一切手段就是外功。在内外功的关系上，我的观点是‘发于内、形于外’，做到‘内重、外准’。在深切感受和把握观众脉搏的同时，以最灵活的方式，力求准确地拨动观众的心弦。为了做到这一点，我突破了传统的净角行当界限，试图将架子的做、念、舞和铜锤的唱糅合在同一表演框架内，努力形成粗犷深厚又不失妩媚夸张的表演风格，这里我力图避免长久以来形成的为技术而技术，以行当演行当的倾向，使行当和技法为塑造人物服务。”[1]

---

① 尚长荣《演员的内功和外功》，《中国戏剧》1996年第1期。

然而，倘若把程式和行当作为塑造角色的手段，就可以塑造好人物的话，京剧表演就没什么秘密可言了。事实是，许多演员懂得程式行当要服务于人物，懂得塑造好人物有时需要突破流派的界限，但是为什么富有永恒魅力的艺术形象还是那么稀缺呢？京剧表演其内在创造的根本动力，京剧艺术突破人物类型化的奥秘究竟在哪里？尚长荣表演艺术的奥秘是什么？这个问题有待更进一步深入。

从中国艺术的角度看，状物摹写追求的是形神兼备，艺术最难达到的境界是“传神”，塑造人物最难的也是“传神”，那么人物塑造如何达到“传神”？黄维钧在《感悟尚长荣》一文中注意到了演员创造的最根本的美学动力，以及京剧艺术突破人物类型化的奥秘所在，那就是——意象。他认为：

意象就是人物的内在与外在，已经统一存在于创造者的想象之中。尚长荣先生一旦肯定了自己的创作念头，便对把花脸的魅力和优长，如何在这个人物身上挥洒驰骋，有了想象和自信，这是尚长荣先生创造性艺术思维和从不固步自封，喜欢挑战的艺术个性的呈现。①

黄维钧指出了“意象”对于塑造人物的意义，意象的问题是表演艺术最根本的美学问题，他所提到的意象的内涵也是尚长荣自己所说的“内功”和“外功”的统一。焦菊隐曾在排练《龙须沟》时对演员有过一个谈话，涉及“心象”的问题，他说：

没有心象就没有形象；

先有心象才能够创造形象；

你要想生活于角色，首先要叫角色生活于自己；

这次演员的创作，要从外到内，再从内到外，先培植出一个心象来，再深入找其情感的基础；

（演员）创造人物的初步过程，并不是一下子生活于角

---

① 黄维钧《感悟尚长荣》，《中国戏剧》2002年第4期。

> 色，而应该是先要角色生活于你，然后你才能生活于角色。你必须先把你心中的那个人物的“心象”，培植发展起来，从胚芽到成形，从朦胧恍惚到有血有肉，从内心到外形，然后你才能生活于它。否则，你所生活的只是一个概念的幻想。①

无论是焦菊隐提出的“心象”，尚长荣提出的“发于内、形于外”，还是黄维钧所提到的“意象”，其本质都指向演员创造角色的根本，也是人物形象的塑造达到内外统一的关键。尚长荣以一般演员不具备的理论思考和艺术直觉，把握住了“这一个”曹操的“意象”。在曹操应该塑造成什么形象的思考中，尚长荣十分明确自己要面对的其实是“京剧的本体”，确切地说是京剧艺术美的本体。② 他在论述周信芳“麒派”艺术时曾说：

> 不仅需要学其“形”更要学其“神”，要贴近神韵，去领会、领悟，继而才能化作自己的理解表现出来。画家齐白石有句名言“学我者生，像我者死”，这句话便是对学麒派的最好注解了。模仿不是出路，成不了真正的麒派，吸收神韵的本质，并传承、发扬他的内核，这才是“继”与“承”的本意。③

他说当年侯喜瑞先生教戏的时候对每出戏、每个极细微的动作都能说出个“为什么”，也就是寻找人物的心理依据。他说：“这种对人物的体认方式，在我们中国戏曲表演艺术中是固有的，是我们艺术传统的精华所在。”④

如若说行当和技法为塑造角色服务已成为戏曲表演的普遍共识，尚长荣高人一筹的观念和方法是在对角色的内在体验和外在表现达到

---

① 焦菊隐《导演的艺术创造》，载焦菊隐《焦菊隐文集》第 3 卷，文化艺术出版社 1988 年版，第 73 页。

②④ 参见尚长荣《演员的“内功”与“外功”》，《光明日报》1995 年 12 月 12 日。

③ 尚长荣《慈父严师》，《戏剧之家》1997 年第 10 期。

高度统一的基础上，以最准确传神的表演分寸塑造人物。关于曹操这个人物塑造，我在尚长荣的文章中找到了很容易被忽略的一些文字证实了我的一些想法。他说：

> 只有找到了人物的历史定位才能确定我的表演基调，才能进一步形成丰满的人物形象。于是，我开始了对曹操这个人物的寻找，从史书记载到历史评论，以及曹操的诗文包括他颁发的政令、军令等等。最后我确定了从人性出发追溯曹操心理历程的创作思路。这一思路的确定，是基于这样的理由：对于人性和人类情感的探究是现代艺术的基本主题，同时也是历史人物本来面目的必由之路。沿着这个思路，我顺理成章地找到了一个为人性的卑微所深深束缚、缠绕着的历史伟人形象。在“伟”’和“卑”两者不可调和的冲突中，曹丞相一切悖谬的举止都获得了合理的内核与注释，从而解决了我的第一个难题。①

这段文字表明尚长荣的曹操之所以有别于历史上其他演员塑造的曹操，关键不是简单地以程式服务于人物，而是抓住了曹操这个人物在他内心生成的审美意象——“人性中‘伟大’和‘卑微’的不可调和的冲突”。审美意象的生成，端赖他对于人物的“历史定位”和“表演基调”的用心揣摩。“为人性的卑微所深深束缚缠绕着”的曹操，这是他在塑造这个人物，力求达到内外统一，达到艺术形象浑然一体的内在引力，这也是我们看到的这个呈现着真实而又深刻的人性的曹操的真正胚胎。这是尚长荣之所以塑造出前所未有的曹操形象的关键所在，也是他自己所说的“从内到外”，“从体验到表现”的方法所在，也是为什么一切程式和技法是为人物服务的奥义所在。有些演员的表演，技术非常高超，形式也很新颖，但就是不能打动人心，原因就在于只拿捏了“技”，而未曾触摸及“道”，是招数的展览和堆

① 尚长荣《演员的“内功”与“外功”》，《光明日报》1995年12月12日。

砌，触摸不到真正的审美意象。作为实现“道”的“意象世界”指向无限的想象，指向本质的真实，是区分一般的“匠艺”和纯粹的“艺术”的根本所在。一切外在的表现形式或手段，都是以表达意象世界的那个“本真”为目的的。从这个意义上说，方法手段仅是“指月之指，登岸之筏”，那个意象才是“月亮”，才是“彼岸”。宗白华先生说，“象如日，创化万物，明朗万物”①，这个在演员心中的生成的角色的审美意象，便指引着这样一种创化。

再比如尚长荣塑造的魏征，用花脸来塑造中国历史上一位彪炳千古的贤臣与思想家，这在京剧舞台上十分鲜见。要指望一个君王时时闻过则喜是不可能的，历史上魏征这个人曾经给唐太宗上奏疏一百多次，他的《十渐不克终疏》，指出了太宗在十个方面善始而不能慎终，甚至批评他“由心好恶”“昵近小人”“疏远君子”“听言则远超于上圣，论事则未逾于中主”“虽忧人之言不绝于口，而乐身之事实切于心”等等，这些话都是封建时代的大臣说不出或不敢说的。可是，到底是一个什么样的人可以做到让皇帝如此乐于接受批评？史书记载有一次魏征对唐太宗说，我有幸为陛下做事，但愿您让我做个良臣，不要成为忠臣。在魏征看来，像比干等人，忠是忠了，可是触犯天颜，赐死庭前，于事无补，于国无益。然而，魏征这个人物，应该塑造成良臣，而不是忠臣，尚长荣把握住了这个微妙的差别。他关于魏征这个谏议大夫的想象是“布衣高官的良臣”，“既不能把他表现为一个勾着老脸的‘铜锤’，也不能把他塑造成单纯的架子花——这是一个很难用单一行当塑造的角色——‘这一个’魏征朴实刚正，坦诚直谏，敢于犯颜。在执拗的个性中，又带着机趣幽默、能谏会谏。”② 就这样“油然而生的豪迈”，“机趣幽默，能谏会谏的布衣良臣”的审美意

① 宗白华《形上学——中西哲学之比较》，载宗白华《宗白华全集》第一卷，安徽教育出版社 1994 年版，第 628 页。

② 尚长荣《艺通人和——关于〈贞观盛事〉的随想》，载单跃进、毛时安主编《京剧〈贞观盛事〉创作评论集》，上海文化出版社 2005 年版，第 107～108 页。

象就成了尚长荣塑造魏征这个人物的中心支柱。正如我们所见，尚长荣所扮演的魏征，除了把忠贞无私、博大的自信展示给世人看，同时还把魏征幽默机趣的人格魅力和胜人一筹的智慧谋略展示给了世人，而净行的豪迈又给这一具有卓越政治情怀和诗人气质的旷世良臣的性格中注入了豪放之美。

“白头宫女”的舞台意象最为神妙，如何展现后宫女性的凄苦，导演让前朝的老宫女、已经疯癫了的苌娥反复这一句话“又来了一个”，紧接着荡气回肠的情歌响起，这一笔写出了苌娥与后宫女子全部悲剧性命运的真实所在，写出了帝王之家骄奢淫逸的残酷性所在，也写出了魏征劝谏的人文意义所在。这就是中国美学所说的“以有限表现无限”，在一个瞬间生成的意象中，蕴含着无限丰富的意蕴，蕴含着深刻的理性和灿烂的感性。

至于净行如何塑造于成龙这样一个低调的布衣高官，还要不与魏征这个人物雷同，难度可想而知。在传统戏里，几乎找不到这样的人物。于成龙的灵感来自尚长荣特别喜欢看的几部电影，赵丹的《林则徐》，李默然的《甲午风云》，以及北京人艺的《茶馆》。关于这个人物在内心生成的意象，尚长荣说：“我们不知该如何把这个戏组织的更集中，更动人，既能表现他的廉，他的能，又能揭示咱们中华民族古代先贤的一颗善良的心。”① 正是尚长荣把握到了塑造于成龙的审美意象的核心在于“揭示一颗平常而又善良的心”，他才能够通过收养老人和孩子，吃萝卜淡饭，典当衣服换钱，老妻尚叙别情等场面，把于成龙这个清官的心灵世界和情感世界及其朴实无华的品格刻画得惟妙惟肖，把一个一身正气、心胸坦荡、无私无畏、嫉恶如仇、刚正不阿、有血有肉、有情有泪的布衣高官塑造得令人动容。

历史上凡是成气候的演员皆善于结合个人的特点利用程式行当的

---

① 载龚和德、单跃进主编《京剧〈廉吏于成龙〉创作评论集》，上海文化出版社 2018 年版，第 102 页。

规律加以创化。海纳百川，有容乃大，真正的艺术大家都是在博采众长，融会贯通后，逐步开宗立派的。京剧的程式和行当是固定的，但是新的属于不同时代的艺术形象是层出不穷的。正因如此，尚长荣才能继承并超越过去黄润甫、郝寿臣、侯喜瑞等“活曹操”的旧的表演程式体系，才可以在充分尊重传统、激活传统的基础上，在不伤害传统的前提下“立足传统、引用传统、激活传统”，才可以塑造出三个独特的、不可替代的、具有深刻的人学内涵和审美内涵的人物，用他自己的话来说就是塑造独一无二的“这一个”，这个独一无二的“这一个”是艺术家美学理想和艺术气质的积淀和彰显。也就是石涛在体现绘画大法的“一画说”中所说的，这个大法不是一笔一画，不是技法手段，乃是“众有之本，万象之根”，是艺术家对自己所体悟到的那个独特的意象世界的精妙的表达，也是尚长荣自己所说的“‘生气灌注’的结晶”。[①]

尚长荣的“法”，不是僵化的“法”“格”“宗”“派”“体”“例”，而是可以发展和助推艺术家想象力和创造力的“法”。这个“法”就是激活传统的既定的“成法”，创化自由的无限的审美“意象”，这是艺术家的“我之为我，自有我在”的生命力和创造力所在，也就是尚长荣自己所悟出的：

> 中国戏曲的“四功五法”并不是守旧的，关键在于教师能否把“四功五法”诠释给学生，演员能不能运用“四功五法”真正激活程式，为塑造角色服务。这个问题不应被淡化，恰恰需要被强化。我的口头禅是“死学而用活”。死学，不是学死，而是真心实意地学；用活，就是把传统程式应用

---

① 参见尚长荣《艺无坦途——尚长荣谈艺录》(《戏曲研究》第78辑)，文中说:“在‘三部曲’的创造过程中，我把自己所体会到的人物心理化为行动的依据，从而打破了条条框框的束缚，使程式化动作变成了活的、有性格的、有生命的动作；三个舞台形象与其他‘气韵生动’的艺术作品一样，成为‘生气灌注’的结晶。”

到角色塑造中去，激活人物。①

京剧从诞生之初就具备兼容并包、承古开新的创化机能，行当程式是定法，板腔体锣鼓经是定法，但是在掌握定法的基础上所要实现的却是自由的创造精神和艺术精神。唯有这样的创化，京剧才能不死，才能常新，才能永远创造出自由的充满生命力和创造力的活的艺术、美的艺术。京剧的发展需要鲜活的创造精神。这种精神从哪里来，从人生的阅历和生命的境界里来，生命的境界愈丰满浓郁，在生活悲壮的冲突里，越能显露出人生与世界的深度。

尚长荣的表演观念和艺术实践启示我们，只有把握京剧艺术的美学本体，才能够全面展示京剧艺术审美的特质。这也就是他本人提出的“死学”和“用活”，死学传统是必要的，绝不能荒腔走板，但是最后一定要善于创化，就像书法家将苏黄米蔡、草情篆意一一临过，最后才能创化出属于自己的风格。意象的把握最能体现艺术家的哲学深度和生命境界。审美意象最终放之舞台，就形成了艺术家的风格，它是独一的，很难为他人所模仿。即便可模仿，也只能模仿其“形”，而无法模仿其“神”。绚烂至极而归于平淡，极高明而道中庸，创新和化用的关键并不在外部符号的套用和装点，而在于中国艺术精神的涵养和体悟，唯其如此才能真正从道技两个层面吸收、借鉴、继承和发展戏曲传统。唯其如此，才能真正做到激活传统，融入时代。

二 “三部曲”创造了人民意愿与国家互动的人文形式

尚长荣的“三部曲”是雅俗共赏的新编历史剧，他在艺术追求的是雅俗共赏的境界。戏剧从来不是一种孤芳自赏的艺术，其价值需要在文化的公共空间实现。纵观世界戏剧史，伟大的戏剧时代具有共同的特征，那就是创造一种人民意愿和国家命运互动的人文形式。人类

① 尚长荣《戏曲要死学而用活》，《中国文化报》2012年1月17日。

历史上两个戏剧的黄金时期，古希腊和英国文艺复兴时期的戏剧概莫能外。古希腊悲剧从原始祭祀的歌舞仪式最终走向完善，其美学和内容是伯里克利执政时期民主城邦的政治理想和文化需求所孕育的产物。英国文艺复兴时期戏剧的辉煌是在摆脱梵蒂冈教会谋求民族国家自由独立的政治诉求和文化转型中出现的。凡是奠定绝对高度的经典，都具有某些共性，其中最重要的一点就是伟大的艺术必定触及国家公共生活中普遍关注的大问题，要反映人民的心声，并创造一种人民与国家互动的新形式。

“尚长荣三部曲”一方面借助虚构的历史故事集中而又深刻地表达了当代中国社会对于国家兴亡和历史命运的关注，三部戏在不同历史时期都捕捉到了历史民心和主流意识形态的共振。另一方面它把握住了人类情感带有普遍意义的共性，这种共性表现在历史剧题材，就是历史命题的人文化。以人文精神超越政治矛盾、君臣矛盾，最终以崇高人格的光照，渲染和张扬了以儒家美学所倡导的人格范式。这种互动和交融，通过雅俗共赏的戏剧内容和富有情趣的剧场效应得以宣发。演出不仅呈现了京剧唱腔做功的审美意义，还让观众在想象中产生了超越历史的某种激情，引发了对于当代社会的严肃的思考。

无论是创作历史剧，还是塑造历史人物，都要有一种入乎其内的学识胸襟，以及出乎其外的想象和洒脱。入乎其内是太史公所说的“究天地之际，通古今之变”，是具备开万古之心胸。要做到这一点，需具备相当的学养和思想的高度。历史剧写作需要建立在对历史资料翔实深广的研究基础之上，单凭主观意象是很难编出具有历史真实感和深刻性的作品来的。史料和文献的研究，是历史剧创作的基础，但历史剧不同于历史研究，历史剧创作需要提炼出单个历史事件背后更具普遍性的真实。在《贞观盛事》中，李世民两次释放宫女，长孙皇后选定郑仁基之女册封，后李世民知其有婚约而停册的这些事件，是史料中确有记载而为许多史学名著所忽略的。而历史剧正是以区别于历史写作的方式，重新发掘那些“具有包孕性”的事件，从而更加集中地展现出历史矛盾和人物关系的深刻性。

《曹操与杨修》没有写赤壁之战，没有写曹操挟天子以令诸侯，而是写他“求贤不得”；《贞观盛事》避开大唐壮观的宏伟叙事，把焦点放在后宫三千宫女的去留问题；《廉吏于成龙》中钦差大臣和亲王居然用斗酒的方式来权衡左右国家大事，原因何在？历史剧要从历史中发现史学家所不注意的那些符合剧场戏剧性的史料和细节，从而让观众从戏剧情境中看到更丰富集中的道义与温情。如果历史剧只是拘于历史史实而不作诗的想象，如果舞台作品只是一味说教，甚至采用主题先行的做法，最终只能把艺术创作引入歧途。美学家叶朗说：

> 议论所包含的思想是确定的，有限的，往往“言未穷而意已先竭”，很难引发读者无限的情思。所以，他（指王夫之）认为，如果要发议论，那就和诗的特性相违背，不如“废诗而著论辩”了。①

历史剧的故事和唱词不能过于学究和艰深，而是要选择那些具有巨大的情感包孕性的题材，这是“尚长荣三部曲”关于历史剧创作的可贵经验。此外，“尚长荣三部曲”之所以能够成为新的时代经典还有以下几点原因。

首先，“尚长荣三部曲”表现出了戏剧对于国家民族兴衰存亡的一种忧思以及廉政与民生的关注。这种关注于尚长荣而言是自觉的，正如他在《传承弘扬中华优秀传统文化是戏曲人的责任与使命》中所提到的，艺术家要成为三种人：

> 第一，要做明白人。首先是做政治上的明白人，坚定拥护党的文艺方针政策。其次，还要做艺术上的明白人，既要有文化自信也要有文化自觉。在继承传统戏曲深邃底蕴和艺术精华的同时，充分认识戏曲艺术生命力在于创新，要善于激活传统、坚持转化创新，让传统融入时代、服务社会。

① 叶朗《中国美学史大纲》，北京大学出版社1985年版，第477页。

> 第二，要做知心人。戏曲工作者要感知和体贴人民群众的所思所想、所求所好，才能拨动人民群众的心灵潜藏，才能创作出满足他们精神需求的作品。要力戒功利主义的政绩观、浅近浮夸的创作观，要自觉摒弃“假大空”“高大全”，要多接地气，多贴人心。
>
> 第三，要做有灵魂、有本事、有血性、有品德的戏曲人。这四点本是军人的理想信念，但是我以为对于戏曲工作者同样适用。无论时代如何发展，做一个堂堂正正的中国人，做一个有思想有情怀的当代人，良知和气节是我们的灵魂与脊梁。当然，我们还要有精湛的艺术、过人的本领。①

什么是大演员？大演员可以从一般的技法传承中超越出来，上升到生命层面和精神层面的思考，除了在表演美学上见微知著，还能有胸怀天下的胸襟和气象。也就是从一般的技能的层面超越出来，从个体的名闻利养中超越出来，关注历史和人文，关注一个国家和时代的大问题。尚长荣是一个博学多才、中正平和、与时俱进的大演员，回望自己的三部曲，尚长荣这样写道：

> 作为京剧人，徜徉在这条深邃涌动、海纳百川的京剧之河中，伴随着历史、文学、音乐、服饰等层层叠叠的文化山川，用正能量的故事、真善美的人物、触动心灵的细节架构起民族强大的精神脉络，这是我们的时代责任和义务，也是我们最大的幸福与享受。②

“尚长荣三部曲”以历史的责任和担当表现了京剧艺术，对于中国文化，对于国家民族的兴衰存亡的忧思，以及时代重大问题的关注。作为经历国家民族转型期的艺术家，尚长荣经历并见证了新中国

---

① 尚长荣《传承弘扬中华优秀传统文化是戏曲人的责任与使命》，《文艺报》2015 年 8 月 3 日。

② 尚长荣《〈廉吏于成龙〉创作谈》，载龚和德、单跃进主编《京剧〈廉吏于成龙〉创作评论集》，第 104 页。

从封闭单调走向开放繁荣，对于京剧艺术的失落与阵痛有着深刻的体验。他所拥有的不是一般演员的境界，而是一位当代儒者的胸襟和境界。钱穆在解释儒家思想的关键词“仁”的时候说：“仁便是人心之互相映照而几乎达到痛痒相关休戚与共的境界。中国人俗常说世道人心，世道便由人心而立。把小我的生命融入大群世道中，便成不朽。”① “尚长荣三部曲”有着“为天地立心，为生民立命”的儒者情怀，有着胸怀天下、忧济苍生的历史使命感，其艺术追求的核心是民本的思想和人的精神。

其次，“三部曲”如果说有一个共同关注的焦点，那就是民意与人情，就是基于民本思想的人文精神。《曹操与杨修》写伟大人物的心灵黑洞造成的难以弥补的历史遗憾；《贞观盛事》写的是皇帝应该体恤黎民苍生的疾苦；《廉吏于成龙》写牵连万人的通海通敌大案的冤狱平反，写智筹军粮以化解民生危机。于成龙为官十八年，所谓的千金不换、万金难买的无价之宝，竟然是竹箱里积攒的泥土。魏征宁死也要向唐太宗谏言：“君臣社稷原为一体，倘若君王不利，社稷不保，做臣子的，终被后人奉为神明，又有何用？陛下，你可讲过，怨之所积，乱之本也。你可讲过，上者，民之表也，表正则何物不正。隋亡哀歌尚可闻。”剧本以令人动容的真情写出了魏征这个人物作为良臣的特质。历史剧的本质是什么？就是针砭时弊，以史为鉴，是以历史剧这把刀来解剖历史和人性，是以人情至理来化解难以化解的矛盾与隔阂。我们在提倡魏征精神的时候，也应该倡导太宗胸怀，因为没有太宗胸怀，也就显示不了魏征精神。历史剧在任何时候，都不应该丢失人文精神的光照。正如龚和德先生评价《贞观盛事》所说：“古代明君身上，这点基于民本思想的人文精神，经过现代戏剧家们的观照，发扬光大，成了流动于该剧的一种氛围，一种境界，一种激

① 钱穆《晚学盲言》，广西师范大学出版社2004年版，第8页。

动人心的力量。”[①]

再次，《曹操与杨修》启示我们，艺术一定要把握时代的精神。什么是文艺复兴的时代？文艺复兴的时代就是巨人辈出的时代。刘厚生先生说的这段话，格外值得我们珍惜，他说，“这个伟大时代的主流精神是什么？我想应该是一个同过去告别深刻反思的时代，是一个放眼未来，改革创新的时代，是一个团结奋进，和谐宽容的时代，是一个以人为本，发扬民主的时代，是一个科学发展，求真务实的时代。总之是一个弘扬社会主义人文精神的时代。”[②] 刘厚生先生认为时代的精神要比政治服务宽广得多，深刻得多，文艺作品应该反映、表现，乃至促进、引领丰富的时代精神。艺术家和文艺家不要在艺术上看轻自己，觉得自己只能够匍匐在地上。《曹操和杨修》就是许多文艺作品匍匐在地上的时候站起来的一个巨人，崛起的一座高峰。

“尚长荣三部曲”的成功在于遵循了京剧的传统和艺术法则，同时将程式行当、表演手段作为塑造人物的基本语汇；在于坚持以演员表演为核心的京剧艺术的本质特征，致力于创造出一种京剧和时代互动的形式，避免了京剧落入曲高和寡的境地；在于坚持出人出戏，坚持京剧艺术对于现代文学价值观念的接受和取法。尚长荣的表演艺术，体现了阿甲先生所说的“戏曲表演文学的内涵”，即不仅有对剧本内容的体现，也还有剧本文学所无法包蕴的深刻的内容。[③]

三　艺术评论要做时代文艺的同行者

京剧艺术的传承和发展，关键在于人的因素和文化环境。为什么

---

① 龚和德《人文精神的历史画卷——喜看上海京剧剧院新作〈贞观盛事〉》，载单跃进、毛时安《京剧〈贞观盛事〉创作评论集》，第 168 页。

② 刘厚生《尚长荣三部曲，新史剧，时代精神》，载龚和德、单跃进主编《“尚长荣三部曲”研究评论集》，第 72 页。

③ 参见阿甲《戏曲艺术最高的美学原则》第三节“戏曲的语言文学和戏曲的表演文学的关系”，载《戏曲表演规律再探》，中国戏剧出版社 1990 年版，第 177 页。

“三部曲”在尚长荣这样的艺术家的生涯中出现？为什么作为现代京剧的“三部曲”只能出现在上海？我想这与上海这座城市独有的开放包容、海纳百川、理性务实和精于深微的文化心态难以分开；与一流剧院的艺术家们艺术观念的一致与共振难以分开；与导演为中心的艺术管理和创作机制，既尊重传统，又勇于创新的艺术理念难以分开。我个人完全同意龚和德先生的观点：“对于尚长荣的三部曲，不必称为海派京剧或新海派京剧了，这就是现代京剧，今天京剧艺术已经由京派与海派的对峙，融通，转化为古典与现代的并存，媲美。”①

上海京剧院在改革开放之后，一度排演了很多叫响全国的好戏，也汇聚了很多最一流的表演艺术家。它在新世纪向新时代转型过程中，对于中国京剧和传统文化最大的贡献可以归结为四点：一、中华优秀文化传承的使命担当；二、植根传统勇于创新的卓越意识；三、出人出戏的目标和方向；四、海纳百川的包容和胸怀。最核心的是，上海京剧院的发展始终抓住了“人”这个核心。作为中国京剧的半壁江山，从周信芳时代到今天的上海京剧院，始终保持着对于优秀人才和艺术骨干的吸引力和凝聚力，保持着生生不息的创新活力。它启示我们，对于京剧艺术的传承和发展，首先要抓住“人”这个核心。

“三部曲”之所以能够在众多剧目中沉淀下来成为经典，离不开编导演创作力量的协同创新。而最根本的抓手，就是抓住了一切为人物形象的塑造服务这个核心。魏征这个人物是许多戏曲剧种都表现过的题材，但为什么唯有尚长荣扮演的魏征能深入人心，这固然和尚长荣的表演艺术以及他个人独特的魅力分不开，更重要的是，他的身边围绕着一大批优秀的具有原创精神的艺术家。《贞观盛事》用简单几则史料化出了一本好戏，靠的是戴英禄、梁波的编剧，还有导演陈薪伊创造性的艺术想象。而《廉吏于成龙》的改编，同样有着来自天津，北京，上海的四位编剧以及强大的艺术团队参与创作。此外，围

① 龚和德《海派京剧终于修成正果》，《中国戏剧》2010 年第 7 期。

绕着尚长荣和“三部曲”始终有一群理论家不离不弃，一路护持。没有他们对现代京剧艺术的摇旗呐喊，没有他们对困境的突围和对艺术理想的坚守，就不会有今天的局面。以张庚、郭汉城、刘厚生、龚和德为代表的一大批戏曲理论家，曾经将《曹操与杨修》誉为“戏剧界里程碑式的作品”，并且把最为宝贵的“第一届中国戏曲学会奖”授予了这出戏。这个奖拿得太不容易了，这个奖也给得太不容易了！在当时比较“左”的文艺空气中，特别是文艺观念还没有完全转变的情形下，甚至还有领导对这个戏提出了异议。在当时的历史情境中，在剧团承受着巨大的压力的情况下，中国戏曲学会义无反顾地授予《曹操与杨修》戏曲学会奖，需要足够的理论勇气。回顾这段历史，《曹操与杨修》的意义早已超过了艺术本身。

30年过去，中国戏曲学会当年的这个举动，也足以载入史册。理论家们的破冰之举，是中国知识分子集体精神的光照。对当时的文艺方针，对艺术工作者的创作思想，对改变文艺上的极“左”思潮都有着突破性的意义。可以说《曹操和杨修》不仅是尚长荣的《曹操和杨修》，马科的《曹操与杨修》，上海京剧院的《曹操与杨修》，更是知识分子心目中的《曹操与杨修》。这出戏的诞生呼应着戏剧界渴望变革的脉动，也指引着京剧改革的希望和方向，这部戏的问世寄托着戏剧界的精英知识分子对于这个国家，对京剧为代表的戏曲艺术未来的瞩望。

现在有的人反感精英知识分子，漠视戏剧理论和学术研究，觉得理论家观念僵化，思想保守，抱怨他们无视新生代观众的需求，反而有可能把传统引到死胡同里。殊不知唯有理论家才能在艺术潮流或左或右的变动中始终保持清醒，因为唯有理论家才是最自觉的文化的传承者和开拓者。为《曹操与杨修》正名的过程，是知识分子确证自身价值的一次集体宣言，他们在戏剧评论的价值坐标上刻下了一个绝对的高度。唯有一个时代最杰出的知识分子才能一方面革新陈旧僵化的戏剧观念，一方面避免传统虚无主义的泛滥，同时发现和引导真正属于这一时代的伟大艺术。我们的时代需要反映知识分子的戏剧，戏剧更需要作为知音的知识分子。如今，许多当年陪伴和见证了《曹操和杨修》辉煌的艺术家和理论家相继离去，他们在历史的关键时刻，护持了《曹操和杨修》这样的杰作，也护持了知识分子共同的艺术理想。而今《曹操与杨修》持续上演 30 年，期间《贞观》《廉吏》相继问世，2018 年还有了传承版的“三部曲”，这是上海京剧院对中国京剧莫大的贡献，也是尚长荣和所有艺术家、评论家对中国京剧莫大的贡献。

评论家们通过对“三部曲”的分析和阐释，展现了和艺术家一样的境界和情怀。这些评论集本身构成了学术史研究的重要对象。《曹操与杨修》的创作评论集本身就是评论的一部教科书，“尚长荣三部曲”的评论集可谓中国评论界的集中检阅，这里有思想的交流，艺术观和价值观的交锋，这些评论文章汇集成一场思想的盛宴。最重要的是启示我们的戏剧评论应该怎么来写？戏剧评论家应该具备什么基本的素养。最难能可贵的是，“三部曲”的四本评论集，把有些并不和谐的声音也一并收入。一些评论认为《廉吏于成龙》和《贞观盛世》，是典型的高台教化之作；甚至说《贞观盛世》中放走部分嫔妃，是国家大事中微不足道的事情，如此大张旗鼓地颂扬为盛世，有小题大做，拍马屁之嫌；还有的认为把于成龙作为一个克己复礼的圣人形象来塑造，丝毫没有怀疑它的荒谬性和可笑性；有的评论还以西方黑格尔的戏剧理论作为批评“三部曲”的理论依据，好像悲剧就一定要怒目金刚，不能有半点机趣。还有人甚至批评《廉吏于成龙》：“在法家的主导下，中国的传统文化形成了一个至今仍显现出强大生命力的文化传统，那便是专制主义。”① 这些评论大多有一个共同点，那就是脱离作品本身谈艺术，借题发挥，用一大堆吓唬人的概念，用教条主

① 李伟《从怀疑到教化：怀疑主义美学视野下的“尚长荣三部曲”研究——纪念中国戏剧改革开放三十周年》，载龚和德、单跃进主编《“尚长荣三部曲”研究评论集》，上海文化出版社 2018 年版，第 101 页。

义的理论对活生生的具有丰富意蕴的作品加以粗疏的解读。他们用西方所谓的戏剧理论来围猎中国京剧，用一种站在宇宙和哲学制高点的姿态“一览众山小”，结果是一叶障目而不见泰山。这些冷眼旁观的评论，是另外一种意义上的形式专制主义，他们没有丝毫的热心和耐心参与并深入艺术家的创作，对于这样的批评，有一位理论家说得妙：“朋友啊，在你站在上帝的高度之前，先在历史与人民面前端正态度!”① 那些缺乏艺术的真知灼见，缺乏基本的艺术感觉，借着戏剧评论来表达自己的政治观点和政治立场，表达对于整个中国文化极端而又偏激的认识，既不能对艺术发表真知灼见，也不能超然于时代和历史，从而提出任何具有未来学意义的理论和新思，这是绝对不可取的。但是把不同的声音，哪怕是错误的声音纳入进来的包容胸怀，这是可取的。“三部曲”的评论集中，既有资深的戏剧评论家刘厚生、龚和德等人，也有艺术家李默然、李玉茹等人，有褒有贬，有奖有惩，各色人物，各种不同的艺术观念的交锋，呈现出中国戏剧评论界的总体气象，其本身就提供了一个非常有价值的中国戏剧史的研究文本。

对于尚长荣及海派京剧的研究，亟待进一步探讨其在京剧艺术核心区域的创新和开拓，亟待在学理上真正认识尚长荣表演艺术美学意义和价值。我们需要重视尚长荣、马科这样的大艺术家的实践和理论，这些艺术家之所以能够取得非凡的艺术成就，与他们的学养以及艺术思想是分不开的。应该有意识地将“尚长荣三部曲”纳入中国戏剧发展史和当代文化史的整体加以考察和评价，同时从美学的角度探寻和总结出一些带有规律性的思想和理论。我们希望三部曲不仅仅是一个历史的偶然，也希望京剧艺术能够充分激活传统，融入时代，继续见证伟大的艺术和艺术家在我们这个时代不断涌现。

（顾春芳　北京大学艺术学院教授）

---

① 龚和德《海派京剧终于修成正果》，《中国戏剧》2010 年第 7 期。

戲曲研究

文化自觉与精神缺憾

——论“尚长荣三部曲”的当代价值

郑荣健

在全国京剧院团中，上海京剧院有着辉煌的历史，地位举足轻重。这跟它汇聚众多杰出艺术家的深厚底蕴、积累大量优秀剧目的丰富承载密切相关。尤其引人注目的是，它始终秉承着上海这座城市引领潮流、海纳百川的胸怀与气度，在戏曲艺术面临现代多元文化冲击、传承发展遭遇重重困难之际，努力寻找传统与现代的契合点，摸索推进京剧现代发展的“优选方案”，并且取得了丰硕的成果，留下了丰富的经验。京剧《曹操与杨修》《贞观盛事》《廉吏于成龙》三部新编历史剧构成的“尚长荣三部曲”，就是新时期以来上海京剧院探索京剧传承发展最具代表性的成果，不仅把京剧花脸艺术提升至一个新的境界，对于京剧乃至戏曲各不同剧种的传承发展也有着十分重要的时代内涵和启发意义。

如果把“尚长荣三部曲”放到它所诞生的时代坐标里，或许能够更清晰地看到这一点。三部作品的创排时间跨越了14年，从1988年《曹操与杨修》首演、1999年《贞观盛事》首演到2002年年底《廉吏于成龙》首演，正是包括京剧在内的传统戏曲遭遇市场经济冲击、多数剧种和院团生存日趋艰难、观众日渐衰减的特殊阶段，但又奇妙地出现了一个历史剧创作的繁荣时期，诞生了一大批优秀的新编历史剧作品。其中自然有深厚的社会背景、时代思潮等原因，比如20世纪80年代以来的思想解放和人文思潮崛起；从戏曲发展的角度讲，在呼应时代精神诉求、折射现实关切的同时，进一步推进艺术表达的多样化、丰富化，既衔接传统又转换语汇，既实现戏曲的创新转化又适应现代人的审美欣赏习惯，无疑是一个重要的课题。如果说样板戏是京剧现代戏发展的一个高峰，那么作为“三并举”重要一翼的新编历史剧，因其特定的历史故事、历史语境和历史外观与我们惯常认知的传统戏有较多的共通之处，自然就成为一个摆脱困境、打开局面、寄托期许的较好选择。

30年时间已经过去，人们对于“尚长荣三部曲”的种种评述已是相当丰富和深入。就像西方美学家克罗齐所说的，一切历史都是当代史。在当下续写对这三部作品的评述言说，当然也要有新的历史方位感和人文方向感，并且前者应当成为后者的依据、后者则将成为驱动创新的动力。如果考察近些年来京剧创新发展的现状，就不难发现，其与“尚长荣三部曲”诞生时的情况已有了不小的变化：一是在社会各层面的共同努力特别是国家政策支持下，戏曲发展面貌已大为改观；二是戏曲市场适应性进一步增强，在延续“三并举”之外，又探索了与大众传媒融合的路径和小剧场形式；三是以精英知识分子为代表的人文思潮衰退，多元文化生态越发明显，娱乐化、碎片化的文化生活景观给戏曲创作也带来了挑战。这些变化给我们提供了一个自我省察的机制——在“变好”的政策环境和“变坏”的趣味风尚中，戏曲创作者和戏曲院团该如何认识京剧的常与恒，既坚守艺术本体，又融通传统与现代，探索京剧发展新的可能性。在笔者看来，“尚长荣三部曲”给我们的启发是很明确的，那就是融入时代氛围的人文自觉、拓展表现力的剧种自觉和延续生命力的传承自觉。

一　人文自觉：融入时代氛围

进入 20 世纪以后，戏曲的现代性追求就成为一个重要的人文脉络。社会转型、时代变迁特别是启蒙思想带来了全新的社会文化景观，使得人们再也不满足以往观照社会生活的标准与方式。传统主流的标准是什么？是非、善恶、忠奸、贤与不肖等道德化、伦理化的标准。戏曲讲究脸谱妆扮，这是艺术的特色；但当我们讲“脸谱化”时，表达的恰恰是对此类二元的、扁平的价值观念和形象塑造的不满足，因为它忽视了人的社会关系复杂性、精神面貌丰富性和价值判断多元性。客观地讲，《曹操与杨修》《贞观盛事》《廉吏于成龙》三部作品的分量并不平衡。其中，最受推崇的无疑是《曹操与杨修》，后两部作品则稍逊色，其原因及启示容后再叙，这里先说三部作品融入时代氛围的方式和角度。

在“尚长荣三部曲”中，《曹操与杨修》是被探讨得最充分、最深入的。主要是因为，它本身蕴含着丰富的可阐释空间。曹操的形象可谓家喻户晓、妇孺皆知，而杨修也是人们所熟悉的人物。人们对杨修之死的普遍认知，是杨修恃才傲物、屡次触碰了曹操的大忌。一般情况下，越熟悉的题材往往越难做出新意。《曹操与杨修》对题材的掘进，是非常有意味的，不仅“以熟见新”——改变了人们对曹操的一般认知，而且“以熟见深”——建立起当权者与知识分子这样一组带有历史穿透力、悲剧普遍性的人物关系，从而把这一题材推进到人的社会关系复杂性、精神面貌丰富性和价值判断多元性的现代语境。20 世纪以后出现的时事戏、时装戏及后来指称的现代戏、样板戏等虽主要着眼于“表现现代生活”，但多数还是比较直观地反映现代生活，比如表现现代故事、穿现代服装、唱念现代内容等，其实并未进入到现代生活的更本质层面——复杂丰富、辩证多元的现代人文景观。有的作品，姑且称之为“现实题材的传统戏”，完全是可以的。从这个角度讲，《曹操与杨修》是非常了不起的，其能奠定在当代戏曲史上的超卓地位，也就很理所当然了。

《曹操与杨修》出现于1988年，中国刚经历过“文革”和80年代思想解放。编剧陈亚先在《莫愁前路无知己——〈曹操与杨修〉创作札记》[①] 中提到一部报告文学《胡杨泪》，讲述了一位饱学多才的知识分子命运坎坷、不寿而夭的故事。故事主人公钱钟仁被命运拨弄，生活困苦让他总是跳不过某一道坎，真正的煎熬却是精神上的“去留生死两维难”和无间地狱般欲罢不能的流浪感。对于经历过那段特殊年月的人们来说，也就不难理解，为什么尚长荣、马科和上海京剧院领导在读完剧本后会那么激动、那么迫不及待、下了那么大的决心要打造这台剧目。那是一代知识分子的精神共鸣和人文呼唤，因一部京剧剧目而相遇、碰撞和心血纠缠。如今读到当年主创者为打造这部作品而激动、因讨论而真诚碰撞的文字回忆，一股激荡人心的炽热气息扑面而来，让人感知到他们是满腹话语、自内而外地想要表达。对艺术创作来说，没有比这更可遇不可求的神意际会了。其结果正如人们所见，《曹操与杨修》带着对国家民族的精神史、命运史的深沉观照和痛彻反思，一出现就获得了高度评价、引起了强烈反响。从时代氛围看，它在当时甚至比超越传统忠孝节义观念更直击人心，后来沉淀下在生命哲学高度去观照人类普遍困境的人文内涵，反而是水落石出的事了。

当我们把时间推到世纪之交《贞观盛事》《廉吏于成龙》的创作

---

① 陈亚先《莫愁前路无知己——〈曹操与杨修〉创作札记》，《解放日报》1989年1月26日。

背景，情况又有了新的变化。国企改革、1998 年洪水、中华人民共和国成立 50 周年、北约轰炸中国驻南联盟大使馆以及人们对千禧年的缤纷想象，让中国人比以往任何时候都期盼国家的强大。当此之际，上海京剧院呼应时代、主动作为的创作举动，或许有献礼特定节点的原因，主旨精神还是融入时代氛围的——呼唤昌明盛世到来。无需避讳，相比于《曹操与杨修》，《贞观盛事》《廉吏于成龙》的特色和优点暂且不说，人文内涵明显要逊色很多。如果说《曹操与杨修》蕴含着精英知识分子对自身、对家国命运的深沉思考，《贞观盛事》《廉吏于成龙》所建立的戏剧冲突、人物关系则可以说是常规的、浅近的——无论李世民与魏征的“明君与贤臣”关系，还是于成龙与康亲王的“廉吏与权贵”关系，各自身份个性都极为明确，一定程度上自然制约了“丰富性”表达的可能。它们的人文内涵，是着眼于气质、着眼于平民视角的。

《贞观盛事》所述本事均史能查鉴，如释放宫女，据《全唐文》卷一四二载，贞观初“大安宫及掖庭内，无用宫人，动有数万”；《资治通鉴》卷一九三载，贞观二年（628）“前后所出三千余人”。再如李世民欲杀养马宫人，《贞观政要·纳谏第五》载皇后劝谏，“太宗意乃解”。这些零碎的史事，前谏者多为中书舍人李百药，后谏者为长孙皇后，剧中都做了“失事求似”的集中，归之于魏征，从而支撑起“盛世鉴于前朝”的厚度、支撑起人物的性格，包括宫女具体化为苌娥和参与戏剧冲突的月娟，使概念化的认识化为形象，也是很给人启示的。这部戏其实比戏剧冲突清晰尖锐的《曹操与杨修》更难，因为明君和贤臣之间可以说是“命运同一”，冲突仅能相对地“就事论事”。这种人物关系设定的戏剧冲突，难就难在度的把握，于平和中见出紧张，于紧张里见出君臣岌岌与共、维系国家长治久安的本心。它选取了打马球及万朝来贺的场面，反映出了盛世气质，君臣情义也比较到位，但君臣岌岌与共的王朝自省意识，或者说治理方略蕴含的人心拷问等，就略微薄弱。俭与奢、仁与暴指向人心，不仅是民心，也包含统治阶层的人心。当历史盛衰的规律殷鉴于前，民心意识是易察的，唯有进入到统治者自身的拷问层面，才具有更普遍的深意。这可能是这部戏的挖掘空间所在。

《廉吏于成龙》讲述布衣高官于成龙的故事。傅谨认为，它“清官的内涵已经从纯粹以审理刑名、平反冤狱为主要职责的包公式的明镜高悬，渐渐向着当代戏剧史领域更为习见的模范官员的形象靠拢；更进一步，它既有对现实的观照，同时又在现实政治中保持了艺术应有的矜持”。[①] 这个评判是中肯的。它的普遍性指向虽未必幽微深卓，却让人看到了接续“清官戏”传统以供当代转换的意识，同时又避免了人为跨越历史的硬编色彩。它的平民视角，称之为具体的艺术自觉，或许更为合适。它很活泛、很机趣，特别是两场“斗酒”戏，把于成龙这个山西来的乡巴佬、富有平民精神的官员表现得充满生活气息。当然，它的标准依然是比较道德化的，就像所有平面展开的道德标准很难掘进到人类灵魂的深处，这个难题并没有充分艺术化、人性化地解决，难免止步于本应达到的高度与深度之前。

从《曹操与杨修》《贞观盛事》到《廉吏于成龙》，李伟曾认为是“从怀疑到教化”的过程：“我们发现，《曹操与杨修》是充满了怀疑主义精神的，而《贞观盛事》和《廉吏于成龙》则是典型的高台教化之作。”[②] 可能“怀疑”这个概念还有商榷余地，但判断还是比较中肯的。这在戏曲创作中有一定的共性，即创作思维的道德惯性制约了深层思辨和人性观照，使得作品难以进入到“现代戏曲”的场域。如前所述，《贞观盛事》里的盛衰之辨、君臣秩序是否有更具普遍性、更有敲打价值的内涵呢？《廉吏于成龙》中看似紧张实则和谐的人物关系背后，是否有穿透旧时代煌煌天幕的人文光芒呢？肯定有的，但遗憾被回避了。当然，这回避可能出于其他的考量因素，比如观众的

---

① 傅谨《〈廉吏于成龙〉的启示》，《中国戏剧》2006 年第 9 期。

② 李伟《从怀疑到教化：怀疑主义美学视野下的“尚长荣三部曲”研究》，《扬子江评论》2009 年第 2 期。

接受度、艺术表现的易行性等。虽然它们未必冲突，但取便而为又能得之桑榆，比如扩展了剧种表现、舞台表演的丰富性，多少忽视了其余。

二　剧种自觉：丰富京剧的表现力

众所周知，京剧表演体系严整，每个行当都有自己独特的“四功五法”和不同流派风格的代表性剧目。正因如此，进入现代社会后，它转化创新的难度较大。如果说20世纪初的时事剧、时装戏和40年代以后的现代戏、样板戏是为表现现代生活题材所做出的重要探索，那么就像50年代提出“三并举”蕴含的某种深意，新编历史剧未尝不是探寻衔接传统表演语汇、表达现代价值内涵的重要方面。“尚长荣三部曲”的诞生时间、各自侧重的方面都不一样，却不约而同地展现出积极探索的剧种自觉，是很值得注意的。

舞台艺术要靠人物形象、表演技巧说话。以《曹操与杨修》为例，它并不是标定新意和深度后的“案头戏剧”“作者戏剧”，而是带着拓展剧种、行当表现力的强烈意识而来的。这跟当前一些片面强调文学性、忽视舞台呈现的作品相比，非常了不起。从一开始，尚长荣就敏感地发现，这个曹操不一样，在舞台上可能会有新的嚼头，“自己过去从陈富瑞、苏连汉、侯喜瑞这些前辈老师那里学来的本事，加上多年的舞台实践经验，恐怕都不够用，而是需要去求索花脸表演技艺的新路子”①。一方面，尚长荣根据人物的身份、性格等特点，跨越了铜锤和架子的唱做分工，铜锤、架子“两门抱”，极大地丰富了人物的表现力。在剧中，曹操杀倩娘的那段唱功和做派，是十分精彩的。另一方面，他还深入研究了曹操这个人物，改变了以往曹操弓肩驼背眯眼的“白脸奸臣”形象，把他定位为一位有远大抱负、虽存在

① 陈云发《吟啸菊坛——大写尚长荣》，复旦大学出版社2001年版，第334页。

性格缺陷却不失慷慨豪迈的政治家形象。因此，他改变了勾脸方式，有的段落念白也进行了更符合人物塑造需要的方法。比如，在郭嘉墓前赋诗采用了湖广音念白，一时超然于此情此景，瞬时意境开阔而及家国天下；到了与杨修共同吟诵《蒿里行》，又改京腔，回到戏剧情境中。在这对比之中，直观可听其深厚韵味，及远可意会其胸襟层次，人物尽在其中。

尽管《贞观盛事》比较常规，可能缺乏深沉的人文内涵，但贵在别有意境、独具创格。《贞观盛事》有两个地方让人印象十分深刻：一个是开场打马球的场面，热闹繁华，一派盛唐景象；二是君臣冲突后，太宗李世民经过反省，去探访魏征、向他道歉，梨花庭院里静悄悄的，仿佛盛世已风流云散，唯有君臣二人。这种对场面、对意境的表现，以此境通往无限境，可以说是传统美学精神在当代的真诚回音。导演陈薪伊在《〈贞观盛事〉导演阐述》里也说道："这部戏的文化特点是在京剧文化中融入大唐文化，并经过京剧艺术的独特加工予以重现。"又说："舞美不能是纯主题的舞美，也要表达一种文化、一种思想。"① 客观审视全剧，其实不难发现，这是一部故事文本比较缺戏、舞台场面和表演比较有空间的戏。导演处理的基本精神如上，不赘述。那么，表演如何体现出它的剧种自觉的呢？诚如李世民的形象不挂髯口、长孙无忌的形象"丑角不'丑'"（孙正阳语）②，魏征作为花脸行当的唱腔也较为平和明朗，一切并不拘泥于行当"本来"的规矩，而着眼于盛唐气象、君臣豁朗、少壮朝气的表现，着眼于君臣抗辩背后相互尊重、和谐共事的尺度把握。这部戏最难演也最动人的地方，不是李世民发怒摔瓷马，也不是魏征当庭劝谏，而是最后梨花庭院里君臣相对、冰释前嫌的情节。其难，在于不失君臣之度；其

---

① 陈薪伊《〈贞观盛事〉导演阐述》，载毛时安、单跃进主编《京剧〈贞观盛事〉创作评论集》，上海文化出版社 2005 年版，第 100～101 页。

② 孙正阳《丑角不"丑"——我演长孙无忌》，载毛时安、单跃进主编《京剧〈贞观盛事〉创作评论集》，第 127 页。

动人，在于真挚、深沉而细腻的层次。剧中处理得很蕴藉，不就事言事，而是言此在彼。当魏征说“玄成这张狰狞的面容，惹怒陛下了”，李世民说“谁说卿狰狞，朕看卿妩媚”，君臣的内心里早已天翻地覆，四目相对，再也无需多言。两人从苦笑、会心到畅怀大笑，着实“妩媚”得紧。到了这一刻，盛世气象才从对奢阔场面的否定转入定格为对胸怀气度的张扬，也才完成了一个境界高度。

《廉吏于成龙》贵在情节托举出的趣味。倘若没有两场“斗酒”形成一波三折、跌宕抽拔的情节，很难想象一个铁面无私、公事公办的清廉官员能够形成多大的戏剧性。正如傅谨所说的，于成龙不是以审理刑名、平反冤狱的包公式清官形象出现的，这个定位让戏剧性不得不选取一个新的发散方向——平民化的趣味。斗酒本就有戏，斗酒背后于成龙与康亲王之间的斗智，就更给演员增添了表现的空间。为了实现更好地表现人物，尚长荣饰演的于成龙打破行当，没有勾脸，未着蟒袍，一身布衣行装。表演少了手段，怎么办？融合生活与程式，借助眼神、身段等，把于成龙智慧、豪迈、谐趣的特点表现出来。包括康亲王、靳春等角色，也是化程式、破行当，以清官时服替代蟒袍官带。常规来讲，这对演员的要求比较高，是要冒一定风险的。但显而易见，尝试是成功的。以“时服”演戏，如果放到现实题材中，称之为“现代戏”也未尝不可，因此它的意义远不仅是新编历史剧的，恐怕对现代戏表演也有一定的启发。它跟《贞观盛事》中的情况有一点很相似，即戏剧冲突并非你死我活的严酷斗争，而是地位差异造成的。剧中，靳春用老生来演原本小花脸的应工，破的尺度不小，却符合整个剧情冲突的氛围定位。从演行当、演程式到演人物和故事，这里生发出的命题意味深远，虽前辈艺术家及学界早有言说讨论，成功的实践还是让人眼前一亮。

如果说《曹操与杨修》是精英的、人文的，其取向在于深沉深刻；那么，《贞观盛事》就主要凸显在“以有尽供无尽”、沟通传统审美的场面和意境，其取向在于绘色绘神；而《廉吏于成龙》则回归到了京剧的平民本色，极好地呼应了普通百姓的审美趣味，其取向就在于生趣活泛。某种意义上讲，这三个不同的创作取向，也预示着京剧发展可能选择的不同路径。此时回到前面论述的缺憾与褒贬，倘若把它们作为“分众化”的理解，也未尝不可。

三　传承自觉：延续发展的生命力

当我们为尚长荣在京剧舞台上的魅力所深深震撼、敬服、感动之时，自然会去回溯他极为丰富的艺术人生，感慨于他在艺术创造上的热情与深情，惊叹于他熟稔传统而活化传统的可贵精神。对京剧艺术来说，传承的不仅是传统，也包括渐渐沉淀、成型的新传统。尚长荣的艺术成就、艺术风范无疑是京剧艺术在当代的典范，而“尚长荣三部曲”所凝聚的经验成果乃至仍存在的缺陷，特别是新编历史剧在“三并举”思维中衔接传统与现代的独特样式，对于循序渐进地实现京剧艺术的现代转化，无疑有着深远的价值和意义。

在“尚长荣三部曲”取得广泛的社会影响之后，上海京剧院并没有沉湎停留于舞台，而是进行了大量的经验总结、成果梳理、传承探索和传播创新，其力度是十分罕见的。这大体可以分为三个方面：一是汇编“尚长荣三部曲”的创作笔谈、研讨经验、理论评论文章，使之沉淀为可以行之久远的理论研究资料。笔者粗略统计，仅 2005 年汇编出版的《京剧〈曹操与杨修〉创作评论集》《京剧〈贞观盛事〉创作评论集》和 2018 年汇编出版的《京剧〈廉吏于成龙〉创作评论集》《“尚长荣三部曲”研究评论集》，就集中了 300 余篇各类文章。二是把沉淀下来仍然鲜活的经验迅速转化为实践行动，通过打造传承版“尚长荣三部曲”让剧目后续有人，以人带戏，以戏育人，推进院团剧目建设与人才建设的协调发展。2014 年 5 月，传承版《曹操与杨修》正式建组，“尚长荣三部曲”传承计划也随之启动，至 2017 年 10 月《廉吏于成龙》收官，“尚长荣三部曲”相继完成了传承版打造，杨东虎、董洪松、陈圣杰、傅希如等优秀青年演员成了新一代的接棒人。在这过程中，上海京剧院同时邀请了何澍、李达成、李春城等表演艺术家前来“坐镇指导”，尚长荣本人更是亲力传授，揉经验、“开小灶”，等等，在传授经验、技艺的同时，也形成了精神垂范，重铸了剧院文化。三是从舞台创作扩展到电影领域，把“尚长荣三部曲”拍成了更适合大众传播的电影，既为艺术家留声留影、保存珍贵的艺术资料，也借助电影传播手段，使作品更广泛地走进寻常百姓家乃至走向海外。在文化产品越发丰富多元的当今时代，此举或许不能让“尚长荣三部曲”像过去的越剧电影《红楼梦》、黄梅戏电影《天仙配》等那样火遍大江南北，但依然有着不可小觑的影响。2017 年，在传承版“尚长荣三部曲”专家研讨会上，毛时安曾指出，“三部曲”的传承经验是“完整传承”“立体传承”。此说很具有代表性，也高度概括了“尚长荣三部曲”的传承经验。从创作与传承机制的角度看，“尚长荣三部曲”显然给戏曲院团留下了很多启示。

值得注意的是，尚长荣自身的人生阅历、艺术素养、创作态度和文化自觉对“尚长荣三部曲”有着很大的加持。类似的加持还体现在马科、陈薪伊、谢平安三位导演和言菊朋、关栋天等艺术家的可敬创造上。三部曲各具特色、各有成就，这是毋庸置疑的。但同样不可否认，三部作品不在一个水平线上，也是多数人的共识。有时候，传统也是一把双刃剑。破而后立，在“尚长荣三部曲”中已经得到了鲜明的体现，取得了很好的实效，但显然还有精神空间。那么，在更宽广的、京剧乃至戏曲发展的角度讲，是否还存在一种“三部曲焦虑”？比如首部作品达到某种高度后，第二部、第三部作品跟进力衰的现象，是不是也值得深思乃至传续为一个重要的待解课题呢？显然是有的，原因无需多说，重点是背后折射出创作领域值得深析的精神图景。从长期以来的种种案例看，戏曲创作中的道德惯性乃至惰性，如今已成为制约戏曲品格重铸、迈向现代社会的一贴膏药，往往使得一些题材的精神掘进绕宝山而不入或仅围观欣赏而浅尝辄止，这是很遗憾的。笔者以为，倘若“尚长荣三部曲”能够在文化自觉层面更齐整地往哲学的、社会的、人性的方向继续深入掘进，恐怕其历史位置能更加高远超拔，甚至成为启示戏曲现代转化的重要样本。在总结艺术家创作经验、院团创制和传承经验之外，建立新的人文标高、人文视野和创作思维，或许就是完善之道。

（郑荣健　《中国艺术报》新闻部副主任）

戲曲研究

京剧表演流派的消长与嬗变

——由京剧净行“尚派”成立问题而生的思考

朱方遒

《曹操与杨修》《贞观盛事》《廉吏于成龙》三部京剧作品是上海京剧院新时期以来新编剧目中的优秀代表，在三部作品的创演过程中，净行演员尚长荣的艺术创造与表现，贡献尤为卓著，使得这三部作品常被统称为“尚长荣三部曲”，享誉于戏曲界和观众群体。2015年，上海京剧院又启动了对于这三部作品的传承计划，力图实现作品的延续性，构建其经典性。至2017年，这三部作品的传承版演出均告成功，使得它们的舞台生命能够延续。在这样的环境下，一些专家学者提出了京剧净行“尚派”的倡议，意谓尚长荣的艺术造诣足以自成一家，传承有度。然而，尚长荣本人对于成立“尚派”，始终保持谦虚的态度，拒绝以京剧净行“尚派”自居。[①] 而且，联系戏曲现代化的历史进程，以及当前的戏曲创演环境，京剧新流派的成立与发展也面临着不同以往的境况。本文即拟从京剧净行“尚派”成立问题谈起，尝试探讨戏曲现代化进程中京剧表演流派艺术所面临的境遇。

一　尚长荣的“有派”与“无派”

关于京剧表演流派，以至于戏曲表演流派的概念实现条件、判定标准等界定，当前尚乏公论。在现下的文化工作中，也缺乏对戏曲表演流派足够的理论观照。而京剧表演流派本身，也因历史阶段的不同历经着变化——从历史上看，京剧表演流派就曾历经从地域流派到个人流派的转化。[②] 所以，要探讨一个戏曲表演流派是否成立、应否成立，在理论认识方面，还有待于一定的时间积淀才能完成。由是，评判京剧净行“尚派”需要与今存的京剧表演流派进行比较。

就当前活跃在戏曲舞台上的京剧表演流派言，其构成的基础是流派创始人独到的表演艺术成就。如京剧中“谭派”“梅派”“麒派”等，都是因谭鑫培、梅兰芳、周信芳等人的艺术成就，为流派成立的逻辑起点。这些演员大多有着扎实的艺术根基、卓越的艺术创造、优秀的代表剧目、稳定的受众群体等，使得他们足以创立或被冠之以“某派”的称号，并为社会各界广泛接受。

尚长荣的艺术功底、艺术创造以及艺术接受等多个方面，并不逊于这些演员。他凭借京剧程式的灵活化用、不拘一格的人物塑造方法以及深厚的表演功底积累等方面的艺术成就，在当代戏曲演员中可谓独树一帜。他的“三部曲”作品，均收到了良好的反响。而他在《曹

① 参见白燕升《尚长荣永远不称派》，《中国戏剧》2008 年第 11 期；王国平、尚长荣《终生锤炼虎虎生气：不称“派”的京剧大家尚长荣》，《文明》2013 年第 9 期。

② 参见何为《艺术流派与继承创新》，载何为《戏曲音乐研究》，中国戏剧出版社 1985 年版，第 436～472 页。

操与杨修》中对于曹操形象的全新塑造，更是新时期戏曲艺术创作中的优秀代表。单从这个角度看，以尚长荣的艺术创造为基础建立京剧净行“尚派”，亦足以获得相当的社会认同。甚至在一些期刊文章中，京剧净行“尚派”的提法已然出现。而且随着“尚长荣三部曲”传承版的成功上演，以及尚长荣多次收徒授艺，尚长荣的表演艺术已经在年轻一代戏曲演员中传承。从这个角度来看，尚长荣是“有派”的，京剧净行的“尚派”也确乎是存在的。

然而，在肯定“尚派”存在的同时，也应注意到，比之既往的京剧表演流派，“尚派”的艺术成就还有一定距离：比如在技艺方面，“尚派”是否有着充分的创造，尤其是在唱腔、表演技术方面，是否有足够多前人未及的创新；比如在传演剧目之中，是否有足够多流传广泛的唱段、脍炙人口的表演桥段；又比如在净行表演方面，是否有足够多的创新，能对净行表演艺术起到突出的推动作用。

以上所提，虽然吹毛求疵，但却是往昔“谭派”“梅派”“麒派”等表演流派所具备的：“谭派”对于老生行当的奠基作用，“梅派”在功法、技巧、舞美等多方面的革新，“麒派”丰富的表演程式和独特的唱腔，都是其流派所得以成立的标志性原因。换言之，如果要成立一个流派，是需要有着一定的标志性表演技艺、表演段落及艺术创新的。而京剧净行“尚派”欲告成立，还需要在此方面做出更有力的回应。

不过，同样需要注意的是，戏曲表演流派具有多方面的内涵。其一方面承载着演员的技术创新，另一方面又标志着演员强烈的个人风格。个人风格展现方面不甚鲜明的演员往往鲜见立派，诸如李少春、赵荣琛、杜近芳等演员即不曾立派。李少春尤其是典型，他在京剧艺术上的地位毋庸置疑，却未留下流派，甚至戏曲界还有“少春无派”的说法。蒋锡武曾有这样的论述：

> 京剧奠基人之一的程长庚，就曾因是一位行行皆通、文武兼善，风格较为全面的通才而被称为“程伶无派”（吴涛

《梨园旧话》)。今天的李少春，亦为这类典型——兼跨老生、武生两行，文学余叔岩，武效杨小楼，皆能取法乎上，而又变通幻化，浑然一体。正因于在艺术上的这种全能圆通，反使人难以捕捉其特异之处，故今人亦有“少春无派”之说。①

尚长荣的艺术成就与李少春相似：他转益多师，铜锤、架子两门兼善，实现了京剧净行功法技艺的融通，并对话剧、舞蹈等艺术形式进行了借鉴和化用，但这样的全面艺术造诣也遮蔽了他个人风格的充分展现。从这样的角度看，尚长荣又是“无派”的，“尚派”的建立也还需要进一步的艺术发掘。

以上对于尚长荣“有派”与“无派”的分析，是建立在与既有京剧表演流派相比较的基础上的，而既有的京剧表演流派并不能完全作为评判今日京剧表演流派当否成立的依据。事实上，正因为既有京剧表演流派的存在，正因为它们作为新流派生成的潜在标准，也制约着新流派的生成。

表演流派的生成与繁荣对于京剧艺术的发展发挥着重要的作用，以至于在一定历史时期里，京剧表演流派的发展可以约等于京剧艺术的发展。但是，表演流派的演进在京剧发展进程中并非一帆风顺。近年来，对于京剧新流派生成的呼声、反思不断②，正反映出京剧流派艺术在经过20世纪上半叶的繁荣后其发展已趋于放缓。对于新表演

---

① 蒋锡武《京剧流派刍议》，载蒋锡武《京剧思辨录》，武汉出版社2011年版，第258页。

② 关于京剧表演流派发展放缓问题的反思、研究，文献诸多难以备举，这里仅列举部分，如崔秀敏《京剧为何难出新流派》，载秦华生主编《京剧流派艺术论》，京华出版社2001年版，第21～23页；陈多《由不见新流派想到的》，载中国戏曲学院编《京剧的历史、现状与未来》下册，中国戏剧出版社2006年版，第432～443页；傅谨《戏曲流派是什么和怎么是》，《福建艺术》2009年第5期；王馗《流派的传承、变化与创新》，《上海戏剧》2016年第5期；王永恩《戏曲生态与戏曲流派》，《戏曲研究》第104辑；李志远《关于戏曲流派概念及推出新流派的思考》，《戏曲研究》第104辑，等等。

流派生成放缓的反思，实际上也体现出对于京剧艺术发展的隐忧。但事实上，京剧艺术的发展并未因新流派生成放缓而停滞，自 1949 年以来，无论是新剧目方面的积累，还是新表现方式、表现技艺方面的积累，都使得京剧艺术不断进步着。可见，京剧表演流派发展的消长并不是推进京剧艺术发展的唯一原因，但表演流派作为京剧艺术中的重要现象是值得我们进行深入研究的。阻止新京剧表演流派持续生成的原因，可以从社会、经济、文化等多方面来进行分析，其中既有偶然因素的作用，也有长期规律的使然。其中，直接影响京剧表演流派发展的原因，本文以为有二，接下来就此进行探讨。

二　京剧表演流派消长的两条线索

京剧艺术的历史进程有着不同的阶段，在不同的阶段里表演流派的发展有着不同的境遇。左右表演流派发展境遇的原因很多，但有两条历史线索，当为主因。

第一条线索，是京剧技术形式的阶段性成形的影响。

京剧以乾隆五十五年（1790）“徽班进京”作为其历史起点，至今 200 余年。而自 19 世纪中后期之“前三鼎甲”至 20 世纪 60 年代之京剧净行“裘派”、京剧旦行“张派”的 100 余年，则是京剧表演流派自兴起至繁盛，最后渐趋停滞的历史时段——这样一个历史时段，却也正是京剧艺术技术形式方面阶段性成形的历史阶段。一些学者认为，京剧表演流派兴盛于京剧艺术成熟之后，而京剧艺术的成熟时间位于“前三鼎甲”与“后三鼎甲”交接的时期（19 世纪末、20 世纪初）。然而，需要注意，这里所谓的“成熟”并非艺术形态的完成或终结，而是京剧独立于旧有徽调、汉调，形成自己的独特形式。京剧在音乐、表演、舞美等方面，仍有着漫长的发展历程，如京剧的音乐体制，至20世纪30年代才趋于完善。[①] 而京剧表演艺术的发展，更有待于诸多流派的诞生，方得以实现进一步的提升。一如涂沛所说：

> 京剧表演的历史是一部流派的萌生、形成、发展的历史，而流派艺术的竞美争妍，又丰富和充实了京剧艺术的宝库。[②]

京剧艺术的发展，在很大程度上，是立足于各流派艺术探索、创新的基础上。众多流派从不同角度的创新，才整体构成了京剧艺术的进步，以至于成熟。表演流派无论是宏观上对于京剧各行当表现艺术的整体推动，还是具体到一字一句、一颦一笑的表现上的发现创新，都有着无可限量的贡献。如“谭派”对老生行的奠基、“梅派”对旦行的全面提升、“裘派”对净行的整合融汇，等等。这些内容，前人已有过很多具体分析，这里不加赘述。总之，从京剧艺术内部角度而言，京剧表演流派的历史意义，是推动京剧艺术尤其是表演艺术的发展。

当京剧历经丰富的发展实现全方位的艺术进步之后，技术的精致化、细致化不可避免地会限制演员的进一步创新探索。曾永义在比较昆剧与京剧时曾做过如是论述：

> 由于词曲系曲牌体大戏剧种之传奇昆剧体制规律相当整饬，曲牌的制约非常严格，所以昆剧演员的唱腔自我发挥的空间很少，而诗赞系板腔体大戏之皮黄京剧体制规律非常简单，以七言十言、上下对句为单元，上仄韵下平韵，加上分场明显，时空转换自由，所以京剧演员可以自我发挥的空间很大；也因此昆剧演员不能像京剧演员那样创发形成流派艺

① 参见包澄洁《中国戏曲近代音乐史》，北京时代华文书局2016年版，第68～125页。

② 涂沛《京剧的流派》，载涂沛《梨园拾锦》，北京时代华文书局2016年版，第118页。

术，自然也无以开宗立派。①

曾氏所言，意谓昆剧因曲牌格律限制，使得演员发挥空间有限，因而难以实现足够的艺术创造，以成立流派。事实上，到京剧表演流派发展后期，京剧的表演艺术已然实现了技术的精致化，“四功五法”无不有其严谨法度，使得演员在唱腔、程式等技术层面的创新比之以往也显得更为困难。这意味着京剧在技术方面已经形成了一套相对完备的体系，形成了具有独特风格的技术形式。这样的情况下，从表演艺术尤其是从技术层面进行艺术创新的京剧表演流派，也完成了其历史任务。正因此，梅兰芳在20世纪40年代末曾发表过“移步不换形”的观点，认为在京剧改革中“技术改革”与“思想改革”当分开进行，京剧技术层面的内容“原则上应该让它保留下来”②。梅兰芳之所以如此立论，正是因为注意到了京剧技术发展上的饱和。他还专门引用了苏联文化、科学、艺术代表团团长西蒙诺夫的话：

京剧既是古装剧，它的形式就不要改得太多，尤其是在技术上是万万改不得的。③

故而，京剧表演流派的发展受京剧艺术阶段性形态形成的影响，使得演员的技术性创新的空间大为缩减。而表演流派也就失却了其赖以存在的根基，因之趋于衰退。

当然，如此的技术形式完成，仅是阶段性的。新时期以来，京剧艺术面临着不一样的创作任务、表达主题、生活内容，这必定影响着京剧艺术在技术形式方面的新突破。但这样的突破，却因为另一方面的限制，限制着新京剧表演流派的生成。

这就涉及第二条线索，现代戏曲创演体系建立的影响。

这里所谓现代戏曲创演体系，是指以剧院、剧团为单位，融入导

---

① 曾永义《论说“戏曲之内在结构”》，载上海戏剧学院戏剧学研究中心编《戏剧学》第2辑，文化艺术出版社2014年版，第202页。

②③ 张颂甲《“移步”而不“换形”——梅兰芳谈旧剧改革》，《进步日报》1949年11月3日。

演制、编剧制、唱腔设计、舞美设计等的现代剧场戏曲创演体系。这种创演体系，是相对于旧有“名角挑班制”下的创演体系而言的。

“名角挑班制”本身并非是创演体系，而是一种戏曲班社组织方式。而且其也并非唯一的戏曲班社组织方式，在其之前尚有多种组班的形式。然而，京剧的“名角挑班制”，却是与京剧表演流派生成有直接关系的一种组织形式。京剧中真正意义上实现“名角挑班制”的第一人是谭鑫培，①而谭鑫培所立的“谭派”也是京剧历史上首个个人表演流派——亦即今日活跃在舞台上的京剧表演个人流派的原型。而京剧表演流派发展的趋缓，也是伴随着“戏改”的进行、“名角挑班制”的衰落而发生的。二者之间，是存在关联的。在“名角挑班制”之下，作为班社核心的“名角”可以借助自己对班社的控制权，调配班社资源自由进行创作活动。在这样的情形下，作为“名角”演员的个人技术特点、表演风格便成了班社创演的重要考量目标。因而，剧本的编写、配角的选择、舞美的设计、伴奏的调配等，统统都是围绕着“名角”来进行安排。“名角”演员可以借此充分展现个人表演，并由此进行艺术探索创新，形成个人的艺术风貌，逐渐塑成属于自己的表演流派。如此的创演过程，从谭鑫培开始，至于张君秋、裘盛戎都未曾间断。此外，纵使当时的“海派”京剧借鉴西方戏剧艺术形式形成了剧院体制，但“麒派”之周信芳、“盖派”之盖叫天等演员在创演过程中依然保持着绝对的主导权，这与一般的“名角挑班制”没有本质上的区别。

然而，在1949年后，随着“戏改”运动的进行，院团体制普遍取代了“名角挑班制”，境况则大为不同了。在院团体制而下，“名角挑班制”的主演创作职能被体系化的创作体制分离了。总体上说，便是以戏曲艺术整体性为核心的创演方式超越以“名角”为核心的创演

① 北京市艺术研究所、上海市艺术研究所编《中国京剧史》，中国戏剧出版社1999年版，第149～151页。

方式，成为院团体制的第一要务。导演制的普遍建立、编剧制的改进、唱腔设计与舞美设计等的专门化，使得原先由“名角”绝对主导的戏曲创演过程成了多源并进的集体性创作。“名角”的艺术选择需要与导演、编剧、舞美等多方面沟通，其主导权的下降，自然也就制约了其突出自身艺术表现的空间。

需要注意的是，这样的变化是一种体制性变化，但并非是刻板的、绝对的。院团体制下的创演机制，作为一个多方面沟通、互动的交流空间，也依然在相当程度上吸纳了“名角中心制”的优秀之处，并非对于演员的个人创作进行绝对的压抑。中华人民共和国成立初期的梅兰芳、周信芳等演员，以至于今日的尚长荣，依旧在戏曲创演过程中发挥着重要的导向作用。梅兰芳在回忆排演《穆桂英挂帅》的文章中就曾委婉地表达过自己在排演过程中对于整个剧目的主导①，而京剧《穆桂英挂帅》导演郑亦秋对排演过程的回忆，同样证明了这一点。②

然而，随着院团体制的发展运作，今日已经有了一批较为成熟且艺术实绩丰富的戏曲导演、戏曲编剧、戏曲舞美等戏曲创演职能人员，戏曲演员的个人艺术创造不可避免地为这些创演职能人员所分离。在戏曲界一度为人们所热议的“话剧加唱”问题，即是京剧界及戏曲界立足于京剧及其他剧种本身的艺术传统和特色，对于导演制度的一种轻微抵抗。不过这个矛盾冲突问题不单是表演流派问题，这里不多做展开。

总之，新创演体系的建立限制了“名角”演员进行创新实践的空

---

① 参见梅兰芳《我怎样排演〈穆桂英挂帅〉》，载中国戏剧家协会编《梅兰芳文集》，中国戏剧出版社 1962 年版，第 80～93 页。

② 参见郑亦秋《记梅兰芳先生排演〈穆桂英挂帅〉》，《戏剧报》1959 年第 12 期；郑亦秋《驾驭传统，创造新的艺术境界——追忆梅兰芳在〈穆桂英挂帅〉中的艺术创造》，《戏剧报》1963 年第 5 期；郑亦秋《〈穆桂英挂帅〉排演随笔》，载中国梅兰芳研究会、梅兰芳纪念馆编《梅兰芳艺术评论集》，中国戏剧出版社 1990 年版，第 276～279 页。

间与条件，从而使得新表演流派的建立，变得更加困难。

从上述两个历史线索可知，因京剧技术形式的阶段性饱和，技艺创新趋缓，使得新流派缺乏生成基础；而院团体制下的现代戏曲创演体系又限制了新流派生成所需要的实践空间。在这两方面的作用、互动下，京剧新表演流派的生成因而趋于衰退，以至于停滞。然而，前文曾论及，今日所流行之京剧表演流派都是如京剧生行“谭派”至于京剧旦行“张派”、净行“裘派”一类以个人表演艺术成就为基础的表演流派，有时甚至被简称为“个人流派”。但个人流派的生成放缓并不代表个人流派的灭绝，因为它们在戏曲传承、戏曲传播方面仍具有高度的现实意义。同时，本文以为，京剧表演流派在新的历史条件下，在戏曲现代进程发展至于今日的前提下，也会随之发生嬗变。

三　戏曲现代化进程中的表演流派嬗变

在1990年年底、1991年年初举行的纪念徽班进京200周年活动中，张庚曾发表讲话，对戏曲艺术，做出了如是展望：

> 我们的舞台上现在还没有出现艺术上完整统一的，从内容到形式，从文学到演出都比较完整的，像昆曲与京剧在成熟的时候出现在舞台上的，如我们今天所尚能看到的《长生殿》《群英会》这种水平的剧目。这种水平的剧目出现在舞台上，就表示一个时代的戏曲艺术完全成熟；更说得深透一点，这是表示一个时代戏曲的美学理想完全成熟，使它从美学理想变成了艺术创作的现实。①

张庚对这种“比较完整”戏曲作品的展望，事实上也是对于当前戏曲现代化进程的目标的概括。这意味着现代化的戏曲作品，不单要

---

① 张庚《戏曲的现代化历程》，载张庚《张庚文录》第五卷，湖南文艺出版社2003年版，第366页。

实现思想内涵上的提升、技术形式的创新，更要从方方面面实现整体的现代化，从而体现时代美学风范，这意味着演员的表演艺术势必要成为以剧目为表现形式的京剧艺术整体的一个部分。如此情形并非意味表演流派艺术的消失，而是说明其在当前不同的历史条件下，正在发生嬗变。本文以为，至少在以下三方面，表演流派正在实现着自身的嬗变。

首先，表演流派融入院团风格、地域风格、京剧风格中。如上一部分所述，在现代戏曲的整体性的美学追求下，个人表演流派的创生会因为演员创演职能的分离而受到限制。然而这些分离的创演职能，最终又会统一于作为创演主题的院团单位上。如果院团单位加以妥善运营，是有机会能够形成自己特有的院团风格，并在此基础上上升为地域风格以及京剧风格。上海京剧院的实践，尤其是“尚长荣三部曲”的创演，正可作为范例。其融入话剧、舞蹈等多种艺术形式的实践，对于题材和主题的突破性的开掘，是对于求新求变的京剧海派风格的彰显，同时也是对于新时期京剧艺术品格的塑成。以尚长荣为代表的优秀京剧演员，尽管未必借助这“三部曲”的演出就形成自己的表演流派，但却可以整体地促生上海京剧院的艺术风格、海派京剧风格以及新时期京剧的风格。

其次，全能型演员的培育。自 1949 年成立以来，转益多师、兼收众长的综合型演员越来越多。这一方面是因为旧时保守的宗派意识、门户之见被打破，另一方面更是因为以戏曲的整体艺术特征为追求的创作要求，使得演员必须以角色为创作要求，以实现剧目为最终目标。因而，学习多个表演流派，通过不同流派的技术特征、表演风格来丰富个人素养，会促成演员的全面发展，从而满足创作不同剧目的艺术需要。

李少春学习了“余派”“杨派”“麒派”“盖派”等多个京剧表演流派，兼擅文戏与武戏两种类型的剧目，在京剧界不可多得。所以，李少春既可以演出《野猪林》中的林冲，又可以演出《白毛女》中的杨白劳、《红灯记》中的李玉和等在技术与风格上完全不同的多种类型剧目的多种人物。尚长荣也是这样的全能型演员，他曾师从多位净行名家，实现了铜锤、架子“两门抱”的艺术素养、融通净行表演艺术，这才使得他能够塑造矛盾复杂的曹操、直言敢谏的魏征、足智多谋的于成龙、蒙昧昏聩的歧王等不同类型的角色。从艺术积累上而言，如此的全能型演员，尽管不再单属于一门一派，但却会实现京剧艺术在某行当或是多行当上的融会贯通，从而塑成京剧艺术在技艺、风格层面的演员范型。实现某方面技术突破、某方面独特风格的个人表演流派，固然是对演员造诣的高度评价，但演员范型的塑成同样具有高度的艺术价值。

再次，新表演流派的生成空间仍然存在。尽管已经有200多年的历史的发展历程，但京剧艺术尚未达到衰老的地步。随着时代的变迁，同样会在变迁中迸发出生命力，一如张庚所说：

> 历史悠久而古老的戏曲，由于发扬了和人民生活紧密联系的宝贵传统，不仅做到了积极地表现人民的生活，而且做到了积极地参与改造人民生活的伟大工作，终于使得它充满活力而且变得年轻起来。①

面对新的生活内容、思想文化等，京剧艺术需要创造新的表现形式，才能充分进行体现。这为京剧艺术提供了艺术突破的机会，同样也为演员的个人创造提供了很大的空间。如果演员的创造能够达到一定成就，尤其是在京剧现代戏创作方面足以开创风气，那么建成新的个人表演流派亦非不可能的事情。

以上三点，难以概括京剧表演流派多方面嬗变，但旨在说明：纵使因时代条件变化，京剧表演流派本身的发展受到一定限制，但京剧表演流派的艺术积淀，仍然会通过不同的形式，促进着京剧艺术的发展，并在这一过程中实现新的传承与发展。

---

① 张庚《论中国戏剧文化的生命力》，《戏曲研究》第7辑。

结　语

以上所论，源于京剧净行“尚派”问题，但最终希望是借此探索戏曲艺术中的某种现象、规律。总体上，京剧艺术的发展得益于多方因素，但不同类型个体的丰富实践积累，才是京剧艺术得以发展推进的基础所在。表演流派的意义，也是对于这些个体积累的价值认同。事实上，不止于京剧，表演流派在戏曲艺术中广泛存在，但是因为各剧种的历史形成条件不同，剧种发展进度不同，表演流派在各剧种中面临的际遇也不甚相同，需要分开进行探讨。同时，也应当注意到，戏曲界对于戏曲新流派声音的期待，实际上是对于戏曲创新的期待，以及戏曲各剧种舞台生命延续的期盼。如此的愿景，古往今来的戏曲艺术创作者都曾共有。但古往有古往之境况，今来有今来之情形，在结合当今艺术现状、历史条件的情况下，戏曲艺术必然也会有不同以往的新的发展进步。这样的进步正在进行中，相信也会继续下去。

（朱方道　中国艺术研究院研究生院戏剧戏曲学系博士研究生）

戲曲研究

用舞台语言构建“人文新淮剧”

——青年剧作家管燕草访谈

管燕草　孙红侠

20世纪90年代，上海淮剧团排演了《金龙与蜉蝣》，罗怀臻第一次提出了“都市新淮剧”的概念。此后，上海淮剧团一直致力于完成传统戏曲的现代转化，推出了《西楚霸王》《武训先生》等颇有影响力的作品。近两年，上海淮剧团又有两部引起广泛关注的作品，一部是以郁达夫作品为蓝本但全新创作而成的《半纸春光》，另一部是立足传统但形式大胆的小剧场戏曲《画的画》。《半纸春光》是郁达夫的小说作品首次呈现于舞台，这并不是简单的移植复排，而是一次舞台语言对文学语言的转换，这种具有鲜明海派文化特质的转换使得淮剧呈现出不同以往的人文气质，这也是这部作品的编剧管燕草提出

"人文新淮剧"的依据之一。围绕《半纸春光》《画的画》等作品以及"人文新淮剧"这一创作理念，笔者采访了上海淮剧团的青年剧作家管燕草。

孙红侠（以下简称"孙"）：2016 年首演的淮剧《半纸春光》是一部完全不同于以往淮剧作品的戏，2017 年 10 月作为"十九大"献礼作品进京演出于长安大戏院，中国剧协专门为这部戏召开了研讨会，"人文新淮剧"开始因为这部戏而正式提出。我们知道，你最早的文学创作是从小说开始的，而且成绩斐然，请先谈谈你从小说创作转换到戏曲创作的过程和想法。

管燕草（以下简称"管"）：我是一个从小说起步的剧作者，我很感恩文学，并且是发自内心的喜欢，应该说，我是从初中就开始创作，从最初的散文、诗歌、小小说，到后来的短篇小说、中篇小说、长篇小说，从刊登于报纸、杂志，一直到后来的出版社，高三的时候出版了第一部日记体的长篇小说《一个高三女生的日记》，那本书加印了七八次，收到了很多的读者来信，后来就一发不可收拾，接连出版了十几本小说，并在《中国作家》《作家与争鸣》《上海文学》《小说界》《延河》《天津文学》等大型刊物上发表中短篇小说，不少小说也被翻译成了英文、法文等出版。我很感谢文学让我对生活有了十分细致的观察，更有了些许积淀，让我能比较得心应手地驾驭戏剧。这两年写小说少了，但只要一空下来我就会写，前两个月还刚刚在《小说界》发表了一篇。

说到《半纸春光》，这部戏和文学有着很深的渊源，它是取材于革命烈士、左联作家郁达夫先生的《春风沉醉的晚上》《薄奠》两则短篇小说。我很喜欢先生的这两部小说，在我看来，这两篇小说在他的创作生涯中可谓"另类"，但却占据着十分重要的地位。他是一个比较自我的作家，喜欢沉浸在自己的世界之中。像《春风沉醉的晚上》《薄奠》如此关注底层百姓生活的作品并不多见。其实，想将他的这两则小说搬上戏曲舞台、改编成淮剧的想法已有好几年了，完全是出自对于原著小说的偏爱，偏爱小说那股淡淡的文学味道和耐人咀嚼、无穷回味的意韵。《春风沉醉的晚上》被文学界认定为是海派工人文学的源头，即描写上海工人生活的第一部小说，由于它在思想上、艺术上都有较高的成就，因此历来被认为是“五四”优秀短篇小说园地中的一朵奇葩。而《薄奠》则被誉为“一篇悲愤诗式的小说”。

作为作家，我发自内心地尊重郁达夫先生，我很能理解一个作家对于文字的洁癖追求，两篇小说具有郁达夫先生独有的风格和味道，既然选择把它搬上戏曲舞台，那便要完整地保留其文学所传递出来的韵味和内涵，不然我又何必要改编他的小说呢？若是因为要增强可看性而破坏原有的文学味道，我是不屑于那样做的，因为那还是不改的为好。

创作《半纸春光》是我走近并走进先生精神世界的过程，如若不能与原著作家精神契合的话，是改编不好他的作品的。小说中那个屡屡搬家、落魄的小知识分子“我”、烟厂女工陈二妹、黄包车车夫及其妻、房东老朱、烟厂工头等人物始终纠缠着我，随着时间的堆积，在我的脑海中竟渐渐清晰起来，我想让他们搬进坐落在上海邓脱路上“日新里”对面的那条贫民窟弄堂——“德华里”，我想让他们成为生活在一条弄堂里的、“紧挨着”的街坊邻居。于是我把原先《春风春醉的晚上》中的那个流浪小知识分子起名为慕容望尘，把《薄奠》中的黄包车车夫起名李三，车夫妻起名为玉珍。他们虽然饱尝生活的贫苦和磨难，但是他们依然坚强地生活着，并对未来充满憧憬和期许，换句话说，他们身上洋溢着最朴实的、对生活不低头不认输的劲头，并携手相帮。对慕容来说，那便是一道耀眼的“春光”温柔地击中了他，使得因为付不起房租而搬过好几次家的慕容从寒冷中渐渐苏醒了过来、振作起来，并决意教每个人识字读书，带领着他们走出弄堂；对于生活在贫民窟的人们来说，当慕容夹着一叠书本走进弄堂之时，他们就看到了“春光”，他们不能想象会有一个知识分子走进“德华里”；慕容从一个旁观者到走近他们，融入他们，和他们之间的情感由相互同情，渐渐发展为相互依偎、慰藉，直至发自内心地想要帮助他们。在先生小说的基础上，我捋清了主要人物的情感线索、心路历程，我适当地增加了情节，但加得十分谨慎、节制。我让住在一板之隔的慕容和二妹充斥着同是天涯沦落人的淡淡哀伤——一个是父亲过世，在上海无依无靠的烟厂女工，另一个是留洋回国、靠翻译俄国小说投稿给杂志、却总也发表不了的小知识分子，当慕容在弄堂救下遭工头纠缠的二妹，二妹为饥肠辘辘的慕容送来了馒头时，两人第一次走近对方；当慕容看到同样贫苦的二妹伸手帮助邻居车夫李三一家，二妹的那一句口头禅："不怕，一切都会好的"，深深地温暖着慕容那颗已然冷却的心灵；在车夫李三遭遇客人赖账、遭受毒打之后，慕容用那双手无缚鸡之力的读书人的手在大雨瓢泼中帮李三去拉车，他完成了人生中的第一次觉醒，陈二妹追出弄堂，在雨中对慕容说道：你这双手是握笔的、拿书的，怎么能拉车呢？而慕容激动地回答她：可我这双手挣不来钱！之后两人一段戏曲化的拉车表演，将双方细腻的情感抒情地表达了出来；二妹为了买那一本发表慕容翻译文章被查封的杂志《长夜星光》而遭受到工头阿贵的欺辱，慕容因为李三的死而触动，第二次觉醒，上坟祭奠。在剧作上，我采用了平行蒙太奇的手法，表现两个小人物在两个不同时空的内心痛苦和挣扎；当二妹为保全慕容而决意离开上海时，两人终于坐在一张桌前吃饭，二妹流着泪冲着慕容最后叫出了那一声"哥"，慕容心痛欲绝。9 年后的 1932 年，淞沪抗战爆发，当慕容再次回到"德华里"时，"德华里"早已成了废墟，而慕容却在幻景中又一次看到了二妹、李三、玉珍、老朱等人在给他包馄饨，并热情地招呼他……这个抗战的氛围，我想应该距离郁达夫先生更近一些，因为他曾经写下过"我们这一代人，应该为抗战而牺牲"的字幅，并最终成了抗战的革命烈士。可以说，这个结尾我是为先生而加上去的。

和小说一样，《半纸春光》以男主角的视角去感受"德华里"、感受 20 年代初的上海，刻画了一个下层知识分子从个体意识到群体意识的转变，从实现自我到成就大我的付出。但是由于舞台作品和文学作品在表现方式上存在着极大差异，所以小说转换成戏剧的过程并不能简单地改编，这是一个完全全新的创作。如何用舞台语言来表达文学性，虽然小说的文学性和戏剧的文学性完全不同，但绝不能仅仅停留在讲一个好看故事的层面，更多地理应保留原著的精神内涵。

《春风沉醉的晚上》和《薄奠》这两部作品文学底蕴非常厚实，但是作为剧情来讲就非常淡、非常薄弱，属于不适合改编为舞台作品的那种小说。小说情节之淡化程度非同一般，心理描写居多，外化行动十分有限，这是戏剧最为忌讳的。

孙：淮剧这一剧种是否合适表现这一题材，是否能淋漓尽致地表现郁达夫作品的文学性？

管：与圈内人士每每聊起这个题材时，很多老师、朋友均劝我，不要去做这样一件“吃力不讨好”的事情，有时间和精力不如去写写历史剧，或者哪怕改改传统老戏也能轻而易举地受到普通观众的欢迎和追捧，又何乐而不为呢？诚然，他们说的这些，我都知道。其实，从他们劝我的话语中，我多少能听到些许的弦外之音——在很多人的心目中，淮剧就是一个很草根的剧种，因为太接地气而根本无法承载郁达夫小说的文学追求，淮剧适合的是表现赵五娘、秦香莲等的市井作品。然而，窃以为，这一根深蒂固的看法对淮剧来说是片面的，任何剧种都不应该用有色眼镜去解读，不然多少有些曲解的意思了。

我深深地知道，创作取材于郁达夫先生小说的一部戏，一定是对于淮剧风格、样式，甚至于题材上的一次大胆开拓和突破，对于一个年轻编剧来说，更是一次挑战，因为这部戏不仅要传承原著的文学性，同时更要描绘出那个年代浓烈的生活质感，它有别于传统剧作的结构、冲突设置、人物塑造等，它必须是符合郁式风格之下的戏曲作品，这是我作为编剧必须做到的，我觉得“克制”二字对这部戏非常重要，“克制”是我作为编剧对全剧戏剧冲突构建的把握，克制甚至拒绝运用编剧技巧，克制、控制人物之间情感表达——这不是一个讲述爱情故事的作品，克制浓烈的舞台表述……因为这些均不是这部戏的风格和追求。我深深地知道在文本上的“难点”，将来也会成为二度呈现上的难点，更会成为演员在表演上的“难点”，大喜大悲对于二度和表演并不难，而对于情感的拿捏分寸和细腻感将是对演员演技的一次极大考验。同时，这将可能让《春光》成为一部受到争议和质疑的戏。

之后的几年始终在纠结和酝酿中度过，空闲之时，便每每想起这一份创作的初心。我想做的是一部人文意味的淮剧，要把文学性注入淮剧，要让淮剧的剧种气质通过这个作品得到全新的呈现。所以我产生了这个创作的冲动，即使最后这部戏不能上舞台我也要写出来，也许这个被称为创作冲动的冲动是真正重要的动力吧。同时，我也一直在揣摩先生为何在从日本回国之后创作出了这两部小说，我想一定是和他当年租借在上海“嘉禾里”的那段拮据的弄堂生活有关，而我幼年时有过弄堂生活的经历，那段时光让我怀念至今，弄堂里的人们充满了温情，但也因为居住环境的压抑，常常让人感到生活的无奈和窘迫。

当创作完这部戏之后，剧名又让我犯难了，曾经想了很多，却总觉得不是属于这部戏的。好几个月后的一个傍晚，我突然想到了《半纸春光》四个字——弄堂里的春光，男女主角对彼此意味着不同的春光，乃至人生的春光，当下兴奋之极。是以，我将这部淮剧定名为人文新淮剧《半纸春光》。半纸春光也成了剧作的一种意象，创作剧本的时候我就想象着将来的舞台呈现用宣纸来做分隔区，在我看来只有泛黄的宣纸才能最好地呈现出郁达夫先生那种文字的美感。

孙：看来，“人文新淮剧”是创作的起点，这是不是贯穿整个创作过程的？

管：是的，是这样的。谈起这部戏的创作过程，其实并不是一帆风顺的，刚才已经说了这么一个文学意味强烈的题材对于编剧，对于淮剧都是一个难题。我是2001年进入上海淮剧团的，至今也已经有十七八年了，一开始确实不太熟悉淮剧。我虽然毕业于上海戏剧学院，主修的也是戏曲，但毕竟不是专门学习淮剧这个剧种的。上海的淮剧具有十分鲜明的海派特点，我留意到淮剧不仅在题材开掘、表演程式、流派唱腔等诸多方面都还有创新、发展和提升的空间。到了淮剧团以后，我很努力，每年一个大戏剧本，同时也会创作小戏，淮剧团不排演我的剧本，那我就把剧本投稿出去参加各类的剧本征集，让我高兴的是基本每次都能获奖，这也是对我创作能力的一种肯定，同时更增强了我对戏曲剧本创作的信心。我在上海淮剧团坐了 8 年的“冷板凳”，没有上过任何戏，当然这也是一件好事情，让我能静下心来沉淀，梳理自己的想法，加强对淮剧这个剧种的认知，也可以说是一个厚积薄发的过程。

《半纸春光》立项以后，在导演的选择上我没有很具体的人选，但我想应该要找一个上海本土的导演来导，这个导演无论年轻还是资深，无论是名气大还是新秀，得是一个了解、熟悉上海老弄堂生活的，因为如果不熟悉弄堂的生活，是很难找到感觉的，换句话说他得熟悉上海的市井生活。另外，我需要一个对剧本有感觉有冲动的导演，和我一样是一个对文学甚至是文字有着敬畏的合作者。

后来，我把剧本给了上昆年轻的导演俞鳗文，等她看完剧本之后我们约着见了一面。要知道和导演的合作、磨合是诠释作品的一个过程，这个过程有时是令人愉快的，有时也是痛苦的，有时还会有冲突。我和俞鳗文深谈过一次，她跟我谈了对剧本的理解和解读，我觉得她是读懂了剧本。我一直认为导演没有大小，只有合不合适。她也问了我为什么要写《半纸春光》，我告诉她搞创作不能太功利，《半纸春光》是我很想写的一部戏，我遵从自己的内心，仅此而已。在这一点上，我和她达成了共识，我很高兴能寻到这样一位合作者，在后来共同合作《半纸春光》过程中，也充分证明了这一点，包括舞美设计倪放、灯光设计陈晓东、唱腔设计李学峰、作曲配器曹勤升……如果没有二度和文本如此高的契合度，《半纸春光》是达不到目前这个舞台呈现的。我曾对自己暗暗说过，自38岁以后我要把时间花在自己想写的作品上。其实除了《半纸春光》之外，《孔乙己》是我创作的人文新淮剧的第二部作品，还有第三部作品《蒲松龄和狐仙》，目前还在修改和打磨剧本之中。

孙：郁达夫作品中的文学性呈现于舞台并不是一件容易的事情，这也体现在淮剧对这种严肃文学性的转化过程中，你期望通过《半纸春光》表达什么？

管：第一，用作品来很艺术地回答中国为何会爆发革命，即革命爆发的必然性。作为编剧，我觉得《半纸春光》承载了一定的历史性和时代性，它很海派也很红色。上海是一座工业城市，我生在上海、长在上海，我对于这座城市有着深厚的情感，而上海也是一座红色的城市，我要为上海而写作。我承认，我是一个有工业题材情结的作家，从反映百年上海工业文明的三卷本长篇小说《工人》，到获得国家艺术基金、上海重大文艺创作题材资助的《大洪流》——展示上海工人三次武装起义，一直到反映工人生活的《半纸春光》。先生小说里的陈二妹可以买点水果，可以买衣服。显然，她的生活已经进入现代化。可是她的人是异化的。为什么？因为她特别恨自己的工厂，顺便特别恨自己的劳动产品。她本身在工厂里是受剥削的。她在小说里跟男主人公说：你不要抽烟了，抽烟对身体不好，如果你一定要抽烟，也不要抽我们工厂生产的烟。也就是说她恨自己的劳动的产品。这个按马克思的说法，就是我们无产阶级的第一代的初级的基本特征，就是劳动跟人是分离的，马克思提出一个概念是异化，这就是资本主义社会工人形成的一个主要特点。它既是资本主义社会的一个产物，同时它又跟资本主义社会是有一个对立，也就是按照马克思说法，工人阶级是资本主义社会的掘墓人。这个阶级的意识就这么产生。著名评论家陈思和曾经说过，郁达夫非常敏锐地抓住了这样一种工业的特征、工人的特征，从这个特征我们就可以看到中国的工人阶级具有现代意识的功能产生。那这个传统后来随着中国共产党左翼文学的出现，一直到1949年以后，工人阶级成为这个国家的主人。

在《半纸春光》中，陈二妹身上的善良、纯真、不屈，让一个消沉的小知识分子看到了春光，于是他走出低谷，并觉醒，而觉醒的知识分子正是陈二妹等等底层劳动者的春光，他承诺要教他们每一个人都识字，要带他们走出弄堂，走到一个崭新的时代去——这预示着1923年左右的中国——党的一大已经召开，马列思想的种子正在中国传播，大革命即将爆发，这部戏很艺术地预示着中国共产党即将登上舞台，领导中国人民、工人阶级去斗争。

第二，为淮剧剧种而创作。今年是淮剧进入上海113年，淮剧早已与这座城市的文化血脉相连。我作为一名编剧，也作为一名剧团的管理者，一直在思索剧种和上海的关联，也就是说如何用淮剧更好地讲述上海故事，展示上海精神。上海有那么多的苏北弄堂，为何从来没有人关注过，没有人写过？淮剧必须有那么一部戏去描写上海的弄堂生活！刻画那群生活在弄堂的人！

另外，淮剧在经历了20世纪90年代罗怀臻老师提出的“都市新淮剧”的发展阶段，目前已经完成了都市化的发展进程，如今淮剧的观众已经发生了根本变化，由原先的工人、农民、城市平民等逐渐发展为教育程度较高的市民，淮剧原来的题材风格等已经不能满足他们的需求。如何才能使这个剧种更好地在上海发展，更好地为不同层面的人民服务，这是我们要考虑和面对的问题，我认为在上海生存的淮剧，因为受众的改变，必须要相应地提升这个剧种的文化含量，即加强淮剧的人文意蕴和人文观照，于是我提出了“人文新淮剧”这个理念，并通过《半纸春光》这部戏将原先小说的文学性转化为舞台的文学性，使得并不擅长刻画知识分子的淮剧让人眼前一亮。

孙：《半纸春光》取得了成功，接下来打算推出什么样的作品？

管：我很愿意写工业题材，尤其是上海的工业题材，《半纸春光》是描写工人生活的，我准备写三部曲的，现在还差一部，我也在酝酿和积累。接下去创作的一系列作品，我都会有非常不同的表达，但做戏我坚持的原则是“一戏一格”，我要探索淮剧的多种可能，想做几个模板出来。

孙：《半纸春光》取得了成功，你创作的小剧场淮剧《画的画》在上海首演后，一下子参加了五大艺术节：上海国际艺术节、黄河戏剧节、第五届当代小剧场艺术节（北京）、北方青年艺术节（天津）、罗湖戏剧月（深圳），并在黄河戏剧节上取得了剧目银奖、编剧奖、导演奖、表演奖等9项大奖的荣誉，在北京又荣获了优秀剧目。一路演下来，这部戏的反响非常好，有很多表现上的特色，文学的表达也有独到之处。那么，这部戏的创作初衷和过程都是怎样的？

管：还是为了淮剧而创作，一个剧种要有生命力，要在这个城市占据一席之地，一定是用作品说话的！我永远都忘记不了淮剧的老观众在看了《画的画》首演之后把我围住对我说的话：我们已经六七十岁了，我们终有一天会迈不出家门、走不进剧场，那个时候淮剧怎么办？淮剧得有新的年轻的观众来看啊！他们说话时渴望的眼神我到现在记忆犹新，他们和我们一样，对淮剧有着深深的情感。淮剧真的需要新观众！那就意味着淮剧需要新观众能接受和喜欢的新剧目。这是我们这一代淮剧工作者肩负的使命。

《画的画》这部戏，第一，从文本上来说，我们坚守淮剧具有代表性的传统唱腔，坚守戏曲的程式和表演方式，坚守传统文化。用古装戏来讲述当下的主题，那就是反腐廉洁，鞭挞“跑官、制假”，弘扬社会主义核心价值观，该剧不仅在上海成功地进行了首轮演出，更是成为上海和浙江两省文化交流、沪嘉两地“文艺融合、同铸辉煌”的第一部小剧场戏曲在嘉善拉开该剧巡演第一站，打响浙江文艺接轨上海的第一枪。第二，探寻小剧场特点：实验性、当下性、戏曲性、探索性是《画的画》的特点。它用当下人的审美意蕴，用当下人的审美节奏、用戏曲最基本的行当：“生旦净末丑”跳进跳出、戏里戏外地讲述故事。演员既饰演“生旦净末丑”，又演绎性格迥然不同的剧中人物，反差大，探索“同一行当”的舞台极致表演和追求。另外，还用了间离的第三视角，即让副导演谭昀扮演“鼓手”，完成现场的打击乐伴奏，他没有一句台词，但直接参与到表演之中。全剧 80 分钟，舞美一景到底，6 位演员不下场，既扮演角色，也扮演道具、景片等。《画的画》在文本上为二度和表演提供了充分的发挥空间，在不影响叙事的结构下，我们用了流行的抖音、街舞等方式重新包装该剧，让青年观众接受，剧场效果强烈，更好地普及了戏曲。

孙：我们注意到《画的画》这部戏是非常有特色的，超出了一般化的对“先锋”与创新的理解，年轻化的创作团队、自带先锋意味的小剧场属性、文学意图明显的文本、高度象征化的舞台意象和非常独特的舞台时空观念都是这部戏做得很出色的地方，所有的一切组合在一起又构成了《画的画》不同于传统淮剧的现代意味与“后现代风”。但是，在传统的声腔和老调上，在演唱方式上，在演员依托四功五法而完成的表演上，这部戏又顽强而执着地守护着淮剧的传统。从这些表现上看，这部戏有可能是一部找到了由“传统”进入“当下”的路径的作品。对这一点，你怎么理解？

管：“传统”是一定要进入到“当下”的，不然可就真的变成“非遗”了。我认为，给予青年观众观看的剧目一定要寻找到属于他们这一代的审美表达。但是有一点是明确的，就是我们做这部戏的初衷，我们是为了传承和推广淮剧艺术，那“根”和“本”还是不能抛却的。

《画的画》这部戏里我们选用了最为传统的唱腔，表演非常遵循戏曲的程式化，把戏曲做到极致就是时尚，探索一个行当的极致性——比如旦角演员，在戏中是青衣的行当，戏外她要挑战彩旦、小花旦、泼辣旦。生旦净末丑都是如此，一个演员要挑战同一个行当的完全不同的演绎，难度很大，其最终的目的是为了让青年观众了解、熟悉淮剧乃至戏曲，只有熟悉和了解了之后，他们才有可能自觉地走进剧场进一步去观看我们的骨子老戏。同时，《画的画》无论从主创团队还是演员都选择用青年人，台上的 6 名演员 3 位是 80 后、3 位是

95后演员，他们是淮剧的青年一代，目前他们要的就是不断演出像《画的画》这样的小型剧目，以后积累舞台经验和锻炼塑造人物的能力，仅仅依靠学习传统老戏对他们的成长还是不够的。

孙：《画的画》的舞台有两版设计，“画框版”是将整场演出放置在一个倾斜的画框中，“画轴版”则是自天幕悬垂各种尺寸的画轴。北京繁星戏剧村演出时使用的是“画框版”舞台，泼墨效果的设计使整体呈现暗色调，倾斜与残破的画框象征其中所搬演的故事的荒谬，所有的演出都在画框内进行，人在画中演，演在画中看。因为舞台以“画”的形式表现，演的又是“画”的故事，所以，画——既是全剧的贯穿道具，也是官场群像的隐喻，更构成一个隐蔽的舞台意象，所有这些都会让观众在看过戏后对“画的画”的剧名有所回味。那么，你对这个设计、这个舞台意象的构思是什么样的？最后呈现的结果是否满意？

管：作为这部戏的制作人，我对这两版的舞美总体还是满意的，这是针对不同的剧场特点来完成构想的。在上海国际艺术节，我们在黑匣子的舞台上用的是“画轴版”的舞美设计，这个构想其实来源于团队不断地演出不断地实践之中，因为《画的画》演出了很多场，我们每一场演出完成，听取各方意见之后剧组都会坐下来总结，并且在下一次的演出中再修改完善，包括我的剧本。那么“画框版”舞台呈现我们还不太满足，副导演谭昀最先说出了“画轴”这么一个构想，我觉得很好，这个构想的特点是轻便精致小巧，可以适用于真正的小剧场之中，便于表演，给予观众的空灵感，和我们这部戏的气质是完全吻合的。我觉得这就是团队。我们虽然是一支年轻的团队，但每一个人对于艺术很敬畏很敬业，合作的戏多了，磨合的时间长了，自然而然会生发出灵感和默契。

孙：听说你现在正在创作京淮合演《新乌盆记》，怎么会想到京剧和淮剧跨界合演呢？

管：《新乌盆记》不仅是京淮合演的跨界项目，是一次对“京淮不分家”的实践，更是音乐上的一次跨界。我们在乐队的编制上不仅用京剧、淮剧两支传统的民乐乐队，更加入了西洋弦乐、弹拨乐（古典吉他）。不论是剧种的融合，还是一次音乐上的融合，都很有意思。说到京淮合演，是有历史渊源的，京剧对于淮剧的启蒙是不可估量的。1912 年以后，香火戏开始南下，淮剧艺人把淮剧带到上海演唱，还陆续去沪宁线及杭嘉湖一带演出，称为“江淮戏”或“江北小戏”。1927 年，在上海，谢长钰与琴师戴宝雨等合作，借鉴京剧拉弦托腔的方法，在【呵大海】的基础上创作新腔。起初用四胡伴奏，后改用二胡，是淮剧用拉弦乐器伴奏的开始，故被称为【拉调】。可见，京淮早已在发展过程中便融为一体，不分彼此。在 1949 年之后京淮合演的机会反而很少，而正是由于同京剧的渊源，淮剧在沪上各大剧种中与京剧的唱腔、程式、妆面等较为接近，淮剧团也有着为数不少学习京剧而后改行唱淮剧的演员，本着相互学习的出发点，我想排演京淮合演《新乌盆记》，旨在当下的融合、借鉴，拓展提升淮剧艺术的魅力。

孙：能说说这次的《新乌盆记》除了跨界之外，在文本上又“新”在哪里吗？

管：《新乌盆记》取材于传统京剧《乌盆记》，用当下的审美视角做了全新的阐释，更着重于揭示张别古和刘世昌的内心。该剧由一个演员出演刘世昌、张别古、刘世昌妻三个角色，分别跨老生、丑、青衣三个行当。讲述了绸缎商人刘世昌被赵大夫妇所害三年之后，幸得张别古前往赵家讨债，赵大将乌盆抵债。刘世昌的冤魂追随张别古，在刘世昌的不懈劝说下，张别古来至定远县包公包县台处击鼓鸣冤，却因为胆怯未敢进入县衙，放弃、拒绝了刘世昌的恳求。落魄的刘世昌赶至地府，缘于三年之前与阎王曾经约定，三年内若无人为其申冤，便魂飞魄散。在刘世昌的哀求之下，阎王答应宽限他一天用来说服张别古，而刘世昌表示若无人为他申冤，他甘愿不再为人。刘世昌回到阳间，再次恳求张别古，甚至宁愿“自碎乌盆”，张终于被其执着的精神打动，答应前往包大人处鸣冤。前往途中，张别古思及刘世昌沉冤雪耻之后终将离去，自己又是孤家寡人一个，于是对刘世昌产生了依依不舍的伤感情怀。塑造了一个在人世间活得最为悲凉的人，即张别古——即将走至生命尽头，丧妻又无子，终日靠打草鞋为生，平日连一个说话的人都没有；通过一个沦为鬼世界最为悲惨的鬼，即刘世昌——遭人残杀，尸骨被烧成乌盆，终日被困乌盆，竟无人替他申冤，恶人逍遥法外。这一人一鬼通过"申冤"这件事情纠结到了一起，最终在精神上感化了彼此。然而，看似大团圆的结局，却也蕴藏着并不圆满的另一面，从而重新审视人生与生命的真谛，引人深思。

有意思的是，我们分别用两个演员：一个演员是学京剧后来改行唱起了淮剧，另一个是唱淮剧但为了这出戏学唱京剧的演员，从不同角度、用完全不同的表演风格和舞台节奏从不同的角度共同演绎了两遍这个故事，告诉大家其实世间有很多个"张别古"，也有很多个"刘世昌"，又安知我们不是张别古和刘世昌呢？这是一部很安静的戏，却很有回味和禅意。如果说，排演《半纸春光》是对郁达夫先生等那一代中国文人、对那个苦难深重的时代的回望，那么，排演《新乌盆记》是对我们这个团队、这一批从事戏曲工作者的集体回望。我学写戏，最初写的是京剧剧本，京剧对我具有启蒙作用，导演谭昀是京剧武生出身，演员高挺也是学京剧的。目前剧本被列为文化和旅游部剧本孵化计划、上海文化发展基金会青年编剧资助项目，这个戏将亮相上海小剧场戏曲节，希望大家能喜欢。

（管燕草　上海淮剧团一级编剧

孙红侠　中国艺术研究院戏曲研究所副研究员）

戲曲研究

略谈《古本戏曲丛刊》中的几部碧蕖馆旧藏传奇

戴　云

中国戏曲源远流长，在长达800多年的历史长河中，留下的古今戏曲名目数以万计，有存本的古典戏曲剧目也有几千种。对有志于曲学研究的学者来说，他的兴趣首先表现在对曲本的搜求上。由于各种条件所限，搜求曲本的确不是一件容易的事情，第一要有行家的眼光，第二是财力允许，第三也要有机会。古代藏家暂且不论，近代藏曲家吴梅、郑振铎、周越然、马廉、齐如山、傅惜华、吴晓铃等，在对曲本的搜求方面，均可说是"不遗余力"。

中华人民共和国成立后不久，身为北京大学文学研究所所长的郑振铎先生以其前瞻性的学术眼光，提出编辑《古本戏曲丛刊》的设想，计划从全国各公立和高校图书馆、戏剧团体、科研单位以及私家藏书中广泛征集古典戏曲剧本，按时代顺序和戏曲文献类别，分集影印出版。为此，专门成立了《古本戏曲丛刊》编委会。阿英、杜颖陶、傅惜华、赵万里、周贻白、赵景深、吴晓铃等均为编委会成员。需要说明的是，包括郑振铎在内的这些成员不仅是学术领域的著名学者，而且他们私人的藏书在学界也颇享盛名。郑先生怀着对祖国戏曲事业的高度热忱和强烈责任感，以他特有的人格魅力，将这些学者纳入编委会中，使之为这部大型戏曲丛刊的编纂献计献策，必要时还要献力，即将自己的藏曲提供给《古本戏曲丛刊》影印出版。在这方面，郑先生自己就带了一个好头。据初步统计，《古本戏曲丛刊》前四集的影印底本中，标明“长乐郑氏”提供的底本就高达 74 部之多。[①] 迄今为止，除中国国家图书馆（当时叫北京图书馆）等几家公立图书馆以外，在私家提供的影印底本中，郑先生恐怕是最多的，当然质量也是上乘的，多为明代精刊本，其中不乏当时著名出版家和刻书家刊印的剧本。

除了郑先生以外，其他编委也均尽己可能将自己所藏珍品提供给丛刊影印。在此，我想谈谈《古本戏曲丛刊》中几部大兴傅氏（傅惜华）碧蕖馆旧藏传奇的文献价值。

傅惜华一生嗜书，藏书、读书、写书贯穿了他整个的人生轨迹。作为中国著名的藏书大家，他以毕生的精力和财力致力于中国古籍的收藏，数十年来从未间断。傅惜华一生共收藏数万册图书，曲类图书占其八成以上。不仅如此，凡遇珍稀曲本求购不得，他便想方设法请人誊写或借来自己亲自抄录。他为自己的藏书室起了一个雅致的名字“碧蕖馆”，抑或出于曹植《洛神赋》中“灼若芙蕖出渌波”的名句，抑或书斋主人酷爱荷花而取此名？

---

① 其中包括长乐郑氏与大兴傅氏共同提供的《金瓶梅》传奇，下文统计大兴傅氏提供的曲本也含此。

笔者也初步统计了一下，在出版的《古本戏曲丛刊》前四集中，大兴傅氏提供的剧本有 20 部。需要说明的是，第五、六两集分别出版于 1985 年和 2016 年，此时傅氏碧蕖馆藏书已归中国艺术研究院所有，因此剧本的内封面不可能再注明是“据大兴傅氏所藏”某本影印，但是我们还是可以根据书中的藏章以及傅惜华早年的《碧蕖馆谈曲》《碧蕖馆藏曲志》《近五年来所获之戏曲珍籍》等相关文章来界定。

一

与郑先生不同的是，傅惜华提供的影印底本中，除少量刻本以外，有相当一部分是梨园抄本。这些抄本有的字迹尚工，有的却颇为潦草，纸张用墨不很讲究，且鲁鱼亥豕，以往的藏家一般不大注重这类书籍的收藏。直到近代，这类书籍的价值才逐渐为人们所重视。收到《古本戏曲丛刊初集》有一根据大兴傅氏藏本影印的《牧羊记》，是乾隆三年（1738）抄本。《牧羊记》曾是戏曲舞台上久演不衰的剧目，而这部《牧羊记》却是一部南戏作品。南戏这种艺术形式历史悠久，多为民间创作，其文辞俚俗，多不被正统文人所重视，所以刊刻付梓的机会很少，加之战乱等原因，真正保存下来的南戏剧本少之又少。而这部《牧羊记》，据藏者傅惜华本人考证：“统观此《记》体制、曲牌连套，均可知为洪武以前人之作，盖元代之南戏也。”[①] 也就是说，这个本子的抄写年代虽在乾隆年间，但却保留了元代南戏的体制风貌。剧本的影印出版，无疑为南戏研究者提供了极大方便。

碧蕖馆藏曲中有些明代曲家创作的剧本，但在近世舞台罕见演出甚至已经绝迹，如收到初集中的《金丸记》（明姚茂良撰，康熙抄

---

① 傅惜华《碧蕖馆藏曲志》，载《傅惜华戏曲论丛》，文化艺术出版社 2007 年版，第 306 页。

本)、《鲛绡记》(沈鲸撰,顺治七年即1650年沈仁甫抄本),收到二集中的《遍地锦》(姚子翼撰,康熙抄本)等。《金丸记》即近世京剧及地方戏中十分流行的"狸猫换太子"的故事,但久罕传本,仅《词林一枝》《醉怡情》《万锦清音》等明清戏曲选集中收录此剧散出,昔日梨园舞台偶尔以弋腔爨演《妆盒》《盘盒》《收养》《拷问》等出。《鲛绡记》不见刻本流传,舞台也久失爨演。《明代传奇全目》中列有该剧5种抄本,初集收录的大兴傅氏藏本为抄录年代最早的一种。而《遍地锦》在明清戏曲选集及各类曲谱书籍中均不见收录,也未见有梨园上演记载,可见在清代就已绝迹舞台了。这些罕见剧目借助《古本戏曲丛刊》的影印得以重见天日,为深入研究这些作家的生平创作提供了翔实的资料。

再如明传奇《灵犀佩》,除傅藏本外,至今未见全本传世,梨园也无搬演。这本传奇卷首未题作者姓氏,仅卷尾题"天启甲子年初夏二日查味芹在关上朱宅写完灵犀佩",可知为天启四年(1624)查味芹抄本。《传奇汇考标目》著录此剧,题许自昌撰。[①]《曲海总目提要》说"未详谁笔"。[②] 而《曲录》注文曰"疑即王权所撰"。[③] 清初方来馆主人所辑《万锦清音》一书所选该剧《湘灵密订》《僧尼暗通》二出,卷首总目署"梅花墅编","梅花墅"为许自昌别署。傅惜华先生将此与查味芹本进行核对,发现《万锦清音》本所收二出"实即此抄本之第五、第十五两出,于此可知此本为许自昌之作无疑矣"。[④] 当然,仍有人认为《灵犀佩》传奇与许自昌另两部作品《水浒记》《橘浦记》的文字风格有异,疑其系"王无功改定本"。[⑤] 这部稀见之

---

① 无名氏《传奇汇考标目》,载《中国古典戏曲论著集成》(七),中国戏剧出版社1959年版,第234页。

② 《曲海总目提要》,人民文学出版社1959年版,第459页。

③ 《曲录》,载陈乃乾《曲苑》,上海古书流通处1921年石印本。

④ 傅惜华《碧蕖馆藏曲志》,载《傅惜华戏曲论丛》,第291页。

⑤ 参见齐森华等《中国曲学大辞典》"许自昌"条,浙江教育出版社1997年版,第131页。王无功即王异,一作王权,或作王元功,明代曲家王元寿弟。

本的《灵犀佩》被收到《古本戏曲丛刊三集》之中，可使更多对此有兴趣的学者得以深入探究。

二

在2016年出版的《古本戏曲丛刊六集》之中，傅惜华旧藏的不少珍稀曲本也被囊入，如《儿孙福》。该剧清代一度很流行，《缀白裘》中就选入《别弟》《报喜》《势利》《下山》《宴会》诸出，其中《势利》（《势僧》）一出尤为著名，但此书全本却不易得见。傅藏本《儿孙福》仅存上卷，为康熙抄本，卷首有《儿孙福传奇叙》，署“时辛亥岁季春下瀚日瞟溪散人孙慧远圣仪氏题于山塘之翠凝轩”，辛亥岁，当是康熙十年（1671）。

该剧卷端署：“寄啸庐传奇儿孙福，茂苑朱雯虬云从甫撰，山阴高畔晋音氏订。”高奕《新传奇品》言朱云从为吴郡人，著录所撰传奇计12种，称其剧作如“骏骑嘶风，驰骤有矩”①。茂苑即长洲（今属苏州），高奕说朱云从为吴郡人是不错的。题署中有这样几个问题值得思考：一是“寄啸庐”是否为《儿孙福》作者朱云从的室名？二是《新传奇品》著录朱云从的12种传奇是否均署“寄啸庐传奇”？当然，朱云从创作的传奇大半迷失，可能也就无从查证。但也许若干年后从别的古籍中发掘出与此相关的资料也未可知。再有，《新传奇品序》的末尾署“山阴高奕晋音氏书”②，《新传奇品》正文中言“高晋音会稽人。清修洁操，不入世气”③，并列所撰传奇14种。研究者大都认为剧作家会稽高晋音与《新传奇品序》作者山阴高奕晋音氏是一个人。因唐代山阴和会稽均属“越州”。南宋绍兴年间，越州改称绍兴，山阴和会稽成了绍兴的属县。那么，《儿孙福》卷端所署的“山

①③ 高奕《新传奇品》，载《中国古典戏曲论著集成》（六），第275页、第274页。
② 高奕《新传奇品·序》，载《中国古典戏曲论著集成》（六），第269页。

阴高晔晋音氏订”与前面所说的“山阴（或会稽）高奕晋音氏”是什么关系呢？笔者认为，二者应该也是同一个人。一是二者籍贯、姓字均相同，其名“晔”“奕”写法虽然不同，但这两个字在吴语中，读音却是相同的，均读入声。[①] 如此说可成立，那么对于诸家所言“生平不详”的朱云从来说，《儿孙福》的题署或还提供了他生平、交游的些许信息。高奕（晔）能够为朱云从修订剧作，证明二人的交往不一般。可以说，《儿孙福》的公开影印出版，开阔了学者们的研究视野。

三

《古本戏曲丛刊六集》中收有一部描写明末农民战争的传奇《天山雪》。该传奇在清人曲籍及其他著作中未见提及，也未见舞台演出的文字记录，只在方志中有零星记载。近人庄一拂《古典戏曲存目汇考》中著录该剧，其根据的是《古本戏曲丛刊五集》目录初稿，但正式出版的五集中却未收此剧。

中国艺术研究院图书馆现藏两部《天山雪》传奇，均为二卷四十二出。一为二册本，一为四册本。二者文字相差不多，只不过二册本无序跋，四册本卷首有三江渔父序，知误道人《天山雪自叙》、雍永祚《天山雪序》、凡例、刘烒题词及《五福攸同》，并钤有“惜华所藏戏曲文献”“满洲富察氏宝泉惜华”“碧蕖馆藏”三方傅惜华常用印章，此外，还有一方“贾天慈斯文藏印”。可见，贾天慈[②]也曾是这本书的主人。收到丛刊中的是四册本，确为碧蕖馆旧藏。回想五集未

---

① 郑志良先生面告，他也认为“高晔”与“高奕”为同一人，可能其初名“高晔”，后因避讳玄烨的“烨”字，便改“晔”名为“奕”。郑先生之说法可备一说。

② 贾天慈，俗文学研究家，曾在《俗文学》周刊、《逸经》半月刊等民国报刊发表过《子弟书作者鹤侣氏姓氏考》《试论子弟书之沿革》《露泪缘子弟书》《关于西厢记的作者》等文。

收的原因，可能是当时傅先生已然去世，而碧蕖馆藏书中的精品被豪强所夺尚未回归，或已回归而尚未分编。

这部传奇是清代戏曲史上罕见的史实剧，以近乎实录的方式还原了明末农民战争的惨烈情景。以往，因《天山雪》长期为私家递藏，故对传奇内容及作者生平知之甚少。赵景深、张增元征引方志中的有关记载，考定《天山雪》作者为马羲瑞，字肇易，甘肃张掖人，为安定教谕。"博涉载籍，有声于时。尝偕高诲、田敏、王迪简、段为藻、夏攀龙拟修《张掖新志》，未成而罢。盖一时之翘楚云。"① 邓长风则根据乾隆《甘州府志·艺文下》（卷一五）中郭人麟《跋天山雪传奇八首》，考知马羲瑞乃明末甘州总兵官马爌之子。② 现在，我们根据该传奇各家之序，可以得到作者更多的资料。《天山雪自叙》中这样写道：

> ……庚午夏，当事名公大人延予补修《甘镇志》，事关盛典，且惬素心，乃不敢以不文辞。旁搜博访，阅三月而草创告成，不意剞劂中阻。迨明年辛未之秋，偶取旧稿，闲相披览，倏尔风吹败叶，飒然而至予前。予因之有感于殉难先贤，必有不瞑目于地下者，若不及今表彰，日久年湮，终付于败叶秋风，飘归何有而已。惜予力不逮，无由亟登梨枣。欲作传奇以扬厉美恶，奈又不谙音律，无足以快人意。既而思，夫昔人有言曰：阎浮世界，一大戏场，夫世界皆可作戏观。则按音切律，戏也；野调油腔，亦戏也。知之而作，戏也；不知而作，尤戏之戏也。或曰：子为戏也，固宜第以人之耳闻目见，而有私议于子，子且不受。今子生于五十年之后，而私议五十年以前之人与事，是真近于捕捉风影者矣，

① 赵景深、张增元《方志著录元明清曲家传略》，中华书局1987年版，第236页。

② 清郭人麟《跋天山雪传奇八首》第五首"白眉忠骨慨无聊"句下注云："马广文羲瑞填谱，即殉节马总戎令子也。"转引自邓长风《甘州之役与〈天山雪〉传奇》，载《明清戏曲家考略续编》，上海古籍出版社1997年版，第199页。

否则是亦嚼碎虚空者也。彼古人者，肯受之乎？予曰：不然。捕捉风影，戏也；嚼碎虚空，亦戏也。知其为戏，则予之不知而作，可勿烦毁者。哓哓与议者，呶呶为也戏而已。

康熙壬申岁仲春上吉日张掖知误道人题于玩易圃

另外，在雍永祚序中谈到“吾于肇一马寅丈《天山雪》一书，深有感焉”。从上序并结合方志及郭人麟跋天山雪诗作所注，可知，《天山雪》作者马羲瑞，字肇一（或作肇易），号知误道人，室名玩易圃。甘肃张掖人。康熙二十九年（1690）受人之托补修《甘镇志》，事关盛典，且惬素心，乃不敢以不文辞。旁搜博访，草创告成后不意剞劂中阻（可与方志所记参看）。因他是明末甘州总兵官马爌之子，故其祖籍应为山西蔚州（今属河北）。

《明史》中有马爌的祖父马芳传，附及马芳子林，孙炯、爌、飚诸人。简言之：马芳字德馨，蔚州人。10 岁时被蒙古俺答部掠走，初为人放牧。一次狩猎时，因射虎救俺答，被授以良弓矢、善马，侍左右。嘉靖十六年（1537），他逃回大同，在总兵周尚文手下为队长。数十年中，在与蒙古俺答作战中经常以少胜多，屡立战功，累官都指挥佥事、宣府游击将军、参将、左都督等。万历七年（1579），因病解甲归乡。万历九年（1581）去世。在明代镇守边陲的名将中，马芳是一个传奇式的人物，时有“勇不过马芳”之说，《明史》称“芳起行伍，十余年为大帅。战膳房堡、朔州、登鹰巢、鸽子堂、龙门、万全右卫、东岭、孤山、土木、乾庄、岔道、张家堡、得胜堡、大沙滩，大小百十接，身被数十创，以少击众，未尝不大捷。擒部长数十人，斩馘无算，威名震边陲，为一时将帅冠”[①]。他的同乡尹耕

① 张廷玉等《明史》卷二百十一“列传第九十九”《马芳传》，中华书局 1974 年版，第 5586 页。

(1515—?)还留下"威名万里马将军，白发丹心天下闻"[①] 的诗句。一些文人将其事迹编成说唱、戏曲搬演，如鼓词《香莲帕》、京剧《马芳困城》(即《御林郡》) 等。

马芳有二子，长子马栋官至都督，以后事迹不详。次子马林雅好文学，能诗，工书，交游多名士。曾任大同参将、辽东总兵官。万历末年的萨尔浒战役里，马林在与后金的激战中阵亡，封赠都督同知。林有五子，燃、熠、炯、爌、飚。长子马燃、次子马熠也在这次战斗中死于尚间崖（萨尔浒东北）。三子马炯，在天启年间以湖广总兵官的身份征讨贵州叛乱，兵败归家后不久病逝。四子马爌，幼习兵略，通晓兵法。天启中为辽东游击，数有功，屡升至副总兵，守徐州。崇祯十二年（1639）任总兵官，镇守天津。后移镇甘肃。崇祯十五年（1642)，西宁番族作乱，马爌督诸将五道进剿，斩首 700 余人，抚安 38 族而还。崇祯十六年（1643）十二月，李自成部将左金王贺锦攻打甘州（今张掖)，马爌"与巡抚林日瑞竭力固守。贼乘雪夜坎而登。士卒寒甚，不能战，城遂陷。爌、日瑞及中军哈维新、姚世儒皆死焉。弟飚为沔阳州同知，城陷，亦死之。爌父子兄弟并死国难"[②]。

《明史》对马氏祖孙三代大加褒奖，在列传第九十九结尾有赞曰："马芳三代为将，父子兄弟先后殉国，伟矣哉!"[③] 作为英烈的后人，马羲瑞尽管没有亲历那场战争，又不是很谙音律，且无财力，但他觉得有责任将当年那场甘州保卫战的惨烈情景以传奇的形式记录下来。

从自序可知，该传奇创作于康熙三十年（1691）末至三十一年（1692）初。作者自撰《凡例》第六条写道："余生也晚，前朝事迹多得之于传闻。"可见甘州城破之时他还很小，当年惨烈悲壮的情景多

---

① 为尹耕《秋兴八首》之七，全文为："威名万里马将军，白首丹心天下闻。辽水旌旗余杀气，泰山松柏已高坟。条侯自靖中州变，窦宪曾铭塞外勋。独倚凌烟思将略，暮天征雁下寒云。"参见沈德潜、周准《明诗别裁集》，中华书局 1975 年版，第 78 页。

②③ 张廷玉等《明史》"列传第九十九"《马芳传》，第 5588～5589 页、第 5598 页。

得自人们的口口相传。那么可以推断，他撰写《天山雪》时至少也有50岁了。《凡例》中多处谈到“余夙不谙音律，此道原非所长”，“予才不逮，亦由于音律不精，止拘宫谱，未免不能畅所欲言”，“音律舛谬，文字荒疏，惟俟韵士方家赐教削正，余不胜倾心受益”云云，这里有作者自谦的成分，但恐也是事实。与之几乎同时创作，同样是描写明末战争的《铁冠图》传奇，曾长期盛演于昆剧舞台上。而这部《天山雪》传奇却长期默默无闻不被人所知，其中有作者地处西北边陲。昆曲不很流行的原因，但最大可能就是如凡例所言，因作者“不谙音律”，剧中曲子“音律舛谬”的地方太多，故不便于搬演舞台。若不是经过若干有识之士的精心保存，这部近乎实录性质的研究甘州地区农民战争的重要作品，恐怕早就湮没于历史的长河之中了。所幸的是，《古本戏曲丛刊六集》终于将这部传奇纳入其中，不但向人们展示了以前很少研究的清代甘肃地区戏曲作家的创作风貌，而且还为研究明末农民战争补充了许多史书上语焉不详的资料。

四

陆萼庭先生在论及当代某些戏曲工具书编纂弊病时引用了孙楷第先生的一句话：“目录之学贵多见原书。”他阐述道：

> 要编好一部科学的、工具书性质的、详记公私入藏情况、反映当前研究新成果而又富于编著者个人研究特色的曲目专书，首先应以此语悬为标的，信受奉行……著录作者信实有据，也只有查原书，人云亦云难保不出错。①

其实，岂止目录之学，我们在研究古典戏曲的作家作品、创作思潮、声腔流变等等方面，均需要多见原书。然而正如陆先生所慨叹：

① 陆萼庭《清代戏曲作家作品的著录问题》，载《清代戏曲家丛考》，学林出版社1995年版，第321页。

“多见原书，谈何容易。”[①]以往由于研究者未见原书，或者即使见到原书，但没有进行仔细阅读或深入探求，在研究过程中就会出现某些偏差。

碧蕖馆旧藏之中，有一部陆弘祚撰的《仙游阁》传奇。关于这本传奇，过去一些重要曲籍均无著录，只是在雷梦水《琉璃厂书肆四记》[②] 中谈及琉璃厂海王村有一河北冀县人孙华卿（原名殿荣）开的荣华堂，常往南方各省收书，收购的各类古籍中就有乾隆间稿本《仙游阁传奇》一部，计二卷，清会稽曹山陆弘祚锡先甫林土山人编。这部书后被傅惜华入藏碧蕖馆，“文革”后归中国艺术研究院戏曲研究所资料室，但发现并仔细阅读这个剧本的人并不多。周妙中先生应该是看过这部书的，她在《历代曲家年里字号室名综表》中列“陆继放”条，言陆继放，号林土山人，籍贯曹山，室名居易堂，年代为1733—1798。[③] 但之后又列“陆弘祚”条，言其字号、籍贯、室名、年代均待考。[④] 其实，《仙游阁》目录前署“居易堂主人曹山陆继放别号林土山人编”，正文卷端署“会稽曹山陆弘祚锡先甫林土山人编”。在目录及卷首处，钤有印章多枚。其中有：“放翁后裔”“陆”“继放”“陆弘祚印”“字锡先”等，另有“退一步想”等闲章。根据这部传奇的题署及印章，可知陆继放和陆弘祚应为一人。《仙游阁》作者陆弘祚，一名陆继放，字锡先，别号林土山人、居易堂主人。会稽曹山人，自称陆游后人。该书正文之前，有序四篇，其中，李世倬《仙游阁传奇序》写道：

> 昔先君自肃宁量移保阳，职司刑狱，政务殷繁，聘继放陆先生入幕佐理。惟时，先生与余俱方青年，晨夕笑谈，诗酒酬唱欢如也。旋因筮仕娄东，不克聚首为怅。迨后天各一

---

① 陆萼庭《清代戏曲作家作品的著录问题》，载《清代戏曲家丛考》，第 321 页。
② 雷梦水《琉璃厂书肆四记》，《文物》1963 年第 5 期。
③④ 参见周妙中《历代曲家年里字号室名综表》，《曲苑》第一辑，江苏古籍出版社 1984 年版，第 312 页、第 336 页。

方，不相会晤者几三十年。戊午冬，先生入都见访，欢然道故，快何如之！次日，出《仙游阁》传奇见示。缘职掌银台，日无宁晷，然久不见先生椽笔，每于更深，秉烛细读，方知将宋名臣乖崖实迹编辑成篇，共计五十二折。描写张公一生豪侠智谋，灵敏忠孝，须眉毕见。至于前后之照应联络，浑如无缝天衣，真绝妙好辞也。亟宜俾之管弦，如睹名贤列传，且可令人感发忠孝，其有益于世道人心不浅。视夫世之淫词艳曲，败坏风俗者，其功罪为何如哉！只缘清风两袖，不克代付梨枣。倘邀外转，必为先生梓而行之，以公同好。

通政司左通政年家眷世弟李世倬汉章氏拜手

从这段序中可知，陆弘祚与李世倬在青年时代即是“晨夕笑谈，诗酒酬唱欢”的好友，他们的年龄相差应该不是很多。李世倬（1687—1770）为朝鲜族名画家，奉天人，一说三韩（今内蒙古喀喇沁旗西南）人，是画家高其佩（1660—1734）的外甥，官至副都御史。李世倬善画山水、人物、花鸟、果品等，其作品至今在故宫博物院、沈阳故宫博物院、上海博物馆等地均有收藏。知道了李世倬的生活年代，那么序中所说“戊午冬，先生入都见访……次日，出《仙游阁》传奇见示”，戊午，应是乾隆三年（1738）。

在另一序中（此序署名残缺），谈到“甲寅之秋，先生六旬华诞，亲友拟欲称觞。先期避迹西湖，遨游旬余，题咏五十余首。归著《西湖快曲》八出，已经脍炙人口”。甲寅年为雍正十二年（1734），这年陆弘祚60岁，以此逆推，其生年应为1675年。而各序涉及陆氏与诸友交往的最后年代是“辛酉”，即乾隆六年（1741），故其卒年应为该年之后。从中可证，周妙中先生在《历代曲家年里字号室名综表》中所列陆继放之年代有误。

从各序文字还可知陆弘祚生平的一些信息：青年时代的陆弘祚受邀入幕李府佐理政务，后壮游公卿间，足迹遍天下。五旬后他回归故里，与同里王继香、谢星源及其仲子周木共习举业，间作诗词。陆弘祚60寿诞之前，在西湖遨游旬余，题咏50余首，回来还创作了《西湖快曲》8出。可惜这些题咏和8出《西湖快曲》（应该是杂剧）没有保留下来。《仙游阁》是陆弘祚63岁创作的①，虽有幸传于世，但以前深入研究过的人很少。现在，这部珍贵的稿本也收到《古本戏曲丛刊六集》中，使更多学者得以目睹这部存世孤本，不仅给学者们深入研究带来诸多便利，从而也可纠正前人研究中的某些舛误。

总之，《古本戏曲丛刊》中700余种珍贵戏曲文本的影印出版，有力推动了元明清戏曲研究的深入发展。今天，戏曲研究能够成绩斐然，是与这套大型戏曲丛刊的陆续公开出版分不开的。在此，我们不能忘记为这套丛书做出巨大贡献的郑振铎等前辈，其中也应包括为之提供珍稀曲本的诸如傅惜华等藏书大家。如果没有他们的无私贡献，那么这套丛书的编纂质量就会大打折扣，故谨撰此文以表对学界前辈的缅怀之情。

（戴云　中国艺术研究院研究员）

① 第二篇序言："丙辰冬，先生读《礼》已终，明春复有遨游之兴。因劝先生择古人忠孝两全者，据事实书，编成传奇，使观者知所效法，其于世道人心，岂曰小补之哉。先生欣然允诺，于是择宋名臣张复之先生传而编之，不百日而告成。"可知作者完成这篇传奇是在丁巳（即乾隆二年，1737）年初。

戲曲研究

胡介祉《谷园文钞》稿本中所见戏曲文献及其价值[①]

王小岩

一 稿本《随园诗集》《谷园文钞》及胡介祉生平补证

胡介祉是清代康熙年间的一位曲家，生于清顺治十六年（1659），卒年不详，尚书胡兆龙之子，以荫补官，康熙三十年（1691）升河南提刑按察司，著有《谷园诗集》《随园诗集》《谷园文钞》及《茨村咏

① 本文为吉林省教育厅科学研究项目（项目编号：JJKH20170945SK）、中央高校基本科研业务费（项目编号：18QT007）阶段性成果。

史新乐府》等。胡介祉以藏书、刻书闻名，曲学方面刊行了《钮少雅格正牡丹亭》《词脔》等重要书籍，另有增补《南九宫谱大全》稿本存世。邓长风《十四位清代浙江戏曲家考略》中有专节考述其生平，他使用藏于美国国会图书馆的《谷园续集》等文献，勾勒出了这位曲家44岁前的基本情况。[①] 近来，魏洪洲《胡介祉〈南九宫谱大全〉三考》一文中，又爬梳了很多清初诗文集，找到了更多有关胡介祉生平资料。[②] 但奇怪的是，魏洪洲似乎没有看到邓长风的文章，故而如《谷园续集》这样的资料没能成为魏洪洲的证据，反而魏洪洲质疑"谷园"作为胡介祉的别号。当然，邓长风文中也有过于武断的地方，比如囿其所见，他断定胡介祉诗集为《谷园诗集》，否定有《随园诗集》之说。笔者近来在中国国家图书馆"中华古籍资源库"检索胡介祉的著作，除了魏洪洲已经深入考证的《南九宫谱大全》外，尚有两种稿本，分别是《随园诗集》《谷园文钞》[③]。而《随园诗集》和《谷园文钞》，为我们了解胡介祉提供了新资料。

《随园诗集》存一卷，善本书号19609。馆藏著录信息："八行18字，小绿格，白口，四周单边。"卷首有朱彝尊《寄胡少参介祉》七律、《入汴过胡司臬介祉》七绝各一首。随后是宿松朱书（字字绿）所撰《随园诗集序》。署"茨村 胡介祉 著"。有"胡介祉""随园"印各一。其中，《二日偕诸妾儿女奉侍季母家谯醉后放歌却寄季父》首句有"圣主垂裳三十六"，可知所存《随园诗集》卷一收录的是作者于康熙三十六年（1697）创作的全部作品；又《初度二首》第一首有"悠游三十八年人一身""小阳律转庭花发"等可知，作者出生于顺治十六年（1659）十月，因此邓长风推断的生年是正确的。

---

① 参见邓长风《十四位清代浙江戏曲家考略——美国国会图书馆读书札记之十二》，载邓长风《明清戏曲家考略》，上海古籍出版社1994年版，第521页。

② 参见魏洪洲《胡介祉〈南九宫谱大全〉三考》，《古籍整理研究学刊》2014年第6期。

③ 《谷园文钞》已收入《清代诗文集珍本丛刊》，国家图书馆出版社2017年版。笔者尚未见到该影印本，本文引用《谷园文钞》均据中国国家图书馆馆藏稿本。

朱书《随园诗集序》中说："随园诗，茨村先生客居邢台作也。先生体性高旷，外物不能撄其心。自弱冠为冬夏二部郎官，历楚北、齐右、河东监司，超擢中州臬长。政事之暇，即焚香帘阁，命题作诗，二十余年，得诗亡虑数千篇。其《谷园前集》《续集》，久行世。凡世所称能诗之士，莫不宝贵谷园，以为风雅正宗。今随园诗澹沲清刚，说者谓较之谷园，似又进一格……比年谢政寓邢，手构随园，种花栽竹，若不知身之在客，而有以自乐……"，可知胡介祉从河南按察使谢政①，在邢台构建随园，这一卷诗正作于寓居随园期间。而《随园诗集》当是《谷园前集》《谷园续集》后的诗歌结集，邓长风认为《随园诗集》"系沿旧说之误"是不确的。

《谷园文钞》十卷，善本书号 06473。馆藏著录信息："八行 20 字，小绿格，四周单边。"卷首有"武水 陈曾蘐 旭斋""浚仪 冯震生 青门"所作序文各一篇。总目下署"燕越 胡介祉 智修 著"，有"谷园""介祉之印""茨村"三印。十卷分别收录的作品为：卷一：赋；卷二：序；卷三：寿文、祭文、杂文；卷四：论、表；卷五：传、记；卷六：书、启、说；卷七：题词；卷八：引、跋；卷九：诏、议、碑、铭、颂、赞、墓志铭、考、疏、连珠；卷十：状。从两篇序文及总目后各留了很多空白页可知，这部《谷园文钞》只是初编本。

陈曾蘐《谷园文钞序》中说："甲戌秋杪，余访茨村胡使君于大梁臬署，别四年矣，相见喜甚……使君所著已行世者，有《谷园诗集》，余曾为之序。而近作视前倍富，因并劝授梓人。改岁以来，次第告竣，索余言序颠末……"，甲戌为康熙三十三年（1694），四年后当为 1698 年，改岁则为 1699 年。因此，这部《谷园文钞》是在河南按察使谢政之后编成的，编成的地点同样是邢台的随园。

魏洪洲对胡介祉的字号及其籍贯有很多疑问，《谷园文钞》能揭

① 《河南通志》载，胡介祉自康熙三十年（1691）起任，他的下任孟世泰自康熙三十四年（1695）起任，那么，胡介祉谢政闲居的时间应该是康熙三十四年（1695）。参见文渊阁《四库全书》第 536 册，上海古籍出版社 1987 年版，第 343 页。

开谜底。《谷园文钞》卷六有《茨村说》一篇，自述其字号，“余向者曾号循斋，乃季父所命。循之为言持也，余字智修，修与持同义焉……白云亲舍归体魄于先少保千秋之宅……宅在顺天宛平县之东南四十里，旁有小村，土人名之曰茨头，盖其来已久。庐居永日，思念两先人不置，因取以更吾号……”，可知智修是胡介祉的字，由原籍山阴所改籍贯是顺天府宛平县。再如冯震生在序里称胡介祉为“谷园先生”。此外，他还自称“自娱主人”等，可见他的别号不少。

综上，胡介祉自河南按察使谢政之后，在邢台构随园寓居，此前他已经编成《谷园前集》《谷园续集》，合称《谷园诗集》；此后的诗结集名为《随园诗集》。寓居随园时期，他初步编定了《谷园文钞》十卷。《谷园文钞》内容丰富，有助于我们进一步了解胡介祉的戏曲创作及其文学思想，有重要的文学史价值。

二 《谷园文钞》中有关胡介祉戏曲创作的文献

现存各类曲目著录的胡介祉戏曲作品，只有《广陵仙传奇》一种，但从《谷园文钞》中收录的序文得知他尚作有《鸳鸯札传奇》一种。而这两部传奇都作于作者回绍兴祭奠先祖之墓的行旅中。有关胡介祉这次回原籍，邓长风已有所发覆，但细节稍有错讹，有关戏曲创作时地问题，故此略做考辨。

邓长风据《谷园续集》编在最前面的《南发》二首诗序“祉自戊辰（1688）二月遭先慈之变”，“己巳（1689）正月，合祔礼成”，考定胡介祉于己巳春回会稽拜扫祖坟一节。胡介祉丁忧三年结束，康熙二十九年（1690）十一月起复山西按察司分守河东道。[①] 邓长风引《仲冬朔日赴任河东拜别先茔兼感年来情事》考证赴任本末：“据诗，可知在庚午这年，他只有春天是呆在山阴，夏、秋两季都在吴门，那

① 参见《山西通志》，载文渊阁《四库全书》第544册，第748页。

里有他的表兄……河东任所在山西蒲州。这次路上没怎么耽搁。"①这一考证与《谷园续集》诗歌排列的顺序不符，也与《鸳鸯札传奇序》所述不符。

在《谷园续集》中，《南发》二诗之后，明确标明地名的诗歌依次为《清江浦》《淮上留别刘德驾、德穀两表兄》《舟泊宝应喜家人至》《广陵喜晤刘德柔表兄，次日余即南发，赋此言别，并有家书嘱寄二首》《吴门得家书》《吴门客次喜晤药房》《庚午元日舟泊嘉兴作》《嘉兴杂咏四绝》《金陵行为马节母王烈妇作》《石门镇口号二首》《人日偕庾友西谿泛舟访梅口占》《西谿道中即事》《晚渡钱塘》《泊萧山县有怀药房》《抵山阴怀季父却寄》。② 这些作品显然是按照创作时地先后顺序排列的。这些作品中《金陵行为马节母王烈妇作》较为特殊，因为它排在嘉兴诸作后，作者应该过江即到金陵，不可能从苏州到嘉兴又返回金陵；而从诗歌的内容看，只是诗中所述主人公为金陵人而已，那么可能是一篇补作。《仲冬朔日赴任河东拜别先垄兼感年来情事》中说"三春留越地，半载滞吴都"，当为作者南渡长江之后即留滞吴门。

邓长风认为，胡介祉留滞吴门，是由于"那里有他的表兄"，这一解释似有违诗意。胡介祉这一行一共见到四位表兄，其中刘德驾、刘德穀、刘德柔都见于江北。在吴门见到的是刘药房，亦即邓长风强调的次年"去世"的表兄。但《谷园续集》卷二所收《哭刘药房表兄四首》，并没有提到胡介祉因刘药房而滞留吴门，并且《吴门客次喜晤药房》开篇说得更为清楚："忽而逢君至，他乡倍觉亲"，③ 显然胡介祉已在吴门，而刘药房忽然来聚，根本不能作为胡介祉留滞吴门的依据。事实上，《谷园文钞》卷五有《刘药房传》一篇，刘兴，字德

① 邓长风《十四位清代浙江戏曲家生平考略——美国国会图书馆读书札记之十二》，载邓长风《明清戏曲家考略》，第523～524页。

② 胡介祉《谷园续集》卷一，清康熙刻本，美国国会图书馆藏。

③ 胡介祉《谷园续集》卷一，清康熙刻本，美国国会图书馆藏，第8页b。

章，别号药房，一生沉沦不得意，长时间在胡介祉幕中，当胡介祉丁忧期间回山阴，刘德章迫不得已“践通门显者之招”，为干谒到处奔波，胡介祉《刘药房传》中说：“余时值君姑苏一见，即劝君归，君以覆舟告曰：‘吾无以归矣’。再值君云间……”，这里明确说他们在吴门只见了一面，他们再次见面是在云间。胡介祉前往山阴，没有经行云间，当是他回程经过云间，那已是庚午三四月间了。胡介祉随后说：“余方在疚，不能为君作计，且急欲诣山阴故里，又不得拉君共载北行”，可知云间之见是胡介祉由南北返的途中。

所谓“三春留越地”，是指作者丁忧的第三年即庚午春留居山阴事。胡介祉滞留苏州半载，从苏州再次起行，经嘉兴、杭州，过钱塘江到萧山，再抵达山阴，此时已经是庚午春。在山阴，作者有《过故居百草园有感三首》《展先世墓有感二首》《留别顾且庵侍御二首》等寥寥几题，再有明确时间、事件标记的诗题即《仲冬朔日赴任河东拜别先茔兼感年来情事》。事实上，作者只在春天停留山阴，随后便返回京城，他在山阴及回程的路上没怎么写诗，恰因为他把时间花在了创作戏曲上。

胡介祉在山阴停留期间创作了《广陵仙》。《广陵仙》仅存佚曲，《曲海总目提要》著录，详细介绍了该作的本事来源及其与同题材作品《扬州梦》的区别。《广陵仙传奇序》收在《谷园文钞》卷二，该文记录了戏曲创作时间及其背景，全文如下：

> 自娱主人生三十年，未尝至故乡。岁庚午，由武林渡钱塘，抵会稽，展拜先垅。既毕，过大父旧居百草园，台榭荒圮。苍头白主人：“非复曩昔状，止墙角老梅数十本，花开仍烂漫耳。”主人感怆者久之。郡有息柯亭，明陈海樵先生别墅也，踞怪山巅，有危楼高百尺，登之则山川历历可数，称胜地堪游。适主人馆焉。然主人意中时如有所失。梅庄客子偕行，询厥故，主人不应。会春雨经旬，空斋兀坐，殊郁郁，假友人野史一二种以破岑寂。披阅之次，见载有杜子春

三入长安事，事甚奇，思有以传之。捡奚囊，适携有宫谱韵书，遂少加点窜，成传奇一部，题其名曰《广陵仙》。夫大块一情场，人生一情景。情之所寄，何必其有？何必其无？有者视之有，无者视之无耳。梅庄顾主人曰："铺叙描写，固曲画工巧，第恐世不之谅，奈何？"主人应之曰："空中楼阁，幻想构成，世果有其人否？主人且不自知也。或责我、哂我，彼之自处尚可言哉？亦听之而已。"梅庄无以难主人，遂漫识斯语，并纪岁月。

康熙庚午即康熙二十九年（1690），这一年胡介祉31岁。胡介祉在路上行走了一年，1690年春才到达会稽（山阴），《广陵仙》即作于留居会稽（山阴）期间。那么，胡介祉在山阴停留多久呢？下文《鸳鸯札传奇序》提到创作《鸳鸯札》是在返回京师途中，"三月朔"开始动笔，据此可知，胡介祉至少在当年三月初一已经离开山阴，因此，胡介祉在山阴停留的时间包括正月的一部分和二月，总时间不过四五十天。《广陵仙传奇序》中所说旧居百草园，可以与《谷园续集》所收《过故居百草园有感三首》相互印证，第一首："百亩园亭半已芜，萧条风物景全殊。老奴为说当年事，辛苦经营血也枯。"第二首："半垣半圮竹篱斜，石径苔封没草芽。独有老梅犹似昔，含香仍放旧时花。"① 由此可见，故居萧条境况激发了他的创作。

《鸳鸯札》则作于胡介祉从会稽返京途中，未见著录，《鸳鸯札传奇序》收在《谷园文钞》卷二，全文如下：

人生百年，一转瞬耳。昨日之我，今日不得而有之。今日之我，明日又不得而有之。人寿几何，堪此迅速，如之何而可使我之为我，不同烟云之变灭，历永久而不磨，必也有所述作，而我之为我乃传。述作云何？著书立论，赋诗填词，皆是也。夫著书立论，所以昭信，苟非其人，安敢操史

① 胡介祉《谷园续集》卷一，清康熙刻本，美国国会图书馆藏，第14页a。

笔而定是非，虽司马氏尚不免后世之讥弹，矧其下者乎？至于诗，迩来作者林立，角胜炫奇，争先树帜，言人人殊，各有所宗法。更可异者，假此通声气，谒权贵，以为趋附之捷径。吁！是岂古人咏歌言志之意哉？若夫填词一道，愈不可问。名流才子，偶抒逸兴，发为新声，其辞丽而工，典而雅，未尝不可传世。第按谱而求，多平仄失宜及字句不协，何以别宫商而调节奏？或且自饰其短，则曰：我自成文，何以谱为？临川四梦亦应绳之以律耶？不知临川之为临川，止可自成一家，后人未可取法，使人尽临川，将宫谱可废也，乌乎可？再则无知伶工，不通学究，自信能歌，妄为好事，改旧作新，不顾文辞之谬，以豕讹亥，遑察字义之乖。初则夸张，动俗子之求；继则揄扬，为射利之计。及披其文，不知是何呓语。甚至牛鬼蛇神，共称奇幻。究其寓言，用意之所在，则茫然无以应也，岂不可愤而可悼耶？嗟乎！填词至今日衰败杂乱已极，求其依声合度，近于古而宜于今者，盖亦鲜矣。余生平于歌曲，等嗜痴之癖，每欲效前贤意，作一二传奇，令童子辈习而登场，以供一噱，乃疏懒性成，举笔辄罢。今年春自山阴还京师，舟车之次，颇有余暇，乘兴谱成《鸳鸯札》一记。创始于三月朔，脱稿在四月杪。蓬窗风静，旅舍灯青，皆有所得。除友朋晤对之外，盖阅二十四日而成。词固粗率无文，事亦泛常不怪，未审可披之管弦否？若以之问世，岂余之意哉？又安所用其沾恋为也。

依据这篇《鸳鸯札传奇序》，胡介祉于1690年春从山阴出发，直接返回京城。《鸳鸯札》作于旅途中，三月初一开始创作，四月末完稿，实际创作时间计24天，可惜这部传奇也没有流传下来。

从上面两篇传奇序文可见，胡介祉因为母亲去世，祖居荒圮，因此生出人生的幻灭感，他在短短不到4个月的时间内连续创作两部传奇作品，既是他的这种情绪的表达，又是他试图通过创作戏曲作品实现“不朽”。从后者看，创作戏曲的目的与创作诗文的目的，并无二致，这实际上抬高了戏曲的地位。可能胡介祉在创作上并不高明，但他的识见确实不一般，正是得自于他的卓识，他才会刊刻《钮少雅格正牡丹亭》《词脔》，补正《南九宫谱大全》，因此，他的戏曲观还有待阐明和表彰。

三 《谷园文钞》中所见其他胡介祉论曲文献

《谷园文钞》收录的胡介祉论曲文献，如《钮少雅格正牡丹亭序》《词脔跋》，已见于著录，兹不复介绍。《谷园文钞》收录的未见著录的戏曲文献，如《碧玉串传奇引》《太平钱传奇引》《俗演目连救母传奇说》等篇目，有助于我们能进一步了解胡介祉的戏曲观。下面逐一披露这三篇文献。《碧玉串传奇引》收在《谷园文钞》卷八：

> 间尝闲居论七夕牛女事，心窃疑焉。夫男女怨慕之情，原在人间，其可喜可愕事，固不乏。而茫茫天上，彼双星者，在紫虚碧落中，乃无风之波，如鹊桥驻辇，凤杼停梭，往往羁人思妇翠笺斑管，托其离合之怀，即村姑俗子亦莫不以此为年年佳话。遡其由，不过武丁之言，遂相传为织女嫁牵牛尔。及考之列书，如百子池边连绶，长生殿中私语，张九华之灯，饮明星之酒，流传非止一端。至穿针楼起于齐时，厥后唐之九孔，梁之七孔，其他庆庭金盒，设瓜果祀牛女，在当日意专乞巧，其与银河佳会，月殿牵丝，不惟漫无可稽，且事同风马。乃上下千古后，亦并无有出而点正之者。今披阅是编，天巧人工，无不毕具。试一登场，天上岂有私期，人间自多巧拙，当与柳州文并传，莫竟作戏剧观也。

《碧玉串》又名《碧玉钏》《双玉串》，《曲海总目提要》《今乐考证》等均见著录，剧中男主人公孙润在赴试途中，每日焚香祷告，感动织女，助他考中探花。可见胡介祉这篇《碧玉串传奇引》正为该剧所撰写。但该剧作者不详，胡介祉也没有提及作者。《古本戏曲剧目提要》著录此剧现存清抄本四种，但均为残本，其中咸丰五年(1855)载福堂抄本，题名为“碧玉串”。①

《太平钱传奇引》收在《谷园文钞》卷八：

> 张果，列仙流也。世传乘白驴，往来汾晋间，所至多奇迹，不可尽信。独百缗聘韦氏及赠席帽取钱事，载籍斑斑，岂虚谈乎？所可异者，红妆白发，缔盟瓜圃，偕归王屋，非尘缘有托，几涉荒唐，神仙好色，宁其然耶？今披是帙，而作者之情生于曲，曲成于心，缠绵尽致，俾千古风流，仿佛如见。更借韦固遇月下老人，一段姻缘，回环串合，宛若符节，情绪入神，不蹈凡径，殆有飘然不群之思。余心爱之，而惜乎枣木阙如，仅得抄本，每一披览，不能释手。间有字句舛错，音调未谐，略加点窜，庶可被之管弦，而无遗憾，故为采列独出，以当传奇小山云。

《太平钱》为明清之际苏州剧作家李玉所作，今存抄本，《古本戏曲丛刊》三集影印。胡介祉这篇《太平钱传奇引》叙及他得到抄本，可见他不了解作者情况。胡介祉又说，《太平钱》没有刻本，他得到的抄本有“字句舛错，音调未谐”之处，因此他“略加点窜”。值得注意的是，今所存《太平钱》抄本，亦有校订窜改的痕迹，这篇《太平钱传奇引》与所存抄本是否有关系，有待进一步考证。

以上两篇序文，胡介祉仅就戏曲本事真伪发表了看法，尚未表明对戏曲创作、表演的看法。相对来说，《俗演目连救母传奇说》对戏曲表演的价值有较为明确的态度，该文收在《谷园文钞》卷六，全文如下：

> 三代以下，积习相仍，风俗日衰，人心日坏，而王政不

① 参见李修生主编《古本戏曲剧目提要》，文化艺术出版社1997年版，第629页。

足以广劝戒，于是神道设教，而因果报应之说兴。然正言之，又不若寓言之，委曲而详尽也。故可以挽回风俗而感化人心者，莫妙于传奇演剧一事。夫传奇者，借古人善恶、贤奸之状，以写其悲欢离合之情。而往往托为仙佛神鬼，证明显应之迹焉。如或描摹逼真，搬演酷肖，触于目，警于心，俨然孰善孰恶孰贤孰奸之了了于前也，又若自悲自欢自离自合之怦怦于内也，更如或仙或佛或神或鬼之赫赫于上下左右也，能使人生喜怒、生羡悔、生畏怖修省、生感激思维。故村夫俗子之逐队观场，不下于学士大夫之读书尚友也。然则传奇又乌可忽乎哉？余间尝流览及之，凡夫事有可风，情有可感，词旨斐娓有可动人，大之忠孝节义之本原，小之英俊雄豪高人达士之梗概，莫不为订正而广其传，而独于世俗弋阳腔之演目连，则断断以为大谬。夫目连之说，不知其所从来，仅见于《血盆经》，又属后人赝本，释藏所不载，自是世间必无之事。若就事论事，使目连之所为果若此，乃天地间至不孝之人矣。奈何反以为孝乎？世以目连为孝，谓其能救母也，谓其能遍历地狱救母生天也。而问其母所以沉沦地狱之故，盖由于背誓不悛，故令身践誓言，受诸恶报也。至问其所以设誓之故，又由于目连逼之，使然也。夫目连虽释氏子，事亲之道，当复无殊人子之于其亲，过则几谏，反复不听则号泣，而随逼誓何为者？既不能格其亲，如虞舜之蒸乂克谐，而又勉强抑勒以陷其亲于恶报，可谓孝乎？度亲能听我言，何必设誓？度亲未必能听，则誓岂可轻设？度亲之听不听尚未可必，且明知背誓之必受恶报，而姑令设誓以侥幸于万一，而置亲于至凶极危之途，孝子之心宁忍出此乎？况扬母之恶，与奴仆私商，佯为不知，以欺其母，种种背逆，曾谓孝子而为之乎？纵使亲恶不悛，冥报难逭，而目连固所称得道者也，何不相随入狱，请以身代？且释家得道者，尚能为世人忏悔，消灭一切罪恶，而目连之救母，翻俟之受诸恶报之后，不亦晚乎？自此剧一出，世人争颂目连之孝，而反快心于其母之受报，是使人人有善则归己、过则归亲之念矣。以此立教，吾不知其于风俗人心何如也？而愚夫愚妇，方且诩诩然，以为是因果报应之至理。其惑世滋甚，辨之不得不亟，爰著为说以辟焉。如无目连，是妄也，辟之功在世人也；如有目连，而无其事，是诬也，辟之功在目连也；如有目连，又果有其事，是乃所谓天地间至不孝之人也，辟之固有功于世人，而又何患获罪于不孝之鬼也哉？

弋阳腔《目连救母传奇》，当指明人郑之珍《新编目连救母劝善戏文》，该本今存明刊本，《古本戏曲丛刊》初集影印。胡介祉这篇文章主体仍旧辨析戏曲本事之真伪，但作者也强调了传奇的特征及功能，即“借古人善恶、贤奸之状，以写其悲欢离合之情”，“可以挽回风俗而感化人心”，这是从正面肯定演剧的价值，虽属老调重弹，但仍可视为胡介祉的戏曲观。

四　《谷园文钞》所见戏曲文献的价值

邓长风认为胡介祉是康熙年间一位重要曲家，但由于胡介祉的戏曲创作阙如，对其创作成就和戏曲思想也就无从论起。现在，借助《谷园文钞》中的论曲文献，可以进一步概括胡介祉的曲学活动及戏曲观，有助于我们更准确地评价这位曲家。

首先，从曲学活动方面看，胡介祉既重视场上演出实践，又重视曲学文献的搜集与研究。胡介祉自述研究曲学的经历，童年即粗识“五声十二律”，习制举业时，虽然“揣摩之不暇，未遑营心歌曲”，仍有“自辑一编”。后来游宦之暇，“征鼓吹数部，童子六七”，“简往古旧曲，近今新声，播诸管弦”[①]，说明他不但雅好曲学，而且有家班可以付诸实践。陈曾蕠《谷园文钞序》中也说到胡介祉：“尤精音律，每值花晨月夕，偕嘉宾良友，令小史拍红牙，按谱而歌，不使有只字之讹，且考订宫商，谐其高下之节，老伶皆惊服其神妙。”而戏曲及曲学书籍搜集方面，“偶检架上传奇、杂剧，不上（下）数百千本，九宫、十三调新旧曲谱，无虑数十种”[②]，照他所说，应该是非常丰富了。他确实也勤于戏曲及曲学书籍的搜集，其中不乏罕见的抄本，如前面提到的《碧玉串》《太平钱》，都是他搜集到的戏曲作品，而他得之于虎丘市肆的《钮少雅格正牡丹亭》，就是一部极有价值的曲学著作。应该说，他兼顾场上演出和文献考订两个方面，这是他戏曲及曲学著述的前提。当然，也应该指出，胡介祉精通曲学，但对曲学史可能不甚了了。如在《南九宫谱大全》的自序里，他将《南词新谱》的作者沈自晋误作沈伯英，将沈伯英与词隐先生一分为二，包括所谓的沈伯英评述冯梦龙《墨憨词谱》与《南词新谱》的特点，实则是沈自晋的原话。这当然要给他的曲学识见打个折扣。

其次，正因为胡介祉兼顾场上演出，认为戏曲创作应该服务于演出，因此他对创作上的乱象尤为敏感和痛心疾首。晚明曲家冯梦龙曾喟叹：“词家于今日，佥谓南音盛，北音衰，盖时尚则然。余独以为不，不。北音幸而衰，南音不幸而盛也。”[③] 过了半个多世纪，到了胡介祉的时代，这一现象不但没有改善，反而越发严重了：“填词至今日衰败杂乱已极，求其依声合度，近于古而宜于今者，盖亦鲜矣。”（《鸳鸯札传奇序》）提到创作上的乱象，似乎不能不提到汤显祖的影响，汤显祖的才情，在剧作家眼里是抵御案头批评的屏障，在曲学专

---

① 胡介祉《南九宫谱大全》稿本卷首自序，中国国家图书馆藏，善本书号 02965。按，魏洪洲《胡介祉〈南九宫谱大全〉编纂考》（《文献》2015 年第 2 期）中已收录此序全文。

② 胡介祉《南九宫谱大全》稿本卷首自序。

③ 冯梦龙《双雄记叙》，《墨憨斋定本传奇》，载《冯梦龙全集》第 16 册，上海古籍出版社 1993 年影印版。

家眼里则是不遵守曲律的始作俑者。具体到汤显祖剧作的评价问题，胡介祉认为，汤显祖“以如海才，拈生花笔，兴之所发，任意所之，有浩瀚千里之势，未尝不知有轶于格调之外者，第惜其词而不之顾也”①。这一观点非常近似于冯梦龙对汤显祖的评价：“夫曲以悦性达情，其抑扬、清浊，音律本于自然，若士亦岂真以捩嗓为奇？盖求其所以不捩嗓者而未遑讨，强半为才情所役耳。”② 他们没有否定汤显祖的才情，但他们认为并不能因此回避汤显祖作品的失律问题。亦如冯梦龙批评那些追随汤显祖的人，胡介祉将矛头指向了那些以汤显祖为典范而逾越曲律的人：“不知临川之为临川，止可自成一家，后人未可取法，使人尽临川，将宫谱可废也，乌乎可？”（《鸳鸯札传奇序》）只有在声调之学上有所建树的著作，才能推进曲学的发展。当胡介祉见到《钮少雅格正牡丹亭》，不禁佩服钮少雅“学问精密，考订详明”，遂刊布此书，而“临川、少雅其无憾矣”。（《钮少雅格正牡丹亭序》）也因此，我们不难发现胡介祉的曲学与吴江派渊源甚深，他们有着相同的立场，将纂修曲谱作为推动戏曲创作趋向良性发展的一项重要事业。

最后，从戏曲创作题材上看，胡介祉非常关注戏曲本事的真伪问题，而这是基于当时创作风气而产生的。戏曲故事的真伪，取决于作品中是否采用仙佛事迹来缝合违背现实的情节。而在作品中掺入这类不稽不实的情节，已经成为晚明以来戏曲创作的重要桥段。李渔指出，“画鬼魅易，画狗马难”是这类桥段大量加入的主要原因。他说：

---

① 胡介祉《钮少雅格正牡丹亭序》。按，今人整理此序，据暖红室刻本作《格正牡丹亭还魂记词调序》，但胡介祉《谷园文钞》卷二作《钮少雅格正牡丹亭序》，中国国家图书馆藏康熙刻本《钮少雅格正牡丹亭》（善本书号 00764）书名正与《谷园文钞》所收序文相符，而暖红室刻本增出“词调”二字不确。康熙刻本各卷卷首均注明“自娱主人藏本”，而在暖红室刻本已删去。

② 冯梦龙《风流梦·小引》，《墨憨斋定本传奇》，载《冯梦龙全集》第 16 册。

“事涉荒唐，即文人藏拙之具也。而近日传奇，独工于为此。”[1] 同时期的丁耀亢也说：“画鬼易，画美人难”，并指出“仙侠为以人而补天，无非过脉”。[2] 胡介祉批评当时的戏曲创作，“甚至牛鬼蛇神，共称奇幻。究其寓言，用意之所在，则茫然无以应也，岂不可愤而可悼耶?”(《鸳鸯札传奇序》)也正与李渔等人的看法相同。因此，我们看他详细辨析“目连救母”事情之真伪符不符合逻辑，就不会感到他为一个剧本本事下如此大工夫而诧异了。当然，胡介祉并非一味地否定使用这类桥段，而是强调使用这类桥段应该有“寓言”，即要有深刻的创作目的。甚至胡介祉认为，传奇演剧能做到“寓言之委曲而详尽也”(《俗演目连救母传奇说》)。故此，不但他并不完全反对戏曲作品采用这类桥段，如他为《碧玉串》使用织女事、《太平钱》杜撰张果事等的创作意图做深入的阐释。同样是写仙狐鬼怪等不经之谈的《聊斋志异》，胡介祉也给了很高的评价，他认为《聊斋志异》“离奇光怪，极人世所不经之谈，又皆人世所必有之事”[3]，可见，他确实不完全反对用这类不经之事，最重要的是要故事情节符合人世的逻辑，能经得起推敲。

总而言之，胡介祉《谷园文钞》稿本内有关戏曲的文献，不但有助于戏曲剧目、戏曲序跋辑佚的订补工作，更为重要的是使我们深入地了解了胡介祉的戏曲活动及戏曲观，使这位康熙年间极为重要的一位曲家重新浮出水面，对我们进一步研究清朝初年的文学、曲学发展有重要的价值。

（王小岩　东北师范大学文学院副教授）

---

① 李渔《闲情偶寄》，载《中国古典戏曲论著集成》（七），中国戏剧出版社 1959 年版，第 18 页。

② 丁耀亢《赤松游题辞》，载俞为民、孙蓉蓉《历代曲话汇编：新编中国古典戏曲论著集成》（清代编）第 1 册，黄山书社 2008 年版，第 91 页。

③ 胡介祉《聊斋志异引》，载《谷园文钞》卷八，中国国家图书馆馆藏稿本。

戲曲研究

盐谷温《太和正音谱》排印本研究

杜　雪

盐谷温（1878－1962），号节山，是日本著名汉学家，戏曲俗文学研究的开创者之一。出生于汉学世家，毕业于东京帝国大学，获文学博士学位。曾在德国、中国留学，受教于森槐南、叶德辉。后任东京大学教授，在中国戏曲小说研究领域成就斐然，在学术史上占有重要地位。

《太和正音谱》是一部重要的戏曲文献。成书于明代初年，作者署“丹丘先生涵虚子”，系明太祖朱元璋第十七子朱权之道号。内容分为曲论和曲谱两部分。曲论部分包括[①]：“予今新定乐府体一十五

① 《太和正音谱》各本文字略有不同，本文据《太和正音谱》引，载朱权著，姚品文点校笺评，洛地审订《太和正音谱笺评》，中华书局2010年版，目录第1～2页。

家及对式名目”“古今群英乐府格势”“杂剧十二科”“群英所编杂剧”“知音善歌者三十六人”“音律宫调”“词林须知”“乐府共三百三十五章”，为元代及明初戏曲理论、创作史料。曲谱部分按照十二宫调分谱排列，各宫调下列曲牌，各曲牌下录例曲，标注格律信息，是第一部初具规模的北曲谱，后世曲谱类文献的开端，具有较高文献价值。后世此书因足本流传不广，一度不为世人所知。民国九年（1920）商务印书馆《涵芬楼秘笈》（第九集）据影钞洪武序刊本影印出版了《太和正音谱》，其全书面貌方广为人知。而在此之前，盐谷温就曾据日本内阁文库所藏明版《太和正音谱》，将此书部分内容排印出版。

围绕盐谷温排印本的相关问题，可以一窥《太和正音谱》在流传过程中的诸多现象，并梳理出相关学术史的发展脉络。

一 《太和正音谱》部分节录本情况与前人认识

日本大正四年（1915）三月，盐谷温曾将《太和正音谱》前半曲论部分刊行于《东亚研究》杂志之附录部分，题名“《太和正音谱》卷上（曲论之部）”。但未见刊行曲谱部分。①

卷首录有《四库全书总目提要》之《词品一卷》提要一则，王国维《曲录》《太和正音谱二卷提要》一则和盐谷温本人的识语一则，从中可一窥盐谷温在校勘、排印《太和正音谱》前，前人对《太和正音谱》的认识，以及其印刷《太和正音谱》的缘由。

《词品一卷》提要出自《四库全书总目提要》词曲类存目：

---

① 长泽规矩也曾言及盐谷温排印出版《太和正音谱》一事，亦只称盐谷温将《太和正印谱》的前半部分在《东亚研究志》附录刊行：“内閣文庫に明版太和正音譜六本及び明版北雅三本を藏せることは嘗て節山［鹽谷溫］先生が東亞研究誌上に發表せられしが如く、同時に前半は其附錄として刊行せられぬ。”原文载《斯文》第八编第三号，大正十五年（1926）六月，斯文会发行。参见长泽规矩也《シナ戲曲小說の研究》，载《长泽规矩也著作集》（第5卷），汲古书院1985年版，第9页。

《词品》一卷

旧本题元涵虚子撰。不详名氏。详论有元一代北曲。人各拟以品目。略如敖陶孙之诗评。臧懋循《元人百种曲》尝列之卷首。此本载曹溶《学海类编》中。殆即从百种曲中钞出。借其名以备数者也。(《四库全书总目》)①

王国维《曲录》云：

《太和正音谱》二卷

明宁献王权撰。《四库全书提要》之涵虚子《词品》一卷，即此书上卷。盖《提要》所著录者，即曹溶《学海类编》本。而曹本又出于《元曲选》卷首所录。盖取谱中卷首论曲之语，别为一书也。然此谱全帙，实具载明程明善《啸余谱》中。今以李玉《北词广正谱》所引音谱数十条校之《啸余谱》北曲谱，无乎不合。知《啸余》北曲谱之十卷及卷首，即钞取献王全书无疑矣。钱唐丁氏善本书室有影钞洪武刊本。(王静庵《曲录》)②

盐谷温识语云：

按本书汉土亡佚久矣。清儒不及睹之，徒为臆揣之言而已。幸我内阁图书馆藏有《太和正音谱》三卷。旧昌平坂学问所藏也。别有《北雅》三卷，亦系《太和正音谱》之改名。与《啸余谱》所载北曲谱中文字稍不同。顾此书已亡于彼土，而现存于我邦。可不宝重哉？兹取原文，对校之《北雅》《啸余谱》等，以付刷印云。③

在《太和正音谱》的流传过程中，流传广泛易得的多为节本、改编本。以上题跋中提到的，有《元曲选》《词品》。

---

①②③　盐谷温《太和正音谱 卷上（曲论之部）》卷首识语，载《东亚研究志》（附录），东亚学术研究会1915年版，卷首页。

（一）《元曲选》卷首节录《太和正音谱》情况

明代臧懋循《元曲选》[①] 卷首曲论的部分内容，可见于《太和正音谱》曲论部分。在《元曲选》中题为“丹丘先生论曲”“涵虚子论曲”“元曲论”等[②]。

“丹丘先生论曲”部分见于《太和正音谱》“词林须知”一节中论述脚色的部分内容以及其后“乐府共三百三十五章”[③] 一节中的“名同音律不同者一十六章”“句字不拘可以增损者一十四章”两段内容。

《太和正音谱》“词林须知”一节中论述脚色部分的原文为：

> 丹丘先生曰：杂剧院本，皆有正末、副末、狚、孤、靓、鸨、猱、捷讥、引戏九色之名。孰不知其名亦有所出。予今书于谱内，以遗后之好事焉。
>
> 杂剧之说：唐为传奇；宋为戏文；金为院本、杂剧合而为一；元分院本为一，杂剧为一。杂剧者，杂戏也；院本者，行院之本也。

① 本文所引《元曲选》内容，参见王学奇主编《元曲选校注》，河北教育出版社 1994 年版。

② 有关《太和正音谱》与《元曲选》的文献关系，王国维《曲录》《太和正音谱二卷》叙录称：“《四库全书提要》之涵虚子《词品》一卷，即此书上卷。盖《提要》所著录者，即曹溶《学海类编》本。而曹本又出于《元曲选》卷首所录。盖取谱中卷首论曲之语，别为一书也。”同书《元曲选一百卷》（俗名《元人百种曲》）叙录中云：“此书（案：指《元曲选》）所录，亦不尽元人之作，中如王子一、谷子敬、贾仲名、杨文奎，据《太和正音谱》皆明初人也。卷首所录亦本《太和正音谱》。”参见王国维《曲录》卷六，载谢维扬、房鑫亮主编，房鑫亮分卷主编《王国维全集》（第 2 卷），浙江教育出版社 2009 年版，第 262 页、第 271 页。又《宋元戏曲史》第九章云：“《元曲选》于谷子敬、贾仲明诸剧，皆云元人，《太和正音谱》则直以为明人……且《正音谱》宁献王所作，纪其同时之人，当无大谬。又谷贾二人之曲，虽气骨颇高，而伤于绮丽，颇于元曲不类；则视为明初人，当无误也。”参见王国维撰，马美信疏证《宋元戏曲史疏证》，复旦大学出版社 2004 年版，第 144 页。可以看出，王国维虽然认为《元曲选》卷首所录本于《太和正音谱》，但对于《元曲选》于谷子敬、贾仲明诸剧皆云元人的文献来源，似认为并非全本于《太和正音谱》。

③ 所计数字《太和正音谱》各本有所不同，本文据《太和正音谱笺评》引（载朱权著，姚品文点校笺评，洛地审订《太和正音谱笺评》，第 107 页），下同。

正末 当场男子谓之末。末，指事也。俗谓之末泥。

……

鬼门道构栏中戏房出入之所谓之鬼门道。鬼者，言其所扮者皆是已往昔人，故出入谓之鬼门道也。愚俗无知，因置鼓于门，讹唤为鼓门道，于理无宜。亦曰古门道，非也。东坡诗曰“扮演古今事，出入鬼门道”，正谓此也。①

《元曲选》与“词林须知”一节中论述脚色的部分内容有所不同，没有中间有关杂剧与院本的论述，仅有与脚色有关的内容，行文没有“孰不知其名亦有所出。予今书于谱内，以遣后之好事焉”等句。

《太和正音谱》“词林须知”此前部分，即自“古帝王知音者”至“茄子了”，经前人考察，是转录自燕南芝庵《唱论》的内容②。则此节“丹丘先生曰”以下“予今书于谱内，以遣后之好事焉”的内容应当可以认为是《太和正音谱》编者自述的内容。

而《元曲选》将“丹丘先生”与“涵虚子”分别开来，有可能是受到署名“涵虚子编”的版本影响，而文中“丹丘先生曰”以下的内容，遂被认为是引述前人论述。在《元曲选》卷首罗列前人论曲之说时，臧懋循遂将“丹丘先生论曲”列于“涵虚子论曲”之前。

类似的，《元曲选》中“吴兴赵子昂论曲”也见于《太和正音谱》③。《太和正音谱》“杂剧十二科”一节中有“子昂赵先生曰”一段，“娼夫不入群英四人共十一本”一节中也有“子昂赵先生曰”一

① 朱权著，姚品文点校笺评，洛地审订《太和正音谱笺评》，第90～91页。

② “自‘古帝王知音者’至‘茄子了’，《太和正音谱》转录自燕南芝庵《唱论》，但有补充，有删节调整”，参见朱权著，姚品文点校笺评，洛地审订《太和正音谱笺评》，第91页。

③ 姚品文在《太和正音谱版本知见录》中曾列举《元曲选》卷首节录《太和正音谱》内容，“臧晋叔《元曲选》卷首收有《天台陶九成论曲》《燕南芝庵论曲》《高安周挺斋论曲》《吴兴赵子昂论曲》《丹丘先生论曲》《涵虚子论曲》《元曲论》等七部分。无曲谱。其中自《吴兴赵子昂论曲》以下皆取自《太和正音谱》叙论，但打乱了原来的结构顺序重新组合，删改了许多文字”。参见朱权著，姚品文点校笺评，洛地审订《太和正音谱笺评》，第414～415页。

段，《元曲选》中这两部分内容删节组合，题为“吴兴赵子昂论曲”。但所引内容是否全然赵氏言论，却值得推敲。如《太和正音谱》“杂剧十二科”一节中“子昂赵先生曰”一段下，还有“关汉卿曰”一段，也被以“故关汉卿以为”的方式编入《元曲选》卷首“吴兴赵子昂论曲”中。《太和正音谱》“娼夫不入群英四人共十一本”一节，原文起首：“子昂赵先生曰：娼夫之词名曰‘绿巾词’其词虽有切者，亦不可以乐府称也，故入于娼夫之列。”① 以下列“元，赵明镜”等四人11种剧目。其后有“娼夫自春秋之世有之……止以乐名，亘世无字”一段文字。这段文字并无明证是出自赵子昂之言还是《太和正音谱》编者之言，但《元曲选》中，近似内容也在“吴兴赵子昂论曲”一段之下。

《元曲选》“涵虚子论曲”的内容，可见于《太和正音谱》中三个部分，其一是“杂剧十二科”的末尾，“隋谓之‘康衢戏’，唐谓之‘梨园乐’，宋谓之‘华林戏’，元谓之‘升平乐’”一段，被冠以“戏曲至隋始盛”，列于“涵虚子论曲”之首。《太和正音谱》中，这段原文在“子昂赵先生曰”和“关汉卿曰”之后，《元曲选》将其纳入“涵虚子论曲”目下，与上文所述编入“吴兴赵子昂论曲”的部分对照，不知是否另有依据。其二是《太和正音谱》的“杂剧十二科”。其三是《太和正音谱》的“古今群英乐府格势”。“古今群英乐府格势”在《太和正音谱》中有“元一百八十七人”“国朝一十六人”之分，《元曲选》中并未区分说明，而是将“王子一”等《太和正音谱》所列明代作家直接列在其后。将没有具体论述作品风格，只录姓名存目的“一百五人”列于最后。

《元曲选》“元曲论”部分，见于《太和正音谱》中“音律宫调”“群英所编杂剧”“知音善歌者三十六人”三部分内容。取自《太和正音谱》“音律宫调”部分的内容，在《元曲选》中仍题“音律宫调”。

---

① 朱权著，姚品文点校笺评，洛地审订《太和正音谱笺评》，第67页。

除没有《太和正音谱》部分版本中“六律”下的“阳”字样和“六吕”下的“阴”字样外，与《太和正音谱》原文内容几乎相同。《元曲选》所录《太和正音谱》“群英所撰杂剧”部分题为“元群英所撰杂剧”，说明了其文献来源是涵虚子所编内容：“元群英所撰杂剧共五百四十九本。盖杂剧者，太平之胜事，非太平则不出。今以耳闻目击者，收录谱中。天下才子非一人。管见不能备知，望后之赏音者增焉。以下俱见涵虚子。”① 但具体数字统计，《太和正音谱》各本存在差异，《元曲选》所计亦不同。虽然《元曲选》称所录是“元群英所撰杂剧”，但实际上，《太和正音谱》中“国朝三十三本”，即明代相关内容也被《元曲选》纳入其中，且未说明。《太和正音谱》“知音善歌者三十六人”的内容，《元曲选》题为“元知音善歌之士三十六人”。虽然在《太和正音谱》原书中，此节内容没有注明朝代，然据前人考证，其中实际不乏明代之人。② 《元曲选》将《太和正音谱》中所论明代内容，也作为元代材料收录，一方面说明其编写取材不审，另一方面也可以佐证其文献来源应当就是《太和正音谱》的某个版本。

（二）《词品》所录《太和正音谱》

《词品》的内容可见于《太和正音谱》曲论部分的“群英乐府格势”。此书被《四库全书》列入词曲类存目，撰有提要，因而较为人所知。《四库全书总目提要》的说法也产生了较大影响。

按照《四库全书总目提要》的说法，四库馆臣所见的《词品》是曹溶《学海类编》本。关于此书，《四库全书总目提要》主要提到三

---

① 《元曲选》“元曲论”，载王学奇主编《元曲选校注》第一册，第146页。

② 如其中所列蒋康之，据姚品文考证：“朱权《神奇秘谱序》云：‘予谓琴操泯于世者多矣。遂命琴生桂岩李吉之、兰谷蒋怡之、竹溪蒋康之、玄圃何勉之、静庵徐穆之五人，屡更其人而受之。’又宁王府世子磐鉽师胡虚白《斗南老人集》有诗《题敬赐内侍竹溪道人蒋康之手卷》，知蒋康之，号竹溪道人，为宁王府琴生，兼敬赐内侍之职。”参见朱权著，姚品文点校笺评，洛地审订《太和正音谱笺评》，第76页。

方面信息：第一，《词品》的作者。旧本题元涵虚子撰，不详名氏。第二，评述《词品》的内容。第三，臧懋循《元人百种曲》尝列之卷首，此本殆从《百种曲》中抄出。

对比《词品》内容与《元曲选》卷首“涵虚子论曲”中的“古今群英乐府”，相同处在于，《太和正音谱》原书中的品评文字，并非整齐四字。而《词品》和《元曲选》卷首中的内容，品评文字均剪裁为整齐的四字句。但二者也有不少不同之处。首先，在内容编排上，《词品》在罗列马东篱、张小山、白仁甫、李寿卿、乔梦符、费唐臣、宫大用、王实甫、张鸣善、关汉卿、郑德辉、白无咎十二人题评之后，称“以上十二人为首等”；在罗列贯酸斋至王伯成等人之后，称“以上七十人次之”；其后列举董解元等人称“凡百五人不著题评抑又其次也”，又称“虞道渊、张伯雨、杨铁崖辈俱不得与，可谓严矣”。[①] 这些内容是《元曲选》卷首相关部分所无的。其次，如上文所述《元曲选》卷首相关部分，将“王子一”等《太和正音谱》所列明代作家直接列在元代作家之后，而未加区分说明。《词品》中则无此内容。

从上述两点差异看，《四库全书总目提要》所说《词品》从《元曲选》卷首抄出的说法不太可能成立。对比《太和正音谱》可以发现，《词品》所区分的首等十二人，在《太和正音谱》中，除《词品》《元曲选》所录四字评述以外，均另有一段品评文字；而被《词品》列为次等的七十人，只有四字评述；又次等的一百五人，未著题评。可以推测，《词品》内容的编者，应当参考了《太和正音谱》某版本，而进行了以上剪裁、编排。这种依据评语多寡区分等次的方式，是仅据《元曲选》内容不可能实现的。且《元曲选》所录内容中，掺入了评述明代作家的内容，且未作标注。如果以《元曲选》为据，《词品》

---

① 涵虚子《词品》，曹溶辑、陶越增订《学海类编》，清六安晁氏排印本，载《百部丛书集成》，艺文印书馆 1967 年版。

从中完全剔除明代作家的相关内容亦不大可能。综合来看，《词品》内容编写者所依据的，应是较能呈现《太和正音谱》此部分原书面貌的某一版本。

前人有研究提出："所谓《词品》，来源于明王世贞的《艺苑卮言》，其实就是《太和正音谱》'古今群英乐府格式"之节录……涵虚子论曲仅为其中一条，云'涵虚子记元词一百八十七人'……后王世贞的这一段文字，被删去'国初十有六人'的内容，收入明末清初的许多类书，冠以《词品》题目，广为流传。又误涵虚子为元人。"[①] 对照《学海类编》本《词品》与《艺苑卮言》，前人的这一观点颇为可信。除《词品》内容外，王世贞《艺苑卮言》还有"国初十有六人"内容，更印证了其编辑方式，应如上文所述"依据的应是较能呈现《太和正音谱》此部分原书面貌的某一版本"。

（三）节本的版本来源与《太和正音谱》流传情况

从上述《元曲选》《词品》两节本的情况，以及《四库全书总目提要》所代表的基本认识，可以一窥《太和正音谱》流传过程中的一些现象。

从著作署名的情况看，署名"涵虚子编"的某些版本在流传中或有较大影响。节本、片段流传多以"涵虚子"称。而"丹丘先生"甚至被认为是与"涵虚子"相区别的两人。在今可见的《太和正音谱》版本中，南京图书馆藏影钞明洪武序刊本署名"丹丘先生涵虚子编"；日本内阁文库藏明刊本署名"涵虚子编"；万历二十二年（1594）何钫刻本署名"丹丘涵虚子编"；黛玉轩订《北雅》本署名"涵虚子编、黛玉轩订"；《啸余谱》北曲谱本仅署名"古歙程明善纂辑"。其中，万历二十二年（1594）何钫刻本与《啸余谱》北曲谱本都对《太和正音谱》曲谱部分的谱式符号进行了较大调整。而内阁文库藏明本、黛玉轩订北雅本从版式行款、字体面貌来看，与影钞明洪武序刊本不

---

① 朱权著，姚品文点校笺评，洛地审订《太和正音谱笺评》，第 413～414 页。

同，是对原刻本进行了重刊。这些署名为"涵虚子编"的重刊本，或在流传中影响较大。

从节录本的内容来看，早期节录本的文献来源应当是与《太和正音谱》原书面貌较为接近的文献。节录者虽将原书内容冠以不同名目，但可以看出，应当曾经阅读过原书的相关部分。但随着时间推移，节录本广泛流传，而原书不传。以至于《四库全书》收录《词品》入词曲类存目，而不知有《太和正音谱》。且亦不知《词品》内容来源于收入《四库全书》集部别集类的王世贞《弇州四部稿》所编条目。这种现象一方面说明了，节录本如《词品》者影响之大。另一方面，《四库全书总目提要》的认识也可以一定程度上代表清人对《太和正音谱》的一般认识。

关于节本误涵虚子为元人这一现象，有可能是受到所节录均是元代相关内容的反作用影响。如《词品》将明代相关内容全部去掉，而单取评论元人之曲的内容，以至于可能造成所论出自元人之笔的误解。《四库全书总目提要》称《词品》："旧本题元涵虚子撰。不详名氏。"《四库全书》将该书列于集部词曲类存目，在元杨朝英撰《朝野新声太平乐府八卷》提要和《雍熙乐府十三卷》提要之间，基本符合《太和正音谱》的相对成书时间。

二　盐谷温对《太和正音谱》的认识

盐谷温在排印本《太和正音谱》曲论部分卷首，录列了《四库全书总目提要》和王国维《曲录》中的相关内容，并在其后加入自己撰写的一段识语。

盐谷温录《四库全书总目提要》内容，应当意在说明清人对此书相关内容的基本认识。而将王国维《曲录》所撰写的《太和正音谱》二卷提要录于卷首，显然是留意到了此前王国维对《太和正音谱》情况的考察。

王国维所撰提要明确此书是明代宁献王朱权所编，已经强调出了原书全帙的价值，提出丁氏善本书室有影钞明洪武刊本，明程明善《啸余谱》之"北曲谱"十卷及卷首，即钞取《太和正音谱》全书，即提供了两种可以反映《太和正音谱》全貌的版本。但此时王国维并未以《太和正音谱》原书与《啸余谱》对校，而是"以李玉《北词广正谱》所引音谱数十条校之《啸余谱》北曲谱"，这或许与当时涵芬楼秘笈尚未影印《太和正音谱》，而此书并不易得有关。

论及节本，王国维提到，明臧懋循《元曲选》节取《太和正音谱》中论曲之语置于卷首，清代曹溶《学海类编》又由《元曲选》卷首所录抄来，即《四库提要》所著录者。这一说法《四库全书总目提要》在《词品一卷》的提要中已经提出，如上文分析，此说存在问题。王国维应当是未加考察，而加以因袭。

盐谷温在识语中，虽然没有直接指出《四库全书总目提要》有无问题，但他说到"按本书汉土亡佚久矣。清儒不及睹之，徒为臆揣之言而已"，或许在原书全帙面前，误解已不言自明。造成世人对《太和正音谱》面貌认识不清的状况，究其原因，与《太和正音谱》原书全帙流传不广有很大关系。故当盐谷温发现日本内阁文库藏有旧昌平坂学问所藏之《太和正音谱》三卷和亦系《太和正音谱》改名的《北雅》三卷时①，即以"此书已亡于彼土而现存于我邦"②，十分看重其价值，决定予以排印，公诸于世。盐谷温此次印刷《太和正音谱》卷上（曲论之部）所采取的是排印的形式。与内阁文库所藏明版《太和

---

① 王国维《曲录》中撰有《北雅》叙录，而置于卷六"小令套数部"之下："《北雅》三卷见曹寅《楝亭书目》明宁王权编，有具区冯梦祯序。"而同书《太和正音谱二卷》叙录则置于卷六"曲谱部"。参见王国维《曲录》卷六，载谢维扬、房鑫亮主编，房鑫亮分卷主编《王国维全集》（第 2 卷），第 268 页、第 271 页。其中，《北雅》叙录内容，是全文引自《楝亭书目》中的《北雅》条目。可推知，王国维应未见《北雅》原书，不知《北雅》为《太和正音谱》改订。

② 盐谷温《太和正音谱 卷上（曲论之部）》卷首识语，载《东亚研究志》（附录），卷首页。

正音谱》对照，可以看出，其排印基本遵循原书的面貌，内容更是毫无增减，意在突出其版本价值。

每页之页面边缘，类似书口位置，印有“太和正音谱卷之上”，下方印页码，页码编排按照每页一个页码的方式，而非原书每叶编一页码，其中卷首序文至目录终，单独编页码。书中无论正文、眉批，都间有训读标记。内阁文库藏明版《太和正音谱》书前有“龙集戊寅序”，序前题“太和正音谱”，每半叶 6 行，行 11 字。盐谷温排印本，序前亦题“太和正音谱”，每半叶（每页）9 行，行 11 字。原书序中“帝”“皇明”字样抬高一格书写，盐谷温排印本亦同。目录部分与正文部分，除每半叶行数不同外，版式面貌几乎悉按内阁文库明版《太和正音谱》。内阁文库藏明版《太和正音谱》正文每半叶 10 行，行 20 字，小字双行；盐谷温排印本每半叶 12 行，行 20 字，小字双行。在识语中，盐谷温称：“取原文对校之《北雅》《啸余谱》等。”排印本在页面上方眉批处，专设一栏，以小字印刷校勘记。下方则排列正文。故此，盐谷温所印《太和正印谱》可以看作是以日本内阁文库所藏明版《太和正音谱》为蓝本，而编印了一个会校本。

书中眉批栏校记凡 30 则。从校记内容看，除了对校《北雅》《啸余谱》两本外，还参校了《元曲选》《录鬼簿》。校勘内容精炼，以校异文为主，对能做出判断的异文加以取舍，对于无版本依据，而疑似讹误的内容亦出校记说明。偶尔也有异体字出校。

校异文并判断取舍的例子，如，“对式”一节下，内阁文库明版《太和正音谱》原文为：“叠句：重用两句者是也。如《昼夜乐》：‘停骖骖是也。’”盐谷温校记云：“《北雅》《啸余谱》‘停骖骖’作‘停骖停骖’，是也。”“娼夫不入群英”一节，针对红字李二之“板沓儿”，有校记云：“沓通踏。《啸余谱》作杳，非也。”

无版本依据而疑似讹误出校的，如“词林须知”一节下：“凡入曲入数调者，有《啄木儿》《女冠子》《抛球乐》《斗鹌鹑》《黄莺儿》《金盏儿》之类也。”校记云：“按‘入’，‘一’字之误与?”此条校记虽未言版本依据，但根据前人研究，“入曲”《唱论》作“一曲”，当是。[①] 可见盐谷温的判断无误。

参校《元曲选》的例子，在“群英所编杂剧”一节下，针对马致远的作品《黄粱梦》，有校记云：“《元曲选》作《黄粱梦》。”针对高文秀的作品《译范雎》，有校记云：“《元曲选》作《谇范叔》。”

参校《录鬼簿》的例子，在“群英所编杂剧”一节下，乔梦符之《勘风情》，有校记云：“《录鬼簿》作《马光祖勘风尘》。”高文秀之《问哑禅》，有校记云：“《录鬼簿》作《志公和尚开哑禅》。”郑德辉之《无盐破环》，有校记云：“《录鬼簿》作《丑齐后无盐破连环》。”赵子祥之《害夫人二本》，有校记云：“《录鬼簿》作《风月害夫人》。”

从以上所列举的盐谷温校记，可以看出以下几点。其一，对于书中所涉及的曲学理论，比如何谓“叠句”，盐谷温往往有明晰的判断。其二，对于作品产生时代的语言现象，如通假字、俗语语义等，盐谷温应当颇为熟悉。其三，对《太和正音谱》与其他文献材料的关系有所把握。盐谷温以《元曲选》《录鬼簿》参校书中相关部分，反映出其较早认识到了这些文献间材料上的联系。

除排印《太和正音谱》卷上（曲论之部）以外，盐谷温在他的著作中也屡次提及《太和正音谱》。从中可以看出，他对此书的认识与利用。

在脱稿于大正七年（1918）十二月，出版于大正八年（1919）五月的《支那文学概论讲话》中，盐谷温已多次述及《太和正音谱》。该书署“盐谷温述”。盐谷温在序言中说，此书是去岁（案：指 1917 年）夏天在东京文科大学讲授支那文学概论，六回口头演讲基础上修正增补而成。内容以叙述戏曲小说发展为主，是有意填补中国文学界在这一领域的空缺。序言中盐谷温述及其往昔就读大学时，曾在森槐

---

① 参见朱权著，姚品文点校笺评，洛地审订《太和正音谱笺评》，第 96 页。

南博士的课堂上学习词曲之学，其后又到中国随叶德辉先生学习元曲。[①] 说明了自己的学术传承所自。[②]

在此书下篇第五章《戏曲》之第四节《元之北曲》、第五节《明之南曲》中，盐谷温都曾论及《太和正音谱》。

在第四节第一项《北曲之作者》中，盐谷温谈到，元曲的作者和其著作目录，见载于元代钟嗣成《录鬼簿》和明代宁献王之《太和正音谱》中。《太和正音谱》颇称珍本，此书夙亡于中国而我内阁文库图书馆中藏有一本。先年，在杂志《东亚研究》的附录中已经仅将其曲论部分出版。然尽管在通行于世的《啸余谱》之《北曲谱》中有《太和正音谱》，但并不多得，不能全部得见翻译。[③] 在此节中，盐谷温谈到《太和正音谱》对诸名家词进行品评、排列次第。“关、王、白、马、郑、乔”六大家曲目在《录鬼簿》或《太和正音谱》中都曾列举，尽管大多数已经亡佚，而仅有数种流传。在此项中，盐谷温谈到《太和正音谱》列“元人杂剧五百三十五本”，并罗列书中“杂剧十二科”内容，结合后人曲论，来说明杂剧分科。此项之末，“参考”一栏录有《太和正音谱》“古今群英乐府格势”内容，作为参考资料。

在第五节《明之南曲》第一项《南曲之作者》中，盐谷温述及朱权及《太和正音谱》，称明初有名者，自宁献王权、周宪王有燉起，王子一、谷子敬、贾仲名、杨文奎等皆作杂剧。宁献王是太祖第十七子，初封大宁，永乐靖难有功，改封南昌。终成祖之世，韬光养晦、亲近琴书。宁王风流雅好文学，自号臞仙、涵虚子、丹丘先生。撰著颇富，《太和正音谱》就是其撰写的。[④] 在此项末尾，盐谷温录列《太和正音谱》“词林须知”一节中“丹丘先生曰”论及脚色一段作为

---

① 参见盐谷温《支那文学概论讲话》序言，大日本雄辩会1919年版，第1～4页。

② 黄仕忠《日本所藏戏曲文献研究》中曾经谈到：“特别是盐谷温，他是森槐南的学生，他的《支那文学概论讲话》，从章节安排与内容上，明显可以看到受森槐南著述影响的痕迹。”参见黄仕忠《日本所藏戏曲文献研究》，高等教育出版社2011年版，第32页。

③④ 参见盐谷温《支那文学概论讲话》，第195页、第280页。

参考材料。

除以上所述《支那文学概论讲话》以外，盐谷温还在出版于大正十五年（1926）一月的《元の雜劇に就て》（東亞研究講座第七輯）一书中和昭和八年（1933）出版的《元曲》(《元曲梧桐雨》)（昭和汉文讲座第6卷）的解题部分，引述《太和正音谱》的相关内容。《元の雜劇に就て》中，“二、元曲の勃興”“三、元曲の作者”两节中涉及《太和正音谱》的内容与《支那文学概论讲话》第四节中的内容相似。“四、前列十二人”一节，则是依据《太和正音谱》“古今群英乐府格式”中的顺序，录最前、品评最详之12位作家评语。此后第五至十节，分别介绍关汉卿与《窦娥冤》、白仁甫与《梧桐雨》、马致远与《汉宫秋》、郑德辉与《倩女离魂》、乔梦符与《金钱记》、王实甫与《西厢记》，其间均述及作家在《太和正音谱》中的排序位次。《元曲》(《元曲梧桐雨》)一书中，“二、元曲の勃興”“三、元曲の作者”两节相关内容亦与前书相似。“五、《元曲选》”一节中，在比较《古今杂剧》与《元曲选》时，用到了《太和正音谱》的内容作为参照。

在盐谷温之前，王国维在《曲录》《古剧脚色考》《宋元戏曲史》中也已经利用《太和正音谱》中的相关材料。

《曲录》“初稿为二卷，草成于清光绪三十四年（1908）。次年（案：1909年）修订增至六卷，刊于沈宗畸所编《晨风阁丛书》。后收入《海宁王忠慤公遗书》及《海宁王静安先生遗书》”[①]。在《曲录序》中，王国维称：“丑斋《点鬼》，丹丘《正音》，著录斯开，搜罗尤盛。”[②]《曲录》卷二、卷三列杂剧部作家、作品。作家之下，每引《太和正音谱》“古今群英乐府格式”中的品评之语。作品之下，每注《太和正音谱》中所载名称之差异。与《录鬼簿》《元曲选》等文献共

① 《曲录》点校说明，载谢维扬、房鑫亮主编，房鑫亮分卷主编《王国维全集》(第2卷)，卷首页。

② 王国维《曲录》序，载谢维扬、房鑫亮主编，房鑫亮分卷主编《王国维全集》(第2卷)，第3页。

为参考。其中，卷三“杂剧部下”录朱权之作十二种，并云：“右十二种明宁献王权撰。王，太祖第十六子（案：应为第十七子），洪武二十四年就封大宁，永乐元年改封南昌。晚慕冲举，自号臞仙，涵虚子、丹邱先生，均其别号也。上十二本《太和正音谱》题‘丹邱先生’，盖其自称之词如此。”[①]《曲录》卷四“传奇部上”，亦多引用《太和正音谱》材料。其中“《荆钗记》一本”辨前人之讹误云：“明宁王权撰。明郁蓝生《曲品》题‘柯丹丘撰’，黄文旸《曲海目》仍之。盖旧本当题‘丹丘先生’，郁蓝生不知丹丘先生为宁献王道号，故遂以为柯敬仲耳。”[②] 王国维的《曲录》，很快即经铃木虎雄介绍到日本。“1910 年，铃木便在《艺文》第一年第五号刊登了《王氏的〈曲录〉与〈戏曲考原〉》一文，及时向日本学界介绍了王国维及其两部著作，并给予高度的评价。”[③]

《古剧脚色考》“撰成于庚戌十二月（1911 年 1 月），次年刊入罗振玉所编《国学丛刊》第一册。曾被铃木虎雄译为日文，刊于《艺文》杂志第四年（案：1913 年）第一、四、七号。后收入《海宁王忠慤公遗书》及《海宁王静安先生遗书》”[④]。在该书中，王国维曾利用《太和正音谱》“词林须知”一节中的相关内容作为材料，考述古剧脚色。

《宋元戏曲史》成书于 1912 年，自 1913 年 4 月至 1914 年 3 月连载于商务印书馆之《东方杂志》，后于 1915 年出版单行本[⑤]。1911 年 12 月至 1916 年，也是王国维寓居日本期间。《宋元戏曲史》第八章

---

① 王国维《曲录》卷三，载谢维扬、房鑫亮主编，房鑫亮分卷主编《王国维全集》（第 2 卷），第 116 页。
② 王国维《曲录》卷四，载谢维扬、房鑫亮主编，房鑫亮分卷主编《王国维全集》（第 2 卷），第 159 页。
③ 仝婉澄《日本明治大正年间的中国戏曲研究》，凤凰出版社 2016 年版，第 114 页。
④ 《古剧脚色考》点校说明，载谢维扬、房鑫亮主编，房鑫亮分卷主编《王国维全集》（第 2 卷），卷首页。
⑤ 参见王国维撰，马美信疏证《宋元戏曲史疏证》，第 1 页。

《元杂剧之渊源》、第九章《元剧之时地》、第十章《元剧之存亡》都曾涉及《太和正音谱》。第八章中，王国维论述元杂剧的题材来源，称："今元剧目录之见于《录鬼簿》《太和正音谱》者，共五百余种。而其与古剧名相同，或出于古剧者，共三十二种。且古剧之目，存亡恐亦过半，则其相同者，想尚不止于此也。"[①] 第九章《元剧之时地》中，王国维辨析利用《太和正音谱》中所载作家及品评，结合其他文献材料论述元代剧作家的具体时代和地理分布。第十章《元剧之存亡》中，王国维依据包括《太和正音谱》在内的，《录鬼簿》《元曲选》等文献所载剧目，估算元杂剧存亡数目。

盐谷温在所撰《天马行空》一书中，回忆与王国维的交往时曾谈到，早在北京初逢王国维时，就已经从王国维处得到了《戏曲考原》与《曲录》，十分重视、敬服。王国维寓居京都期间，二人重逢。盐谷温在湖南期间，阅读了王国维的《宋元戏曲史》，在此后的论文写作与在大学讲学中，都曾资借鉴。[②] 可知，盐谷温在撰写上文所述著作之前，就已经阅读过王国维的相关著作，是在其基础上进行研究的。

综合比较盐谷温与王国维对于《太和正音谱》的认识与利用，可见以下几点。其一，对《太和正音谱》及作者朱权的基本情况，王国维和盐谷温均有掌握判断。盐谷温或因目验《太和正音谱》版本多于王国维，而对该书的版本情况有更清晰的认识。其二，继王国维之后，盐谷温也将《太和正音谱》中的材料运用到研究、著述中。与王

---

① 王国维撰，马美信疏证《宋元戏曲史疏证》，第 127 页。

② "王國維君と初めて逢つたのは、年代ははつきりしないが、北京であり、その時に同君から「戲曲考源」と「曲錄」とをもらつて非常に重寶し、その博識に敬服した。……羅振玉の親戚とかで、同先生に從つて一時京都に遊寓して居たが、私は日本では重ねて逢ふ機會はなかつた。入湘の後、王君の名著「宋元戲曲史」を讀んで、益ろその學の賅博にして考據の精確なるに感心し、専らこの書を指南として研究し、「元曲之研究」の論文を書き上げた。その後大學で講義の際にも、二同學生の演習に使用した。"参见盐谷温《天馬行空》，日本加除出版株式会社 1956 年版，第 95～96 页。

国维零星、分散地将《太和正音谱》中的相关内容，作为辅助材料进行利用不同，盐谷温对《太和正音谱》材料的利用，呈现出一种以《太和正音谱》相关内容为线索、框架的倾向。可谓挖掘出了《太和正音谱》作为元曲研究津梁的作用。其三，王国维与盐谷温对于《太和正音谱》中材料的利用，集中在曲论部分，尤其是论述作家、作品、脚色、科目的相关内容上。且多与《录鬼簿》《元曲选》等文献相结合、印证。《太和正音谱》作为后世曲谱类文献的开端，第一部体例完整的北曲文字谱，其曲谱部分的独特价值，在此时尚没有得到充分的重视和利用。盐谷温对内阁文库藏明版《太和正音谱》的排印，也止于排印卷上曲论之部，并未排印曲谱部分，可谓遗憾。

盐谷温《太和正音谱》排印本，早于涵芬楼秘笈本，将《太和正音谱》卷上的面貌公之于世，提高了学界对此书的认识程度，披露了新的研究材料，促进了近代戏曲研究的发展。盐谷温是于王国维之后较早重视、利用《太和正音谱》进行戏曲研究的近代学者，在学术史上起到了慧眼识珠、发扬风气的作用。

（杜雪　北京大学中文系博士研究生）

戲曲研究

《图画日报》戏曲史料述略[①]

许江娥

《图画日报》出现在晚清上海画报的繁盛期[②]，作为画报类最早的日刊，在当时具有非常重要的地位。该报从 1909 年 8 月创刊到 1910 年 8 月终刊，共出版了 404 期，其以图文并茂的形式刊载了大量戏曲资料，包括梨园掌故、名优传承、班社沿革、演出场所、戏曲批评等，“三十年来伶界之拿手戏”和“世界新剧”两个栏目，内容新颖，时代感强，对当时的戏曲演出、伶人佚闻更是详加记述，这些戏

① 本文为山西省高等学校哲学社会科学研究项目“晚清民国戏曲变革研究”及山西师范大学优质课程（项目编号：2017YZKC—32）阶段性成果。

② 熊月之主编《上海通史》第 6 卷（上海人民出版社 1999 年版，第 479 页）把晚清上海画报的历史分为三个时期：萌芽期（1875 — 1884）、成型期（1884 — 1900）、繁盛期（1900 — 1911）。

曲内容反映出清末上海的戏曲生态，为后人进行相关研究留下了宝贵的资料，具有重要的戏曲史料价值，本文试述之。

一 “三十年来伶界之拿手戏”

“三十年来伶界之拿手戏”从《图画日报》第 229 号代替了“营业写真”栏目，到第 404 号结束，介绍清同治以来，来上海演出过的京班、徽班、昆班、梆子班社的知名戏曲演员及其拿手戏。撰文者为孙家振（1864—1939）[①]，别署“海上漱石生”“警梦痴仙”“退醒庐主人”，是当时上海知名的小说家、剧评家、报刊编辑。其文字要言不烦，切中肯綮。绘图者为刘伯良。这些画属于新闻性质，写实性很强，画面上的服装扮相、砌末装置及身段动作等，均与实际演出相似。[②] 孙家振在该专栏里除记录上海戏曲舞台演员与其擅长剧目外，还谈及这些演员的合作戏园、师承与轶闻逸事等。

（一）反映了同光年间上海剧坛人才之盛

本栏目共刊画 186 幅，旁有文字说明，图文并置，共介绍演员 192 人。这些都是同治、光绪年间上海各大戏园的当红演员，按行当分，生最多，旦次之，净丑相对较少；按剧种分，则包含京剧、昆曲、梆子戏、徽剧，其中京剧居多。

这些演员都是孙家振所熟悉的，大多当时还活跃在上海戏曲界。而其出身则多来自北方京津一带，可见同光以来京剧南下人才之盛。也生动地反映了这一时期京、昆、梆、徽等各个剧种在海上梨园角逐的局面，见证着同光年间上海剧坛演艺的兴盛。

人才之盛还表现在连旗人都要学戏演戏。栏目介绍了汪笑侬、纪寿臣、小穆与双润亭等四名旗籍人士投身剧界，成为当时享誉一时的

① 参见段怀清《海上漱石生生平考》，《杭州师范大学学报》（社会科学版）2013 年第 4 期。

② 参见《中国戏曲志·上海卷》，中国 ISBN 中心 1996 年版，第 728 页。

戏曲演员，可谓“梨园之盛，甲于天下”。

栏目还提及多名演员的师承关系，如须生孙春恒与邵寄舟都是程长庚的入室弟子，净面张八与严七、武旦童双喜与仇凤美为师徒关系，花旦五月仙与十三红、武旦崔灵芝与丁灵芝皆为同门，七盏灯、四盏灯与小一盏灯为张国泰的徒弟，二面陆阿四是姜善珍之师，王玉芳为老生王九龄衣钵弟子，苏州青衫孙瑞堂与金兰卿师徒在此栏目也有介绍。①

（二）反映了戏曲演出场所的变迁

栏目涉及了晚清数量众多的戏园，包括丹桂、天仙、金桂、久乐、同乐、大观以及新剧场、新舞台，等等。同光时期，这些戏园鳞次栉比，一时笙歌繁华，“洋场随处足逍遥，漫把情形笔墨描；大小戏园开满路，笙歌夜夜似元宵”②。

专栏还反映了演员与戏园的合作关系，他们或固定在一个戏园演出，或不时加盟其他戏园，反映出旧式戏园与新式剧场之间的更替，以及对于优伶竞聘的激烈。如须生周春奎先后与丹桂、天仙和天仪等戏园合作③，汪桂芬则先后隶属于大观、天仙与天福戏园④。

伶人自己组班并开办戏园在当时也属常态。如黄月山开大观戏园，田际云创玉成班，李毛儿创“毛儿戏班”，月月红开鸿桂园，王鸿寿开宝仙茶园，金兰卿开天宝茶园，夏月珊开丹桂、新舞台，

---

① 参见《三十年来伶界之拿手戏·孙春恒之请宋灵》《张八之冥判》，载《图画日报》第5册，上海古籍出版社1999年版，第344页、第440页。《童双喜之大补缸》《五月仙之红梅阁》，载《图画日报》第6册，第392页、第510页。《崔灵芝之忠义侠》，载《图画日报》第7册，第104页。《七盏灯之新茶花》《四盏灯之锁云囊》《小一盏灯之大铁弓缘》，载《图画日报》第8册，第570页、第629页、第642页。《陆阿四之说亲回话》《王玉芳之战蒲关》《金兰卿之芦花河》，载《图画日报》第8册，第162页、第258页、第450页。《孙瑞堂之落花园》，载《图画日报》第5册，第461页。

② 晟溪养浩主人《戏园竹枝词》，《申报》1872年7月9日。

③ 参见《三十年来伶界之拿手戏·周春奎之五雷阵》，载《图画日报》第5册，第392页。

④ 参见《汪桂芬之子胥投吴》，载《图画日报》第5册，第476页。

等等。

（三）反映了同光剧坛剧目之丰富

栏目不仅介绍了活跃剧坛的当红演员，还提到戏园上演的流行剧目。这些剧目既包含有大量传统戏，也有许多新编剧目，如时装戏《铁公鸡》《查潘斗胜》，新编古装戏《三门街》《百宝箱》，以及戏曲改良新潮中兴起的新戏《新茶花》《黑籍冤魂》，等等，反映出上海观众既喜爱旧剧，也不断追求新鲜剧目的开放心态。

显然，上海观众对于新剧、惊险剧目和武戏有着特别的感情。《顶仔石臼做戏》谈到当时演戏的情景：

> 戏中曾见滚红灯，小丑何其技艺精；头顶蜡盘攒板凳，攒来攒去不容停；当场做与夫人看，毋怪浑身都出汗；台下还闻喝彩声，纵然劳苦犹情愿；胡为压力翻嫌轻，欲共驮碑赑屃争；不顶蜡盘顶石臼，出奇制胜思呈能；岂知搬演尚灵动，非比马牛当负重；漫夸新戏改良多，担荷难尽无所用；大家赢得拍喂喂，毕竟何曾讨好来。①

"顶蜡盘""顶石臼"都是高难度动作，表演起来须"浑身都出汗"，但却也能换来观众的阵阵喝彩。

云里飞之《三上吊》、何家声之《滚红灯》、夏月润之《花蝴蝶》、黄月山之《伐子都》、任七之《翠屏山》、陈吉太李对儿之《跑马卖艺》、四盏灯之《锁云囊》、龙长胜之《九更天》、蔡桂喜之《蝴蝶梦》、吴贵喜之《武文华》，这些都是当时经常上演的剧目，可以反映出上海人对于武戏的偏好。他们重行头之华美，重打斗之激烈，重演唱之慷慨激烈的做派。《图画日报》另着重介绍了武旦余玉琴、康黑儿、文琴舫、安静芝、九仙旦、韩桂喜所演的剧目《醉仙楼》《泗州城》《取金陵》《夺太仓》《雄黄阵》《演火棍》等②，更能看出剧坛对

---

① 《顶仔石臼做戏》，载《图画日报》第8册，第566页。

② 参见徐建国《从晚清〈图画日报〉"武旦戏"看清宫与民间戏曲的交流》，《戏剧》2018年第2期。

于武戏的重视，已经从生行延伸到了旦行，反映出上海观众独特的戏曲审美取向，印证了《清稗类钞》的记载："宣统末，沪人雅能听曲，然喜高嗓而不辨神韵，喜激昂而不乐镇静。"[①]

（四）反映了伶人的一些陋习

清末鸦片泛滥，上至仕宦文人，下至引车卖浆者，均有抽大烟的。戏曲演员抽大烟也很普遍，成为梨园陋习。《图画日报》反映了这一现象。武生黄月山与须生汪桂芬因中年后癖嗜洋烟，盛名渐减。[②] 小生邱凤翔与须生丁子九嗜洋烟过深，害烟痨而殁。[③] 花旦李季生"少年时演剧颇有闺态，为世所赏。惜中年后酷染阿芙蓉癖，面目瘦损，且齿豁腮缩，颇不雅观，以致在班尽供奔走之役"[④]。报道对于这些演员的遭遇满怀痛惜。

除了吸食洋烟，另有演员嗜赌成性，深受其害。湖北花旦月月红吴轶，光绪初年来上海，虽面有微麻，而装束登场，不损其媚，演《贵妃醉酒》最臻绝技，后因赌而家破人亡。[⑤] 梆子花旦小想九霄，貌艳如花，音娇似鸟，惜性好赌博，一日通宵狂赌，竟负债 900 元，随由陈世忠代为交付，以至以后演出所得包银，须经陈世忠经手，方得分取。[⑥]

还有"吊膀子"现象的发生。所谓吊膀子，即妇女与优伶在戏园中目挑眉语，互相勾引。起初戏园观戏，妇女与伶人相互守戒甚严。同治年间，丹桂茶园主刘维忠聘请北京三庆班来沪演出，其中有著名花旦浪双喜，在沪演出期间，喜欢一女子，当时班规极严，在园主的

---

① 《清稗类钞・戏剧类・戏剧有南北两派之别》，载徐珂编辑，无谷、刘卓英点校《清稗类钞选》（文学・艺术・戏剧・音乐），书目文献出版社 1984 年版，393 页。

② 参见《黄月山之伐子都》《汪桂芬之子胥投吴》，载《图画日报》第 5 册，第 380 页、第 476 页。

③ 参见《邱凤翔之查潘斗胜》《丁子九之七星灯》，载《图画日报》第 8 册，第 270 页、第 210 页。

④ 《李季生之离魂》，载《图画日报》第 7 册，第 236 页。

⑤ 参见《月月红之贵妃醉酒》，载《图画日报》第 7 册，第 66 页。

⑥ 参见《小想九霄之海潮珠》，载《图画日报》第 8 册，第 402 页。

帮助之下，终成眷属。[①] 但后来上海就发生了武生杨月楼与妓女互通之事，受到官府严惩，此风稍息。

至于优伶与妓女，在早些时候，伶人不准妓院闲游，各处咸有通例，如果狎客知道妓女与伶人为伍，则妓女也会受到狎客厌弃，自颓身价，而伶人也会自惭形秽。然而到了同光年间，伶人与妓女之间“吊膀子”现象屡见不鲜。《图画日报》提到伶人小子胡因和已故某星使之妾有染而见弃于新舞台之事。也指出“近十余年来，又有霍春祥、郭蝶仙、高彩云、丁灵芝、李春来等诸案，报章记其事迹，里巷编为歌谣，风俗之坏，实可为长太息矣”[②]。《上海曲院之现象·不知媚眼为谁回》也有类似的图像与文字，谴责妓女看夜戏时不懂自爱，频频以目传情，为沪上恶习。[③]

当然，对于人格高洁的演员，孙家振也会多加赞誉。天华茶园的赛貂蝉，平日掌管着装有各童伶关书等要件的铁箱及钥匙。在班主意外去世之后，不惧威胁，能够秉持正义，从容料理班事，在少主人来沪后，将之全部归还，被时人所赞誉。[④] 还有小一盏灯被誉为梨园中风雅人，“演一戏有一人之身分，与千戏一律者异”。

二　“世界新剧”

“世界新剧”是《图画日报》一个贯穿始终的栏目，主要记录了上海“新舞台”排演的改良新剧。“新舞台”是1908年在上海建立的一个新式舞台，是现代戏剧史上“旧戏新演的场所，也是新戏旧演的场所”。[⑤]

---

① 参见《浪双喜之得意缘》，载《图画日报》第7册，第488页。

② 《上海社会之现象·戏园观剧之吊膀子之无耻》，载《图画日报》第2册，第163页。

③ 参见《上海曲院之现象·不知媚眼为谁回》，载《图画日报》第6册，第103页。

④ 参见《赛貂蝉之凤仪亭》，载《图画日报》第8册，第6页。

⑤ 参见曹聚仁《听涛室剧话》，中国戏剧出版社1985年版，第191页。

《上海著名之商场·新舞台》介绍了“新舞台”的筹备、组织形式及其在十六铺的落成，在剧场硬件、舞美灯光、经营管理方面的具体改革措施。[①] 从图画中可以看出舞台是半月形的，上面挂着万国国旗，舞台后面悬挂画景，左右为上下场门；舞台前面有低矮护栏，顶上悬挂灯泡；两侧拱形窗户和花篮。“新舞台”之建立，可谓中国剧场一大革命，它不仅改变了剧场的形式，而且对演出内容提出新的要求。[②] 正如当时竹枝词说：“南市初开新舞台，一班丹桂旧人才。改良戏曲寻常事，灯彩谁家比得来。”[③]

1908年到1912年前后是京剧改良运动的高潮期。[④]“新舞台”引领时代潮流，热衷于创排和竞演改良京剧。其新戏包括《新茶花》《嫖界现形记》《义节奇冤》《黑籍冤魂》《刑律改良》《拿鱼壳》《赌徒造化》《明末遗恨》《续新茶花》等。新舞台为京剧改良提供了良好的基础，亦成为中国近代戏曲改良动动的主要阵地之一。对于激发民众的革命意识，改变社会不良习气有着重要的作用。

“世界新剧”栏目以图画的方式忠实记录“新舞台”的演出实况，不仅让我们能够获知当时演出剧目，而且将舞台上的场景、角色塑造等直观画面给予呈现，为研究中国近代戏曲改良有着重要的史料价值。

三　其他栏目所涉及的戏曲现象

除了以上两个戏曲专栏之外，该报的其他栏目也涉及了一些戏曲内容，或记述西洋剧场，或谈及演剧市场，或呈现戏迷众生相，特别

---

① 参见《上海著名之商场·新舞台》，载《图画日报》第1册，第151页。

② 参见马彦祥《清末之上海戏剧》，《东方杂志》第33卷，1936年。

③ 朱谦甫《海上光复竹枝词》，上海民国第一图书局1913年版，第13页。

④ 参见马少波、章力挥《中国京剧史》（中国戏剧出版社1999年版，第303页）：“京剧改良运动的高潮主要是在光绪三十四年（1908）上海‘新舞台’创立前后，到辛亥革命之后的民国元年（1912）前后。”

是刊载了许多戏曲所引发的社会问题，令人深思。

（一）介绍国外剧场

晚清上海由于租界和贸易港口的原因，成为中国率先踏入西方文明的主要城市之一，国际化视野开阔。《图画日报》亦专门刊载部分国外剧场照片，并对其进行简要介绍。如美国纽约大舞台“其装潢之华丽、范围之宽广，为全球戏园之冠”，并谈及这个舞台的建筑费与常年经费由市民捐助，“以期伶界进步，开通一般社会之智识云”。[①]意大利米兰大戏园“良宵风月，粉墨登场，舞女翩跹，乐声幽渺，其激烈可以发人慷慨，其绮丽足以涤人尘烦。宜乎万流镜仰于电光之下也”。[②] 还介绍了古希腊罗马的戏院、基本型制，以英国的莎士比亚与丹麦的安徒生等戏剧家为例，提及国外优人身份的高贵。

这种国外剧场和戏剧家的介绍符合《图画日报》“以增长国民智识、开通民社风气为己任”的宗旨。[③] 上海新式舞台借鉴西式舞台所采用的写实性布景，在相当大的程度上对传统的演剧内容和演出方式都形成了巨大冲击。

（二）与戏剧相关行业的戏衣生意

由于海上梨园兴盛，戏园之间竞争激烈，戏衣生意也非常好。竹枝词《营业写真·做戏衣》记曰：

> 行头店里做戏衣，五颜六色花样奇。劈线要光金要亮，名角穿起方相宜。生旦净丑人人要，勾心斗角各赌巧。近来戏馆正竞争，无怪戏衣生意好。[④]

海上梨园兴盛，促进戏衣生意红火。而勾心斗角、花样新奇的戏衣也有利于近代戏曲改良的推进。

（三）戏曲所引发的社会问题

作为“目击社会”的一份报纸，《图画日报》不仅关注戏曲表演，

---

① 《大陆之景物·纽约新舞台》，载《图画日报》第2册，第445页。

② 《大陆之景物·意大利米兰大戏园》，载《图画日报》第5册，第1页。

③ 参见《上海环球社〈图画日报〉定期出版》，《申报》1909年8月6日。

④ 《营业写真·做戏衣》，载《图画日报》第4册，第152页。

也关注随之而来的社会问题。

《演戏与肇祸相终始》写上虞松厦镇八月间迎神赛会，村人因演戏争夺戏班而凶殴，致酿命案。[①]《镇台在戏园之勇威》写通州狼山镇李军门观剧时，赏识花旦十五盏灯。到韶春茶园点其扮演《翠屏山》诸剧，稍不顺意就将茶碗掷碎，顿足大骂。后经同僚劝阻才悻悻而去。[②]《旗兵捣毁戏园》写同庆茶园演戏，旗兵因戏资多寡而发生事端。[③]《兵士滋扰戏园》写苏州的春仙茶园，有兵士欲白听戏未逞而故意借机闹事。[④]《奸夫补刺》写山阴湖塘村演戏时，因男女问题发生伤人之事。[⑤] 此类事件皆因村人、士兵、将军恣意所为，《图画日报》对这种不良现象加以严厉谴责。

也有一些问题非人为产生，但也引起报纸的关注。如《妇女听戏之受惊吓》记优人在天津河东俄界宴福茶园演唱崩崩戏，正当演出高潮时，电灯爆炸，火光喷溢，男女观剧者，仓皇中致撞伤数人。报道者没有从改良舞台灯光、装置入手来分析问题，而是由此引论看戏"伤风败俗，莫此为甚。……皇急情况可笑可怜，不知为家督者从此能设法禁止否?"[⑥]因噎废食，反映出当时还是有些道学家对于戏曲充满着警惕和敌视。

当然，对于伶界所倡议公益之事，《图画日报》自然给以正面积极报道。伶人夏月珊、潘月樵，创梨园公所，立榛苓学堂，报道者评价其"急公好义……可谓力争上少游，出人头地"[⑦]。

（四）沪上戏迷众相

晚清上海戏曲演出达于鼎盛，成为大众娱乐最主要的形式，观看

---

① 参见《演戏与肇祸相终始》，载《图画日报》第 2 册，第 358 页。
② 参见《镇台在戏园之勇威》，载《图画日报》第 4 册，第 334 页。
③ 参见《旗兵捣毁戏园》，载《图画日报》第 3 册，第 528 页。
④ 参见《兵士滋扰戏园》，载《图画日报》第 8 册，第 84 页。
⑤ 参见《奸夫补刺》，载《图画日报》第 7 册，第 570 页。
⑥ 《妇女听戏之受惊吓》，载《图画日报》第 2 册，第 58 页。
⑦ 《上海之建筑・榛苓学堂》，载《图画日报》第 3 册，第 110 页。

戏曲演出成为上海市民最为热衷的休闲娱乐方式。《图画日报》记录了当时观剧人的种种情态，以及由此带来的妓女学戏热潮，提供了当时上海城市大众娱乐文化生活的生动鲜活图像。

每当戏院散戏之时，“红男绿女，蜂拥出门，而马车、东洋车、轿子，又每每拦截途中，挤压万状”，观众人数众多，此时“更有游手及窃贼等，混集人后，起意攫窃，殊令人防不胜防”。[①] 而观众往往是结伴而行，有父子、母女、夫妻相伴，有全家总动员的，步行的、骑马的、坐轿的、坐洋车的。[②] 从“不问朝昏”“人争看”的现象，我们可以想见当时观戏观众之多与他们对于戏曲的痴狂。

戏曲演出的繁盛使得妓女也要串戏以招揽生意：“惟各妓近喜学习客串，乃有延师温理习曲，并研究台步一切者，因戏图之，并取唐诗标题曰‘戏罢曾无理曲时’，盖别乎昔日之雏妓教曲也。赞曰：理曲理曲时文酒熟，描摹戏情研究关目，只许提撕不加敲扑，学到戏精架形十足。”[③] 妓女学戏往往能带来可观收入：“一般稍能发声者，便负时誉。福州路各书场争相罗致，尽有月出包银数十元，邀令登场奏技者。”[④] “台中名妓将歌按，好一似百啭流莺绕画梁。有西皮，有二黄，还有昆腔拂子腔，徽调四平高把子，开篇小调与东乡。”[⑤]

随之也出现了所谓的“官场新现象”，即官员也热衷于票戏演出。《财政官高唱秦琼卖马》写驻桂（广西）监理财政官王德溥经常与同僚在署举办宴会，酒酣耳热之余，王德溥高唱京调《秦琼卖马》一出。[⑥]《官场耶？戏场耶？》记载淮安府各差办事所，“每于夜晚时，聚集丁役多人，演唱大小歌曲，和之以笙箫管笛胡琴琵琶等具，异常

① 《散戏馆之挤轧》，载《图画日报》第1册，第343页。
② 参见《痴汉驻足戏馆书场门首之可哂》，载《图画日报》第4册，第163页。
③ 《上海曲院之现象・戏罢曾无理曲时》，载《图画日报》第6册，第55页。
④ 《每日更忙须一到》，载《图画日报》第6册，第67页。
⑤ 《上海社会之现象・女书场之热闹》，载《图画日报》第1册，第259页。
⑥ 参见《财政官高唱秦琼卖马》，载《图画日报》第5册，第251页。

热闹。观听如堵，男女混杂，署内置若不闻，此亦近来官场之新气象也"①。

戏迷痴迷于戏曲，但主要是痴迷于京剧和梆子戏，而昆曲面临无人问津的尴尬局面："中国自古号文明，诗书皆是名贤造。而今满地爱皮西，国粹缘何贱如叶。君不见西皮二黄闹嘈嘈，梆子敲响遏云表。乱弹班子到处兴，昆腔戏馆寥落无人到。"②

结　语

在缺乏影像资料的年代，伶人的表演艺术包括唱念做打等舞台表演场景，我们目前已经无法看到，《图画日报》中的戏曲史料为我们描绘出了不同伶人的表演风格和艺术特色，有利于我们获得对当时伶人表演"第一现场"的感性认识，其以图文并存的样式，对晚清上海戏曲界进行的多方面报道，也展现了演员和班社的盛衰、新旧演出场所的变迁，使我们能够更为直观、更为全面地了解晚清上海地区的戏曲活动情况，在一定程度上补充和丰富了我们对晚清上海剧坛的认识和理解。

（许江娥　山西师范大学戏剧与影视学院讲师）

① 参见《官场耶？戏场耶?》，载《图画日报》第2册，第574页。
② 《俗语画·寿星唱曲子》，载《图画日报》第5册，第43页。

戲曲研究

中国口述戏剧史料研究刍议[①]

郑劭荣

引 言

1913年，《宋元戏曲史》刊发于商务印书馆《东方杂志》，标志着戏曲学正式成为专门之学。王国维继承乾嘉学派的治学方法，重文献，重考据，以治经史的方法治戏曲，百余年来，引领无数后学，功莫大焉。20世纪30年代，以齐如山、周贻白、徐慕云、董每戡等为

① 本文为国家社科基金一般项目“中国口述戏剧史料学研究”（项目编号：15BZW075）、湖南省教育厅“通识教育视域下传统戏曲教学综合改革与实践”（项目编号：JG1634）阶段性成果。

代表的一批学人，注重“场上戏剧”，形成重视舞台实践，与表演紧密结合的研究路向。21 世纪以来，随着视野、方法与理论的革新，学人们在戏曲研究领域大力倡导案头与场上并重，剧本体制与演出形态并重。受此影响，不少学者走出书斋，深入演出第一现场，开展田野调查，在戏曲实证研究上成就斐然。

随着研究方法的丰富与多元化，戏曲学界积极拓展史料视野，除了传统的文字文献，还充分发掘和利用与戏曲相关的实物、口述、图谱、声音、影像等资料。其中戏曲文献、戏曲文物的研究最为瞩目，并由此诞生了戏曲文献学、戏曲文物学两大分支学科。口述戏剧史料是戏曲史料的重要门类。近 30 年来，尽管在搜集、整理方面的成果不少，但一直缺乏系统、专门的研究。① 倡导“口述戏剧史料学”研究，建立“文献·文物·口述”三位一体、系统完善的戏曲史料框架，这是本文阐述的要旨所在。

一　“口述戏剧史料”的界定、形成及属性特征

目前，史学界一般将史料分为三大类，即文字的（各种文献书籍及铭刻）、实物的（出土文物及考古遗迹）以及民间口传的。②“民间口传的”即“口述史料”，亦称“口碑史料”或“口传史料”。较早提出此概念的是梁启超：“得史料之途径，不外两种：一曰在文字记录以外者；二曰在文字记录者”，“在文字记录以外者，此项史料之性质，可略分为三类：曰现存之实迹；曰传述之口碑；曰遗下之古物。”③ 所谓“文字记录以外者”，即非文字史料，梁氏将口述、实物史料归于此类。傅斯年以“口说的史料”对应于“著文的史料”，认

① 参见郑劭荣《20 世纪以来口述戏剧史料的整理与研究》，《戏曲艺术》2016 年第 3 期。

② 谢国桢《史料学概论》序言，载《史料学概论》，福建人民出版社 1985 年版。

③ 梁启超《中国历史研究法》，东方出版社 2005 年版，第 45 页。

为“专凭口说传下来的史料，在一切民族的初级多有之”①。近年来，中国文学史料学研究方兴未艾，无论是古代文学还是现当代文学，大体上亦沿袭了史料“三分法”。

何谓“口述史料”？按照学术界的主流观点：其一，由口述回忆而形成的史料。即由书写者根据口述者的叙述，经搜集整理而成的史料。书写者与口述者之间或有特定的访谈关系，亦可不形成访谈关系。梁启超将“口述史料”解释为：“采访而得其口说，此即口碑性质之史料”。此处所指实则为访谈录，即采访者根据口述者的叙述加以记录整理而成的史料。20 世纪 40 年代，口述史学发端于西方，成为一门现代意义上的、具有严格定义和规范的专门学科，“口述史料”的内涵亦趋于稳定、清晰。80 年代后，随着中外学术交流大门的开启，西方口述史学理论传入中国，史学界逐渐形成自身的“口述史学”观。著名口述史家钟少华提出：“口述史料是指通过访谈者与叙述者合作访谈口述而收集到的相关史料，可以是录音形式，可以是录像形式，也可以是文字形式，但文字一定要有录音为依据。”② 在口述史学看来，口述史料的形成有一些基本的要求，即必须由口述者与采访者合作共同完成，口述者与采访者不是同一人，两者之间具有特定的访谈关系。其二，口头传述而形成的史料。这类史料属于传说资料，它最初是从人们口里说出，经过世代相传，为后人记录整理成为文字资料，或者依然停留于人们脑中、口头的资料。很明显，这两类“口述史料”的性质、来源均有所不同。前者属于忆述史料，它是个体记忆的产物，是当事人、目击者对往事的口头叙述，史料一般来源于口述者的亲历亲闻。它们通常是作为历史学——口述历史的搜集与研究对象。而后者属于传述史料，没有特定的口述者与记录者，由某一社区的群体经数代相传，借助口头传递下来的知识、历史人物、传

① 傅斯年《史学方法导论》，吉林出版集团 2017 年版，第 41 页。
② 钟少华《中国口述史学漫谈》，《学术研究》1997 年第 5 期。

说轶闻、史诗歌谣等。这类史料源自人类的群体记忆，表现为特定人群的口头传统。

口述史料作为一种特殊的史料样态，无论何种生成途径，其最初的源头均是口头。它储存于人类大脑的记忆，以语言为传播媒介，高度依赖于活体的人相与相授。因而，从广义上说，无论是个体忆述史料还是群体传述史料，均可归诸“口述史料”之列。就口述戏剧史料而言，既包括现代口述史意义上的史料（即运用录音、录像技术，经过现场访谈，然后记录整理的传承人口述史），也包括基于戏曲自身历史及其活动方式而形成的口传史料，这部分史料构成口述戏剧史料的主体部分。综合前辈时贤的研究，可以这样认为：“口述戏剧史料”是指口头从事戏剧编创、演出、传授及讲述而生成的戏曲资料。这类资料以语言为传播媒介，以“口传心授”为生存和展现方式，有的以文字、声音、影像记录下来，有些依然停留在人们脑中和口头。口述戏剧史料涉及的内容相当丰富，除了古代文人的相关载录，主要包括：口述剧本、口传故事，戏俗与仪式规程，关于舞台表演、音乐演奏、道具制作的知识和技能，戏曲谚语、口诀、行话、祝颂词以及老艺人口述回忆录等。

近十余年来，口述史料作为戏剧史料的重要类别日渐为学界所关注。车文明认为，中国戏剧资料大致分为文献资料、文物资料、音像资料以及口述资料等几类；戏剧口述资料亦可称非物质遗产，包括现存古老剧种、各地戏曲民俗、各种口头传说、老艺人回忆等。[①] 康保成论及怎样为戏剧史研究搜集资料时，单列一节“口述戏剧史料”，将近代以来的口述戏剧史料分为三部分：“一是口述剧本，二是著名演员的回忆录，三是停留在老艺人脑海中、口中，尚需要深入调查采访的史料。”[②] 上述研究充分注意到了戏剧作为表演艺术的口传心授

① 参见车文明《现存中国戏剧资料之类型与特点》，《中文自学指导》2007年第4期。
② 康保成《中国戏剧史研究入门》，复旦大学出版社2009年版，第69页。

特征，凸显出了口述戏剧史料在整个戏剧资料体系中的独特地位。

戏曲是口头表演的艺术。口述戏剧史料是戏曲口头传承的产物。在旧时代，中国戏曲属于大众化的表演艺术，戏曲创作、演出与消费的主体均为普通民众。在历史上虽然也有不少文人参与戏曲的创作、娱乐，但他们从整体上、从骨子里是歧视和排斥戏曲的。真正广泛深入参与戏曲，并赖以谋生的是民间艺人。但他们的文字读写能力低下，无论是创艺、学艺还是传艺，均依靠师徒之间的口口相传。戏曲作为一种民间口头艺术，它的舞台展现离不开艺人“唱”“念”功夫，插科打诨、提纲戏的演出亦以口头即兴为表现手段。至于戏剧中的口传故事、戏谚俗语等原本就属于口头文学。就戏曲消费而言，历代观众多为不识字或者识字不多的愚夫愚妇，除了那些特别典奥的戏词以及少数文人剧作外，他们观赏戏曲一般不存在接受上的困难。可以说，戏曲总体上是从一个文字文化不太发达的底层社会中勃兴起来的，戏曲的传播和生命力主要不是依靠文人，而是受教育程度较低的平民百姓。质言之，戏曲不同于诗文等正统文学，其相关文字和书籍的重要性与影响力远非后人想象的那么大，对于地方戏而言尤其如此。在多数情况下，戏曲以非文字的形式求得生存和发展，口头传承是其主要的传承方式，由此滋生并累积了丰厚的口传资料。

口述戏剧史料与普通的戏曲文献存在本质上的区别，具有自身独特的属性和形态特征，客观上自成一独立的史料体系。首先，两者的源头和形成途径不同。戏曲文献是用文字及其他载体记录下来的，或源自文人的个体创作，或由历代文人笔录、手写而成，如戏曲作品、与戏曲相关的评论、记载、文集、专著等。而口述戏剧史料出自口头言说，言说方式包括口头传述和口头编创。借用孔子“述而不作”的说法，“述”意味着口传、讲述和陈陈相因。“口头传述”即以口述方式对已有戏曲资料的记忆和传递，经此途径形成的史料如：表演技艺、口传故事、戏谚戏俗、艺人口述史等。凡是前无所承，系个体或群体的创作可以称为“作”，它包含有创造、原创的意味。“口头编创”相当于“作”，戏曲资料的形成方式不是案头书写，而是凭借口头表演来完成。最典型的就是口述剧本的创作与表演。当然，这种“原创”并非绝对的创新，其中也有“述”的成分，我们强调的是这类资料更容易受到个体和具体情景的影响而发生新变。其次，资料的传承方式、表现形态不同。戏曲文献是用文字记录下来，以纸质文本为主要载体的史料形式。与此不同，口述戏剧史料存活于人们的口头和记忆之中，依靠口口相授来实现代际传递。离开了活体的人，史料就不复存在。当然，也有部分口述资料经由文字记录，形成了书面文献。传承方式的差异决定了两者具有不同的表现形态：戏曲文献是一种稳定的、静态的资料类型，它一经记录在案，形成文字，就很少有出入和变化，除非因文献刊印、传抄的原因而产生版本意义上的某些讹误。处于口传状态的戏曲史料则是活态文本，变动不居，它具有较强的流动性和当下性，很难找到一个权威的、终极的口头文本。原因很简单，口述史料产生、传播、接受的各个环节都离不开活体的人，口说无凭，难免变形走样。最后，两者分属不同的文化传统。戏曲文献是文字文化的产物。虽然戏曲在旧时代一直被视为小道末技，但从学术传统而言，它明显受到了我国古典经学、史学的影响。作为口述形态的戏曲则要归为口传艺术，口述资料的真正编创者、传播者是中国戏曲的口头传统，而不是个别的戏曲艺人或者其他什么人。

二　口述戏剧史料的构成与研究对象

如前所述，口述戏剧史料分为两类，即口头传述史料与口头编创史料。具体而言，包括口述剧本、戏曲表演与制作技艺、戏俗、口传故事（戏剧故事与梨园传闻）、传承人口述史等五类史料。这些史料既是口述戏剧史料的主体构成部分，也是口述戏剧史料特定的研究对象。

（一）口述剧本

考察中国演剧史，文字剧本的出现相对比较晚近。一般认为，宋代之前的戏剧情节简单，尚未形成文字剧本，仅靠演员临场发挥，如汉魏优戏、角抵戏、唐参军戏、宋金杂剧等。戏曲成熟之后，尽管产生了书面化的文学剧本，口头创作依然是戏曲编创的重要方式。“口述剧本”（口头剧本）是在戏剧表演过程中生成、使用，以口头为传承媒介的剧本。与文学剧本比较，口述本没有完整的戏词，只有一个包含剧情梗概、脚色、场次等戏剧要素的表演提纲（也可以没有文字提纲），唱词、唱腔及表演均由演员在场上即兴发挥。口述剧本的演出俗称提纲戏、乔本戏、幕表戏等，它是旧时戏班最为常见一种表演形式。当口述本还处于口传状态，未被记录整理为文字剧本时，“剧本”就在演员的心中，戏剧编创、演出、传授等所有环节均在口头完成。

长期以来，口述剧本散落民间，湮灭无闻。1949 年以后，在政府文化主管部门的组织动员下，大批老艺人积极“吐戏”，文艺工作者将其记录成册，发掘、整理了大量的传统剧目。口述文本虽然被固化为定本戏，依然保留有诸多口传的痕迹。这些史料对于从事地方戏研究来说，是十分难得的原始资料，尤其是开展地方剧种编创方式、体制特征、文本形态、艺术风格等方面的研究。

（二）舞台表演与制作技艺

戏曲属于典型的“非遗”文化，它的传承主要表现为两种形式：物质性传承与非物质性传承。前者包括书面剧本、道具、服饰、乐器、舞台等物质的传承，后者指口述剧本、唱念做打表演、舞美设计和制作、音乐演奏等方面的演艺或技艺的传承，即戏曲从业者把各种有关戏曲艺术和技艺的体验、感受、经验等通过师徒之间的交流（包括口传、心授、身体示范等）进行的传递和发展。① 与之相应，形成两类戏剧史料：

其一，关于戏曲器物、设施制作的技能和知识。与舞台表演直接相关的物品和设施包括道具、服饰、乐器、脸谱、影偶、木偶、舞台

① 参见宋俊华《非物质文化遗产与戏曲研究新路向》，《文艺研究》2007 年第 2 期。

等。戏曲物品本身不是非物质文化遗产，但是，关于制作、使用和维护这些物品的知识经验却是正宗的“非遗”文化。以皮影戏影偶为例，其制作工艺便是十分珍稀的技艺遗产。宋代影偶的雕刻技术已臻成熟，从制皮、雕镂到上色，形成了一套完整的工艺流程。周密《武林旧事》卷六“小经济”条中有“镟影戏”，表明南宋临安影偶雕刻已经成为一种专门的行业。经历千余年的演变，中国各地影偶的材质、造型、风格可谓琳琅满目，工艺流程繁简有别。以兽皮类影偶雕刻为例，其主要工序包括：1. 选料与制皮；2. 描样；3. 雕镂；4. 着色；5. 订缀。可以说，每一道工序都凝聚着中国民间工匠的技艺智慧，也是历代艺人言传身教、口耳相承的结果。

其二，与舞台表演相关的经验、规范和技艺。戏曲是一种当众展现的艺术，它的表演具有很强的技艺性。演员在场上的一招一式，举手投足，无不包含着特定的技术规范和法则。在旧戏班里，通过师徒或家庭成员之间的私相传授，学徒得以掌握表演的基本要领和技巧，并不断地加以模仿、实践，才能成长为一名合格的演员。

在反复的演出实践中，戏曲艺术家们将表演手段概括为“四功五法”：“四功”即“唱、念、做、打”四项基本功；“五法”的说法不一致，或云“手、眼、身、法、步”，或云“口、手、眼、身、步”等。此外，舞台上还有一系列令人眼花缭乱的特殊演技和“独门绝活”，诸如气椅僵尸、吞刀吐火、变脸顶灯，这类高度专业化的演技均有其特定的技术要领和技艺要求。我国古代典籍中就不乏戏曲艺人传授技艺的实例。如，明代朱有燉《新编天香圃牡丹品》杂剧第一折，掌梨园教习乐艺的内臣（末）听旦唱之后，指导她说：“你这唱的，也有失拍了处，又发的务头不甚好，你听我说咱。”[①] 又如，清孔尚任《桃花扇·传歌》一出，李香君唱【皂罗袍】曲，至“雨丝风

① 廖立、廖奔校注《朱有燉杂剧集校注》，黄山书社2017年版，第389页。

片”，苏昆生打断云：“又不是了，‘丝’字是务头，要在嗓子内唱。”① 这类记载均是很具研究价值的口述史料。

（三）戏俗

戏俗是戏曲行业世代相传的一种民俗文化。在旧时，戏班为了协调、规范彼此之间的行为、关系，逐渐形成了许多约定俗成的规矩和禁忌；戏班还有自己的宗教信仰，演出也有一些特定的仪式规程。由此形成了戏曲自身的行业民俗。戏俗是梨园界集体遵守的行为规范，有时亦体现为某种情感精神。前者如班规行规、行业禁忌、行话隐语、戏曲谚语及仪式活动，后者如戏神信仰及奉祀。进入梨园行的艺人，不仅要掌握好表演技能，而且要学习、遵循名目繁多的各类戏俗，年深日久，耳濡目染，在潜移默化中成为梨园民俗的传承者。

正如钟敬文所言，“民俗是民间文化中带有集体性、传承性、模式性的现象，它主要以口耳相传、行为示范和心理影响的方式扩布与传承”②。戏曲民俗同样如此。在传统时代，戏班作为底层社会的亚群体，极少有文人墨客去关注它的生存与活动规律，加上行业自身的封闭性和保守性，有关戏俗的文字记载极为少见，主要依靠群体内部的口耳传播、私相传授。

中国戏曲与民俗的关联性极强，两者互为依赖，相辅相成。不考察戏曲赖以生存的民俗语境，就很难理解戏曲的兴衰变迁和活动特点。戏曲因民俗而生，亦因民俗的消亡而衰微。在农耕时代，无论乡村还是都市，举凡祭祀、庙会、婚庆、诞子、庆寿、乔迁、酬神、还愿等民俗场合，无不开台演戏。进入现代社会后，旧有的风俗或趋于消亡，或产生新的民俗，风俗变迁无不深刻影响到戏曲的兴衰存亡。在梨园行内部，亦有诸多习俗，如拜师学艺、演技传授、戏班运作、艺人行事、戏神信仰，以及与演出仪式、演出语境及舞台上艺人的协作交流等。

---

① 孔尚任著，王季思、苏寰中、杨德平合注《桃花扇·传歌》，人民文学出版社 1982 年版，第 18 页。

② 钟敬文《民俗学概论》，上海文艺出版社 1998 年版，第 4 页。

（四）戏史传说、梨园掌故、逸闻趣事

在我国戏剧大家族中，有不少古老的剧种，如傩戏、目连戏、皮影戏、木偶戏等，它们不为文人雅士所留意，史籍罕为载录；还有一些晚近产生的小剧种，虽然历史不算很久，但流布区域狭窄，深藏民间，影响有限。仅从文献史料中去探寻这类剧种的渊源，梳理其发展脉络，往往比较困难。如果将目光转向民间，却是另一番景象。在戏曲艺人和群众中，流传不少关于戏剧起源的传说。这些传说不见得都可信，有的甚至荒诞离奇，但对于我们研究剧种史，探究戏剧的民俗与宗教功能以及人们对戏剧的情感态度，都或多或少有所助益，有时还是破解戏剧起源之谜的“密钥”。

试以傩戏、皮影戏起源为证。傩戏是民间以驱逐疫鬼为目的的宗教仪式剧。关于傩戏的来历，云、贵、川、湘、赣等省流传不少故事。贵州德江县土家族有这样的传闻：远古时期，滔天洪水，世上只剩下一对兄妹。后来兄妹成婚，生下柳、石两姓后代。后人不忘祖先，分别称姐弟俩为南山圣母、东山圣公，并演傩戏缅怀纪念，塑像供奉，尊为傩公、傩婆。湖南沅水流域的桃源、沅陵，及澧水流域等地土家的传说与此类似，尊奉伏羲、女娲为傩公、傩母。新晃侗族的傩神传为姜良、姜妹兄妹。此外，湖南苗族、瑶族亦各有不同的傩神传说。[①] 故事细节虽然略有出入，其实均表现出相同的母题：祈求子嗣，再造人类。民间将傩神与伏羲、女娲相混，生殖崇拜的意味非常明显。关于皮影戏的起源，我们所熟知的是《汉书·外戚传》中汉武李夫人的传闻，北宋高承《事物纪原》首次将其与影戏的起源相联系。然而，河北、北京、辽宁、山东等省最流行的说法是：皮影戏乃传自南海观音，系菩萨为劝世救人、讲经布道所造。观音因此被尊为影戏艺人的祖师爷。剧种起源故事还有很多。如，浙江睦剧传闻系古

---

① 参见湖南省戏曲研究所《湖南地方剧种志丛书》（二），湖南文艺出版社1989年版，第562～563页。

代一仙女传授给樵夫，安徽徽州、滁县等地泗州戏形成于伏羲氏时代，等等。戏剧起源是戏剧研究绕不开的话题。传说不是历史，但其中可能也包含历史的因子。司马迁撰写《史记·五帝本纪》时自云："余尝西至空桐，北过涿鹿，东渐于海，南浮江淮矣，至长老皆各往往称黄帝、尧、舜之处，风教固殊焉，总之不离古文者近是。"[①] 可见，有的历史本身就来自传闻。总之，戏史传说不能一概以荒谬论之，它对于研究中国戏剧的起源，尤其是研究戏剧与民俗、宗教的关系具有其不可代替的史料价值。

旧时艺人地位卑微，但其中的一些"能人"、杰出的演员，却在业界享有较高的声誉，他们的人生经历、艺术生涯为人们所津津乐道，渐次演变成为广为流传的趣闻轶事、梨园掌故。此类口述史料不乏文献载录，如潘之恒《鸾啸小品》、焦循《剧说》、张次溪《清代燕都梨园史料》、徐珂《清稗类钞》、齐如山《清代皮簧名脚简述》等。1949 年后，各地文化部门编撰戏曲志时，通过实地调研、访谈，搜集整理了大量的轶闻传说。诸如优人讽谏时事，演员的曲折人生，前人戏德、情操，名优比武献技等。正如编者们所言：这类资料"艺人代代相传，言之侃侃，听之易记，历来对后人有所启迪。虽史实殊难稽考，但其潜移默化作用，往往为正史所不能代替。"[②] 此言甚是。

（五）艺人的生平讲述、个人传记

生平讲述是口述历史的常规模式，即采访人详细提问，艺人讲述自己的生平故事、学艺经历、舞台生涯等，然后由专人记录整理成口述回忆录。而个人传记出自艺人对往事的回忆，它以文字的形式记录下来，编辑成书，作者或是传主本人，也可以不是传主。严格来说，个人传记还不能完全等同于口述历史，考虑到两者均属"过去"的记忆，而且在内容、史料价值方面亦大同小异，暂且归为同类史料。以

① 司马迁《史记·五帝本纪》，中华书局 1959 年版，第 46 页。

② 中国戏曲志编辑委员会编《中国戏曲志·湖南卷》，文化艺术出版社 1990 年版，第 544 页。

下是当前所见的代表性成果：

20世纪五六十年代，集中出现了一批演员、曲家的个人口述史，其中以京、昆艺术家居多。如，《昆剧表演一得》(徐凌云演述，管际安、陆兼之记录整理)，《我演昆丑》(华传浩演述，陆兼之记录整理)，《舞台生活四十年》(梅兰芳述，许姬传记)，《周信芳舞台艺术》(周信芳口述，卫明、吕仲记录)，《粉墨春秋》(盖叫天述，何慢、龚义江记录整理)、《周慕莲舞台艺术》(周慕莲口述，胡度、余夫、朱龙渊等记录整理)、《宁波昆剧老艺人回忆录》(陈云法等八人口述，徐渊、桑毓喜记录、整理)等。80年代至90年代，艺人生平口述有《丑中美——王传淞谈艺录》(王传淞口述，沈祖安、王德良整理)，《昆剧生涯六十年》(周传瑛口述，洛地整理)，《优孟衣冠八十年》(侯玉山口述，刘东升整理)、《戏比天大——常香玉回忆录》(常香玉口述，张黎至整理，陈小玉记录)、《艺海无涯——袁世海回忆录》(袁世海口述，袁菁整理)等。

进入新世纪后，"非遗"文化受到空前重视，传承人口述整理与研究一时成了学术热点，产生了一批代表性成果。如洪惟助主编《昆曲演艺家、曲家及学者访问录》(台湾"国家"出版社2002年版)、王文章主编《中国民间艺术传承人口述史丛书》(中央编译出版社2009年版)、万平主编《川剧老艺术家口述史·成都卷》(人民出版社2014年版)、《谈戏说艺——百位名家口述百年京剧传承史》(上海文艺出版社2015年版)。此外，2009年，中国艺术研究院刘祯研究员主持的重点课题"昆曲口述史"采访昆曲艺人近150人，计划以此文献为基础完成一部《二十世纪昆曲口述史》。上述成果力图通过亲历者的讲述，从口述史的视角展现和还原戏曲的发展历程，在学术思想、观念与方法上具有重大的变革意义。

三　学科视野中的口述戏剧史料及研究趋势

人文领域的任何研究都必须以真实可靠的史料（材料）为基础。

史料的运用不是孤立的，在很大程度上关涉到观念与研究路数的变革，或者说，史料的采集与运用本身就体现出某种学术视野和研究取向。在戏曲研究领域，史料工作与学术研究互相依倚，彼此制约，口述史料不仅仅是补充了戏曲史中无文字记录的部分，更关涉研究视野、观念、方法的转变。

王国维是我国20世纪戏曲研究的奠基者，他的研究即是从文献史料的搜集、整理开始的。在撰写《宋元戏曲史》之前，王国维从版本目录学入手，在古代典籍中广泛搜罗材料，爬梳剔抉，先后撰写《曲录》《戏曲考原》《录鬼簿校注》《优语录》《唐宋大曲考》等著作。王国维之所以将史料的搜集、考辨作为戏曲史研究的首要工作，正是他所坚持的传统考据法的内在要求。然而，任何一种治学方法都有其适用范围和理论前提，以治经史的方法来研究戏曲，并非置之四海皆准的法则，很大程度上要取决于研究者的戏曲观，受限于具体的研究对象。我们知道，王国维的戏曲研究本质上属于纯案头研究，尽管他强调了戏曲“歌舞演故事”“代言体”等本质性的规定，也涉及表演技艺、角色行当、宫调曲牌等问题，但他总体上还是偏重戏中之曲，始终未能摆脱以文学为中心的戏剧观。受此影响，中国戏剧研究逐渐形成重视文献考据、无征不信、孤证不立等优良的治学传统。

不过，正如研究者所指出的，这种以文学为中心的理论，并不符合中国戏曲的实际。古代文人创作剧本，填词作曲，大多只是作为抒情遣怀、驰骋才华的文学活动，与民间戏曲创作和传播的真实情形相距甚远。[①] 这里涉及的不仅仅是何为“戏曲核心”的命题，而且关涉到戏曲的文化定位，那就是，戏曲应该归属于书面传统还是口头传统？戏曲究竟是“写”出来的还是“演”出来的？宏观来看，口头传承是中国戏剧最为深厚宽广的存在方式，戏剧最初就是从口头创作与

---

① 参见王国维撰，马美信疏证《宋元戏曲史疏证》，复旦大学出版社2004年版，第14页。

传播中发展而来，书面传统的形成是相对晚近的事情。我国戏剧产生于汉代，此后始终处于即兴演剧阶段。直至宋金时期“戏”与“曲”的结合，才出现“曲”“白”“科”具备的文字剧本，最终得以摆脱情节“至简”和难以重复上演的即兴演剧状态。金元至明清，大批有文字修养的书会才人、文人雅士参与剧本创作，相关著述十分丰富，涉及戏曲评论、曲家、曲谱、选本等多方面的内容。这一时期，进入了戏曲书面传统的黄金时代。清代中叶，昆曲“雅部”急剧衰微，民间“花部”勃兴，剧本、剧作家的重要性下降，中国戏剧进入以表演为中心，名角称王的时代，即兴演剧成为一些地方戏的重要表演形式，产生了大量的口述剧本（提纲本、路头本）。这类剧本与文学剧本最本质的区别就是戏词的创作方式不同，前者是演员在舞台表演中口头即兴编创而成，而后者是剧作家以案头写作的方式来完成。除了昆曲和少数梆子戏外，大概所有的地方戏均经历过口述本阶段。口述本最核心的要素不是口头演述，而是口头创作，是作为一种戏剧的表演模式而存在。戏曲自身的历史无疑是“戏曲”最好的注脚。相比于文学的重要性而言，表演永远是第一位的。戏曲必须是场上之曲，剧本文学并非戏曲的先决条件，没有剧本，戏曲同样存在。

戏剧观的转变常常会引发治学路径、史料观念的调整。当戏曲研究一旦回归到戏曲自身，重文献、重考据的方法难免遇到一些棘手的问题。原因很简单，在古代典籍中，关于演剧活动的载录要么非常少，要么语焉不详。民间地方戏史料更为稀见。因此，运用单一的文献考据方法来从事戏剧形态以及地方戏的研究，显然难以为继，必须以更加开放的心态、更为广阔的学术视野来从事中国戏剧史的研究。20 世纪 80 年代，在戏曲研究领域，学术氛围十分活跃，研究者们另辟新径，不仅近代地方戏得到空前重视，而且不断突破学术禁区，掀起了一股傩戏、目连戏研究热潮。在基础资料建设上，编撰完成《中国戏曲志》《中国戏曲音乐集成》，各地区、市县亦公开出版或印刷了一批地方剧种资料汇编。可以说，上述研究工作所用到的史料绝大多数不是来自书本文献。正如陈多所言，1949 年后各地所刊印的地方戏剧本及《戏曲志》的多数资料，就其来源而言，说得好听一些是和司马迁一样“网罗天下放失旧闻”而得，讲得通俗些，则不过是采自“道听途说”。如一定要讨确证，是拿不出的。对于口耳相传的戏曲资料，不妨暂时搁置“无证不信”的原则，慎重地辨别和积极地使用这些资料。[①]

21 世纪以来，回归戏曲本体，从单纯的文本文献研究扩展至戏剧形态研究，愈发成为治戏剧史者的一种学术共识。中山大学古代戏曲研究团队提出“四个结合”：理论与实证相结合，文献考据与文学研究相结合，文献与文物研究相结合，文献梳理与田野调查相结合。这种学术思想的一个重要转变就是试图超越传统的文学、文献维度，倡导“文献·文物·田野”三重证据法，在资料的运用上，注重戏曲文献与戏曲文物及田野资料的相互补充、印证。田野资料的主体部分即属于访问得来的口述资料。正如康保成所指出的：“田野调查最大特点和优势，在于它打破了长期以来按惯例以时间顺序排列历史发展的观念，而代之以逻辑顺序排列历史，从而一定程度上把活生生的原生态文化面貌呈现出来”“一旦我们的戏剧史研究进入了演出层面，就注定要选择非文献考据的研究方法”。[②] 确实如此。田野调查能有效地解决因文字记录的缺乏而难以破解的戏剧史难题，譬如研究中国戏剧的起源，譬如从事木偶戏、皮影戏、傩戏、目连戏以及各地濒危小剧种、少数民族戏剧的研究以及活态戏剧与传承人研究等，如果不借助田野考察和口述资料，关起门来做学问，几乎无从着手。

目前，戏曲文献、文物的整理和研究工作硕果累累，并已发展为戏曲学两个独立的分支——戏曲文献学和戏曲文物学。相比之下，口述戏剧史料的研究尚处于一种无序状态，至今还未出现如同《戏曲文

---

① 参见陈多《古代戏曲研究的检讨与展望》，《戏史辩》第 3 辑。

② 参见康保成《中国戏剧史研究入门》，复旦大学出版社 2009 年版，第 129～130 页。

献学》这样的专著，来对已取得的成果进行系统的总结。实际上，研究者并非没有注意到口述史料的重要性，由于口述资料繁杂琐碎，难于搜集等原因，在具体研究中或略而不论，或直接归入文献资料，总体来看，相关研究还刚刚起步。随着戏曲学向纵深发展，从史料学的角度开展资料的整理与研究，并从学科层面作出长远规划，这是未来口述戏剧史料工作的发展趋势。

史料学是史学的分支学科，它以史料为研究对象，探讨史料的来源、类别、存佚，史料的搜集整理、辨伪存真及其价值和利用等。史料学大体区别为两类：一类研究搜集、鉴别和运用史料的一般规律和方法，可称为史料学通论；另一类研究某一历史时期或一史学领域史料的来源、价值和利用，可称为具体的史料学。口述戏剧史料学既是戏曲史料研究的专门领域，也是戏曲学的基础学科和分支学科。这门学科不只是针对口述史料中某一类史料或者单个具体史料的价值意义研究，而是要从整体上、宏观上研究口述戏剧史料的生成演化、形态特征、传承机制、来源与构成，搜集和整理的办法，以及如何对其开展研究。从一定意义上说，这门学科“填补”了戏曲文献学、戏曲文物学的研究“空白”，将使整个戏曲资料的建设更加完整和体系化。

口述戏剧史料有别于一般的典籍文献，应该超越传统的纯文本、纯文献之学的研究思路和价值标准，从戏曲学、史料学的角度出发，综合运用口述史学、文献学、民俗学、文化人类学等学科理论和方法，借助田野调查、深度访谈、文献佐证等手段展开研究。从事史料的发掘、整理时，对于已经文字化的史料，要借鉴文献学的一些研究方法，对戏曲文本进行校勘、编纂、注释。对于依然停留于口头与记忆之中的非文字史料，通常要进入戏班，开展田野调查，与演员面对面交流，通过口述访谈才能获得有价值的史料。如果说文字文献研究重在“辨章学术”“考镜源流”的案头功夫，口述史料则特别强调传统史料学与田野调查、口述访谈的结合，这是口述戏剧史料学最显著的特点。田野作业不仅是获得口述史料的重要渠道，它还在很大程度上制约着史料的价值和真伪，只有在实践操作中严格遵循田野调查的程序、规范，才能确保史料的可靠性、权威性。口述史料大多源自街谈巷议、道听途说，单纯运用考据法难以“辨伪存真”，需要采取口述史料与文献史料、实物史料互相补充、印证的办法，多方求证，反复比对，才可采信。我们相信，假以时日，通过坚持不懈的努力，口述戏剧史料学必将为我国的戏曲学开辟出全新的学术领地。

（郑劭荣　长沙理工大学中文系教授）

叙述·立场·记忆：戏曲文学中的灾荒叙事[①]

段金龙

灾荒作为人类心灵深处的隐痛，一直存在于历史记忆与当下的现实之中，时时刻刻威胁着人类的脆弱生命，也对人类赖以生存的农业生产和社会生活造成巨大的负面影响，我国自古以来作为农业为主体的国家自然深受其害。而这些灾荒的频仍不仅在历史文献中有大量的记载，在文学作品中亦有具体而形象的描述。文学作品的创作是基于现实生活的写照，它秉持着“源于生活高于生活”的原则为人们提供着丰富的来自文学独特的现实呈现与艺术滋养。灾荒与现实生活的合

① 本文为2018年度山西省哲学社会科学规划课题“改革开放40周年山西戏曲发展研究”（课题编号：2018B059）阶段性成果。

而为一使其不可避免地成为作家笔下展现现实真实与残酷的重要因子。而自古以来，在文学的发展流变中，历代作家对灾荒自然而然的书写便构筑起了我国文学的灾荒书写传统。具体到从宋代正式形成并成熟的戏曲，其诸多作品中亦多有涉及，甚至在近代以来的民间戏曲当中，灾荒更成为表达普通民众社会生活苦难的一个窗口。因灾荒介入民众社会生活的直接、彻底和不可回避而成为戏曲作品当中不可缺少的一个因子，在具体戏曲作品的故事叙述与整体架构中，或作为戏曲作品中重要情节关卡的设置，或作为重要故事背景的出现，或作为对面临灾荒之时所体现出的家庭伦理与女性立场的艺术探讨，都有着十分重要的作用。而灾荒在为戏曲作品提供故事叙述的极端情境，为戏曲文本叙事提供可贵素材的同时，也便体现出其重要的叙事功能。

一　戏曲文学中的灾荒隐喻：以《窦娥冤》中的灾荒誓愿为例

关汉卿的《窦娥冤》作为元杂剧乃至中国古典戏曲流传最广、影响最大的剧作之一，为人们耳熟能详，甚至自王国维以西方“悲剧”理论对其阐释和“即列之于世界大悲剧中，亦无愧色”的评价，更使其备受关注。

而该剧无论在文本流传以及历代的改编、模仿，还是民间演出以及后世各地方剧种的移植，最为紧扣心弦的还是剧中窦娥受冤被处死时对以梼杌县令为主的黑暗吏治的控诉，然其控诉的方式比较特别，就是以三桩誓愿来表明自己的冤屈，其中剧中窦娥言道：“若是我窦娥委实冤枉，刀过处头落，一腔热血休半点儿粘在地下，都飞在白练上者”；“如今是三伏天，若我窦娥委实冤枉，身死之后，天降三尺瑞雪，掩埋了窦娥尸首”；“我窦娥死的委实冤枉，从今以后，着这楚州亢旱三年”。[1] 正是需要通过“血溅白练”的奇闻和“六月飞雪”“亢旱三年”的异常天象以示其所受的千古奇冤，特别是三年大旱的誓愿连带楚州民众遭遇灾荒之困，而最终窦娥冤屈的昭雪才让老天爷的惩罚即干旱不雨得以终止。从窦娥的发誓愿到誓愿实现再到誓愿结束，这其中“天”在人们心中代表了可以黑白分明、明断是非的角色，而“天”通过其天降异象甚至灾荒来惩罚人间之罪恶之后，唯有被错判的人间冤案得以澄清方可结束。这就将灾荒的发生与冤案、刑狱、司法联系在了一起。正如叶舒宪先生所讲：“从中国最著名的戏剧文学范本《窦娥冤》中不难看到，地方上常有三年大旱、滴水不降的极端灾情”，“《窦娥冤》却提示出典型的中国模式的法学经验：禳解旱灾的关键是找出被错判的人间冤案，从而结束老天爷不下雨的惩罚方式”，而《窦娥冤》中所呈现的“灾荒与刑狱”模式所涉及的“本土文化的禳灾机制”，“充分表明天人合一的神话宇宙观及善恶价值观如何支配着华夏的禳灾文学叙事传统”。[2]

古人认为刑狱杀人本为不祥之事，如果再造成冤假错案，怨毒之气便可以上达天庭，神灵愤怒就会降灾以示惩罚。更不要说《窦娥冤》中的窦娥更是以“六月飞雪”“亢旱三年”的誓愿向上天神灵表达了这样的愿望。这种将冤狱与灾荒相联系的事例在古代也有很多，《窦娥冤》的故事原型“东海孝妇”就是典型的例子，该事于《后汉书·于定国传》有载，其大意为：西汉宣帝时，东海地区有一位少寡无子的孝妇，养姑甚谨，姑欲嫁之，不肯，姑不欲累妇，自经死。姑女告嫂杀母，孝妇冤死。郡中枯旱三年。后太守至，从于定国处得知真相，便杀牛自祭孝妇冢，因表其墓，于是天应大雨，岁熟。时人把冤狱的有无作为当地枯旱或丰收的原因。《窦娥冤》（第四折）中窦天章结案的判词亦云：“莫道我念亡女与他灭罪消愆，也只可怜见楚州

① 关汉卿《窦娥冤》，载王季思主编《中国十大古典悲剧集》（上），上海文艺出版社1983年版，第21～22页。

② 叶舒宪《中国文学的抗旱传统》，《检察日报》2010年4月2日。

郡大旱三年，昔于公曾表白东海孝妇，果然是感召得灵雨如泉。”①

而古代皇帝也会经常通过清理狱讼来达到缓和灾荒的目的，一般有减免囚徒刑期甚至大赦。东汉光武帝就曾把久旱伤麦之原因归结为“狱多怨结，元元愁恨，感动天气”，故而把“罪非犯殊死一切勿案，见徒免为庶人”。② 宋代王谠《唐语林·卷一》记载：“颜鲁公真卿为监察御史，充河西、陇右军试覆屯交兵马使。五原旱，有冤狱，决乃雨，郡人呼‘御史雨’。”③ 可见，只有平反了冤狱，舒缓了人间怨气，便才能理顺天地之气，从而获得降雨，这便是其中的逻辑。而清代亦有“水旱兵灾、清理庶狱者，视诏旨从事”④ 之记载。由此可见，“正是基于冤狱与旱灾的类比对应，隐含的正是冤狱最终导致荒旱灾变的结局”⑤。而有时候特殊的灾荒，也正是特殊冤狱冤情的曲折反映，《窦娥冤》所述中作为重点强调的“六月飞雪”“亢旱三年”的灾异与灾荒，也正是依附于民众对二者之间感应相生的文化心理。正是出于这样共同的文化心理，后世人们则将《窦娥冤》的演出用于民间的祈雨祭祀活动，而日本著名学者田仲一成更是将《窦娥冤》归入“冤鬼镇魂剧”一类，从鬼魂祭祀与民间“超幽建醮”礼仪密切关联的角度予以解读，颇具新意。⑥ 也正是出于这样的“文化禳灾机制”，后世的改编之作也便从文化内核上可以进一步连通，如明代著名戏剧家叶宪祖据《窦娥冤》改编的《金锁记》和当代著名秦腔剧作家马健翎先生 1958 年改编而成的秦腔《窦娥冤》，都将该剧结尾改写成因窦天章查访楚州三年大旱的原因进而重审窦娥一案并得出真相就是很好的例证。

① 关汉卿《窦娥冤》，载王季思主编《中国十大古典悲剧集》（上），第 30 页。
② 范晔《后汉书·光武纪》（第 1 册），中华书局 1965 年版，第 39 页。
③ 周勋初《唐语林校证》，中华书局 2008 年版，第 54 页。
④ 赵尔巽等《清史稿·刑法志》（第 15 册），中华书局 1976 年版，第 4218 页。
⑤ 王馗《〈窦娥冤〉的民间品格与祭祀功能》，《文化遗产》2008 年第 1 期。
⑥ ［日］田仲一成著，云贵彬、于允译《中国戏剧史》，北京广播学院出版社 2002 年版，第 141 页。

二　戏曲文学中的灾荒赈济：以社会剧、公案剧为例

在戏曲作品中，有一些剧目涉及灾荒赈济的话题，这类作品多以社会剧、公案剧为主，其灾荒赈济在剧中也基本上以故事背景出现，以此来展开作者对黑暗吏治的批判和对教人为善的颂扬和倡导。甚至有些剧作中故事的灾荒背景对整个剧情的发展起着极为关键的作用。

元代无名氏《陈州粜米》作为包公案中典型剧目，其剧情背景就是北宋年间的陈州亢旱三年，故范仲淹奉旨与韩琦、吕夷简、刘衙内商议派员前往开仓粜米放赈。刘衙内荐其子刘得中、女婿杨金吾。二人到陈州中饱私囊，张撇古与之论争，被刘得中打死。其子遵父遗命赴京找包拯告状，后才得以诉说冤情。全剧展现了在天灾人祸中普通民众的悲剧命运，对以刘衙内及其子刘得中、女婿杨金吾为首的黑暗吏治进行了深刻揭露，同时塑造的刚正不阿、机智风趣的包拯形象也寄予了人们的理想。

而元末明初高明的《琵琶记》则在灾荒情节的设定上非常用心。正值蔡伯喈在经历了被逼取试、被逼入赘之时，家乡时遇灾荒，致使全剧的故事情节在此形成了发展的拐点，一方面是赵五娘饥饿难耐，糟糠自咽，另一方面是蔡伯喈入赘相府，美酒佳肴；一方面是父母生计维艰，难逃饿死之命运，另一方面是蔡伯喈辞婚辞官失败后的苦闷与无奈。而“《义仓赈济》一出，更是揭露了统治阶级丑恶的一面，赵五娘靠怜悯所得的些许赈济之粮被里正强抢，正是对统治阶级从上到下的立体式揭露与批判”。[①] 再如明代佚名之作《正昭阳》，其中有小生禀事云：“住着。禀爷：陈州饥民百姓呈，彼处今年亢旱，颗粒无收，万民饥馁，饿死大半。更遭藩王赵旻兄弟四人，高抬米价，斗米千文，半和糠粞粃壳。富家积米，尽被封闭官买。情极求乞而来，

① 段金龙《浅谈蒲剧〈赵五娘吃糠〉的改编》，《当代戏剧》2013 年第 2 期。

告求相爷，转达天听，赈救饥荒，法处奸藩。具有告荒公呈在此。”①寥寥数语，便将荒旱之严重，万民之饥苦，藩王之中饱私囊全部呈现了出来。

类似的还有清代剧目《庆有馀》（作者不详），剧写寿州吕夷简奉旨出官后，平冤狱，调解民事纠纷，将那一带治理得井井有条。寿州知州韩渎，为官甚贪。时遇大旱，寿州赤地千里，饥民万千。韩渎将无力交租的百姓抓走，严刑拷打，逼他们交纳官税。吕夷简之父本朝中大臣，曾任大理寺上丞。后告老还乡。他见饥民实无力纳税，便遣家人送去三千银两，替百姓纳税。到了府衙，当差的衙役称银后说，只有一千八百两银。家人无奈，又以五十两银贿赂衙役，才算了事。可见，所谓“灾荒”既有天灾又有人祸，在二者的合力围困下，普通民众在已然不能承受灾荒侵袭之重压的情况下，却还要承受来自为害一方的官吏重刑叠加。即使曾任大理寺上丞的朝中大臣尽己之力替百姓纳税时，面对自上而下层层盘剥欺压的官吏依然需贿赂衙役。从中围绕着灾荒——逼税，将整个吏治体制之黑暗完全揭露了出来。

而清人杨潮观所撰的《汲长孺矫诏发仓》一剧，则为民众对渴望吏治清明、清官做主的美好愿望提供了想象。剧写汉武帝时，河东失火，延及千家，汲黯奉旨前去抚绥。路经河南地界，见驿站墙壁上有题诗云：“龙向河东雨，河南隔岸灾。过云不泽物，空自起尘埃。”觉有所指，问而知题诗者贾天香乃驿丞之女，忙传而责询之。天香言河南大旱连年，数万家百姓命在旦夕。建议汲黯“从权矫诏，持节发仓”，先救河南百姓。汲黯纳其言而行之，使河南万家百姓得救，受到百姓的欢迎。此剧与元代宫天挺杂剧《汲黯开仓》题材相同。作者杨潮观曾先后历任过十六处地方官，亲自办过赈灾之事。他在赴任泸州时，那里正发生严重饥荒，他刚到任，就设置义渡，修养治院，增

① 佚名《正昭阳》，载朱恒夫主编《后六十种曲》（第六册），复旦大学出版社2013年版，第494页。

加学田额，并办了三个粥厂，施舍赈济，不敷之数则用自己俸银来填补。也正是自己的亲身经历和赈灾的亲力亲为，故而剧中描写灾区苦情及救灾过程极为真切。如剧本开头通过驿丞自叙，极写灾区苦情、官差凶相，就是作者亲身经历体验的再现。

除却以上通过灾荒与赈济而暴露封建王朝天灾人祸给民众造成巨大苦难的作品之外，还有个别剧作则以借灾荒施救劝人为善为旨归。清代剧作《玉带山》（作者不详）就为我们树立起了这样一个榜样。剧述八旬老汉能载福，本世代书香。其父在世之日好善乐施。家财散尽。能载福幼时无钱读书，只得在玉带山中打柴易米度日。他生活虽贫苦，但身体极好。后经五老翁让金精银母化为白鹿，引能载福来到玉带山中挑金发财。十五年后，玉带山一带发大水，大唐皇帝御弟光亲王与当地李县宰到民间巡视灾情。能载福将自己积蓄献出 10 万银米，赈济灾民。此举得到光亲主的赞许。后皇帝知能载福赈灾民一事，龙颜大悦，特颁诏旨，赐他五品官职，其二子赐进士出身，赐福寿康宁金匾，命李县宰送女完婚。而其中水灾的发生与赈济灾民的善举则为全剧的情节推进和对善行善报的旌表、颂扬之目的的阐述起到了极为重要的作用。

三　戏曲文学中的灾荒与行雨：以神话剧为例

在戏曲作品中因故事情节的需要往往有关于灾荒与祈雨祈神的描述，仅元杂剧中涉及的祈雨古俗经王政总结就有“向土地神求雨”“向山神祷雨”“龙神与行雨”“道家的祈雨”“佛家的祈雨”和“人之感天与雨”6 类之多①，而这些剧目中以神话剧较为典型。如元代杨讷《西游记》中，陈玄奘曾两次受虞世南奉观音佛法旨祈雨救民，遂受荐于朝，奉唐太宗圣旨赴西天取经。在这一情节的推进中，陈玄奘

① 王政《元剧中的祈雨古俗略考》，《中国戏剧》2007 年第 12 期。

祈雨救民则是其观音所赐和受封朝廷并最终使得西天取经成行的主要手段。在神话剧中，有一类主题值得注意，即神灵“行雨救灾反致灾”的现象。此类剧作中，神灵龙兽往往本以行雨救灾为目的的行为，最后却事与愿违，反而导致更大灾害灾荒的发生。

如明代冯梦龙所撰《女丈夫》，即叙隋末京兆三原人李靖，欲投西京留守越公杨素，南下乘渔船渡江。渔夫刘文静与李靖结交，刘欲投太原，嘱李靖如不见容于杨素，即往太原。李靖途中借宿龙府。适徐洪客过三原，见天亢旱，为祈雨，天曹命二龙降雨。龙母即请李靖代为行雨。李骑龙驹，执宝瓶，多滴数滴甘露，三原遂成水灾；明代茅维的《醉新丰》也写骊山龙母接到天符，要行雨一尺，以救所辖地界山川水旱，因龙子们恰好都已赶赴王屋山听桐柏真人讲经不在，仓促之间，只得邀请来庙中投宿的李靖、马周代为行雨。而李、马二人却因所骑行雨之龙不同而导致二人行雨处一多一少，有违天意；清人李渔剧作《蜃中楼》在介绍钱塘君时即写其性情暴躁，因错降雨导致天下罹洪水之灾，上帝便使其在东海与洞庭之间受管教；清代杨潮观所撰《李卫公替龙行雨》，亦演隋末人李靖代龙母行雨致灾之事。李靖赴龙门山从文中子学道。途中借宿在龙王家。时天帝命龙王河东行雨，以解旱情，不料龙王外出未归，龙母遂请李靖代为行雨。李靖宣风、云、雷、雨诸神听令，见河东禾麦枯焦，便忘却龙母的叮嘱，一下将瓶中甘露倾尽，结果事与愿违，顷刻间大水滔滔，使下界变旱灾为水灾。

虽为神话剧，但诸作者通过神灵行雨救灾导致“为苍生反把苍生来害”的相反结果，来告诫当官为民办事切不可主观孤行，若一味盲目自信过于主观，也可把好事办成坏事，此立意颇为新颖。

四　戏曲文学中的灾荒与家庭伦理、女性立场：以民间小戏为例

在灾荒侵袭之下，民间单位家庭中往往会遭遇人丁与粮食的矛盾

问题，也就是说，在灾荒之年，粮少人多不足以养活正常年景中的全部家人，这就需要按照人员的家庭地位与伦理纲常的处事原则来做以解决。董晓萍和美国学者欧达伟针对此问题，以河北定县秧歌《郭巨埋子》《耳环记》和《倒听门》等剧目为例总结出了“禳灾减丁的戏曲模式”①：

情节结构：

1. 灾年来临，粮食欠收，农家在劳动力与非劳动力之间出现争口粮的难题，主要有：

a）老人与劳动力争口粮。

b）孩子与劳动力争口粮，

c）老人与孩子争口粮。

2. 夫妇二人为了节省口粮，度过灾年，保全家庭，做了如下决定：

a）活埋儿子，节省口粮，赡养老人，遵守孝道；

b）卖掉妻子，留下儿子，传宗接代；

c）其他“卖人市”上的交易。

3. 夫妻的孝行感动天帝，天帝让离散的家庭团圆：

a）玉帝派增福财官施舍金银，救济夫妇，

b）灾年过后，被卖人口返回自己的家中。

灾荒造成人口与粮食的矛盾，因粮食的有限而导致只能通过减丁来缓和，即民谣所云“添粮不敌减口”。因此，以民间小戏中的灾荒书写为视角，可以还原了普通民众在灾荒这一“非常”时期的生存状态。而从民间小戏中所反映的这一问题则可立足以下两个立场来探讨，即灾荒中的家庭伦理立场和灾荒中的女性立场。

（一）灾荒中的家庭伦理立场

就灾荒中的家庭伦理立场而言，主要表现在灾荒的到来导致人丁

---

① 董晓萍、［美］欧达伟《乡村戏曲表演与中国现代民众》，北京师范大学出版社 2000 年版，第 119～120 页。

与粮食出现矛盾时，一般的隔代家庭会遵照传统孝道的伦理原则做出“舍小保老”的减丁决定，即舍弃孩子以保证老人的存活。定县秧歌《郭巨埋子》就讲述了这样一个共有祖母、夫妻两人和一个孙子的四口之家在遇到灾年不得已要做出减丁选择的故事，一开始三位大人则分别表达了自己的看法，最后夫妻二人瞒着母亲达成了埋子奉亲的一致选择：

老旦唱：两个烧饼用一个，剩下这一个喂孙孙。饿死老身值多少，恐怕饿死小孙孙。饿死孙孙不要紧，郭家门里断了根。手拿烧饼儿媳叫，听着为娘说原因。两个烧饼我用一个，这一个喂了小孙孙。手拿烧饼递过去，

姚素珍唱：素珍接在吾手中。告辞老娘向外走，来到丈夫面前存。两个烧饼老娘用了一个，剩下这个给她孙孙。姚素珍递烧饼两眼落泪，

郭巨唱：我郭巨接烧饼好不伤情，看起来小冤家争娘的口。娘子呀！还要这小冤家为何情。依我说，把冤家给人家养活了罢，聚下的余粮把孝行。

素珍唱：你倒说冤家给人养活了罢，人家要打骂当娘心疼。依我说，不如把冤家活埋了去，聚下的余粮把孝行。①

这些秧歌中的唱词也正是历史上“二十四孝”中郭巨埋儿奉母的艺术化呈现。因郭巨出于对母亲的孝心，在饥荒来袭之时，哪怕郭巨和妻子只以吃草和糠来充饥以尽力保证母亲的食物，但郭巨仅三岁的儿子需和祖母分食物，食物根本不够。最后巨谓妻曰：“‘贫乏不能供母，子又分母之食，盍埋此子？儿可再有，母不可复得。’妻不敢违。巨遂掘坑三尺余，忽见黄金一釜，上写：“天赐孝子郭巨，官不得取，民不得夺。”② 这出秧歌戏的结尾当然也和该故事的流传取得了吻合，

① 李景汉、张世文合编《定县秧歌选》(2)，载娄子匡主编，国立北京大学中国民俗学会《民俗丛书》(第二辑)，中国民俗学会影印，1971 年版，第 273 页。

② 梁冬《历史二十四孝故事新编》，中国社会出版社 2014 年版，第 49 页。

夫妻的孝行感动天帝，赐金让离散的家庭再团圆。而该剧所反映的灾荒与家庭伦理则是以执行孝道为基本原则，并且从“妻不敢违”的冷酷记录中判断，其丈夫是以较为强硬的态度坚守了这一原则。

与定县秧歌《郭巨埋子》所述相似的内容在其他小戏脚本中也有体现，著名灾荒史研究专家夏明方先生在《自然灾害与近代中国》一文中提及其曾从首都图书馆找到一份题名为《买卖儿子》的唱戏脚本，该戏曲脚本实际上反映的是人吃人的故事：

> 故事的主人公为一对夫妇，上有老母，下有儿子。饥荒之中，母亲又饿又病，眼看快要断气。这对夫妇不忍老母离去，就和老母亲商量杀掉孩子，让老母充饥。老母当然不答应，但这对夫妇还是坚持己见，偷偷杀掉亲生儿子，救活了老母亲。这位老母亲活过来之后见不着小孙子，便到处打听，从邻居那里得到真相之后，一怒之下，将自己的儿媳告上了县衙。但是在审判过程中，所有的邻居都替这对夫妇说情，说他们是为了尽孝，这对夫妇在回答县官审问时则给出了这样的理由：母亲只有一个，死了就永远不再有；可儿子呢？就像韭菜一样，割了一茬又一茬。所以在民间，多生孩子往往是一个家庭防备饥荒的手段。所以才有“添粮不敌减口”“卖一口，救十口”的说法。[①]

该小戏最后的结果，与定县秧歌《郭巨埋子》相比则显得更加的现实与残酷，因为它在最后并没有（也不会）出现因该夫妇的孝行感动天帝并赐金团圆的结局，而是极其真实地再现了“偷偷杀掉亲生儿子，救活了老母亲”的残酷选择，这直接将民间流传的“添粮不敌减口”说法应对成了现实，真正地将孩子作为“家庭防备饥荒的手段”并且付诸实践。

无论是秧歌《郭巨埋子》中郭巨，还是戏曲脚本《买卖儿子》中

---

① 夏明方《自然灾害与近代中国》，《文汇报》2017 年 1 月 13 日。

的年轻夫妇，都“定义了标准儒家信徒对于大型饥荒带来的、可怕道德选择的回应。两种情况下，成年儿子对他母亲的尊敬被这样的言论所俘获——‘母死不可再生，儿死尚可再育’。在两个剧本中，为了对饥饿母亲尽深层次的义务，孝子证明自己愿意牺牲孩子。”① 也正如夏明方所说：“这样一种以尊老为中心的家庭决策过程，充分体现了儒家文化在应对饥荒过程中的残酷。”②

（二）灾荒中的女性立场

就灾荒中的女性立场而言，其实上述事例也已经触及该问题，但在与遵从以行孝为前提的家庭伦理主题下显得次要，而真正在灾荒来临后，基于性别的差异与在家庭中的地位，使得女性处于绝对的弱势地位。一旦遭遇灾荒的威胁，丈夫卖妻似乎成为度荒最为惯常的手段，著名社会学家潘光旦就曾总结说：“二千年来，卖儿鬻女，尤其是鬻女，早就成为过度荒年的一个公认的方法，法律和政府且往往加以许可。”③ 而“荒年的时候常有卖儿女的，尤其是女子，要是妻子年轻，也可以卖。荒年来了，家里的老辈便向全家打量一过，最后便决定说，要是媳妇中间最年轻貌美的一个和聪明伶俐的 11 岁的小姑娘肯出卖的话，得来的代价就可以养活其余的大小口子，可以敷衍过灾荒的时期。”④ 而类似这样在灾荒中进行妇女买卖甚至鬻女卖妻的例子在戏曲作品中就有很多。

明代著名戏曲家沈璟之作《桃符记》中，女主人公裴青鸾就是因岁荒旱，才与父母同投汴京故人，未遇，其父病故，裴青鸾无奈被官居枢密院使傅忠买去为妾；清人张三异在其剧作《五伦镜》中就讲述到南阳久旱无雨，秀才谢万里双亲饿死，无钱营葬，只得被迫卖妻；

---

① ［美］艾志瑞著，曹曦译《铁泪图：19 世纪中国对于饥馑的文化反应》，江苏出版传媒集团江苏人民出版社 2011 年版，第 192 页。

② 夏明方《自然灾害与近代中国》，《文汇报》2017 年 1 月 13 日。

③ 潘光旦《中国人的特性》，海南出版社 1998 年版，第 187 页。

④ 潘光旦《民族特性与民族卫生》，载潘乃穆、潘乃和编《潘光旦文集》（第三卷），北京大学出版社 1995 年版，第 163 页。

清剧作家唐英在其《巧换缘》中亦写常州书生洪遇因听说金陵一带连年灾荒，许多人家贱价聘卖妇女，故而带着银两前往，希望能买到一个与自己相貌相当的女子为妻。而后来的地方小戏中也多有反映，如二人转《冯奎卖妻》写因连年灾荒，冯奎一家四口无法度日，为养活一双年幼的儿女，冯奎只好卖掉妻子。夫妻二人来到市场，遇到买主夏老三。夏老三丧妻无后，正想买个妻子使自己有个一男半女接续香火，写好文书后，夏老三见冯奎从此妻离子散，顿生悲悯之心，不忍将冯妻领走，又赠些碎银而去。① 豫剧《打蛮船》，亦言临清州贫士宋梅，娶妻刘瑞莲，生下一男一女。天遭大旱，家无炊米，夫妻商议，卖妻养子。② 河北落子戏《卖妻拐马》，剧讲无能而又不会伤天害理以谋温饱的穷书生王金川，在灾荒年的岁月，为了不致全家统统饿死，卖掉了自己的妻子贾金莲。以后，贾氏又从富户新夫家中拐马逃回山东夫妇重圆的故事。③ 东路二人台独有剧目《卖老婆》即唱因民国十八年遭旱年景而只好卖掉妻子。其中有唱词中道："大兄哥（妻兄）上了个炕，拿起个羊不槨（用羊腿骨做成的水烟袋），抽上几袋水烟，然后再商量日子不过，我要卖老婆，俩个孩子交给外母娘"。④ 依然为东路二人台独有的剧目《回关南》，其中所唱的"天天刮黄风，日日不下雨。刮到了民国十八年，遭下了大年景"⑤ 也指的是民国十八年（1929）的口外旱灾，因灾荒卖妻卖女，卖给关南人（山西省）故此剧目名为《回关南》。而河北定县秧歌《耳环记》则讲述了有丈夫、妻子和两个孩子的四口之家因灾荒逼迫，丈夫王景川决定卖掉妻子贾金莲的故事。其中有王景川对当时所遭灾荒的描述和做

---

① 李锦斌《吉林二人转》，吉林人民出版社 2008 年版，第 185 页。

② 马紫晨主编《中国豫剧大辞典》，中州古籍出版社 1998 年版，第 441 页。

③ 河北落子戏《卖妻拐马》在其他地方戏中名为《贾金莲拐马》（二夹弦）或《山东歉》（隆尧秧歌）等，参见河北省文化局艺术处、中国戏剧家协会河北分会编《河北地方剧种史料汇编》，1985 年，第 150 页。

④⑤ 乌兰察布盟文化处编纂《乌兰察布盟戏曲资料集》（第一册），1986 年，第 152～153 页、第 152 页。

出卖妻决定的过程，他有唱道：

你听我表表雍正那三年，头一年没落雨；第二年下了雹灾。第三年三月清明才落雨，黎民百姓把苗安。地里高粱晒青米，谷子黄芽朝下弯。实指望黎民吃碗饱饭，想不到七月里发水，淹的更宽。四面八方还好受，就是曹州府郓城县淹的可怜。小米子糶到三吊二，黄粮糶到两吊多钱。线穿的绿豆数着个卖，河里的藻草上称盘。大街上立下卖人市，人吃人的年景世上稀罕。小寡妇卖钱三两吊，活人妻倒贴两个烧饼钱。有心卖掉丫头小贵姐，未成年的冤家不值个大钱。有心卖掉小子宝安，恐怕我们父子不得团圆。今天就把媳妇卖，卖了媳妇度荒年。心中有事跑得快。眼前来到小东关。王景川来到了卖人市。①

而诸如上述戏曲作品的此类描写是完全有现实的依据，是对现实生活中遭受灾荒而经常发生的卖妻之事的艺术化表达和呈现，真实的社会生活中只能是有过之而无不及。灾民们为活命往往将家中的女儿、妻子当成救命稻草，有民谣云："卖一口，救十口"，卖掉家中的女儿或妻子以期勉强度数口之饥。其中清人梁培才撰写的碑文《米粮文》就关于光绪初年华北"丁戊奇荒"记载道：

妇女们在大街东游西转，插草标卖本身珠泪不干。顾不得满面羞开口呼唤，叫一声老爷们细听奴言：是那位行善人把我怜念，奴情愿跟随你并不要钱；只要你收留奴做妻情愿，哪怕系当使女作了丫鬟，白昼间俺与你捧茶端饭，到晚来俺与你扫床铺毡；你就是收妾房我也心愿，或三房或四房我都不嫌；每一天奴只用面汤两碗，不吃馍尽喝汤都也喜

---

① 李景汉、张世文合编《定县秧歌选》(3)，载娄子匡主编，国立北京大学中国民俗学会《民俗丛书》(第二辑)，第612～613页。

欢。大清晨直叫到天色黑晚，满街上并无有一人应言。[1]

面对清光绪十七年（1891）、十八年（1892）山西大旱，赈灾的江南义绅亦如此描绘山西人口买卖的景象：

山西此次奇灾，各村妇女卖出者不计其数，价亦甚廉。且妇人卖出，不能带其年幼子女同去，贩子立将其子女摔在山洞之中，生生碰死。其夫既将其妻卖出，仅得数串铜钱，稍迟数日，即已净尽，便甘心填沟壑矣。[2]

基于上述例证，戏曲作品中反映出来的女性（妻子、女儿）被买卖，都深刻而真实的概括了饥荒给女性带来的远胜于男性的危险、恐惧和悲怆。她们的绝望“将饥荒大量且恐怖地社会现象带入了英勇的赈济，并有力地象征了饥荒对于家庭和社会规范的破坏性后果”[3]。而取材于现实的戏曲作品，将社会遭遇灾荒时的真实经过艺术化的处理投射出来，甚至以悲喜剧（如《耳环记》）的形式表现出来，无不透露出悲愤中的凄惨与凉意。而灾荒之于民众的记忆也便在戏曲观演的过程中一次次渗入血液，留于心底，成为构筑彼时受灾群体共同记忆的有效组成部分。

综上所述，灾荒作为重要的创作因素参与到戏曲作品当中，对戏曲作品更加准确、形象地讲述故事和反映现实生活以及传达作者主旨都有着独特的作用。而灾荒因介入民众社会生活的直接成为戏曲作品当中不可缺少的一个因子，在具体戏曲作品的故事叙述与整体架构中，或作为戏曲作品中重要情节关卡的设置，或作为重要故事背景的出现，或作为对面临灾荒之时所体现出的家庭伦理与女性立场的艺术探讨，在客观上对戏曲文学本身提供故事叙述的极端情境，为戏曲文

① 梁培才《米粮文》，载中国政治协商会议垣曲县委员会编《垣曲文史资料》（第4辑），1988年，第155页。

② 夏明方《“旱魃为虐”——中国历史上的旱灾及其成因》，《光明日报》2010年4月27日。

③ ［美］艾志瑞著，曹曦译《铁泪图：19世纪中国对于饥馑的文化反应》，第185页。

本叙事提供可贵素材。而戏曲文学中通过灾荒叙事也将灾荒记忆进行艺术化呈现，使之伴随戏曲文学的流传成了植根于整个民族的共同记忆。

（段金龙　信阳师范学院传媒学院讲师）

戲曲研究

“正生上起”与“花面冲场”

——晚明清初风情喜剧中士商关系之讨论

叶　子

一　戏中：朱楼有女慕寒生，从此独忆是卿卿

在隆庆至南明覆灭这 70 余年，大量由士人[①]创作，且在剧情设置、人物脚色分配上呈鲜明类型化的戏曲作品相继问世。这种类型化往往包括以下要素：剧本层面上，与多数传奇一样，在副末开场述全剧大义之后，必定是扮演男性主人公的正生登场。而在剧情层面上，面容俊秀，颇有文韬武略、专注于科举之路但尚未发迹的男主角总会受到宦门小姐或青楼花魁的青睐（或兼而有之）。为凸显男主角儒雅

① 本文中“士人”概念均参照余英时在《士与中国文化》（上海人民出版社 1987 年版）中提出的观点，认为“士”并不被特定的社会属性完全决定，相反，这是一个具有超越性和一定自由度的概念，“士人”更像是一种社会理想下的身份认同。

清高的人格魅力，剧中会设置至少一个在爱情上与其呈竞争关系的男性配角，这些男性配角多是家财万贯的纨绔子弟，他们面目可憎、不学无术、胸无点墨、好色贪财，呈现出儒家伦理最为摒弃的特质，也为他们贪慕的女性唾弃。社会地位的提升与佳人的获得在作品中两相缠绕，不是同时得到就是同时失去，男主角通过科举实现了其社会地位的进阶并抱得美人归。男配角则行贿赂买官之举以求进阶，但最后总是丑事败露，狼狈收场。因此，此类剧作在作为文人喜剧的同时，也是富家子弟们的"悲歌"。

在此不妨作一区分，通过上文的描述可见，晚明文人风情喜剧表现的爱情与唯情至上的《牡丹亭》不甚相同。本文即将提及的《西园记》《红梨记》《燕子笺》等与其说是爱情故事，不如说是文人的风流韵事。在这些剧作中，男性的容颜往往构成其学识的隐喻，拥有丰富经典文化素养的男性人物拥有清俊的面容，更容易获得女性人物的青睐。而剧中的女性往往作为优越社会地位的附赠品被男主角占有，她们实质上是社会赞许的象征，获得了她们就等于获得了社会大众的认可与艳羡。通常，这类女性形象缺乏鲜明的区分度，不仅不同剧作中的女主角十分相似，甚至在一部剧中还会出现貌美的女主角们长相相同、被误认为是同一人的情况，女性人物的主体性因此大打折扣，她们似乎可被另一个女子轻易取代，不似"梅柳二字一灵咬住，定不肯使劫灰烧失"的至情女子杜丽娘那样成为明清女性的自我比况对象，其生命力、影响力寥寥，更像是彰显男性魅力的晴雨表。

正如郑尚宪先生所说：在这类作品中，爱情已不再是剧作所要表现的中心内容，而实际上成了文人风流自赏的佐料和表现其思想情趣的载体。① 执意在这类作品中挖掘主体的独特价值、爱情与生命的意义难免会大失所望，但改换思路，把关注点从男女主角（生旦）的情

---

① 参见郑尚宪《论古代文人风情喜剧的演变》，《厦门大学学报》（哲学社会科学版）1999年第3期。

感关系转移到男主角与男性配角（净、丑）的对抗关系上，便不乏新的收获。

作为脚色制的舞台艺术，戏曲剧本中体现了价值倾向的脚色分配也耐人寻味。与多数剧作一样，这类作品的主要女性角色由旦或贴旦扮演。而男性主角与男性配角的脚色分配则突出了一种对抗性：文采斐然但较为清寒的书生由生行的小生扮演，不学无术的富家子弟则由净、丑等花面脚色敷演。在形式即内容的戏曲脚色体制里，直观的脸谱印象与人物的本质直接对等。一般而言，较高的价值倾向会向着有素雅装扮的人物倾斜。白面俊扮与花面丑扮在视觉上形成鲜明冲突，价值的褒贬也藉由人物的脸谱直观呈现。舞台上，丑脚的花面脸谱及滑稽表演与所表现人物的顽涎愚钝和令人啼笑皆非的结局形成了一个闭合的解释链条，二者互为彼此的原因，具有难解难分的关联性，这似乎是在告诉观众：富家子弟在本质上就是不学无术的，他们必定班门弄斧洋相百出，对优秀的文士构成不了实质威胁。小生则无一例外地获得了花面角色所垂涎的女性和科举功名，因此扬眉吐气，证明了自己优于后者的男性魅力。可以说，在一些典型的晚明文人风情喜剧中，生旦的爱情是镶嵌于生与净丑的对抗之中的，是书生与富宦子弟较量的战利品，通过女性排他性的爱慕展示士人非凡的魅力才是这些作品的核心所在。藉由男女之情，剧作家们的价值倾向得以曲折表达。

由于晚明文人风情喜剧多遵循上文所述的模式，笔者将以表格形式予以归纳，不赘述具体情节。请看下表：

作者	作品	男主人公（生/小生）	男性配角（净/丑）	女主人公（旦/贴旦）	男主人公的进阶方式
吴炳	《绿牡丹》	谢英（出身寒门，有文采）、顾粲（普通书生，有文采）	车尚公（富贵之家，胸无点墨）、柳五柳（富贵之家，胸无点墨，愚顽不冥）	车静芳（富贵之家，有文采）、沈婉娥（宦门小姐，有文采）	中乡试

（续表）

作者	作品	男主人公（生/小生）	男性配角（净/丑）	女主人公（旦/贴旦）	男主人公的进阶方式
吴炳	《西园记》	张继华（襄阳才子）	王伯宁（王锦衣之子，与玉英有婚约。胸无点墨，品行恶劣，买官）	王玉真（大户小姐）、赵玉英（父亲为辞官，大户小姐）	中状元
袁于令	《西楼记》	于鹃（颇负才名，才子）	池同（相国公子，巨款买穆素徽为妾，穆不从）	穆素徽（青楼女子）	中状元
徐复祚	《红梨记》	赵汝舟（颇负才名，进京会试）	太傅王黼（贪赃枉法；强纳谢素秋为妾，谢不从）	谢素秋（京师官妓）	中状元
无心子	《金雀记》	潘安（名士）	左思、张载（纨绔子弟，胸无点墨，贪财贪色；垂涎于井文鸾、巫彩凤）	井文鸾（富贵人家之女）、巫彩凤（青楼女子）	科举，任河阳县令
阮大铖	《燕子笺》	霍都梁（名门之后，家道中落，书生）	鲜于佶（垂涎华行云，品行恶劣，贿赂科考官吏）	华行云（青楼女子）、郦飞云（宦门小姐）	科举、平叛
沈自晋	《望湖亭》	钱万选（家道中落，寄寓于表亲颜氏家中，书生）	颜秀（富家子弟，文墨不通，粗鄙丑陋；垂涎于高白英）	高白英（高家的大户小姐）	中状元

从表格可以看出，晚明文人风情喜剧在遵循了上文所述的共性之时又呈现出些许差异：《西楼记》与《红梨记》的生旦关系颇为相似，都属于上厅行首倾慕书生的一类。《西楼记》里，素徽因于鹃所作的一首《楚江情》而仰慕、思念他；而《红梨记》中，素秋则因赵汝舟

的一札赠诗和他的才名对之念念不忘。这两位青楼花魁受万人瞩目，过着锦衣玉食的生活，尽管与心上人都素未谋面，但为对方的才气所折服，终日思慕。这些风尘女子，无一不在与尚未发迹的男主人公暂时分别后为之守身如玉，告别莺歌燕舞，断然拒绝豪门权势的追求，甘愿平淡冷清。《红梨记》里，名妓谢素秋曾如此言志："妾虽名在烟花，心同冰檗，瑶簪翠钿，何如裙布钗荆？蕙质兰襟，宁若游丝飞絮？……虽落花无主，暂尔随风，而贞柏凌冬，不妨傲雪"①。能让阅尽千帆的烟花女子真心爱慕且甘心守节，便足以体现这些书生的非凡魅力了。

《西园记》和《绿牡丹》则讲述了书生与颇有才情的良家女子的情感故事。与上文所述的两位女主人公相同，剧中的大户小姐均视文化素养而非财富为男性的核心魅力，以此为自己是否爱慕对方的首要标准。《绿牡丹》中，车静芳、沈婉娥以诗择夫，《西园记》中的赵玉英更是因与自己早有婚约的富家子弟王伯宁胸无点墨、俚俗不堪而郁郁寡欢，忧愤成疾，最终选择以死抗婚，并在化作鬼魂后与倾慕的书生张继华相会。

而《金雀记》和《燕子笺》则综合了上述的两个类别，属书生坐拥双美类，书生既受到家境富裕、地位显赫的良家女子的青睐，还为颇富艳名的青楼女子垂青，加之良家娼家都不待见的花面富豪的反衬，其魅力愈为突出。

《望湖亭》则自成一类，作者花了更多的笔墨在花面人物颜秀的刻画上，展现了一个不学无术、愚顽不化、投机取巧、但最终弄巧成拙的富家恶少。书生钱万选的形象则相对单薄，在感情上十分被动，即便如此，仍能凭借不俗的举止轻松地获得高白英及其父亲的青睐。

以上的作品中，作者们对于财富、权势和文化素养所代表的的不同价值取向的态度藉由女性人物的好恶得以彰显，无一不以代表了士

① 徐复祚《红梨记》，载《六十种曲》（七），中华书局 1958 年版，第 43 页。

大夫阶层生活品位、进阶方式的文化素养为高妙，而对包括财富在内、游离于正统“科举—仕途”之路的其他进阶方式表示不齿。然而，晚明士人的真实生活并非如晚明文人风情喜剧中描绘得那样顺利，事实上，是存在着巨大的偏差的，在剧中二八女子对书生一往情深的注目中，恐怕还隐含着晚明士林的某种焦虑情绪。

二 戏外：“士成功也十之一，贾而成功也十之九”①

晚明文人风情喜剧的剧作家多为江南士人，若要进一步理解这类剧作，则有必要对晚明江南社会的变迁予以关注。晚明的江南是中国社会走向早期现代化的起点，此时的文人士大夫们面对日益崛起并很可能冲击自身地位的富商阶层，以及与儒家伦理相左的商业伦理，产生了一种焦虑情绪，而这种情绪则在晚明文人风情喜剧中以看似落入窠臼的人物、情节设置得到了充分的释放和安抚。

笔者看来，晚明文人士大夫所面临的困境集中体现为以下两点：

首先是商人社会地位的提升，这在很大程度上归因于新旧财富观念的角逐中，新兴观念的胜出。在晚明，财富的地位日益提升，这引发了传统“士农工商”身份秩序的崩溃，处于社会观念顶端的士人阶层面临着社会地位的重新洗牌。回溯传统，“重义轻利”是儒家的千年古训。在儒教共同体的理念中，财富与商业伦理并不是被大力宣扬、肯定的对象，相反，它往往被视为通往更高道德追求的阻碍因素，处于被抑制的地位。儒家伦理倾向于一种独立自足、超越条件限制的状态和一种高洁的、弃绝俗世之沾染、不汲汲于名利的品质。然而，晚明社会，尤其是在诞生了大量文人风情喜剧、也是最为富庶的江南，商业的迅速发展使安贫乐道显得不再入流，追求奢华才是社会

---

① 吴吉祜《丰南志·百岁翁状》，载张海鹏、王廷元《明清徽商资料选编》，黄山书社 1985 年版，第 251 页。

的新风尚："江南诸郡县，土田肥美……俗好奢靡，美衣鲜食，嫁娶葬埋，时节愧遗，饮酒宴会，竭力以饰观美。"[①] 全社会对财富的渴望"使天下以资为贤"[②]，商人不但为平民百姓所仰重，考虑到他们在财政上的贡献，朝廷更是用制度提升了商人的地位。众所周知，科举考试曾因其神圣性将商人作为贱民拒之门外，万历年间，朝廷放宽了科举考试的政策，"许扬州商灶子弟于运司应试，提学官一体选取入学"[③]，彻底打破了商人子弟不得入仕为官的规定。商人自明代开始，渐渐褪去其"贱民"的身份，获得社会、朝廷的认可，拥有了更多跻足更高社会阶层的可能性，挤占了原本只属于士人的资源。

再则是直接关乎晚明文人生存的问题，士人们引以为傲、赖以生存的文化素养日益不能成为获得美好前途的保障。造成这种情况的原因是多重的：其一，晚明江南地区文教兴盛，经济富足，因此士人数量众多，科举竞争也最为激烈。归有光曾说"天下岁试南宫者无虑数千人，而得者不过十之一、二"[④]，可见在科举之路上，多数读书人是无缘功名的。余英时在其著作《士与中国文化》一书中谈道："中国的人口从明初到十九世纪中叶增加了好几倍，而举人、进士的名额却并未相应增加，考中的机会自然越来越小。"[⑤] 所以，晚明文人风情喜剧中，书生动辄一举夺魁的情节在现实中发生的概率是微乎其微的，不过是作者对士人前途的美好幻想罢了。其二，科举作为进阶方式的唯一性被削弱，财富则成了愈发重要的入仕资本。晚明松江士人叶梦珠曾描述道："童生府取，在吾生之初，已无公道。凡欲府取者，

---

① 归有光《震川先生集·送昆山县令朱候序》卷11，上海古籍出版社1981年版，第254页。

② 余继登《典故纪闻》卷14，中华书局1981年版，第252页。

③ 《明神宗实录》卷164，台湾"中央"研究院历史语言研究所校印，1962年，第2984页。

④ 归有光《归震川全集·曹子见墓志铭》（上）卷19，上海中央书店1936年版，第277页。

⑤ 余英时《士与中国文化》，第536页。

必求缙绅荐引。闻之前辈，每名价值白金。”[①] 这种名为引荐实为贿赂考官的行为与晚明文人风情喜剧中，富家子弟的惯用伎俩如出一辙，只不过剧中徇私舞弊的行为总是以失败告终，而现实却恰恰相反。除了不正当手段，晚明朝廷对捐纳政策的滥用也提升了钱财在入仕之路上的重要性。捐纳是古代中国政府为了解决国家的财政问题，允许没有官职的人以捐资、纳粟等方式取得官职爵位的政策。晚明，由于政府财政状况的恶化，捐纳逐渐由原来的权宜之计变为常行之法，并且日渐泛滥[②]。晚明江南地区的富商大贾对捐纳一事尤为热衷，“今吴人好游托权要起家……由是莫不以士为贾，而求入学庠者，肯捐百金图之以大利在后也”[③]。相比耗时长、成功率低的科举，富家子弟更热衷于花一定的钱财就能去国子监读书的捐纳活动。一些富商大贾直接花费钱财为自己或子孙买官，不愿走正常科举之路，“近（万历时）国有大役，宗人有持三十万缗佐工者，一日而五中书之爵下”[④]。在商品经济日益发达的晚明社会，财富日渐取代了学识，成为真正能直接决定前程的因素。

在重视财富的晚明社会，受到商业伦理的冲击，入仕这一原先光荣的选择也变得不那么神圣。承载了士人政治理想的官职在商人眼中也是商品的一种，他们买官入仕往往别有怀抱，为的是方便其商业运

---

① 叶梦珠《阅世编》卷2学校5，中华书局2007年版，第39页。

② “明代朝廷有规定：‘府、州、县学诸生入国学者，乃可得官’……‘（景泰）四年四月，始令生员纳粟为国子生’，生员向国家输纳一定数量的粟、米、草、马、银等财物而获准入监读书，故称为‘援例监生’。到了嘉靖之后，不仅生员可以援例入监，社学蒙童乃至未曾入学的各类官民子弟都可以援例入监。于是先通过捐纳进入国子监，进而取得官职，就成了富民阶层的常用做法。如此一来，地方官学与国学中正规生源的数量日益减少，而通过捐纳取得资格的援例生员、监生却日渐增多。”参见葛华阳《晚明江南士人经商研究》，湖南师范大学2015年硕士学位论文。

③ 黄省曾《吴风录》，载《笔记小说大观》第5册，台湾新兴书局1978年版，第2877～2878页。

④ 许承尧《歙事闲谭》第4册，转引自张海鹏、王廷元《明清徽商资料选编》，第49页。

作以获得更大利润。晚明一个花钱买取监生身份，官拜余姚县丞的白丁商人并不为做官感到荣耀，他视此次为官为一笔亏本投资，在离任前懊恼地说："自吾营入泮官，至上纳费金千两，意为官得数倍。今归不勾本，虽妻子亦怨矣"[①]。卖官鬻爵的现实严重偏离了儒家"学而优则仕"的理想，大批出身寒门、没有政治背景和雄厚财力的士人纵使皓首穷经，也只能始终在科举的道路上蹉跎，不得发迹，"盖今之世，士子贱也甚矣"[②]。而那些拥有财富的商贾子弟却轻而易举地入监做官，甚至抱怨官职没能很好地为自己牟利，广大士人心中的失落感可想而知。

当金钱至上的社会现状与儒家崇尚清俭的经济伦理、"齐家治国平天下"的文化理想发生巨大偏差时，当对商人凭借财富获得官职，挤占了士人在朝的话语权和利益的忧虑日益成为现实时，自幼熏习儒业的士林陷入了迷茫的情绪中。其中的一部分则在晚明文人风情喜剧中进行了消极的抵抗。具有固定化特征的戏曲脚色制未尝不为不安的士人们提供了一条很好的发泄渠道，颇具儒家理想气质的书生被安排在了扮演正面、主要人物的生行里，而富家子弟、权豪势要则由净或丑等负责插科打诨，格调相对不高的花面脚色敷演。戏中的富家子弟，无一不是品行恶劣、粗鄙顽涎之徒，买官之事也必将败露，士人们对于重视金钱的商业伦理的鄙夷和不安情绪藉由剧中富家子弟的失败得以平复。而书生的清寒出身符合了对金钱采取压抑态度的儒家伦理，其深厚的经典文化素养使之总能高中榜首，获得无可限量的前程，这与儒家"科举——仕途"的理想人生道路相吻合。现实中陨落的传统儒家理想于此获得了补偿。才华学识作为文士们较于富商阶层仅有的优势，在晚明文人风情喜剧中通过女性的倾慕被无限地放大、强调，而寒门士子们所最缺乏的资本——财富，其重要性则在剧中被

① 叶权《贤博编》，中华书局1987年版，第20页。
② 归庄《归庄集·传砚斋记》卷6，中华书局1962年版，第360页。

无限地压缩，使之不足以让女性动容也不足以让富家子弟步入仕途。晚明文人风情喜剧虽具有喜剧的外壳，实际上却充斥了晚明士人面对社会变迁的种种焦虑，是士人们在一个资本、金钱至上的时代里，幻想着能继续单凭才学，跻身社会各阶层之首的白日梦、寄托其难以实现的儒家式理想的乌托邦。

三　余韵："花面冲场，正生避席"①

在晚明日益肯定财富和日渐恶劣的科举环境中，为了生存，士人群体内部发生了分化：一类为坚守科举之路的士人群体，他们仍怀揣着传统的儒家理想，坚守清寒的儒士身份，拒绝商业伦理的浸染，在经济的压力下艰难生存。一类为放弃科举而坚守儒业的士人群体，这些士人虽然放弃了科举和仕途，但仍以读书为其生活的主要内容。还有一类则为弃儒就贾之士人群体。这部分士人放弃儒业，走上经商之路，运用曾经拥有的知识在商场上驰骋。其思想上体现出儒家知识与经营谋利相结合的倾向。② 与此同时，又有很多商人在经商成功后，送其子弟入府庠学习儒业，通过科举或捐纳的方式跻身儒林，累及数代，使得其家族既是富商豪门又是簪缨世家，获得了双重身份。这种亦儒亦商的儒商自晚明以来大量兴起，成为既拥有雄厚的财力、显赫官职又不失儒雅的新型社会精英。

在商业伦理的浸染日渐无孔不入的明清之际，戏曲舞台上搬演的各类喜剧对这种变迁的态度无疑是复杂多样的。晚明文人风情喜剧类型化的人物、情节所流露出的重儒抑商理念是传统士人们一厢情愿的螳臂当车之举，无法阻挡商业伦理的滚滚洪流。而清初，承袭了晚明文人风情喜剧轻松风格的李渔剧作《奈何天》则讲述了商贾通过财富

---

① 李渔《李渔全集》卷二，浙江古籍出版社 1992 年版，第 9 页。
② 参见李竞艳《晚明士人群体研究》，河南大学 2011 年博士学位论文。

进阶、并成功蜕变成儒士，成为新兴社会精英的故事，从正面展现了正发生于那个时代的变迁。

《奈何天》是一部“花面冲场，正生避席”① 的风情喜剧。一般说来，传奇第一出，必是正生上起，以生为全书之主②，而在《奈何天》中，文质彬彬、温润儒雅、面容清俊的书生不再是剧中的主角，取而代之的则是由丑脚扮演的富家子弟。本剧主角名叫阙里侯，他的相貌“不但粗蠢，又且怪异，身上的五官四肢，没有一件不带些毛病”③，因此人赠“阙不全”的名号。他外才不济，内才更缺，“也曾读过十几年书，如今倒吊起来，没有一点墨水”④，文化修养与外在相貌这对譬喻再次出现，与之前晚明的戏剧文本发生互文。但是这等面目可憎、胸无点墨，貌似无一可取之人，却有着泼天的财富。而正是这笔财富，使得他的人生轨迹得以逆转：朝廷征战，阙不全输饷助边，因此受到皇帝的封赏而“位列公侯伯”⑤。剧中才貌双全的正生沦为了次要角色，一位是改姓随阙不全的忠心仆从阙忠，他清楚地意识到“钱神更比魁星验，乌纱可使黄金变”⑥，全然不似晚明传奇中秉持儒家理想主义的正生；而另一位就是倚仗阙家军饷支援才得以平定边疆，免于牢狱之灾的将军，他的文韬武略并不能使之脱离征战困局，财富才是决定性的力量。从剧中主人公的设定和剧情的展开不难看出，不同于传统儒士重义轻利、视饱读诗书为进阶之本，李渔深刻地意识到了金钱的作用，不曾在剧中表现出对经济伦理的有意压抑。与晚明文人风情喜剧相比，主人公由清贫儒雅之士到富贵无才之徒，进阶的资本由圣贤之书到经济财富，《奈何天》提供了一种全新的人物命运转变范式，此范式正是建立在对晚明恶劣的科举环境的洞察，对传统儒家的经济伦理、进阶理念的怀疑之上的。

---

① 归庄《归庄集·传砚斋记》卷 6，第 360 页。

② 卢前《明清戏曲史》，中华书局 2014 年版，第 24 页。

③④⑥ 李渔《李渔全集》卷二，第 8 页、第 90 页、第 33 页。

⑤ 李竞艳《晚明士人群体研究》，河南大学 2011 年博士学位论文。

此外，还可从男主人公获取女性芳心的角度上将之与先前的喜剧进行比较。《奈何天》的花面男主角拥有三个夫人，个个都花容月貌、心智非常。起初，这三位不凡的女性对于与阙不全的婚事都失望至极，以冷漠的态度对待丈夫。阙不全的前两位夫人——邹氏、何氏住进了家中修建的庵堂，取名为“奈何天”，吃斋念佛，不愿与阙里侯生活。最后进门的吴氏则因种种原因不得进入“奈何天”，无奈下只好苦闷地陪着阙不全过日子。然而，在全剧的倒数第三折，凭借财富被封侯的阙里侯在天帝派遣的“变形使者”的神助下，经过推、刨、刮、洗终于脱却丑形，“脚也不跷，背也不驼了”，“身上的皮肉，白也白了许多，光也光了许多，连那三样臭气，都闻不出了”。他不但在外表上变成了美男子，也瞬间能够识字，自己也惊呼道：“这报单上的字，起先识不上几个，如今都念得出了”①。传统戏曲人物的外形是对儒家经典、文化素养的隐喻，正所谓“才子岂可无貌”，二者互为表征，直接与女性的爱慕挂钩。阙里侯成功地由晚明文人风情喜剧中面目丑陋、胸无点墨的花面陪衬角色蜕变为正生一般的人物，风姿俊朗且具备了士人所津津乐道的文化素养，加之其令人艳羡的财富和爵位，其文人化的蜕变俨然是清代商贾士人化和儒商结合等社会现实的缩影。最终，阙里侯凭借清秀的外貌、深厚的文化素养、朝廷的爵位封赏，获得了三位佳人的芳心，比起晚明文人风情喜剧中坐拥双美的潘安、霍都梁，简直有过之而无不及。其实，此处仍不妨将佳人的青睐理解为剧作家乃至社会价值倾向之所在。相较于早前一些的晚明剧作家，李渔的价值倾向无疑更贴近于市井大众，他们崇尚财富，其惊羡的目光与《奈何天》中佳人的注目一并指向阙里侯，这并不费解。另一方面，如前文所述，新兴的士商成为社会新贵，他们兼具士人的儒雅和商人的重利品质，发生了重组的士人阶层对财富的态度较之前更为宽容，面对宛如其自身写照的阙里侯，他们的认可也在此与

① 李渔《李渔全集》卷二，第93页。

佳人的芳心暗许重合了。

“花面冲场，正生避席”不仅简明概括了《奈何天》的脚色特征，在笔者看来，更具象征意义：代表着传统儒家理念的寒门正生在明清之际潸然退出舞台中心，而拥有泼天财富的花面人物粉墨登场、担纲主演，与儒家的部分理念——尤其是对经典文化素养的重视——发生重组，与兼具商人身份的士人一并在中国历史的舞台上发挥愈发显著的作用。

（叶子　厦门大学中文系硕士研究生）

戲曲研究

从日藏《唐人相扑》装束看清代中国戏曲的在日传演

夏心言

中国和日本之间的政治文化交流，贯穿了大半部中国古代史。从汉魏时期的日本使节来华开始，到唐代日本向中国派出遣唐使，中国僧侣东渡弘法，再到宋代海上丝绸之路的建立，中日贸易的多方面展开，在这漫长的岁月里，中日艺术也随着两国交流的不断发展而呈现出相互学习额借鉴的景象。就日本方面而言，唐代的大曲直接促成了日本雅乐的产生，中国的琵琶、横笛、尺八等乐器为日本音乐吸收，成为其主要乐器，中国的汉诗成为日本诗人学习的范本。就中国方面而言，日本的工艺品折扇、漆器等等进入士大夫的饮食日用，成为文人把玩品题的对象。两国艺术同根同源，在互相影响中共同发展。

从元代开始，中国和日本的外交关系发生了变化。一方面，两国之间开始出现战争，如 1281 年爆发的元朝与日本的战争，明代万历年间明朝同藩属国朝鲜与日本的战争。另一方面，明代日本与中国的朝贡关系多次中断，到清代则完全停止朝贡。又随着两国先后采取闭关锁国政策，日本人只能通过长崎这唯一的对外通商口岸与中国进行贸易活动，民间跨境活动被严格禁止。在这一背景下，清代中日文化基本处在各自独立发展的状态中。日本知识阶层偶尔能通过汉文书籍，了解中国新兴的哲学与文学，但注重舞台表演的中国新兴戏曲、音乐、舞蹈等艺术，则很难被当时的日本人了解知悉。

尽管如此，仍有蛛丝马迹证明中国戏曲以迂回的方式进入了当时的日本古典戏剧。日本名古屋市德川美术馆收藏的“能面、能装束”系列藏品中，有一套名为“唐人相扑装束”的服饰。其形制与能剧和狂言的标准服装迥异，却与中国戏曲服饰有诸多肖似之处。[①] 根据《德川美术馆藏品抄》介绍，此套衣装为日本狂言《唐人相扑》在江户时代演出所用服饰，收藏者为尾张藩的藩主本人。在江户时代(1603—1867)，能剧和狂言属于幕府“式乐”，专门在官方典礼上演出。唐人相扑装束的存在，有力地说明，清代的中日戏曲交流不但存在，而且其影响波及到了较高的社会层次。以唐人相扑装束为起点，本文探讨了清朝时期中国戏曲对日本的贵族、知识分子和普通民众产生的影响。

① 原文：“狂言‘唐人相撲（唐相撲）’は、唐土を舞台とするため、他の狂言とは全く異なる唐人装束の扮装で演じられ、しかも登場人物か二十名以上におよぶ大曲である。”参见［日］德川美术馆《德川美术馆藏品抄 9・能面、能装束》，德川美术馆发行 1994 年版，第 111 页。

一　脱胎于中国戏曲的《唐人相扑》

《唐人相扑》装束的背景来历，可以上溯到尾张德川家。所谓尾张德川家，乃是江户幕府的开创者德川家康为巩固统治而分封同姓，将血缘最近的三家分封到尾张、纪伊、水户，建立藩国，又称“御三家”。尾张藩是三家之首，不但爵禄优厚，享有崇高的政治地位，还拥有德川本家的继承权。因此能够于治所名古屋城内，积累起可观的家族财富。平安时代的《源氏物语》绘卷、幕府将军之女的嫁妆“初音之调度”、宝刀“庖丁正宗”“后藤藤四郎”等，都是尾张藩的家传秘珍，也是今日的日本国宝。明治维新以后，尾张德川家的后人在家藏基础上建立了现今的德川美术馆。正因为如此，《唐人相扑》装束的精工细作，远非一般的戏剧服饰可望其项背，据说使用的是海外舶来的高级纺织品（“名物裂”）[①]。

《唐人相扑》装束就用途而言，是尾张德川家演出《唐人相扑》的专门道具。《唐人相扑》是日本古典戏剧“狂言”的一个剧目，日本的两大狂言流派分别称之为“唐人相扑”（和泉流）和“唐相扑”（大藏流），从“唐人相扑装束”的命名，可以看出尾张藩演出此剧采用的是和泉流。这部狂言讲述一名滞留中国多年的日本相扑手，向中国皇帝提出回国请愿，皇帝准许了他的请求，当场命令翻译官组织相扑比赛，希望最后看一次日本相扑手的表演。日本相扑手接连获胜，皇帝按捺不住亲自上场，大臣们用茅草蓑衣为皇帝蔽体，一番较量过

① 原文：“この尾張藩徳川家伝来の‘唐人相撲’装束一揃は、名物裂に類する渡に物の裂がふんだんに使用された、江戸時代初期を降らない作例である。”参见［日］德川美术馆《德川美术馆藏品抄9·能面、能装束》，第111页。

后，皇帝也铩羽而归。最后众人追赶日本相扑手下场，皇帝乘辇回宫。[①] 日本女子大学的石井伦子教授研究认为，16 世纪的《证如上人日记》中记载了天文五年（1536）正月二日演出的“狂言，唐皇すまい（按，唐皇落败之意）”等剧目，[②] 很可能《唐人相扑》的故事在当时已初具雏形。

根据《德川美术馆藏品抄》图版目录，《唐人相扑》装束的产生时代约在 17 世纪，相当于明末清初。笔者认为这一论证值得商榷。尽管名物裂的舶来年代主要在室町时代至江户时代初期（17 世纪），[③] 然而，使用古董布料制作新衣，在古代的中国和日本都不算罕见，《唐人相扑》装束的时间实际上要晚于此，约在 19 世纪初。证据有二：一是《唐人相扑》在日本文献中出现的时间，集中在 19 世纪前中期。尾张藩搬演《唐人相扑》的最早记录，在天保十一年（1840）三月四日，乃庆祝 12 代藩主齐庄继位的“入部能”。[④] 尾张家以外，则有东京（东都）观世大夫“一代能”中插演《唐人相扑》的记载，时间在文化十三年（1816）冬，演出者为鹭仁右卫门。[⑤] 东京富士美术馆收藏的河锅晓斋（1831—1889）《唐人相扑》浮世绘一种，也作

---

① 原文：“唐土に渡った日本の相撲取りが、故郷に帰りたいと思って、皇帝に帰国を願い出ます。皇帝は願いを聞き入れ、帰国する前にもう一度相撲を見せるように命じます。早速、通辞（通訳）が行司役となって取組が始まりますが、相撲取りは、次から次にかかってくる唐人たちを片っ端から投げ飛ばしてしまいます。最後は皇帝自ら相撲の相手をすることになり、玉体に直接触れられるわけにはいかないと、荒こもを身体に巻き付けて取組に臨みます。相撲取りが皇帝を打ち負かそうとすると、唐人たちはあわてて相撲取りを追い払い、皇帝を手車に乗せて帰って行くのでした。”参见［日］石井伦子《能・狂言の基礎知識》，角川学艺出版社 2009 年版，第 171 页。

② ［日］石井伦子《能・狂言の基礎知識》，第 46 页。

③ ［日］长崎岩《名物裂の概念の成立と受容の実態》，《共立女子大学综合文化研究所纪要》2015 年第 21 期。

④ ［日］德川美术馆《德川美术馆藏品抄 9・能面、能装束》附录《尾张德川家と能》，第 141 页。

⑤ ［日］水野正信《青窗纪闻》卷二“文化十三年冬”条，名古屋篷左文库藏本，第 27～36 页。

于19世纪。[①] 这些证据表明《唐人相扑》一剧在江户时代的流行时间是19世纪前中期，相当于清代中晚期。二是结合中国戏曲服饰的发展史来看，《唐人相扑》装束具有许多京剧服饰的特征（下文将具体分析），应是对清代花部戏曲服饰有所借鉴。清代花部戏曲在雍正以前尚无影响力，在乾隆朝随徽班进京步入京城视野，在嘉庆、道光、咸丰朝逐渐发展，到同治、光绪朝占据主流地位。19世纪初这个时间点，相当于嘉庆、道光时期，比之17世纪（相当于明末清初）昆曲占主流的时代，此时期的戏曲服饰更接近后世的京剧服饰。因此《唐人相扑》装束更有可能是这一时期中国戏曲影响下的产物。

19世纪尾张藩上演的《唐人相扑》，是借鉴了中国武戏的外观和表演程式，创作出来的日本化的武生戏。首先，这出剧目的特色是登场人物众多。30名以上身穿华丽唐装的演员簇拥在舞台上，场面相当热闹。故事设定在中国，除了日本相扑手和翻译官说日语，其他演员模仿唐音，七嘴八舌，充满喜剧色彩。一般而言，狂言剧只需一个仕手（シテ），一两个挨答（アド），互相插科打诨即可成剧。《唐人相扑》却增添了30多个"立众"，类似于戏曲龙套，演员规模类似中国戏曲舞台上的"全武行"。[②] 其次，这出剧目出现了一些杂技式的武打动作。剧中有不少类似戏曲武生的绝活，"演员两人一组翻筋斗，像攀柱子一样叠罗汉，搭成人形金字塔，这种杂技般的表演超出了日

① 东京富士美术馆《暁斎—暁翠伝—先駆の絵師魂，父娘で挑んだ画の真髓》页面文件"展品リスト"，http：//www.fujibi.or.jp/exhibitions/profile－of－exhibitions/? exhibit_id＝3201804011，2018年12月5日18时28分浏览。

② 《唐人相扑》角色的人物类型，原文为："皇帝—シテ（主角）、日本相扑手—アド（配角）、翻译官（通辞）—アド、唐人儿童—アド、唐相扑手—立众。"参见［日］石井伦子《能・狂言の基礎知識》，第171页。

本古典戏剧的常规，令观众瞠目，十分考验狂言演员能力”①。这种高难度动作让日本评论者发出“能剧舞台这样表演没问题吗”的疑问，说明能剧原无此类技艺和演出传统。而这些高难度技艺又不可能凭空臆造，当是来自中国的戏曲舞台程式。再次，《唐人相扑》装束自从产生，其收藏和流传一直与其他能装束区别开来，体现出日本艺术家对它的珍视。它是“本曲专用”服饰，也就是某一剧目限定的演出装束。在尾张藩的能乐装束帐册中，它被归为专门的一类；② 在现代的演出中，它由茂山家女性按照代代相传的方式制作这一点被特别说明。③ 这些事实反映出《唐人相扑》装束并不是凭空捏造的，而是有严密的艺术规矩。它很可能是编创人员亲身观看过中国戏曲，从而将另一种成熟的戏剧舞台程式作为原型，适当加以改造，然后将其纳入狂言艺术系统当中，成为狂言・能剧服装体系的一部分。

二　《唐人相扑》装束与清代戏曲服饰的历史对照

通过对比德川美术馆藏品图录和中国戏曲服饰文献，不难看出《唐人相扑》装束与中国戏曲服饰的高度相似性。下面结合图片进行

---

① 原文：“二人組で人間大車輪をしたり、目付柱によじ登ったり、挙げ句の果ては人間ピラミッドと、能舞台でそんなことをして大丈夫なのかと思わず心配してしまうほどのアクロバティックな技を繰り広げる唐人たち。狂言役者の身体能力の高さを見せつけられる、抱腹絶倒の舞台です。”参见［日］石井伦子《能・狂言の基礎知識》，第171页。

② 原文为：“藩政時代の藏帳によれば、他の能や狂言の装束とは別に‘唐人相撲’の項目をたて、一括して大切に保管されてきたことが窺える。”参见［日］德川美术馆《德川美术馆藏品抄9・能面、能装束》，第111页。

③ 原文：“茂山家の女性たちが代々作ってきた珍しい唐人装束、怪しげな中国語の大合唱（唐音）、サーカス並みのアクロバットなど、見ところ満載。茂山唐人軍団VS日本人力士萬斎の、相撲と芸の対戦ぶりも必見です。”参见野村万斋版《唐相扑》DVD说明，日本“桧书店”能・狂言专卖网站，https://www.hinokishoten.co.jp/p/DVD%E3%80%80唐相撲/340004，2018年7月28日21点42分浏览。

具体说明。

（一）服装

服装部分在《德川美术馆藏品抄》图版目录的图230—图245和图258，共计17件。分别为：茶色天鹅绒底龙团纹唐人相扑装束、猩猩绯色罗纱唐人相扑装束、花色底四稜花繁纹唐人相扑装束、花色底草花纹唐人相扑装束、红色底飞云纹折枝纹唐人相扑装束、萌黄色底牡丹纹唐草纹织金唐人相扑装束、白色底牡丹纹唐草纹织金唐人相扑装束、红色底牡丹纹唐草纹唐人相扑装束、萌黄色底唐草纹唐人相扑装束、白茶色底龙凤缎唐人相扑装束、薄墨色底菊花纹唐人相扑装束、花色底唐花纹配红色底金桐散花纹唐人相扑装束、茶色底花纹折枝纹唐人相扑装束、萌黄色底飞云纹折枝纹唐人相扑装束、萌黄色底龙团纹绕牡丹唐草纹唐人相扑装束、红色天鹅绒底凤凰纹绕牡丹唐草纹羽织、萌黄色底唐花纹金襕侧次。[①] 17件服装当中，羽织为日式罩甲，侧次为日式上衣。其余15件为上衣下裤的形制，一律被称作“唐人相扑装束”。

《唐人相扑》服饰基本形制非常统一，如图1（左）。这种服装带有京剧龙套短打衣的特点：窄袖、束袖口上衣；扎脚长裤；对襟、两侧开衩的坎肩。纹样也带有京剧服饰团花纹样的影子，最典型的为龙团，如图1（右）。清代宫廷大戏《劝善金科》中标注的兵卒服饰，

---

① 原文：“茶ビロード地龍の丸文唐人相撲装束、猩々绯羅紗唐人相撲装束、花色地四稜花繋文唐人相撲装束、花色地草花文唐人相撲装束、红地飞雲折枝文唐人相撲装束、萌黄地牡丹唐草文金襴唐人相撲装束、白地牡丹唐草文金襴唐人相撲装束、红地牡丹唐草文唐人相撲装束、萌黄地唐草文唐人相撲装束、白茶地龍鳳凰段唐人相撲装束、薄鼠地菊花文唐人相撲装束、花色地唐花文・紅地金桐文散唐人相撲装束、茶地花折枝文唐人相撲装束、萌黄地飞雲折枝文唐人相撲装束、萌黄地龍の丸に牡丹唐草文唐人相撲装束、赤ビロード地鳳凰に牡丹唐草文羽織、萌黄地唐花文金襴侧次。”参见［日］德川美术馆《德川美术馆藏品抄9・能面、能装束》，第112～117页、第120页。

多有窄袖卒褂、布窄袖等类型，可惜实物现已罕见。[①] 流行于19世纪（相当于清代中期）的《唐人相扑》一剧，借鉴了当时中国的戏曲服饰，可以作为清代中期戏曲的一份珍贵实物资料。

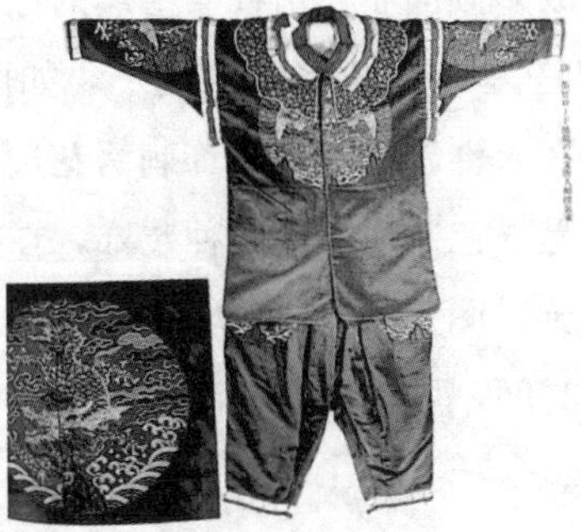

图1（左）茶色天鹅绒底龙团纹“唐人相扑装束”

图1（右）京剧《定军山》老军的卒坎肩[②]

清代是中国戏曲服饰最终定型的时期，李斗《扬州画舫录》对当时戏曲道具进行了成体系的分类：“戏具谓之行头，行头分四箱衣、盔、杂、把四箱。”[③] 书中将衣箱分为大衣箱、布衣箱。大衣箱有文扮、武扮、女扮之别。后来的京剧将文士、女子的服装称为大衣箱，武生服装称为二衣箱。衣箱从无到有，再到完整的体系，经历了一个漫长的历史过程。从《唐人相扑》装束，可以对武生服饰具体如何发展为今天的样式略窥一二：

第一，武生短打服饰受到了满族服饰影响。比如图1（左）和图2（左）的“唐人相扑装束”上衣都体现出前后左右四面开衩的特点，

---

① 参见宋俊华《中国古代戏剧服饰研究》，广东高等教育出版社2011年版，第420～421页。

② 中国戏曲学院编，谭元杰绘《中国京剧服装图谱》，北京工艺美术出版社1992年版，第253页。

③ 李斗著，周光培点校《扬州画舫录》，江苏广陵古籍刻印社1984年版，第128页。

这种样式来自于满族的四衩袍。“满汉士庶常袍，皆前后两开褉，便于乘骑也。御用袍、宗室袍，俱用四开褉，前后褉开二尺，左右则一尺余。若缺襟袍惟御用四开褉，宗室亦用两褉。”① 戏曲是追求美的艺术，也是表达生活理想的方式，故多倾向于模仿社会上层的穿戴时尚。又如“唐人相扑装束”中，有许多异色缎镶边的例子，如图 2，十分夺目，其实清代满族服饰多喜在衣裾领缘等处装饰刺绣花边，而刺绣花边也可以改为黑色镶边，或是异色镶边。这两种装饰，在京剧武生的箭衣、上下手衣中也可以看到，图 1（右）的坎肩也是例证之一。结合《唐人相扑》装束的产生时间，可以推断在清中叶这些满族服饰特点就已进入了戏曲服饰体系。

第二，早期武生的冠帽保留了民间服饰特征。比如图 2 的两件“唐人相扑装束”，左侧的帽饰为黑黄拼接，帽上有明显的六条稜突起，如同折叠，类似于从元代开始流行的瓦楞帽。《金瓶梅》和《儒林外史》都提到过这种帽，如“一手向他头上把一顶新缨子瓦楞帽儿撮下来”②、“头戴瓦楞帽，身穿茧绸直裰”③ 等。右侧的帽饰用多块红缎缝成圆形，下有黄缎帽檐类似于明清时代的六合帽。明代笔记《事物绀珠》“小帽”条曰：“六瓣合缝，上员平，下缀檐，国朝仿元制，民服。”④ 清朝时依旧流行这种帽饰，称为瓜皮帽。《枣林杂俎》曰：“清时小帽俗呼瓜皮帽，不知其来已久矣。瓜皮帽或即六合巾，明太祖所制，在四方平定巾之前。”⑤ 一般来说，中国戏曲中的武生多带冠，龙套则带盔或巾帽，虽有巾帽，却属于戏曲样式，迥异于日

① 福格《听雨丛谈》卷一“四褉袍”，中华书局 1984 年版，第 12 页。
② 兰陵笑笑生著，张竹坡批点《张竹坡批评金瓶梅》，齐鲁书社 1991 年版，第 137 页。
③ 吴敬梓《儒林外史》，华夏出版社 2013 年版，第 52 页。
④ 黄正一《事物绀珠》卷十三“冠服部·小帽”，载《四库全书存目丛书》（子部）第 200 册，齐鲁书社 1995 年版，第 728 页。
⑤ 瞿宣颖纂辑，戴维校点《中国社会史料丛钞·甲编 397》“明代巾帽之制”，湖南教育出版社 2009 年版，第 782 页。

用。“唐人相扑装束”中的巾帽多带有明清日常冠帽的影子，很可能是清代前中期戏曲冠帽发展尚未成熟的印记。

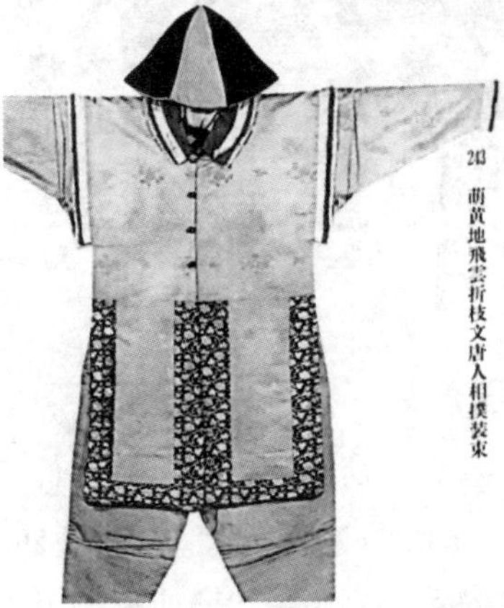

图 2（左）萌黄色底飞云纹折枝纹“唐人相扑装束”

图 2（右）薄墨色底菊花纹“唐人相扑装束”

（二）道具和乐器

服装之外的道具收录在《德川美术馆藏品抄》图版目录的图 246—图 259（图 258 除外），共计 17 件。分别为：戟、龙旗、红纱底唐花纹金箔伞盖（附白绉绸底云龙纹刺绣流苏伞围）、长柄唐团扇一对、喇叭、太鼓、笙、铙钹、团扇（皇帝用）、团扇（皇帝用）、髭（共五件，只展示其一）、薦（共两件，只展示其一）、宝剑。[①] 这其中包括了舞台道具，也包括了吹打乐器，如图 3 所示。本节分别就道具和乐器进行简要分析。

---

① 原文：“鉾、幟、红紗地唐花文金箔置傘（附白縮緬地雲龍文縫取水引）、長柄唐团扇、喇叭、太鼓、笙、鐃鈸、唐团扇（王様用）、唐团扇（王様用）、髭（五枚の内）、薦（二枚の内）、劍。”参见［日］德川美术馆《德川美术馆藏品抄 9・能面、能装束》，第 118～120 页。

图 3“唐人相扑装束”的道具与乐器

戏曲道具古称砌末，最早指戏曲舞台上所用的一些零散物件。而到清代以后，戏曲道具不再限于小件器物。上文所述《扬州画舫录》中戏曲“行头四箱”中的杂箱、把子箱，杂箱为过去戏曲舞台上砌末的延续，如团扇、手巾、宫灯、酒壶等物；把子箱则是随清代武戏的发展而扩充起来的一种门类，主要存放刀枪剑戟等尺寸较大的兵器，以及帐帘床帷、仪仗伞盖等大件舞台布景道具，又被称作长箱。“唐人相扑装束”除两柄团扇和薦（按，剧情中用到的一种草编马甲）外，主要是把子箱所包括的大型道具，如鋅（类似于戟的一种兵器），如长柄团扇（类似于京剧中的长柄宫扇），如红纱底唐花纹金箔伞盖（与京剧中的云罗伞形制肖似，参见图 3）。19 世纪的中国戏曲经过嘉庆、道光两代宫廷戏曲的改造，道具方面有了显著进步。这一时期出现在日本的《唐人相扑》装束，应为同时代中国戏曲舞台道具大发展的一种见证。

中国的戏曲音乐与唱腔类型密切相关。在清代花雅嬗变这一历史过程中，代表雅部昆曲的笛和琵琶，逐渐为代表花部新戏的胡琴和板鼓所取代。京剧的乐器，则有文场和武场的分类，适应相应的演出需求。“唐人相扑装束”中的喇叭、鼓、铙钹都是典型的武场乐器。另有笙一件，则是昆曲和京剧共通的伴奏乐器。《唐人相扑》的衣服道具体现出武生戏的特点，故而其伴奏乐器也带有武场乐器的痕迹。

如上所示，《唐人相扑》装束与中国戏曲服饰道具有着高度近似性，其与现代京昆服饰的同与不同，或许就是京剧服饰阶段性发展的物质证据。

三 清代中国戏曲的在日传演及其影响

《唐人相扑》装束是江户时代尾张藩宫廷演剧的历史遗留物，见证了19世纪中国业已兴盛的花部武生戏，迂回地进入日本上层社会演剧舞台的历史。这一历史事件发生的前提，是清代戏曲通过各种渠道跨越两重闭关锁国政策而出现在江户时代的日本人眼前。清代中国戏曲在日本的流传和演出，主要有以下两种情况：（一）通过典籍进行传播。（二）通过舞台演出而传播。具体来看，典籍交流是清代中国戏曲在日传播的主要力量，演出则相对罕见。

日本早稻田大学的冈崎由美教授对此曾有解释："江户时代的日本人除了长崎以外几乎没有机会欣赏中国戏曲表演，而且就算有机会看到舞台表演，也很难过'语言'关，那么他们要想了解中国戏曲的故事情节和语言表现，就还得靠戏曲书，即阅读剧本文辞。"① 对于江户时代一般的日本人，听懂汉语并非易事，但汉语书籍的日本适应性则好得多。因为当时日本文化教育，都是以汉文作为标准书面语。换言之，受过教育具有读写能力的日本人，很快就能够阅读中国戏曲剧本。除此之外，典籍相对于戏曲演出所需的戏班，具有携带方便、运输成本低廉、易于通过入境检查等优势，更容易在中日贸易过程中传输。

关于江户时代传入日本的中国戏曲典籍，黄仕忠教授《江户时期

---

① ［日］冈崎由美《江户时代日本翻译的中国戏曲文本——〈水浒记〉〈蜃中楼〉〈琵琶记〉的日译本》，《文化遗产》2014年第4期。

东渡的中国戏曲文献考》一文已有详细论述，此处不再赘述，只简单介绍一二在江户时代进入日本的戏曲名著：王实甫《西厢记》，有日本僧人远山一圭（1795—1832）的《北西厢注释》注释本；[①] 高明《琵琶记》，有《译琵琶记》一种江户末期译本；[②] 李渔的作品，被江户时代的许多通俗文学作家喜爱并模仿，例如山东京传（1761—1861）的小说模仿过《风筝误》桥段，山东京山（1769—1858）的小说标题注明“发端为笠翁风”，石川雅望（1753—1830）的小说模仿过《巧团圆》，曲亭马琴（1767—1848）曾以“衰笠翁”为号，并且曾在小说中借鉴了《玉搔头》。[③] 这些典籍传播使日本知识界对中国戏曲这一新鲜的艺术样式有了基本认识，进而吸收融会，将其纳入本国文学体系，可以说具有开拓之功。

清代中国戏曲在日本演出的情况，较之典籍传播更为少有。尽管《唐人相扑》装束的存在可以初步证明当时曾有可以接触到的中国戏曲搬演，但具体通过何种形式为江户时代的日本人所接受，则又是一个需要探究的问题。据目前的研究，江户时代日本演出的中国戏曲，按演出发生的地点分类，主要有以下两种情况：（一）通过对外口岸长崎观看中国戏曲。（二）通过大城市江户（今东京市）观看中国戏曲。

第一，长崎的中国演剧。为有效管理中国与日本的船舶贸易，江户幕府在通商口岸长崎专门建造“唐人屋敷”，供中国商人集中居住，当时的中国人也称其为“唐馆”，成为当地独特的文化景观。清人汪鹏《袖海编》（乾隆甲申，1764 年）曾描述：“馆内庙前有敬神演剧

① 宋延平《古代中国戏曲在日本的流传及影响》，《东北师大学报》（哲学社会科学版）1995 年第 1 期。

② ［日］冈崎由美《江户时代日本翻译的中国戏曲文本——〈水浒记〉〈蜃中楼〉〈琵琶记〉的日译本》，《文化遗产》2014 年第 4 期。

③ ［日］冈晴夫《李渔的戏曲与歌舞伎》，《文艺研究》1987 年第 4 期。

之事，习梨园者，因其构相公庙。相公之传，自闽人始，旧说为雷海青。”① 可以看到乾隆年间长崎唐馆已有固定的演剧场所和演员组织。日本人在长崎观看中国戏的例子不少，如大田南畝（1749—1823）曾在文化二年（1805 年）于唐人屋敷观剧，其在日记《琼浦杂缀》中特别提到当天戏班用了琵琶、铜锣（铙钹）、鼓、胡琴 4 种乐器伴奏，剧目则有《闻铃》《补缸》《斩子》《和番》等 10 余种。② 这些应是当时清朝盛行的昆曲折子戏和花部戏曲。值得注意的是唐馆之敬神，尤重天后宫（妈祖庙）。《袖海编》称：“有天后宫，规制颇宏，每逢神诞，盛陈供筵，张灯设宴者三日。”其次为土地祠，“土地祠庭宇稍隘，阶下有池，池上有桥，周以粉垣，当唐馆之方面。二月二日诞辰，一如天后宫之例”。③ 而演剧似以土地祠演剧为重，例如上述《琼浦杂缀》所载观剧即在二月二日。近代《长崎名胜图绘》（1931 年）亦说长崎的“唐人踊为古神祠之祭礼酬神，于初春二月举行。二月初二为祭祀日，此前后二三日上演”。④ 从中不难看出清代异国戏曲搬演与演员故乡民间信仰的密切关系。

第二，江户的中国演剧。清代日本不再向中国朝贡，但朝鲜、琉球、越南等藩属国依然奉清朝为宗主，定期遣使。这些国家当中，琉球与日本的地理位置相近，又在政治上受日本支配，成为沟通中国与日本戏曲交流的桥梁。据陈志勇研究，琉球政权当时定期向江户幕府进贡，贡物中包括了中国演剧一项，称为“汉戏”，或称为“唐戏”和“唐跃”。从其保留下来的剧目名称，如《断机教子》《打花鼓》《和番》《朱买臣》等，可以看到清代花部戏曲的影子，“这些剧目与

① 汪鹏《袖海编》，载《丛书集成续编》第 65 册，上海书店出版社 1994 年版，第 892 页。
② 李莉薇《日本江户、明治间上演中国剧史料四则》，《戏曲与俗文学研究》2016 年第 1 期。
③ 汪鹏《袖海编》，载《丛书集成续编》第 65 册，第 891 页。
④ 李莉薇《日本江户、明治间上演中国剧史料四则》，《戏曲与俗文学研究》2016 年第 1 期。

中国本土繁兴的传奇、地方戏比较而言，相对拙劣粗简，但相对‘琉戏’甚至歌舞伎而言，又有着先进文化的优越性，因此对于江户幕府的贵族而言，仍然有着不同寻常且耐人寻味的艺术吸引力”。① 当时有不少身居江户的宫廷画师记录了这一演出形式，例如冲绳县立博物馆收藏的《琉球人座乐并跃之图》，是天保三年（1832 年）熊本藩御用画师杉谷在江户白银邸所绘。德川美术馆收藏的《琉球歌舞图卷》，绘制了“上江户”琉球剧团的 7 个剧目场景。由于贡物的性质，琉球唐跃的影响力似乎只限于江户的社会上层，但这足以说明当时日本对于中国戏曲乃至其类似艺术的浓厚兴趣。《唐人相扑》狂言本身也是例证之一，它同样作为一种模拟的中国剧，在江户上演并为广大民众所知。它的演出记录中，如文化十三年（1816）东京观世大夫“一代能”，就是面向广大观众的能剧表演场合。“一代能”又称“一世一代能”“劝进能”，为历代观世大夫的特权。每代观世大夫可以上演一次“劝进能”，名为替寺庙募捐，演出长达 10 余天，江户的官员平民大率前往观看，其影响力在这些上演于江户的类中国戏里当居首位。此为日本人通过江户观看中国戏曲的例证。

清代的中日戏曲演出交流并不常见，但其影响波及到了江户时代日本的各阶层人士。社会上层凭借其崇高的社会地位，能够较一般人更多地接触外来文化，如长崎官员受邀观看中国戏，江户藩邸的贵族观看琉球唐跃。不但能够接触，而且还凭借雄厚的财力对中国戏曲进行学习模仿，以供娱乐，如《唐人相扑》装束的制作。社会中层如城市知识分子凭借其文化能力，可以通过阅读中国书籍了解戏曲。其中的学者，开始对中国戏曲进行初步的整理和研究。其中的通俗文学作家，则将本为通俗文学的中国戏曲介绍进入日本文坛。社会下层的普通民众虽然不具备特权和知识，却也可以在这种社会氛围中受到自上而下的影响，了解中国戏曲。毕竟演剧是公共活动，不会完全区分阶

---

① 陈志勇《琉球演剧与明清中国戏曲之东渐》，《文艺研究》2014 年第 1 期。

层而是会统合各阶层。以尾张德川家为例，其“入部能”，即新藩主上任在尾张本地举行的庆祝演出，虽然是面向藩主及其大臣的，但也有神官、僧侣、医生参加，普通百姓也可在所谓的“白洲”处观摩。[①] 可以说，清代中国戏曲对于日本的影响虽不太深，却已具备一定的广度，使一般的日本人也能略为知悉“中国戏”的存在。只不过，不同于唐宋时期对中国文化的仰视姿态，江户时代的日本人已经具备充分的文化自信，将中国艺术作为其本国艺术的一种趣味性的补充。从《唐人相扑》剧情里日本相扑手对中国皇帝的戏谑，及其对中国文化专注于外在形式而较少内涵的表现方式，不难看出当时日本对中国的心态转变。应该指出的是，这种停留在器物层面的交流，对于了解中国戏曲文化是远远不够的。

随着欧美列强势力进入亚洲，中国和日本都被迫从天朝的幻梦中苏醒过来以后，中日戏曲交流才真正地步入成熟阶段。明治时代的森槐南（1963－1911）、大正时代的盐谷温（1878－1962）、辻听花（1868－1931）、波多野乾一（1890－1963）是这一时期研究中国戏曲的代表人物。在中国戏曲的演出方面，梅兰芳先生在1919年的访日表演掀起了日本方面的观剧热潮，并被当时的新闻媒体广泛报道。根据本文的研究，可以看到近代日本出现的中国戏曲热并非空穴来风，而是由来有方，是历史的延续和发展。清代中国戏曲在日本的演出和传播活动虽然为数不多，却具有多层面的影响力，由此积累方在近代出现日本研究和观赏中国戏曲的热潮。而江户时代日本在接受中国戏曲时所表现出来的擅长学习和化用的特点，同样适合于今日的国际戏曲传播交流，具有当代启示意义。

（夏心言　中国人民大学文学院博士研究生）

---

① ［日］德川美术馆《德川美术馆藏品抄 9·能面、能装束》附录《尾张德川家と能》，第141页。

戲曲研究

藏族格萨尔史诗：从说唱到戏剧文本书写[①]

曹娅丽

一　格萨尔史诗与藏戏

《格萨尔》与《玛纳斯》《江格尔》并称为中国少数民族的三大英雄史诗。格萨尔是古代藏族人民的一位英雄，亦称格萨尔王，早在

① 本文为国家哲学社会科学基金艺术学项目“藏族格萨尔史诗从说唱到戏剧演变研究”（项目编号：16BB022）阶段性成果。

10 至 11 世纪，他降魔驱害造福藏族人民的传说故事，被称作“仲肯”[①] 的说唱者所传唱，形成口头演述传统，沿袭至今，被后世称为格萨尔英雄史诗。藏族《格萨尔》史诗集说唱、表演于一体，具有诗剧美学特征，演述《格萨尔》史诗故事为内容的格萨尔戏剧，是藏戏的重要组成部分。其表演特征是口头诗人对于格萨尔英雄诗歌的创作，是一种活态即兴创作，它没有文字记载，也没有文本可背诵，说唱者们在表演中进行创造，是比书面文学更为古老的口头传统的产物。

在青海果洛，一个会说格萨尔史诗故事的说唱艺人，在生活中就以说唱和扮演格萨尔为生，说唱格萨尔是他生活的一部分，是他的精神支柱，是他生命的全部。这种说唱形式不仅体现出格萨尔艺人口头创作过程和说唱表演的独特性，而且体现了史诗说唱向戏剧表演形式的转化。这种戏剧表演是格萨尔史诗说唱表演的延续，即由说唱艺人演唱史诗内容，由演员扮演其人物角色，戏剧文本并非创作的演出脚本，而是史诗说唱文本。格萨尔史诗依然是鲜活的口头创作，它所呈现的戏剧艺术样态既承袭了口头叙事表演传统，又具戏剧诗的审美特征。

自 2000 年以来，笔者便开始关注格萨尔史诗文本与戏剧演述之间的文本转化或者说史诗的口头叙事表演特点，也就是说，关注藏族格萨尔史诗从说唱转换为一种新的呈现形式——格萨尔戏剧演述形态。这种戏剧演述沿袭了藏族传统口头叙事史诗中的讲唱都由一人承担多种声音的特点，即在具体表演中由一个说唱艺人扮演各种角色的声音，讲述格萨尔史诗故事，而演员要依据说唱艺人讲述的事件进行戏剧扮演，展示戏剧情境，这是一种由说唱艺人演述史诗的戏剧表演。这种独具特色的艺术形式在青藏高原世代传承着，既延续了格萨

---

① 说唱《格萨尔》的艺人称为“仲肯”，“仲”藏语意为“故事”，“肯”藏语意为“人”。

尔史诗说唱表演，又继承了藏族乐舞羌姆表演程式，它彰显着格萨尔口头叙事表演的艺术魅力，并成为研究藏族格萨尔史诗从说唱到戏剧演变的基石。基于此，通过格萨尔史诗口头叙事中存在的声音、音调、韵律、唱词和表演等诸多因素可关注藏族格萨尔史诗说唱艺术与戏剧演述所产生的诗学效果，可关注口头叙事表演与戏剧文本的书写，可关注静态中动态表演的情境，更可关注格萨尔史诗演述类型及其形态的多样性。由此来看，这种观察与研究是十分有意义的。

首先，从遗产保护方面来看，2006 年《格萨尔》史诗和藏戏入选我国第一批国家级非物质文化遗产名录，2008 年果洛“格萨尔马背藏戏”入选我国第二批国家级非物质文化遗产名录，2009 年《格萨尔》史诗和中国藏戏入选联合国教科文组织公布的“人类非物质文化遗产代表作名录”。这些都充分说明《格萨尔》史诗和藏戏得到了国际社会的普遍重视与高度评价，也说明格萨尔文化本身具有很高的历史文化价值。

其次，从戏剧表演理论研究方面来看，一方面，研究格萨尔史诗从说唱到戏剧演述形态，对于中国少数民族戏剧表演理论的研究，增添了一页新的内容，即戏剧学术界对格萨尔戏剧的研究从无到有，从相对薄弱，到逐渐发展、壮大，从内容的单一性到日趋丰富性和完整性，从大范围的、普遍性的研究转向区域性的、地方性的民族志研究；一方面，从藏族格萨尔史诗说唱到戏剧演变研究，特别是对说唱艺人的创造性研究以及个人传统的传承方式的研究，从对静态文本叙事转向戏剧动态表演和交流过程的研究。

再次，从藏戏剧种的历史发展来看，藏戏自 8 世纪萌芽，11 世纪初步形成，至 14 世纪唐东杰布将仙女舞融入戏剧故事，人物扮演乃至情节铺排，便产生了历史悠久而古老的西藏藏戏、安多藏戏、华热藏戏、康巴藏戏等。其藏戏表演剧目均以藏族八大传统藏戏为主，如《诺桑王传》《智美更登》《白玛文巴》《苏吉尼玛》《卓瓦桑姆》《朗萨雯波》《顿月顿珠》《松赞干布》，其表演程式在不同地区有不同特点，但基本上是遵循着西藏藏戏的表演程式。20 世纪 80 年代发掘的青海果洛、玉树等地的格萨尔戏剧，其表演剧目均以《格萨尔王传》为主要内容，有《英雄诞生》《赛马称王》《天岭卜筮》《十三轶事》《霍岭大战》《阿德拉姆》《姑母回岭》和《达色施财》等。可见，藏戏剧种得到不断挖掘，剧目趋于丰富多彩，表演既独具剧诗特点，又保留着说唱文学输入戏曲的初始形态，其发展清晰可辨。

此外，格萨尔史诗是由民间艺人“仲肯”在藏族群众中广为传唱的说唱艺术。从“仲肯”的生成与成长、表演与程式、表演者心理与社会行为、表演者口头叙事与象征、表演者记忆与传承等方面给予关注，尤其对青海格萨尔说唱者达哇扎巴等个案做一描述，观察说唱艺人达哇扎巴用诗行编织故事，用吟诵来讲述格萨尔这种特殊的表演方法，可看出格萨尔口头叙事表演的程式和艺术结构是一种无意识的吸收、融会贯通过程。长期的田野考察可以发现，格萨尔口头说唱表演者的创作完全使用本民族的诗歌传统要素来构建格萨尔史诗的程式，这些程式包含了说唱内容、礼仪场合、仪式和庆典，呈现出格萨尔史诗的口头叙事说唱形式与戏剧演述特点，以此阐释格萨尔戏剧是从史诗说唱转化到戏剧文本书写的。

二　从艺人说唱形态看戏剧文本的生成

（一）达哇扎巴与才让旺堆的说唱形态

2003 年，笔者在青海果洛观察格萨尔史诗说唱艺人达哇扎巴的表演，试图以此研究格萨尔“仲肯”的说唱表演与文本书写的过程，其表演从一开始，便已经给人这样一个启示：格萨尔的口头叙事，是一种口头创作，实际上所有早期史诗，都是口头的，因此，只有当我们了解了口头叙事表演的过程，才能了解从口头诗歌到戏剧文本的过程。对达哇扎巴的说唱进行考察，从活态史诗创作表演可以获知格萨尔口头叙事的表演行为、修辞、构思、史诗的思想等；从达哇扎巴的史诗说唱中，也就是在一个特定说唱者的持续演唱中，可以获知他的演唱是稳定的，他的创作是原创的或者说是传统的。

笔者在青海果洛采集活态口头表演时，依赖的是整体的格萨尔史诗说唱传统，那里的藏族人讲藏语安多方言，古老的生活方式、民间歌谣、谚语伴随着格萨尔史诗说唱，大量的老人并不识字；年轻人所受教育极少；访问的两个村镇，未见格萨尔书籍流行，也未见文字书写，只在十几个寺院里有格萨尔藏文版本流传。因此，笔者在寺院里获得了藏文版本的格萨尔史诗《赛马称王篇》，因为他们要依赖文本表演格萨尔藏戏。

在考察格萨尔艺人的说唱当中，笔者还在青海找到才让旺堆。在没有被发现时，他在自己的村庄讲述格萨尔故事，在广阔的草原上说唱格萨尔，牧民会着迷地听他讲述。他的讲述是即兴创作的，不是依据文本背诵的，这样的讲述是一种说话行为，并非表演。后来，这种说话行为在社会制度和人们审美诉求的影响下，需要将格萨尔口头叙事展示于社会，那么格萨尔口叙事表演成了一种特殊的语言交流方式，即说唱史诗故事。口头说唱转化为表演，即从将口头文学，转为将口头艺术视作一种行动的方式：尤其是交流的方式的组成部分。表演便成为这一新观念的中心，也就是“部分原因在于它传达了艺术行为与艺术事件的双重意义”①。

（二）说唱艺人的演唱语境

最初，“表演被用作一个一般性的涵盖性术语，指将口头艺术作为行动，作为我们一直怀有兴趣的艺术性口头形式的情境性实践（situated doing）”②。这一用法曾经是——并且依然是——有用的，“因为它将口头文学视为实践，将文本与语境在行动中重新结合了起

① Bauman 1977a；Ben—Amos and Goldstein 1975；Paredes and Bauman 1972.

② ［美］理查德·鲍曼著，杨利慧、安德明译《作为表演的口头艺术》，广西师范大学出社 2008 年版，第 267 页。

来”①。这里的“语境”，“指的是情境性语境，它不仅仅是一则特定的口头文学事象植根于其中的一般性的文化和制度性背景，而是作为一种社会达成的交流性事件（Bauman 1983）”②。但是，“事实很快就明白地显示：将表演仅仅当作对于我们以往用以文类和文本为中心的传统术语所理解的任何口头艺术的实践，并不能很好地增进我们对于口头艺术作为一种独特的言说方式的理解”③。很清楚，我们需要的是将表演自身作为一种特殊的交流方式的观念。为此，笔者花了数年时间来观察以表演为中心的口头叙事传统，的确，史诗说唱可谓一种口头艺术表演，是一种艺术表演行为。

简单地说，运用鲍曼的表演理论来解释格萨尔口头叙事表演这种行为，“其本质在于表演者对观众承担着展示交流能力，它突出了艺术交流进行的方式，而不仅仅是它所指称的内容。因此，在这一意义上谈表演，说话行为本身便被框定为展示，它在一定程度上从其语境背景中被客体化（objectified）、被提取出来（Lifted out），并由观众进行自由而仔细的审查”④。从观众的角度来说，“表演者的表述行为由此公开成为品评的对象，表述行为达成的方式、相关技巧以及表演者对交流能力的展示的有效性等，都将受到品评”⑤。

因此，表演会引起对表达行为以及表演者的特别关注。正如达哇扎巴的格萨尔说唱表演，成为青海玉树、果洛地区格萨尔表演的文化资源，并习惯性地使用具有史诗结构的一套独特的交流手段，同时，格萨尔的特殊的交流方式被固定了，包括特殊的套语，例如“阿拉拉毛唱阿拉……”言说的风格化，如藏语修辞和民歌的韵律、谚语、特殊的符号（比如古老的语言），等等。在青海地区，格萨尔表演可以被理解为对诗性功能的展演，这是口头艺术的本质。但是诗性功能只是同时发生的言说的多种功能中的一种，这多种功能总是同时存在，

①②③④ ［美］理查德·鲍曼著，杨利慧、安德明译《作为表演的口头艺术》，第267页。
⑤ ［美］阿尔伯特·贝茨·洛德著，尹虎彬译《歌手的故事》，中华书局2004年版，第26页。

也就是说，在藏民族的传统文化和信仰系统中，格萨尔的言说行为居于支配地位，那么格萨尔表演也许存在于言说所发挥的多种功能中，如宗教的、伦理的、审美的，甚至具有仪式功能，即凝聚力、惩戒和娱乐功能，也可能从属于其他功能——指称的、修辞的、情感交流的或任何其他的。比如格萨尔说唱者讲述的故事，主要用来宣传格萨尔的英雄事迹，善与恶的斗争，但听者也可能在此之余欣赏说唱者言说的技巧。另一方面，当说唱者在礼仪中吟诵时，表演者以说唱形式为观众展示史诗故事人物的情感发展，是无意识的，而非表演性的。如在人烟稀少草原上讲故事，或者在集会，在放牧时，这些艺人的讲述故事是在特定情感和环境中。如还有些格萨尔说唱艺人突然得病，昏睡几天后突然会讲述格萨尔故事，也就是突破性进入表演，然后稍纵即逝，这些艺人认为是神授予他的才能。有的则天生就会讲故事，在与同伴的谈话中使用一个新鲜而隐秘的词汇以显示自己语言上的高明。他还尽力绘声绘色地讲述，期望自己讲述的技巧和有效性能得到肯定。

因此，对口头形式的展演进行细致的口头文本和语境分析，从形式和功能上揭示了表演与其他交流性框架（报道、翻译）之间的互动以及笔者关注到的口头说唱表演的互动过程是至关重要的。

三　格萨尔史诗口头叙事表演文本

青海果洛藏族自治州位于青海省的东南部，青藏高原腹地，阿尼玛卿雪山脚下。全州海拔均在 4500 米，多山多水，地域辽阔，以黄河的发源地和孕育了《格萨尔王传》英雄史诗而闻名。

笔者在田野调查的时候，因道路崎岖、交通极为不便，已使人感到此地遥远而神秘。据牧民介绍，这里流传着格萨尔英雄的神奇故事，每个村庄都有格萨尔说唱者，他们用心灵赞颂着格萨尔英雄事迹，他们把格萨尔视为战神。

笔者在果洛主要是想考察当地人口头语言的艺术性、故事的构成、事件的发展以及表演。笔者观察在草原上游走吟唱的艺人和在节日聚会上认表演为生的人群。在果洛地区，一般在重要节会期间，都会有相关的宗教活动和与祭山神相伴的娱乐活动，人们聚集在草原上享受格萨尔说唱艺术。

这些说唱中经常出现的一个主要文类是讲述格萨尔英雄史诗故事。在青海藏区，一则格萨尔故事是一段叙事，它带有某些富于创造性的夸大，但还是被当作真事来讲述和接受，其主要内容为格萨尔诞生、赛马称王、地狱救母、霍岭大战等。因为，他们讲述的格萨尔是值得记忆的地方性事件。说唱的一个重要特征是，它叙述的格萨尔故事属于传统的传说，这些故事在别的地方也有发现，但是在果洛却被当地人地方化了。

早在2002年，笔者调查的时候，果洛人说唱格萨尔已经成为他们的记忆文化。2013年8月，笔者在青海果洛考察时，格萨尔史诗已经成为地方文化资源，说唱“仲肯”得到保护。在进行访谈的那个下午，笔者是与果洛州歌舞团那拉塔先生一起工作。他告知笔者，今天正是草原聚会说唱格萨尔的日子，说唱艺人达哇扎巴很会讲述，他是玉树人，他专程来到果洛讲述格萨尔故事。笔者的目标是记录在果洛草原上演唱的例子。在那个下午笔者从他那里录了一则叙事，同时也了解到承担展示故事讲述才能的意愿。首先，正如前面提及的，达哇扎巴讲述的故事细节以及使故事富于逼真性的方法，令人感到惊讶。这里，要通过考察我们所记录的7则文本，也是那天下午的访谈中获得的7则故事。在安排对他的访问时，已经事先说明笔者对那天在草原上讲述的《赛马称王》感兴趣，当开始交谈时，他无法告诉太多答案，因为只要说起格萨尔故事，便激起他的创作欲望，他就很兴奋，很快进入演唱状态。

在访谈中，笔者观察到达哇扎巴双目紧闭、表情、手势、身体语言、嗓音变化、音乐旋律这些细节，由此其表演决定了他的口头文本的独特形态。

《赛马称王》由7个故事构成，一是讲述超同接到假授赛马称王天旨，他召集岭部商定赛马之事；二是总管嘉察派遣珠姆去玛麦地区迎接格萨尔，按照总管的吩咐，珠姆去迎接格萨尔，两人结缘定终身；三是格萨尔赛马需要一匹神马，珠姆在天神、龙神和念神的协助下，获得一匹骏马，并赞颂神驹；四是格萨尔回到岭地准备参赛，珠姆赠送金鞍作祝愿；五是格萨尔秘密身赴赛马会，珠姆观赛评说勇士的赛马事宜；六是格萨尔赛马途中降山妖，战恶魔，败阴谋；七是格萨尔赛马取胜登上王位，岭国上下庆贺格萨尔赛马称王，格萨尔得到赐名。故事是围绕格萨尔赛马称王而结构的，赛马称王这一事件又是围绕叔叔超同的百般阻扰，珠姆帮助格萨尔取胜展开的。

这7个故事浮现在说唱者的脑海里，是一种深刻的记忆。他可以不吃饭，不休息，一气呵成地演述。达哇扎巴说唱故事极其自然，笔者收集到的这种以极其自然的方式演唱的故事，没有人为的打断，说唱者完全进入故事当中。选取达哇扎巴演唱的一段超同的内心世界的描述，就可以看出史诗的长度、停顿及其创作的特点。例如："玉鸟宝马必取胜。休得怀疑不相信！赛马决定跑速时，对我说的这预言！君子希望寄天神，中等男子靠头领，下等庸人把妻依，听懂歌儿记心上！犹如太阳照当空，安乐清闲自来临，如水低流必倒运。不懂预言不重唱!"达哇扎巴的歌唱显示了藏语的韵律之美，语调或高亢或婉转，语气舒缓流畅，表演极富美感。藏语具有音乐性，说话就像歌唱一样，有调式、音阶、旋律等音乐特征，其中不同的诗行、不同的人物、不同的段落均有不同的音乐曲调，可以说是单声部旋律语言的诗剧表演。格萨尔诗人正是通过诗歌与音乐的结合，以口头创作、即兴演唱的活态的口头叙事形式进行传播的。大约11到13世纪，《格萨尔》史诗民间艺人"仲肯"依据神话传说，以口头诗歌形式艺术性地展示部族的英雄事迹，在展示的过程中不断创作，使《格萨尔》成为一部在群众中广泛流传的口头创作长篇英雄史诗。从达哇扎巴的演唱中可以看出，它是一种特殊的故事说唱，散文、韵文交替进行，讲、唱有机结合，形式、手段丰富灵活，说、念、诵、唱俱备，说唱起来生动有趣。后来其说唱性文体受到佛教讲唱文学的影响而有所发展，除独白和对话是适宜歌唱的韵文外，部分故事情节的叙述也改为可歌唱的韵文。即是说，史诗通常与音乐紧密结合，诗歌成为音乐的载体，诗歌的繁荣带动音乐文化的发展，在格萨尔史诗的吟唱中，藏族音乐得到发展，即说唱音乐的形成，有时史诗演唱会用一些简单乐器伴奏来抒情叙事，为后来戏剧艺术形式的形成奠定了基础。

通过对格萨尔史诗说唱艺人的考察，笔者不仅了解到活态民间史诗的表演程式，也看到了说唱者富有活力的创作过程，由此可知口头文本的独特的本质，即表演中的创作。但是，值得思考的是，当研究者将口头叙事文本转写为书写文本时，口头传统是否将会失去即兴创作的独特性，将会失去原来的面貌？对于口头文本与书写文本之间如何转化的问题，笔者关注已久。

四　口头叙事说唱传统与戏剧文本的书写

在青藏高原，早在400年前就有史诗说唱者在艺术地演唱格萨尔史诗，或者说远在文字出现之前格萨尔史诗就已经很成熟了。格萨尔叙事诗歌成为一种完整的艺术和文学的媒介，并不曾需要笔和墨。即使是那些创作叙事诗歌的天才，他们也不需要文字书写而获得说唱表演的才能。当史诗通过录音整理成文字得以传播时，史诗说唱者包括那些最出色的说唱者，他们依然在创造一部部史诗故事。然而，史诗的整理或者说书写最终还是伴随其说唱者的口头创作而形成叙事文本。因此，这种史诗说唱者的口头创作成为戏剧表演文本，包括故事、说唱形式、角色扮演、音乐唱腔，并不是戏剧文本的创作，而是史诗演述的延续。这种创作文本的书写是独特的、活态的、多样的，有着特殊的属性，可以说是一种史诗剧，即用戏剧演述史诗故事。

对于口头叙事说唱传统文本的书写的讨论与考察[1]，可看出戏剧故事与文本诗行是“仲肯”口头创作的成就。实际上，在藏族民歌、叙事诗、长歌、抒情故事中的诗歌、藏戏中的诗歌以及文人学者的诗作中被广泛采用，成为藏族诗歌中最流行、最为重要的格律。史诗运用诗歌和散文、吟唱和道白相结合的方式将现实生活中的故事、神话、诗歌、寓言、谚语、格言等融为一体，成为藏族民间文化的集成。

首先，签于民间叙事表演（performance）及语境（context）对口头叙事的影响，应对其充分关注，并以此作为口头文本书写研究的切入点。格萨尔史诗说唱者在不同环境下说唱会有不同效果，即说唱环境会点燃他的想象力，那么他的说唱便会更清楚更带有修饰性，而且凭借着想象力演唱时的诗行持续一贯的节奏。如才让旺堆、达哇扎巴，属于训练有素又非常聪明的演唱者，他们进入演出时，唱出的诗句如同背诵的诗行。他们的演唱更多是即兴创作。因此，在说唱者的演唱形式之下，说唱者会凭借传统的模式进行演唱。他不是在追求完美，而是追求传统的诗行；他努力在保持传统，而不是背离传统。

其次，不能以为口述过程可以使说唱者获得自由，以全新的诗学的章法来构建诗行。因为，说唱者已经习惯了快速调动灵感和进行创作，或者以自己的表演方式进行演唱，如达哇扎巴，他一旦进入演唱谁也控制不了，显然，说唱者不是因为要录音记录而提前计划好自己的诗行，而是一种即兴创作，即“表演中的创作”（composition in performance）该命题是口头诗学的核心，正如洛德所言，“一部口头诗歌不是为了表演，而是以表演的形式进行创作的”，“表演和创作是同一行为的两个方面”，“对口头诗人而言，创作的那一刻就是表演”[2]。这一过程是笔者在严格的田野调查中清晰地观察到的。

---

① 参见本文附录笔者于 2014 年 4 月 21 日对格学专家角巴东主的访谈。

② ［美］约翰·迈尔斯·弗里著，朝戈金译《口头诗学：帕里—洛德理论》，社会科学文献出版社 2000 年版，第 23 页。

再次，格萨尔史诗由口头走向书面是忠实地记录抑或经过了地方精英的修改。对口头诗人的观察可见，口头文本经过书写依然保存了大量程式化表达的痕迹，其书写文本的性质以及其中蕴涵的诗学传统，接近口头表演的原生状态。值得指出的是，这种书写是要十分谨慎的，否则会使文本失去口头文本的原来面目。正如民俗学学者巴莫曲布嫫所言："口头叙事传统事象在被文本化的过程中，经过搜集、整理、翻译、出版的一系列工作流程，出现了以参与者主观价值评判和解析观照为主导倾向的文本制作格式，因而在从演述到文字的转换过程中，民间真实的、鲜活的口头文学传统在非本土化或去本土化的过程中发生了种种游离本土口头传统的偏颇，被固定为一个既不符合其历史文化语境与口头艺术本真，又不符合学科所要求的'忠实记录'原则的书面化文本。而这样的格式化文本，由于接受了民间叙事传统之外并违背了口承传统法则的一系列'指令'，所以掺杂了参与者大量的移植、改编、删减、拼接、错置等并不妥当的操作手段，致使后来的学术阐释，发生了更深程度的文本误读。"①

因此，田野工作的成果必须经由后期的整理工作才能体现出来，而整理工作除了要避免上述格式化、政治化、文学化等倾向外，还需借鉴某些相对成熟的范式，而民族志诗学就是可以援引的理论之一。民族志诗学主要的学术追求"不仅仅是为了分析和阐释口头文本，而且也为了使它们在经由文字的转写和翻译之后仍然能直接展示和把握口头表演的艺术性，即在书面写定的口头文本中完整地再现文本所具有的表演特性"。② 为此，不仅需要忠实地翻译口头文本，而且需要设计出一套新的符号系统和标记方式，将文本、本文和语境等同时记录下来，最终达成完全翻译的目的。

综上所述，格萨尔口头叙事表演的诗学建构是非常有特色的，具

---

① 巴莫曲布嫫《叙事语境与演述场域——以诺苏彝族的口头论辩和史诗传统为例》，《文学评论》2004 年第 1 期。

② 杨利慧《民族志诗学的理论与实践》，《北京师范大学学报》2004 年第 6 期。

体而言就是叙事表演程式，包括语词程式、句法程式和韵律节奏程式。这些程式在史诗中的存在，而且是反复出现，构建了文本风貌和文体特征。格萨尔的书写文本仍在极大程度上遵循和保存着口头传统，而且基本是对口头吟唱的忠实记录。

应该强调的是，口述文本固定过程中，书写本身对口头传承并无什么影响，不过是记录的一种手段。由此而获得的文本便有很特别的感觉。这些文本并不是正常的表演文本，然而它们又是地道的口头的——口头技法。它们比一般的表演文本更好。那么，当格萨尔口头叙事表演传统呈现为戏剧或者说乐舞表演形式时，经过了史诗口头叙事文本转化为戏剧表演口头文本的过程，这个过程实际上是口头传统与书面文本之间的关系，即是说不再是简单地从口头传播到文字记录的单向过程，而是地道的口头文本，且直接由说唱艺人演唱，由演员扮演故事中人物形象。这将是关注格萨尔史诗从说唱到戏剧演变的一个十分有意义的问题。

（曹娅丽　南京旅游职业学院教授）

附录：对角巴东主[①]的访谈（2014 年 4 月 21 日）

笔者：角巴东主教授，你何时开始研究格萨尔说唱表演的？

角巴东主：我是从 1983 年开始挖掘整理格萨尔口头表演的。《格萨尔》在民间流传的版本一般都是藏文本，包括在国外流传的版本，都是一部纯粹的口头叙事表演文本。早在 20 世纪 80 年代初期，我们在普查整理发掘格萨尔史诗时，在西藏发现了格萨尔藏族说唱者才让旺堆，并将其收编为青海省格萨尔研究所在职人员，成为在编说唱艺人，为研究所整理格萨尔口头文本与书写文本获得了活态资料。此外，还有一些年轻的格萨尔艺人。在记录过程中，不同艺人的演唱有

① 角巴东主，藏族，60 岁，青海海南同德人，青海省《格萨尔》研究所原所长、青海省《格萨尔》学会会长。

着各自的风格，如地域性的差异，语言修辞、韵律节奏不同，就是演唱同一故事，在演唱中，甚至篇章结构上也不一致。

笔者：具体表现为哪些方面？

角巴东主：一是说唱者所具备的能力各不相同，如对于掌握词汇、词语的丰富性，运用的能力等，每个说唱者都有着自己的能力；二是表演风格不同，有神授的，由神引导说唱者讲述时的心理不同，讲述风格就不同，如故事结构、细节、人物刻画等；三是流传范围不同，讲述风格也不同，这是因为不同地域民族语言的不同，演唱风格各异。

笔者：您怎样获得精确的书写文本？格萨尔说唱者的演唱方式是一种特殊的行为，如神灵附体，处于癫狂状态才能进行演唱，如果没有进入说唱的状态，说唱者便不可能像平时那样将词语排列到一起，演唱的语气、语调、节奏也是不同的。一般来说，说唱者能够很快地从意义到意义，从主题到主题地向前推进。可是，现在他却要不时地停下来，让记录者记下他说过的话，每唱一行或每唱半行都要这样来一下。这样做让说唱者很为难，因为他的思维总是走在前面的。

角巴东主：我们是让他讲述完整的故事，如果停下来或者让他稍加休息，也不会影响他的说唱，他会继续，并能很好地连接故事，我们通过录音，整理记录。这是一种特殊表演的记录，一种在非同寻常的环境之下的指令性的表演的记录。这就是许多地方许多史诗说唱者从最初的记录文本到现在的记录文本的经验。虽然这种记录文本是书面的，它仍然是口头的。如才让旺堆说唱的《霍岭大战》这部作品，才让旺堆既是说唱者又是它的创作者，他说唱的故事就是在瞬间创作出来的，而且它是唯一的。因此，书面文本是由才让旺堆说唱的叙事诗歌和讲述的故事构成的。1985 年在青海果洛，我曾听到过这样的演唱。我们就曾经用这种方法成功地记录了史诗文本。有时候说唱者自己重复一遍演唱的诗行，不用别人帮助，但这只是原来依靠两人进行演唱的一个变种。假如诗行过长或演唱过快，则不适用于这种方法。还有另一种情况，即那位演唱者并非一字不差地重复诗行，而是用不同的词语重复意义，或添加其他的意义，这就像才让旺堆的演唱的情形一样。

笔者：文本的记录和书写，会不会使说唱者失去创造性，而民间流传则有说不完的格萨尔，唱不完的格萨尔，那么，有了藏汉文书面文本，会不会意味着格萨尔故事说完了。

角巴东主：格萨尔的确说不完也唱不完，如才让旺堆在20世纪80年代会唱120多部格萨尔故事，当这些故事被记录书写后，10年过后，他又唱出了《董氏寓言授记》，这部故事在《格萨尔》史诗中是独有的、唯一的，是创新之作。此故事是讲述格萨尔家族的形成，儿子、妃子的故事，与以往出现的格萨尔故事不同，从来没有这种说唱本。还有《阿达鹿宗》也是才让旺堆独一无二的作品，其他说唱者没有说唱过，国内也没有口头和书面流传本。现在由青海省文联格萨尔研究所龙仁青先生在整理翻译。如此可证明，格萨尔故事具有创造性，是唱不完说不完的。

笔者：格萨尔史诗是韵散结合，诗行点缀着散句，或者相反。在歌的开头部分一般是散句，便于说唱者诵唱，在节奏上、程式化风格上较为规则，韵文句式短小，演唱形式上韵律性很强。录音记录时，可记录节奏、语气、语调、停顿等，但翻译成文字本时是无法标注演唱者说唱节奏、语气、语调、停顿的。如《赛马称王》，格萨尔部族总管王深知，要迎接角如（格萨尔小时的昵称），非珠牡前去不可。于是，对嘉擦和丹玛两位英雄说道："这次去玛麦迎接神子角如，本来我和角如的父亲僧伦谁都可以去，但按照神灵的预言，将来打开角如缘起事业大门的钥匙，乃是珠牡，所以非得她去不可。你二人要亲自到嘉洛的上牧场，告诉珠牡，让她一定要去把角如迎回来！并把当年角如为何被驱赶到玛麦地方的情况说清楚。总之，要想尽办法让她去。"按照总管王的吩咐，奔巴·嘉擦协嘎与丹玛二人立即来到嘉洛家中，向嘉洛顿巴详细地交代了需要珠牡去迎接角如的道理，最后嘉擦用善品六变调唱歌道："阿拉拉毛唱阿拉，祈请佛法僧三宝，此乃嘉洛家牧场，我是小支牟氏子，自从出生到现在，打击敌人像链子。正在商议赛马事。"

角巴东主：显而易见的是，要让说唱者背诵史诗，并在每个诗行的末尾停顿时，他开始时还不清楚在何处停顿，也不清楚一行诗中有多少个音节。因此，他常常以散文的形式讲述出一个句子。

笔者：当然，他最终是在讲述故事。就诗的形式而言，为记录而背诵的故事和口述并由抄写员记录且不讲究诗行节奏的歌其实是相同的。

角巴东主：这些故事看上去特别像藏族道歌文本。这些文本充满了藏族古民歌的格律。格萨尔史诗诗句都由7音节组成，7音节又组成3种典型的长短格韵律。例如才让旺堆演唱的《霍岭大战》，描述霍尔国三王兴兵去抢岭国格萨尔的王妃珠牡时，是因为霍尔国白帐王派霍尔国四乌去遍寻天下美女，乌鸦给他带回了消息，唱出了这样一句诗："美丽的姑娘在岭国，她往前一步能值百匹骏马，她后退一步价值百头肥羊；冬天她比太阳暖，夏天她比月亮凉；遍身芳香赛花朵。蜜蜂成群绕身旁；人间美女虽无数，只有她才配大王；格萨尔大王去北方，如今她正守空房。"这些诗行韵律性很强。《格萨尔王传》中，还保留着各种各样、为数众多的赞词，如："酒赞""山赞""茶赞""马赞""刀剑赞""衣赞""盔甲赞"，等等，著名的"酒赞"是这样的："我手中端的这碗酒，要说历史有来头。碧玉蓝天九霄中，青色玉龙震天吼。电光闪闪红光耀，丝丝细雨甘露流。用这洁净甘露精，大地人间酿美酒。要酿美酒先种粮，满库满仓青稞粮。青稞煮酒满心喜。"值得指出的是，《格萨尔王传》还是民间文学素材的摇篮，它的许多内容取自民歌、神话及故事，反过来，也成为后世文学艺术创作采集素材、借取题材的丰盛园地。如后来发展变化的民间歌舞许多曲调均取自《格萨尔王传》，有些歌调就是直接歌颂格萨尔夫妇的。再如题材丰富的神话传说和民间故事，也取材于《格萨尔王传》，著名的《七兄弟的故事》就是将七兄弟为人们盖楼房的故事与格萨尔王的故事交织在一处，浑然一体，相映成趣。再如为数众多、独具特色的绘画与雕塑也以《格萨尔王传》的故事情节为依据，绘成壁画，或将格萨尔当做护法神，雕塑其身加以供奉。《格萨尔王传》采用散文与诗歌相结合的文体，其中的诗歌部分，在藏族文学发展史中的诗歌史上，起着承前启后、沟通古今的作用，它表现在意识形态、修辞手法上，特别突出地表现在诗歌格律上。它不仅继承了吐蕃时代诗歌的多段回环的格局，而且突破了吐蕃时期的六字音偈句，成为八字音偈句。这种多段回环体的诗歌格律，在11世纪前后基本形成并固定下来，直到现在也没有大的变化。

戏曲研究

傣剧与德宏傣族的文化记忆[①]

刘佳云

傣剧是流行于云南德宏傣族景颇族自治州傣族地区的少数民族戏曲剧种，是在德宏傣族民间文化艺术土壤中产生、在汉族戏曲文化的影响下发展而成的综合性艺术形式，秉承着中国传统戏曲“以歌舞演故事”的共同特征，凝聚着傣民族诗、歌、舞、乐等民间艺术精华，形成了说傣话、唱傣歌、跳傣舞、演绎傣族故事的独特艺术个性和风格特点，反映了德宏傣族的历史文化、情感表达和审美观念，成为他们表达自身精神诉求和文化记忆的特殊载体，是傣族文化的典型代表

① 本文为国家社科基金艺术学西部项目“云南少数民族剧种传承与发展研究”（项目编号：15EB170）、云南省哲学社会科学研究基地重点课题“云南四大少数民族剧种传承与发展研究”（项目编号：JD2014ZD17）阶段性成果。

和重要标志，也是云南四大少数民族剧种之一。本文在大量文献搜集与田野调查的基础上，将结合文化记忆理论对德宏傣剧作为记忆载体的基本构成、记忆什么、如何记忆等内容进行探讨，以期深化对傣剧及其文化记忆功能的理解。

一 文化记忆理论与戏剧

记忆是人类的本能和天赋。学术领域的“记忆”一词原为心理学范畴的研究术语。20 世纪 80 年代以来，集体记忆、社会记忆与文化记忆理论相继出现，成为文学、社会学、民族学、人类学等学科的关注热点。

20 世纪 90 年代，德国学者扬·阿斯曼（Jan Assmann）与阿莱达·阿斯曼（Alcida Assmann）夫妇提出了文化记忆理论，该理论继承了法国社会学家莫里斯·哈布瓦赫（Maurice Halbwachs）集体记忆理论和美国学者保罗·康纳顿（Paul Connerton）社会记忆理论的社会与文化取向，是对集体记忆与社会记忆理论的继承和超越。扬·阿斯曼认为，“所谓文化记忆就是由特定的社会机构借助文字、图画、纪念碑、节日、仪式等形式创建的记忆”[①]。这种记忆是由一个社会建构起来的历时的身份，“涉及的是对一个社会或时代至关重要的关于过去的信息，这段过去构成了该社会或时代的集体记忆”[②]，人们通过不同的形式重温这些记忆，确认并强化自己的身份认同。阿斯曼还认为，每个文化体系中都存在着一种“凝聚性结构”：“在时间层面上，它把过去和现在连接在一起，其方式便是把过去的重要事件和对它们的回忆以某一形式固定和保存下来并不断使其重现以获得现实意义；在社会层面上，它包含了共同的价值体系和行为准则，而这些对

---

①② ［德］扬·阿斯曼著，金寿福、黄晓晨译《文化记忆：早期高级文化中的文字、回忆和政治身份》，北京大学出版社 2015 年版，第 370 页。

所有成员都具有约束力的东西是从对共同的过去的记忆和回忆中剥离出来的[①]。”

在文化记忆理论著作中，关于戏剧及戏剧场景内容占据着显著位置。扬·阿斯曼在《文化记忆：早期高级文化中的文字、回忆和政治身份》的“导论”中，开篇就描述了《圣经》的《摩西五经》中出现过的四次要求将仪式和律法意义教授给子孙后代的戏剧场景，而后指出：“我们所研究的三个问题在这一小幕戏剧中得到了展现：关于与‘我们’‘你们’和‘我’相关的身份认同问题……”[②] 阿莱达·阿斯曼在《回忆空间：文化记忆的形式和变迁》中，用整整一个篇章即第三章《莎士比亚历史剧中的回忆之争》，通过对莎士比亚历史剧的相似处境的论述，解答20世纪80年代以来欧洲人关于回忆和身份认同的困惑。她为我们揭示了：我们以为历史书写是为了保存记忆，事实上，被保存的记忆的另一面是那些被放弃、掩盖和篡改的记忆。“莎士比亚用他的历史剧使自己成为创建一个新的国家神话的合作生产者。”[③] 这些论述让我们认识到：戏剧这种艺术形式，通过身体及语言的雕琢和艺术形式的表达，将历史事件或社会现实浓缩成一场故事，从而达到强化族群或集体文化记忆和身份认同的目的，具有“凝聚性结构”的特质。

二　傣剧——作为傣族文化记忆的特殊载体

对于戏剧而言，剧本创作和演出是构成戏剧创作的重要环节。作为一种记忆载体，傣剧是由剧本和演出两方面构成的。由傣文写成的

---

① 黄晓晨《文化记忆》，《国外理论动态》2006年第6期。

② ［德］扬·阿斯曼著，金寿福、黄晓晨译《文化记忆：早期高级文化中的文字、回忆和政治身份》，第5页。

③ ［德］阿莱达·阿斯曼著，潘璐译《回忆空间：文化记忆的形式和变迁》，北京大学出版社2016年版，第81页。

傣剧剧本，成为保存傣族文化记忆的重要媒介；同时，作为戏曲艺术，傣剧的语言、声腔和表演，共同构成了傣剧这一特殊记忆载体。

（一）剧本——傣族文化的重要叙事文本

按照阿斯曼的理论，文字是文化记忆的重要媒介和方式。就傣剧而言，用傣文创作的傣剧剧本是傣剧演出的基础，也是傣剧剧本文学创作的“经典”，虽然作为戏剧的“创作”不免带有虚构性，但其中包含的丰富傣族文化史信息，向傣族内部成员传递着记忆信息，构建了傣剧“文本”的叙事体系。

用傣文创作的傣剧剧本具有高度的文学性，是剧本文学创作的经典。多采用傣族长诗中比喻、夸张、对比、形容、烘托等文学手法及个性化语言来抒情叙事、写景喻人，塑造人物形象。如根据傣族著名叙事长诗改编的同名傣剧《娥并与桑洛》，一开场就采用具有赞美提示作用的“序曲”，其中精巧的比喻使剧情风趣诱人，增强了故事内容的吸引力和感染力。唱段如下：

我要把这古老的故事，
像红烛一样来点亮，
让她的光芒射到四方。
静静地听吧，
年轻的姑娘和小伙子们，
请把我的歌声牢牢地记在心上。
娥并与桑洛纯贞的爱情，
像闪光的宝石。
我的歌声啊，
像含苞的鲜花，
让这浓郁的花香，
随着风四处飘扬，

飘进人们的心房……①

文化记忆多经过权威机构或权威人士的整理创作，使之成为典范。傣剧剧本高度的文学性与其形成和发展路径有关。傣剧形成之初是在傣族精英阶层中流行并传播开来的。最初从事傣剧剧本创作的人，都是傣族精英阶层中的知识分子，他们在傣族社会享有很高的社会地位，并且当歌手可以成为谋生的手段，这就促使知识阶层职业化并成为傣族文学创作的主力军。知识阶层的介入，使傣剧从形成初始就具有很强的文学性，这一特点一直延续至今。

在传统傣剧表演中，傣文剧本即“文本”通过“幕整（傣语戏师）”的口头传递，经由演员的念诵和艺术表达，在向观众表演故事情节的同时，也传递着族群的文化记忆。“幕整”是傣剧演出的关键性、灵魂性人物。演出时要在舞台靠后的位置为“幕整”专设一桌一椅，为表演者提示唱词、动作、台位等。演员在台上候场时，“幕整”根据傣文剧本来提词，得到提示后的演员在锣鼓声的烘托下，朝舞台前方走三步向观众演唱，唱毕蹉步转身向内走三步，再转身，回到“幕整”身边候场，听取下一段唱词提示，形成了傣剧特有的“进三步，退三步”表演程式。

早期的傣剧剧本是由傣族知识精英创作的傣文经典“文本”，这些“文本”以傣剧剧本的形式固定并保留下来，在表演过程中经过“幕整”的提示和演员的表演被不断传承，也向傣族民众传递着族群的文化记忆。

（二）语言——族群重要的记忆传承媒介

对于戏曲而言，语言和唱腔是构成剧种的主要因素，是区分不同剧种的重要标志。语言是人类传递信息、交流思想最重要的交际工具，是人类保存认识成果的重要载体。对于民族而言，语言是民族构

---

① 《娥并与桑洛》，载云南省民族艺术研究所戏研室《云南民族戏剧剧目汇编》，1984年，内部出版。

成最基本、最显著的特征之一，“在很大程度上，构成民族的也正是语言”①。民族语言是民族文化的重要标志，也是民族感情、民族身份和心理认同的重要基础。

不同于彝剧的“汉语彝音”、白剧的“汉语白音”，傣剧表演使用德宏傣语，即傣那方言，属汉藏语系壮侗语族壮傣语支。这是傣剧民族性的重要标志。

傣剧产生于德宏傣族丰厚民间音乐、舞蹈、说唱、民间文学等艺术形式基础上，在形成和发展的过程中，傣语不仅具有使傣剧成为一个独立民族剧种的重要特征，也是傣剧创作、生存的基础和前提。傣语是一种拼音语言，一个音节往往不能代表一个单独的意思，须将一个词中的几个音节连续唱完，整句唱词的意思才能明确；表现在唱腔曲调上，通常都是以一个音节为一个节拍单位；这样，在划分小节的时候，就会常常出现偶数拍子和奇数拍子的交替。此外，傣语语言的音调变化比较复杂，德宏傣语声调分为中平调、高平调、低平调、中降调、高降调、中升调等六个声调。同样一个音，由于高低抑扬不同，其意思也相异，因此唱腔的旋律必须严格遵守语言声调起伏的规律，以腔就字、依字行腔，否则字音就不容易听清，甚至让人误解。傣剧唱词声调旋律的高低走向与声调的高低大致吻合。

傣剧剧本的文学性决定了其语言的文学性。傣剧唱词多使用比喻、夸张、形容等手法，以景喻物，以物喻情，具有高度的文学性，加之傣剧唱词的节奏和韵律，构成了诗化的傣剧语言。在傣剧表演中，傣语除具有构成戏剧冲突、衔接戏剧情节、塑造人物形象、表达人物情感等舞台艺术功能外，在表达方式、语音声腔方面，相互协调，共同作用，成为传递和延续傣族文化记忆的重要媒介。

（三）唱腔——族群记忆的重要符号

“腔”或“声腔”，原指“字腔”或字的“声腔”，即字的读音

① ［瑞士］费尔迪南·德·索绪尔著，张绍杰译《普通语言学教程》，商务印书馆1980年版，第43页。

（声、韵、调），后引申为戏曲的声腔——唱腔[1]，成为戏曲专用术语，体现了戏曲音乐和语音之间唇齿相依的密切关系。作为傣民族特有的戏曲形式，傣剧的语言、声腔相融，无论是剧本创作、音乐创作或演唱，字、腔相倚，两者关系特殊而密切。

傣剧的唱腔以德宏傣族民歌演变而成的“戏调”（傣语称“喊整”）为主，属曲牌体结构。傣剧唱腔源自当地傣族民间音乐，并不断演变、发展，逐渐形成了以“戏调”为主，以当地傣族民歌为辅，基本曲调和辅助曲调相结合的唱腔音乐结构体制。长期以来，“戏调”一直在傣剧唱腔中居于主导地位，属于傣剧唱腔中的基本腔调，在表现人物性格、表达人物情感、塑造人物形象等方面，发挥着重要的功能和作用。“戏调”由“男腔”（傣语称“喊混”）和“女腔”（傣语称“喊朗”）两支基本曲调构成，后吸收了当地民歌曲调作为辅助唱腔。在表演中，通常一个剧目以“戏调”贯穿全剧，即一腔到底，民歌仅间插其中。傣剧“戏调”具有广泛的适应性，通常按“一曲多变”的规律，由演唱者根据不同剧情、人物即兴发挥；民歌则按特定的情绪、气氛及人物性格，或原曲选用，或适当改编，有的已脱离民歌原有形态，逐步戏剧化。[2] 傣剧音乐则借鉴吸收了汉族戏曲音乐的板式变化、曲牌联套等手法，以增强傣剧唱腔的戏剧性和表现力。

傣剧的声腔是从德宏傣族民间音乐文化土壤中提炼、发展而成的，熟悉的音符、曲调，耳熟能详的声腔，不仅成为傣族身份和族群认同的重要标志，还使人们联想到傣族柔美抒情的音乐文化和浓浓的乡土情结，成为德宏傣族族群记忆的重要元素和标志。

（四）傣剧表演——族群记忆的重要标志

傣剧的表演沿袭了傣族文化中独具特色的标志和象征，不仅强化了剧种的民族性特征，也使傣剧成为傣族族群认同的重要标志。

① 参见季国平《方言、声腔与戏曲新剧目创作》，《艺术评论》2013 年第 5 期。
② 参见李悦《傣族的历史文化与戏剧艺术》，《文史知识》2010 年第 10 期。

孔雀是傣族民众心中的"圣鸟"，是幸福、吉祥、美好的象征。生活中，傣家小院的房前屋后，总能看到孔雀与他们的生活相伴。在傣族民间艺术中，人们通过孔雀来表达他们的美好理想和愿望。在著名的叙事长诗《召树屯》及由此改编的电影《孔雀公主》中，孔雀公主美丽、纯洁、善良的形象家喻户晓。入选国家级非物质文化遗产名录的孔雀舞，是傣族人们最喜爱的民间舞蹈，以其优美、细腻、轻盈的风格在傣族民间广为流传。20 世纪 80 年代，舞蹈家杨丽萍精心提炼创作的代表作《雀之灵》，把民间孔雀舞婀娜、灵动、唯美的舞动和造型表现得淋漓尽致，成为 20 世纪舞蹈作品的经典。孔雀已成为傣族的标志和象征，在艺术作品或傣族地区的标志性建筑、装饰及服饰中经常出现。

傣剧表演中的很多身段都与孔雀有关。傣剧表演中的"孔雀眼手"是以拇指和食指相捏，成"孔雀眼"形，其余三指自然伸开，似孔雀头顶倒竖羽毛的一种手势，因形象地再现孔雀美丽的头部与炯炯眼神，故而得名①。"三道弯身法"指手弯、肘弯、臂弯及脚弯、踝弯、腿弯，原为傣族民间舞蹈动作，与孔雀眼手势相配，体现孔雀形态。"孔雀身法"模拟静立的孔雀形态，右腿微弯，左脚尖着地，右手向上成三道弯；掌心向上，与大指成垂直状；左手于胸前掌心向外，多用于亮相或舞蹈旋转，是孔雀拟人化且具有鲜明特征的身段。"孔雀碎步"是从傣族民间孔雀舞直接吸收而成的一种圆场步。其他如"拜佛手""大鹏鸟身法"等身段，是傣族歌舞、武术、礼仪等程式化的结果。

从记忆理论来看，傣剧作为一种特殊的记忆载体，是由"文本"形式即用傣文书写的傣剧剧本和傣剧表演共同构成的。来自傣族知识精英创作的傣剧"文本"，不仅具有高度的文学性，更具有"文本化""经典化"和权威性；用身体实践——即傣语、声腔和表演等构成的

---

① 参见《中国戏曲志·云南卷》，中国 ISBN 中心 1994 年版，第 351 页。

生动形象的舞台表演，共同记录和传递着傣民族的历史与文化记忆，同时，也传承着傣剧这一独特的民族艺术形式。

三　记忆什么——族群记忆的建构

傣剧剧目主要有三种来源：一是改编、移植汉族戏曲剧目；二是由傣族叙事长诗、民间传说及佛经故事改编的傣族传统剧目；三是来源于生活的现实题材作品。这些剧目构成了族群集体记忆的内容。集体记忆是“一个特定社会群体之成员共享往事的过程和结果”①，其本质是“立足于现在而对过去的一种建构”②。对于傣剧而言，剧作者通过作品的故事情节、人物形象和思想精髓，来建构族群对人物、事件或时代的共同记忆。这种以特殊内容和载体所构成的文化记忆，建构了德宏傣族所认可的地方性知识体系。

（一）改编汉族传统剧目——族群记忆的重构

傣剧的形成和发展，从形式到内容都是对汉族戏曲的学习、模仿和借鉴过程，也是将汉族剧目傣族化的过程。改编、移植的汉族传统剧目，多取材于中国古典名著，剧作者将剧目从形式到内容傣族化，按照符合傣民族习惯的审美方式，重构傣民族共同的文化记忆，这是傣剧改编、移植汉族传统剧目的共性特征。

表演形式与风格的傣族化。傣剧的演出全用傣语，改编的汉族传统剧目，语言的使用多改成傣族群众容易接受的语言风格和唱词结构；唱词和念白吸收了傣族诗歌以景或物喻情的手法，来揭示人物的内心世界；在人物的处理上，傣剧艺人善于把汉族剧目中的人物形象傣族化，如薛刚、罗通等人物形象，在傣剧中变成了傣族人民熟悉的古代英雄“阿銮”；其他人物形象如《陶禾生》中的男主人公陶禾生，

①② ［法］莫里斯·哈布瓦赫著，毕然、郭金华译《论集体记忆》，上海人民出版社2002年版，第335页、第59页。

其原型是《聊斋》中的汉族书生，女主人公乔金英是汉族古代员外家的小姐，但在剧中，他俩却变成地地道道的傣族男女青年，穿傣装，说傣话，唱傣歌，连表达爱情的方式也是傣族化的。此外，还把剧中一些人物改为傣族熟悉的称谓，如将国王称为贺相、贺罕，王后称朗滴玉、朗相，王子称满洒等。

思想感情与剧情的傣族化。思想感情是表现剧作主题思想的重要因素，改编剧目表达的是傣族人民的情感和愿望。对于剧情的处理、加工和再创作，改编者多增加本民族传统文化成分，使其真正为傣族人民所认可。如在改编《穆柯寨》时，原剧杨宗保和穆桂英一上场就使出百般武艺开打起来，以显示自己的威风。但改编者认为这种表现方式完全不符合傣族人民的心理特点、思想感情和审美观念，哪有小伙子和姑娘见面不先相互问好，调情说爱或唱上几曲就开打起来的？这种一见面就剑拔弩张开始武打的情节，难以被傣族人民接受。因此，改编者将这场戏改为两人见面初始，相互含情脉脉，来几段调情的曲调。杨宗保问穆桂英："你这朵缅桂花是否被人采摘？夜幕来临，你的竹楼下有没有小伙子的踪影？"待姑娘作了否定回答，小伙子才继续发问："我们可不可以相亲相爱？明晚再到你府上串串……"①而后，二人情感发生波折，调情不悦转向剧情主题，展开矛盾冲突而大打出手。这样的改编，赋予主人公以民族心理和民族性格，傣族观众自然而然地接受了。

（二）傣剧传统剧目——族群历史记忆的重塑

傣族传统剧目是由傣族叙事长诗、民间传说以及佛经故事改编的，在改编时，编创者对于剧目的题材、内容和角色进行有选择地再创作，通过这些艺术形象和故事情节，重塑傣民族共同的文化记忆。

在傣族民间文学和佛教文学中，阿銮形象既是傣族心目中的英雄人物形象，也是佛祖释迦牟尼的化身，是傣族佛本生故事与古代英雄

---

① 岩峰等《傣族文学史》，云南民族出版社 1995 年版，第 723 页。

故事的融合体，也是智慧和力量的象征。傣剧中的阿銮形象，则是佛教文学对傣剧人物塑造的具体化和形象化，既有鲜明的个性，又是广义理想的类型化人物形象，泛指年青英俊、勇敢善良、本领高强的男性主人公；虽历经坎坷，最终仍能获得貌美的公主或王位，结局非常美满。阿銮形象是傣剧重要的创作源泉，如《阿銮相勐》《阿銮亥端》《阿銮夜通》《阿銮滇秀》《阿銮弓关》等傣剧传统剧目中，一个个鲜活生动的阿銮形象，成为傣剧舞台上既有共性又各具个性的戏剧人物形象。通过傣剧舞台"阿銮"形象的重塑，传递着傣民族英雄形象和价值选择。

此外，一大批根据傣族民间传说、叙事长诗或佛教故事改编的剧目，反映了傣族正义战胜邪恶的价值取向和傣族人民的美好愿望与情感诉求。如由傣族三大悲剧叙事诗改编的同名傣剧《娥并与桑洛》，作品以封建商业经济时代为背景，塑造了代表追求自由的男女主人公形象，揭露封建包办婚姻的罪恶，抨击了旧势力对纯真爱情的戕害。虽以悲剧结束，但剧作热情歌颂娥并与桑洛为争取爱情自由而勇于反抗的精神。作品虽然不乏创作的虚构，但故事记录着一个时代的印记，反映了傣民族的情感诉求和愿望寄托，歌颂了青年男女纯洁的爱情。

其他如《千瓣莲花》《岩佐弄》《帕莫鸾》《海罕》《叶罕佐与冒弄养》《朗推罕》《南希拉》等剧作，均来源于长期流传在傣族民间的传说故事或诗歌，剧目既是傣族社会生活、风俗习惯、宗教信仰的艺术化反映，也体现了傣剧的独特性和民族性。这种为傣民族所认同的记忆内容，通过傣剧这一特殊的记忆载体，建构了德宏傣族的地方性知识体系。

在阿斯曼看来，文化记忆是文化与记忆的结合体，是一个民族或国家的集体记忆力。傣剧作为一种特殊的记忆载体，通过创作一个共享、为傣民族所接受的过去，为同族群社会成员提供一种"历史"与意识，将傣族社会的文化记忆与族群认同紧密联系。同时，通过表现傣族社会世代相传的“历史”与集体知识来保持文化的连续性，并尽可能呈现给后人，以重构他们的文化身份。在这里，文化记忆就成为对傣族社会久远过去的一种集体理解和集体建构，这种集体记忆不仅使群体的凝聚力得以延续和巩固，还强化了群体的身份和文化认同。

（三）新创剧目《刀安仁》——民族英雄与时代精神的化身

刀安仁是傣族人民的杰出首领，坚定的资产阶级民族革命先驱者。他率领傣族人民追随孙中山先生投身于伟大的反帝反封建斗争，同时积极推进德宏傣族地区社会改革，兴办实业，为当地工、农、商业及文学艺术事业做出重大贡献。刀安仁 1913 年春离世，孙中山先生高度评价他为“中华精英”“边塞伟男”。

为了把刀安仁的事迹搬上舞台，德宏当地的剧作家们进行了不懈努力。20 世纪 90 年代始，德宏州剧作家吴高仪创作了《梦断铁壁》《留洋土司》《边塞伟男》三个剧本并正式出版，但遗憾的是这三个关于刀安仁题材的剧本均未用傣剧公开排演。2008 年德宏州傣剧团着手打造傣剧《刀安仁》，该剧通过“铁壁抗英”“劈波斩浪”“腾越起义”等八场戏，揭示了盈江干崖第 24 代傣族土司刀安仁，从一个封建领主转变为中国民主革命先驱的艰难曲折的心路历程，彰显了以刀安仁为代表的云南各民族人民对辛亥革命所做的特殊历史贡献。

谈及《刀安仁》的创作，该剧主创、国家一级编剧杨树忠先生说：

> 1994 年开始创作《刀安仁》这个剧本。当时是被一个少数民族土司的爱国情怀所感动、所折服的。一个土司，一个思想矛盾、情绪纠结的土司，对国家的忠心，对朝廷、奸臣腐败的愤怒。对刀安仁来说，一个边境土司的抗英、救国、求学、兴汉，缺了任何一样都对不起刀安仁。在创作中，刀安仁身上已经加进了我对人生、对社会、对那段特殊

历史的认识，是我心目中的刀安仁。[①]

该剧排演初始的 2011 年，正值全国上下隆重纪念辛亥革命 100 周年。德宏州傣剧团承担起应有的义务责任，排演《刀安仁》“以告慰先灵，以此纪念中华民族百年前惊天动地的辛亥革命”，同时，刀安仁先生身上所特有的“极具远见的开拓性、开创性，忍辱负重，敢为人先的民族精神”，[②] 是新时期德宏州各族人民亟须弘扬和彰显的宝贵财富，也是他们奋发向上的力量源泉。

此外，为了推动傣剧《刀安仁》的上演，德宏州政府和相关部门给予高度重视，积极争取多方在剧本编、创、演及人、财力等方面的支持和帮助；地方傣族知名人士给予热切关注；同时，德宏州傣剧传承保护展演中心（原德宏州傣剧团）编创人员的全情投入，保证了该剧的成功上演。

傣剧《刀安仁》的创演，契合了时代的需要，是融合了剧作家、创作群体、政府、社会名人等多方面力量的结果；也就是说：通过多方共同作用，完成剧中历史人物所经历的主要历史事件的构建。民族英雄形象的塑造，更多地融入了政府及相关文化部门的政治意图、历史想象和现实期待。

四　如何记忆——记忆场域的构建与族群记忆的实现

对于戏剧演出而言，演剧、剧场和观众构成了完整的戏剧演出活动。剧作和表演是演剧的核心和基础，演出场地是完成演剧的物理空间和必要条件，观众是构成完整演剧活动不可或缺的重要因素，是戏剧发生、发展必不可少的条件之一。根据阿斯曼的理论，戏剧演出具

---

① 2015 年 4 月 11 日晚笔者采访德宏州傣剧保护传承展演中心副主任、傣剧《刀安仁》编剧杨树忠老师的录音记录。

② 德宏州文化体育新闻出版局、德宏州傣剧传承保护展演中心《傣剧教程》，民族出版社、德宏民族出版社 2013 年版，第 349～350 页。

有“凝聚性结构”的特质，加之演剧赖以生存的自然或人文空间，共同构成了演剧的记忆场域。傣剧演出的记忆场域，是传递和实现文化记忆的重要场所

（一）民间傣剧演出与记忆场域

“记忆场域”是法国历史学家皮埃尔·诺拉（Pierre Nora）于20世纪80年代提出的概念；它“既简单又含糊，既是自然的又是人为的，既是最易感知的直接经验中的对象，又是最为抽象的创作”①。傣族民间有句古语：“有摆要演戏，无戏不成摆”，这是对傣剧演出及其记忆场域构成的高度概括。德宏民间傣剧演出活动与民俗活动息息相关。傣族民间做摆②、农闲及春节期间的节庆活动都有民间傣剧演出，傣剧演出与节日期间的民俗活动共同构成了傣族文化特定的记忆场域，传递和实现着傣民族的文化记忆。

1. 祭寨神、戏神

民间傣剧演出前，戏班全体人员一般要在“幕整”的带领下到本村寨神庙里烧香点烛祭拜，祈求寨神保佑大家演出顺利，不出现嗓子疼、唱不出声的不利情况。若傣戏队出外演出，也要祭拜寨神，祈愿大家出门开心，演出顺利。若受邀到客寨演出，也需先供奉客寨寨神，祈求寨神保佑演出顺利。究其缘由，芒市风平镇拉院傣戏队负责人岳老解释说：因为傣戏队来自外寨，到此演出会惊动当地寨神；且所演故事中的各个角色均已亡故，故祈求寨神护佑每个演员在演出各自扮演的角色时能顺利唱出来，且不至于忘词。

祭罢寨神，演出前还需祭戏神。届时在舞台中央靠幕布处置一方桌，将演出用的剧本置于桌面中央，两旁各放一瓶花束，焚香祭拜，祈求戏神保佑演出顺利，演员清吉平安。祭戏神时各地的习俗稍有差异，有的在后台摆上猪头、果品、香烛，由戏师跪念戏词，并请各路

① ［法］皮埃尔·诺拉《历史与记忆之间：记忆场》，载［德］阿斯特莉特·埃尔、冯亚琳主编《文化记忆理论读本》，北京大学出版社2012年版，第107页。

② “摆”是古印度巴利语，属傣语外借词，意为“佛事、仪式、法会”。

戏神光临看戏，保佑演出顺利，村寨平安；有的则以一件戏衣或一顶王帽代表戏神。虽各地祭祀形式不尽相同，祭拜“戏神”有异，但其目的都是祈求戏神保佑演出顺利，村寨平安。

2. 民间傣剧表演

德宏民间的傣剧表演是“做摆”或节庆活动中的重头戏，一般在佛事活动完成后进行。民间傣剧演出的舞台布置很简单：一块深红色底幕将前、后台隔开，底幕前正中央处摆放方桌、椅子各一，供“幕整”提词使用；底幕两边分别为出口（出将）与入口（入相）。演出剧目多来源于汉族的传统剧目如《飞龙剑》《汉光帝》《七彩珠》等，也有《相勐》《娥并与桑洛》等傣族传统剧目，演出沿袭“前三步，后三步”表演程式。传统剧目角色分正、反两派，最后结局为正帅战胜反帅，代表正义战胜邪恶，这正是傣族价值观和审美观的体现。

从记忆理论来看，傣剧民间演出是傣族民间“赶摆”或节庆活动的重要组成部分，二者共同构成了完整的傣族文化记忆场域。傣剧仪式与以“文本”为基础的傣剧表演相呼应，发挥着传承、维系文化记忆的功能。民间傣剧演出的祭祀习俗，不仅记录着傣族与神灵沟通的原始表达方式，也是傣族万物有灵原始信仰的真实反映，使民间傣剧的演出场域被赋予了神圣色彩。民间傣剧表演具备了将记忆凝聚的结构特质，已成为傣族传统文化的一种习惯性表达，它将历史与现实、人物与事件浓缩进长短不一的舞台表现中，成为傣族文化记忆的重要方式；通过观剧，傣族民众在同一时空里体验和重温相同的想象与记忆，强化了族群内部成员之间的身份与文化认同，传递和延续着傣民族的集体记忆。

（二）作为国家级非物质文化遗产的傣剧

傣剧具有悠久的历史和深厚的群众基础，是傣族传统文化的重要符号和表征，也是傣族民众身份和文化认同的重要标识。专业傣剧团成立前，傣剧的社会身份属民间艺术范畴；建成傣剧团后，傣剧向专业化、戏曲化发展。进入新世纪，入列国家级“非遗”名录，傣剧的传承发展广受关注。

1. 从民间艺术到非物质文化遗产

专业傣剧团成立前，傣剧作为重要的娱乐方式，一直在德宏傣族民间流传，属于民间艺术范畴。1960 年，历史上第一个傣剧专业表演团体——潞西县傣剧团（德宏州傣剧团前身）成立，这是傣剧发展史上的飞跃，无论对剧团、演员还是剧种，都是从业余走向专业，加速傣剧专业化、戏曲化、精品化过程。同时，一大批傣剧演员及编剧、导演、音乐设计、舞美等创作人才脱颖而出，一批剧目在省级、国家级艺术赛事中获奖，傣剧实现了走出云南，走向全国的历史性跨越。

进入 21 世纪，随着时代的变迁和社会的转型，傣剧生存的社会环境发生了巨大变化，娱乐方式的多元化，加之各种时尚、流行文化和强势文化的冲击，当地傣族年轻人很少接触傣剧，其生存不可避免地面临困境。2006 年，傣剧入列第一批国家级非物质文化遗产名录，其社会身份从民间艺术转变为国家文化符号，这标志着傣剧从地域性民族剧种上升为国家层面的非物质文化遗产项目，也意味着对傣剧的保护传承将从地方性、区域性保护上升为国家层面的保护项目。

2. 作为国家级非物质文化遗产的傣剧

从民间艺术到国家级非物质文化遗产，傣剧的社会身份发生了重要转变。作为一种特殊的记忆载体，傣剧成为傣民族重温过去、寻找传统文化记忆的重要媒介，因此，保护“非遗”，传承傣剧，成为地方政府保护民族传统文化、延续傣族文化记忆的一项重要内容。

傣剧入列国家级非物质文化遗产名录后，德宏州采取了一系列措施，确保傣剧保护传承工作逐步落实。其一，更名“德宏州傣剧传承保护展演中心”。随着全国范围内包括文艺院团在内的文化体制改革的推进，2009 年，德宏州傣剧团更名为“德宏州傣剧传承保护展演中心”，承担着傣剧传承、保护、传播与发展的重任。其二，进行“傣剧代表性传承人”认定。到目前为止，分别认定了国家级传承人

2名（均已去世），省级传承人4名（一名已去世），州级传承人6名，县（市）级传承人5名。其三，加强傣剧资料汇集和理论研究。在出版《傣剧志》的基础上，2013年出版《傣剧教程》，该书开创了中国少数民族戏剧理论研究和教学示范的先河；出版了傣剧著名表演艺术家万小散纪念文集；出版《刀安仁论文集》等。其四，加强民间傣剧培训，搭建平台。举办全州傣剧业余骨干培训班，发现、辅导、培养民间艺人；搭建傣剧民间组织表演平台，为推动傣剧艺术的传承发展发挥了积极作用。

与此同时，傣剧以“国家级非物质文化遗产”的身份在德宏州的重要节日庆典中频繁亮相，成为德宏傣族鲜明的民族文化标识和重要符号，也成为区别于其他民族和地区的国家文化符号，不断传递和实现着傣民族的文化记忆。

2015年7月，国务院办公厅发布《关于支持戏曲传承发展的若干政策》，确立了由政府扶持戏曲事业的方针，把戏曲的保护、传承和发展提升到国家和社会发展的战略层面；此后，中共中央《关于繁荣发展社会主义文艺的意见》等一系列政策措施相继出台，明确了国家保护戏曲剧种发展的立场。2015年，在傣族的重要节日——“中国·德宏2015年国际泼水狂欢节”上，由德宏州傣剧传承保护展演中心、芒市拉院村民小组傣剧队出演的名为“文化瑰宝，世代相传：非物质文化遗产——傣剧”的专场演出，成为德宏州泼水节期间的重要迎宾内容。此后，在各种培训及展演中，傣剧作为“国家级非物质文化遗产”的身份被一再突出和强调。如2017年11月，在州府芒市举办的州级“国家级非物质文化遗产名录傣剧展演”，全州5县市的15支业余傣剧队参加展演；2017年3月举办了芒市镇“国家级非物质文化遗产保护名录——傣剧培训班”等。

从国家到地方层面实施的一系列举措表明，一方面，进入国家级非物质文化遗产名录的傣剧，其社会地位得到极大提升，社会身份从民间艺术到非物质文化遗产的转变，得到了各级政府的普遍认可；另一方面，国家及地方政府与相关部门的高度重视，按照预期目标对傣剧进行宣传、弘扬与保护、传承，以扩大其影响面；同时，也是以政府力量和行为方式，利用傣剧这一特殊记忆载体，生动地传递和延续着傣民族的文化记忆。

结　语

流传于云南德宏傣族景颇族自治州及其邻近傣族地区的傣剧具有“凝聚性结构”的特质。作为一种特殊的记忆载体，傣剧剧本和表演共同构建了傣族文化记忆的叙事体系，由傣族知识精英创作的“文本化”“经典化”的傣剧剧本，通过舞台表演，记录和传递着傣民族的历史信息和文化记忆，同时也传承着傣剧这一艺术形式。傣剧移植改编与传统剧目的傣族化，重构和塑造了族群的文化记忆，使群体的凝聚力得以延续和巩固，也建构了德宏傣族的地方性知识体系。民间傣剧仪式与以“文本”为基础的傣剧表演相呼应，构建着傣族文化的记忆场域，发挥着传承、维系文化记忆的功能；地方政府的“非遗”保护，对于保护傣民族的精神文化家园，强化族群身份和文化认同，延续傣民族文化记忆意义重大。

（刘佳云　云南省民族艺术研究院研究员）

多元民族文化影响下的杨家将故事考察

——以契丹射鬼箭仪式与杂剧《昊天塔》为中心

杨　波

杨家将的故事自诞生之日起，在民间就具有极大的影响力。“在中国社会中，北宋杨家将与唐之秦琼、尉迟恭、薛仁贵，汉之关羽、张飞有同样的威权，他们的故事是最为一般民众所喜欢歌唱传说的。”① 戏剧场上，更是有“千年不倒的杨家将”之说。

学界目前对杨家将故事的研究，主要从戏剧、小说中杨家将人物的史实考证、故事演变、主题变迁、文本传播、艺术价值等角度展开。而诸多和杨家将有关的古代戏剧作品中，杂剧《昊天塔》无疑是

① 郑振铎《杨家将传》，载郑振铎《郑振铎古典文学论文集》，上海古籍出版社 1984 年版，第 450 页。原载《时事新报·鉴赏周刊》第 18 期，1925 年 10 月 6 日。

比较特殊的一个。此剧将契丹族射鬼箭仪式融入汉族戏剧，是少数民族文化深入影响汉族文学艺术的又一力证。本文拟从三个方面以下展开讨论：一、史书与《昊天塔》杂剧所记录的杨业之死；二、戏剧对射鬼箭仪式的加工改造；三、射鬼箭仪式融入汉族文学的原因及影响。

一　杨业之死

杂剧《昊天塔》，全名《昊天塔孟良盗骨》，四折，末本。① 剧演宋朝将领杨景镇守三关，夜间忽然觉得神思恍惚，歇息之时，其父杨业与兄弟杨延嗣鬼魂前来，两人诉说在与韩延寿交战之时，被围困虎口交牙峪，既无粮草也无救兵。为了搭救父亲，七郎杨延嗣被潘仁美攒箭射死，杨业不能脱身，只能撞死在李陵碑上。"被番兵将我尸首焚烧了，把骨殖吊在幽州昊天塔尖上，每日轮一百个小军，每人射我三箭，名曰百箭会。老夫疼痛不止，今日在阴司告过，放我出了枉死城中，来到这三关地面，向六郎孩儿跟前托一梦咱。"②

杨业魂魄不宁，请杨景选将提兵，前往幽州夺回二人尸首。次日，杨景升帐，召集众将前来商议夺回骨殖。正巧天波府佘太君亦送来家书一封，言及杨令公托梦之事。杨景带孟良同去盗骨。二人来到昊天寺，用机谋赚开寺门，杀死和尚，放起一把冲天大火。后两人背着骨殖路过五台山，遇到出家为僧的杨五郎。五郎杀死辽朝将领韩延

① 此剧作者有朱凯、无名氏两说。《昊天塔》杂剧今存《元曲选》本，本文论述该剧，均指《元曲选》本。关于《元曲选》的性质，学界多以臧懋循在编选过程中加以删改之故，认为《元曲选》保存的剧作已非元杂剧原貌。也有学者提出，《元曲选》仅见而它本未见的杂剧，多来源于明代宫廷抄本。笔者以为，若以臧氏修改目之，作者将射鬼箭改为百箭会颇有点掩人耳目之意，其所改必有根本；若以明代宫廷抄本论之，那么正好说明其渊源有自，保留了元杂剧本来的面目。改与不改，都不影响对该剧运用射鬼箭仪式的认定。

② 臧懋循编《元曲选》，中华书局1958年版，第827页。

寿，在五台山寺中为杨令公和七郎超度。孟良杀退其余番兵，同寇准前来迎取杨业骨殖，在昊天寺中追荐。

就死亡方式而言，杂剧《昊天塔》写杨业在孤立无援的情况下，一头撞死在李陵碑上，成就其忠勇，但在正史中却有别样写法。《宋史》卷二百七十二记载杨业之死大致如下：

> 即与侁领麾下兵阵于谷口，自寅至巳，侁使人登托逻台望之，以为契丹败走，欲争其功，即领兵离谷口，美不能制，乃缘灰河西南行二十里。俄闻业败，即麾兵却走，业力战，自午至暮，果至谷口，望见无人，即拊膺大恸，再率帐下士力战，身披数十创，士卒殆尽，业犹手刃数十百人，马重伤不能进，遂为契丹所擒，其子廷玉亦没焉。业因太息曰："上遇我厚，期讨贼捍边以报，而反为奸臣所迫，致王师败绩，何面目求活耶？"乃不食，三日死。[①]

《宋史》所记只是说杨业因为战争失利，需要承担责任，感于宋太宗厚待之恩，乃不食，三日而死。但杨业之死在《辽史》的编纂者写来，却是另一番模样。

在《辽史·圣宗纪》载有："辛卯，斜轸奏：……（杨继业）被擒，疮发，不食三日死，遂函其首以献。"[②] 据此记载可知，杂剧中写杨业的骨殖被单独处理，与史书所写身首异处相类。同书《耶律斜轸传》明确记载："明旦继业兵至，斜轸拥众为战势，继业麾帜而前，斜轸佯退，伏兵发，斜轸进攻，继业败走至狼牙村，众军皆溃。继业为流矢所中，被擒。"所以杨业应该是在中箭之后，被契丹耶律斜轸擒拿。不过和《宋史》杨业临死之前的大义凛然、不愿苟活于世相比，《辽史》中写杨业在绝命之际的情状十分不同："……斜轸责曰：'汝与我国角胜三十余年，今日何面目相见？'继业但称死罪而已。"[③]

---

① 脱脱等《宋史》卷二百七十二，中华书局 1977 年版，第 9303～9306 页。

② 脱脱等《辽史》卷十一，中华书局 1974 年版，第 123～124 页。

③ 脱脱等《辽史》卷八十三，第 1302～1303 页。

面对耶律斜轸的责难，杨业在此处显得唯唯诺诺，与宋史所载不食周粟而死，甚至后世戏剧小说中撞死李陵碑的英雄气概判若两人。

同一位主人公，同样面对死亡，两部史书的记载却有云泥之别。究其原因，自然和辽、宋两史所持的民族立场不同有关。众所周知，元代纂修宋辽金三史时，围绕三国的正统性问题，争论一直持续到了元朝末年，最终由脱脱决定“三国各与正统，各系其年号”①。修纂者族属不同，在记录同一历史事件时，自然而然会持有不同的立场，混合着复杂的民族情感。

杨业号称无敌，是宋人中的大英雄，此时却被辽人箭矢所伤，此事《宋史》选择了“曲笔”隐而不彰，② 借口其马重伤不能前进。所谓史书所讳言者，大约颇同此类。对辽国而言，宋人是仇敌，为了突出其俘获宋人大英雄的正当性，压缩了杨业的英雄一面，只留下其面对责难、口中含糊其词的印象。两史相同之处在于杨业被俘之后，三日不食而死。那么这三日里，杨业有无其他遗言？这三天里是否还发生了其他的故事？史书在此处的留白，无疑给后世的戏剧小说创作，腾挪出了足够的叙事空间。

“盖官书之所讳言，流传于故老之口，其事容或有之，未必纯出捏造。”③“元人修《辽史》，皆以业之生死定辽、宋之盛衰。业既被禽，辽人欲重用之，业义不负国，遂不食以死。以区区一身，关系之重如彼，忠贞之节复如此，岂不诚大丈夫哉！……今之戏剧，多出于小说，《杨家将》诸剧，虽脍炙人口，然以骂潘美奸贼，为人所诟病，余以为此实元人之遗说，未必毫无所本。”④ 诚如斯言，《宋史》《辽史》尽管作为官方正史，但所记也未必尽然。相反，戏剧中所写也不

---

① 权衡著，任崇岳笺证《〈庚申外史〉笺证》，中州古籍出版社 1991 年版，第 44 页。

② 余嘉锡《杨家将故事考信录》（国家图书馆出版社 2010 年版，第 85 页）引殿本《宋史·杨业传考证》云：“案：《辽史·耶律斜轸传》，继业被擒，但称死罪，与《宋史》本传迥异，盖曲笔也。”

③④ 余嘉锡《杨家将故事考信录》，第 56 页、第 52～53 页。

是毫无出处，杨业之死就是如此。《昊天塔》中，杨业撞死在李陵碑后，番邦把他的骨殖“每件都有郎主朱笔记认的字迹在上”，吊在幽州昊天塔尖上，每日派一百个士兵每人射三箭，名为百箭会。正史中并没有百箭会的相关记载，那么百箭会究竟为何物呢？

二　戏剧对射鬼箭仪式的改造

正史记载杨业被辽人擒获后成为敌方俘虏。颇为关键的是“不食，三日死”，不食是杨业死亡的一种可能性，而不是必然性。剧中反复提及的“百箭会”，作为戏剧矛盾冲突的根源，杨景和孟良盗骨的行动都是因为杨业的骨殖被吊在昊天塔尖上遭受苦痛而引起。但“百箭会”这一名称，正史未见其名，不过，这应当就是契丹族的射鬼箭仪式。[①] 笔者以为，在这三天中，杂剧《昊天塔》利用契丹族的射鬼箭仪式，从而提供了杨业绝食而亡之外的可能性，增强了戏剧舞台表演的感染力。

那么射鬼箭又为何物呢？《辽史》卷五十三《礼志·军仪》对射鬼箭的仪式有具体说明，该仪式是属于皇帝亲征仪式中的一种：“出师以死囚，还师以一谍者，植柱缚其上，于所向之方乱射之，矢集如猬，谓之‘射鬼箭’。”[②] 这正好应证了“刑也者，始于兵而终于礼者也”的说法，作为一种军事仪制，其最初的来源，是一种严酷的刑罚，始于辽太祖耶律阿保机之时：“太祖初年，庶事草创，犯罪者量轻重决之。其后治诸弟逆党，权宜立法。亲王从逆，不磬诸甸人，或投高崖杀之；淫乱不轨者，五车轘杀之；逆父母者，视此；讪詈犯上者，以熟铁锥摏其口杀之。从坐者，量罪轻重杖决。杖有二：大者重

① 徐朔方《元明两代的杨家将戏曲和小说》，《戏剧论丛》1982 年第 3 期。徐先生在讨论《昊天塔》杂剧时，引用《辽史》卷十一记载的射鬼箭仪式，显然，徐先生注意到了该剧中的百箭会，其实就是契丹族的射鬼箭仪式，惜未展开考索。

② 脱脱等《辽史》卷五十一，第 845 页。

钱五百，小者三百。又为枭磔、生瘗、射鬼箭、炮掷、支解之刑，归于重法，闲民使不为变耳。”① 作为一种刑罚，射鬼箭无疑属于重刑之一。

《辽史·国语解》则进一步明确了该仪式的功能：“射鬼箭，凡帝亲征，服介胄，祭诸先帝。出则取死囚一人，置所向之方，乱矢射之，名射鬼箭，以袚不祥。及班师，则射所俘，后因为刑法之用。”②此处的记载说明，射鬼箭的仪式除了惩罚罪犯，还附加有袚除不祥的功能。而遭受射鬼箭处罚者，通常是死囚或者间谍。质而言之，射鬼箭仪式是以乱箭射杀敌人或者叛徒，从而袚除不祥且具有刑罚性质的一种军礼。

射鬼箭仪式在辽代盛行，《辽史》中有不少记载：

1. 辽太祖七年（913）“夏四月戊寅，北追剌葛。己卯，次弥里，问诸弟面木叶山，射鬼箭厌禳，乃执叛人解里，向彼亦以其法厌之”。③

辽太祖天赞四年（925）闰月“己酉次撒葛山，射鬼箭。丁巳，次商山，围扶余府”。④

2. 辽太宗天显十二年（937）“春正月丙辰，次堆子口。唐大同军节度判官吴峦闭城拒命，遣崔廷勋围其城。庚申，上亲征至城下，谕之，峦降。辛酉，射鬼箭于云州北。”⑤

辽太宗会同二年（939）闰七月“己丑，以南王府二刺史贪蠹，各杖一百，仍系虞侯帐，备射鬼箭选，群臣为民所爱者代之”。⑥

3. 辽景宗乾亨二年（980）“冬十月辛未朔，命巫者祠天地及兵

① 脱脱等《辽史》卷六十一，第936～937页。
② 脱脱等《辽史》卷一百十六，第1535页。
③ 脱脱等《辽史》卷一，第7页。
④ 脱脱等《辽史》卷二，第21页。
⑤ 脱脱等《辽史》卷三，第40页。
⑥ 脱脱等《辽史》卷四，第46页。

神。辛巳，将南伐，祭旗鼓。癸未，次南京。丁亥，获敌人，射鬼箭。”①

4. 辽圣宗统和四年（986）“五月庚午，辽师与曹彬、米信战于岐沟关，大败之。追至拒马河，溺死者不可胜纪。余众奔高阳，又为辽师冲击，死者数万，弃戈甲若丘陵。輓漕数万人匿岐沟空城中，围之。……己卯，次固安南，以青牛白马祭天地。庚辰，以所俘宋人射鬼箭”。②

该年十一月“乙酉，置诸部监，勒所部各守营伍，毋相错杂。丙戌，遣谋鲁姑、萧继远沿边巡徼，以所获宋卒射鬼箭”。③

统和七年（989）“春正月癸未朔，班师。……甲辰，大军齐进，破易州，降刺史刘墀，守陴士卒南遁，上帅师邀之，无敢出者。……丙午，以青牛白马祭天地，诏谕三京诸道。戊申，次涞水，谒景宗皇帝庙。诏遣涿州刺史耶律守雄护送易州降人八百，还隶本贯。己酉，次岐沟，射鬼箭。”④

统和十七年（999）“秋七月，以伐宋诏谕诸道。九月庚辰朔，幸南京。己亥，南伐。癸卯，射鬼箭。”⑤

统和十九年（1001）“冬十月己亥，南伐。壬寅，次盐沟。徙封吴国王隆祐为楚国王，留守京师。丁未，梁国王隆庆统先锋军以进。辛亥，射鬼箭。壬子，以青牛白马祭天地。甲寅，辽军与宋军战于遂城，败之。”“十一月庚午，射鬼箭。丙子，宋兵出淤口、益津关来侵，侦侯谋洼、虞人招估击败之。”⑥

统和二十二年（1004）“闰（九）月己未，南伐。癸亥，次固安。以所获谍者射鬼箭。”⑦

---

① 脱脱等《辽史》卷九，第103页。

②③ 脱脱等《辽史》卷十一，第122页、第125页。

④ 脱脱等《辽史》卷十二，第133页。

⑤⑥ 脱脱等《辽史》卷十四，第154页、第156～157页。

⑦ 脱脱等《辽史》卷十四，第160页。

5. 辽兴宗重熙十三年（1044）“冬十月庚寅，祭天地。丙申，获党项侦人，射鬼箭。丁酉，李元昊上表谢罪”。[1]

《辽史》中除了辽太祖和太宗曾经以射鬼箭之法惩治叛徒之外，其余历代辽帝均以射鬼箭来壮大己方军威，被射杀的对象通常是敌方的间谍或者抓获的俘虏，受刑者全身布满羽箭，状若刺猬。《昊天塔》写杨业的骨殖被吊在塔上每日遭受百箭之苦、杨七郎被潘美射杀在花标树上，究竟和射鬼箭仪式有什么具体联系呢？

第一，辽圣宗统合四年（986），即宋太宗雍熙三年，杨业奉命北伐，死于此年六月，而《辽史》载：是年五月“庚辰，以所俘宋人射鬼箭”。此处，辽人射鬼箭的对象是战场上俘获的宋人。不论《宋史》所写杨业因所乘战马受伤而被俘，还是《辽史》所言其受箭伤被擒，他的身份都是辽人的俘虏。而杨业被俘之后三天，不食，最后死亡，辽、宋二史对其死亡原因都未曾交代清楚。这三天的空白正是剧作者能够于正史外，再生笔墨处。杨业的身份是俘虏，作者正好利用辽人之仪式，来演绎杨业之死。杂剧中写道：“每日轮一百个小军，每人射我三箭”，这样算来，每日就有三百箭射在杨业的骨殖上，和射鬼箭把囚犯或者俘虏射成刺猬状相似，颇为惨绝。戏剧写杨业被辽人围困撞死、鬼魂遭受万箭之苦，与正史中杨业俘虏的身份重合。

第二，射鬼箭的对象被绑在木柱上，而剧中杨业的骨殖被绑在了昊天塔尖上，可以看作是戏剧作品对历史上真实存在的射鬼箭仪式的一种变相运用。《昊天塔》剧中，作者两次运用了射鬼箭这一仪式：第一次为杨业骨殖在昊天塔尖上被射，第二次为杨七郎前往求救，被潘仁美绑在花标树上，攒箭射死。虽然七郎为小说家所虚构，被潘仁美射鬼箭这一说法亦非正史所载，但仔细分析，七郎和令公一同出征，乱箭齐发被杀死，死状与其父相同，况潘仁美在后世文学作品中以奸贼面目示人，作者为了暴露其狠毒，仍然选用射鬼箭这一方法亦

① 脱脱等《辽史》卷十九，第231页。

有助塑造人物性格特征。而杨家父子之忠，潘仁美之奸，正好构成戏剧角色的性格冲突。由奸贼潘仁美射鬼箭杀害对立面忠臣杨家七郎，也就隐含着射鬼箭含有的射杀敌人的意味。作者为了避免重复，将戏剧中设定的“道具”改为花标树，这就是“同而不同处”，作者采用移花接木的方式，方能显出新意，不落窠臼。从史书上选用射鬼箭时采用的木柱，和戏剧中所选用的塔尖、花标树来看，三者形态类似，均取其高直之状，方便悬挂犯人。

也就是说，戏剧中杨业之死所采用“道具”和射鬼箭刑罚的木柱形似。而具体的刑罚过程，射鬼箭万箭齐发，被射中之人满身羽箭。杂剧则以百人为数，每人三箭射中杨业骨殖，杨业骨殖上的箭头数目也不算少，百箭会的百箭应该是虚指，形容箭矢数量之众。杨七郎被绑在花标树上，遭受了和父亲同样的酷刑，是对射鬼箭的再一次变形。

第三，戏剧中悬挂杨业骨殖的场所，幽州昊天寺塔，曾经在历史上存在过。此塔在辽金元三朝真实存在，被戏剧作者加以利用，写入剧本中。

据《三朝北盟会编》所载：“七月上旬，于昊天寺相见。亲王东序，驸马西序。道君居左面，渊圣居右面，皇太子次南面西，酒五盏，自早至午，礼毕而归。”① 这说明昊天寺自辽代就存在。陶宗仪《书史会要》云：“道宗讳洪基，字涅邻，小字察喇，兴宗长子，性沉静严毅。喜作字，尝有所书。秦越大长公主舍棠阴坊第为大昊天寺，碑及额今在燕京旧城。”② 由此可知，昊天寺应该是在辽道宗年间（1055—1101）建成的佛寺。宋徽宗、宋钦宗在1127年被俘之后，在辽燕京昊天寺与亲王、驸马等相会。

又据元代释觉岸《释氏稽古略》卷四：“昊天寺，金国大长公主

① 徐梦莘《三朝北盟会编》卷九十八，上海古籍出版社1987年版，第724页。
② 陶宗仪《书史会要》卷八，上海书店出版社1984年版，第351页。

二月降钱三百万，建寺于燕京城，额曰：昊天。给田百顷，每岁度僧尼十人。本寺碑刻。”① 据《续文献通考》记载：“（金世宗大定）二十四年二月，大长公主降钱三百万，建昊天寺给田百顷每岁度僧尼十人。”② 说明在金代，昊天寺于 1184 年，由金国长公主捐资重新修缮。

到了元武宗至大元年（1308），朝廷还下旨：“发军千五百人，修五台山佛寺。帝幸上都建佛寺。大都又以银七百五十两、钞二千二百锭、币帛三百匹施昊天寺，建水陆大会。”③ 至大二年（1309），该寺无因着火，张养浩上书皇帝“伏望自今谕旨省臣，凡天下有夫有室，僧尼道士女冠之流，移文括会，并勒为民，以竟世祖皇帝欲行未及之睿意，岂不可为旷代未闻之盛典也哉！”④ 该寺在明代尚存，清代成为文人怀古凭吊之所。⑤

杂剧所写昊天寺塔，正好位于幽州地界。而现实中的昊天寺塔，也处于辽金之燕京、元之大都，这就是说，戏剧将现实中的昊天寺塔加以吸收利用，使该地为戏剧情节发生的主要舞台。

由此可看出，剧中杨业的俘虏身份，杨业死后的百箭会之苦，昊天寺塔这个故事发生地的选择，以及剧中采用射鬼箭木柱的变形

---

① 释觉岸《释氏稽古略》卷四，大正新修大藏经本。

② 王圻《续文献通考》，载《四库全书存目丛书》子部第 189 册，齐鲁书社 1995 年版，第 639 页。

③ 毕沅《续资治通鉴》卷一百九十七，中华书局 1957 年版，第 5367 页。

④ 张养浩《时政书》，载《全元文》第 24 册卷 770，江苏古籍出版社 2002 年版，第 567 页。

⑤ 刘侗《帝京景物略》（北京古籍出版社 1992 年版，第 319 页）卷之七尚有昊天寺的记载，不过该寺在明代改名隆恩寺，“仰山去京八十里，从磨石口西过隆恩寺。寺金大定四年，秦越公主建，名昊天寺。正统四年，太监王振修改隆恩名寺”。至清代，昊天寺成了文人墨客凭吊的古迹之一：“辽大昊天寺故基在西便门大街之西，今已废为农圃，有宝塔无考，惟井泉尚存。”（吴长元辑《宸垣识略》卷十，北京古籍出版社 1982 年版，第 196 页）清人王士祯有诗《同施愚山陈蔼公集山史昊天寺寓观唐子华水仙图》（朱一新《京师坊巷志稿》，北京古籍出版社 1982 年版，第 227 页）。

——塔尖和花标树，这些因素都与契丹人的射鬼箭仪式高度吻合。故而，戏剧中的写法，无疑是在杨家将故事的外衣下，包裹着契丹射鬼箭仪式。杨业生前为国尽忠，死后孤魂不得安宁，遭受箭矢之苦，增加了戏剧预设的悲剧氛围，七郎被乱箭攒射更是悲上加悲，使得杨六郎和孟良的盗骨行动更加迫切、更具有正义性。

三　射鬼箭仪式融入的原因及流变

作为少数民族仪式的射鬼箭，出现在汉族的戏剧中，这不是偶然的。

首先，从戏剧表演的仪式性来看，《辽史·国语解》解释射鬼箭后，用四个字来说明该仪式之功能：以袚不祥。射鬼箭的方法和汉人厌胜之术相似，都具有原始信仰的性质，之后逐渐演化为军礼。作为军礼和刑罚，其适用对象为谍者和俘虏，这依然不自觉地蕴含着最初厌胜的本义：在出征前或者战后归来，处决捕获的敌方将士，都希冀能够以此方法，用巫术诅咒敌方，使得己方能够声威大震、取得胜利。

而中国戏剧从诞生之日起，就和原始巫术仪式有着莫大的渊源。“以歌舞演故事”是中国戏曲的内涵，而“歌舞之兴，其始于上古之巫乎？巫之兴也，盖在上古之世也。”① 放眼世界范围内，戏剧的起源都离不开具有巫术性质的仪式和表演。戏剧源于生活，而礼仪等本身就是生活的一部分，作家将生活中的经历通过加工，再现到戏剧舞台上。戏剧、小说在民间传播的过程中，总是被赋予无限的可能性。杂剧中杨令公撞死李陵碑，然后其骨殖又被施以射鬼箭之刑，作家在历史真实与艺术想象之间穿梭。杂剧中，作家不直接采用射鬼箭这一

① 王国维著，马美信疏证《〈宋元戏曲史〉疏证》，复旦大学出版社2004年版，第1页。

残忍的刑罚，而是将之改头换面，变为塔尖和花标树。

简言之，射鬼箭本身的厌胜性质，使得该仪式融入和巫术性质的仪式表演同样有莫大关系的汉族戏剧。田仲一成先生从《昊天塔》这部剧作的祭祀功能出发，通过对杨六郎等人夺取杨业尸骨的剧情逐次分析，认为："这种先是亡魂的诉说开始，最后以超度亡魂的'超幽建醮'结束的表现形式符合原来的那种对英灵"超幽建醮"的构成要求。"①《昊天塔》本身包含具有原始巫术性质的射鬼箭仪式，而射鬼箭仪式的仪式性指向，又成就了该剧祭祀超度功能。也就是说，此剧无论从射鬼箭仪式源于生活而高于生活的内在艺术要求，还是从其祭祀剧的功用而论，都为其进入汉族戏剧提供了可能性。

其次，从文学创作的规律看，《昊天塔》杂剧中杨业骨殖被辽人挂在昊天塔上遭受乱箭齐射的痛苦、杨七郎被潘美绑在花标树上乱箭射死，是艺术真实和历史真实的完美结合。

该剧所写辽人因杨业骨殖而作"百箭会"，《宋史》《辽史》所书于此并有所阙，戏剧所写"不尽无因"，正好填补了正史在此处的含糊其词。从杨业的死亡时间、戏剧中使用的道具、戏剧故事发生的背景地点来看，《昊天塔》杂剧的确采择异族仪式入戏。

契丹射鬼箭仪式在该剧呈现的方式不同，杨业遭受射鬼箭为明写，而杨七郎被射鬼箭是暗用。一明一暗，增强了该剧的悲剧氛围。杨业骨殖射鬼箭贯穿全剧，杨七郎遇害仅为局部。一为整体，一为局部，悲上加悲。后来小说对杨业骨殖挂在昊天塔上射鬼箭的情节进行了改编，或许和明朝初年禁止胡俗的政治氛围有关。而杨七郎之死，因其有同为宋人的潘美"掩护"，而忽略了杨七郎此时冲撞上司的"罪犯"身份，故而此处所采用射鬼箭的方式较为隐晦，并未被直接删削。明代的小说又从此入手，配合七郎的人物性格特征，增饰为将

---

① ［日］田仲一成著，布和译《中国祭祀戏剧研究》，北京大学出版社2004年版，第208～212页。

其醉酒后射杀，则是明人进一步创作的结果。且杨业生前因和契丹交战而名扬天下，后身死契丹，作者采用契丹射鬼箭仪式来处置杨业的骨殖增加故事的悲凉感，虽然未必全部合乎历史真实，但却符合文学艺术创作的审美追求。

再次，任何文艺作品的产生，都脱离不了其产生的时代。杨家将的故事自北宋初年开始流传，及至南宋，罗烨的《醉翁谈录》甲集卷之一列有话本《杨令公》《五郎为僧》等名目，元人陶宗仪《南村辍耕录》卷二十五所列“金院本·诸杂院爨”目录中有《打王枢密爨》。话本、院本出现之时，当时的历史局面正是辽金元三朝与南北宋迭代而起、冲突与碰撞不断的时代。从公元916年契丹人建立辽朝开始到1368年元顺帝逃离大都，其间历经452年。在此时期内，契丹、党项、女真、蒙古等民族先后建立政权，并与汉族建立的宋政权对峙融合，最终在忽必烈的带领下结束了分崩离析的局面，再次归于一统。在这近500年的历史进程中，各民族之间有战争冲突，也有友好往来，碰撞与交流促使民族间的文化共融共生，文化联系进一步增强。

此仪式的采用，是胡汉文化涵化、交融互动的结果。射鬼箭仪式的使用，说明契丹文化曾经深刻地影响着汉族戏剧。众所周知，中国戏曲在发展的过程中，在音乐、舞蹈、曲牌、语言等诸多方面都受到少数民族文化的灌溉、孳乳。但是，少数民族文化对于汉族戏剧的影响究竟深入到何种地步，尚需进一步挖掘。如果将音乐、舞蹈、曲牌等看作是构成中国戏曲中少数民族文化因素的外在形式，是发展过程中汇入的明河，那么射鬼箭等少数民族仪式无疑是潜流，且这些潜流已经深深融入中国戏曲的血脉，或因时代久远、或因后世作家有意改头换面，变得隐而不彰，不再容易辨识，但却成为构成戏曲故事不可或缺的一部分。杨七郎被潘美射杀，增强了该剧忠奸斗争的色彩，使人读来扼腕。民族文化之间的交融，促使作者在创作的过程中自觉或不自觉地运用了少数民族仪式，增强了剧作的表现力和感染力。

作为英雄，杨业身死异邦已经令人扼腕，然而更不幸的是，英雄还要在死后遭受如此凌辱。剧中的每日百箭会射中杨业骨殖，即射鬼箭仪式的加入更衬托了本剧的悲凉氛围。但随着时代的变化，《昊天塔》吸纳的射鬼箭仪式在后来的杨家将故事中也有了不同的衍变。

明代小说中，杨业之死已经完全变成了撞碑而亡，舍弃了元杂剧《昊天塔》百箭会（射鬼箭）的写法。不过作为杂剧射鬼箭仪式之变种，还保留在杨七郎之死的情节中，这一点和杂剧差别不大。

余象斗所刊《南北宋志传》写杨业死后，杨七郎到潘仁美处求救，不满潘氏所为而破口大骂，导致潘仁美恼羞成怒，将杨延嗣“令左右缚于高处射之”。[①] 从杂剧到小说，仅就杨氏父子二人之死，杨业变成了单纯的撞死，头颅被辽人带走，不再是先火化、后射骨殖。七郎则从花标树射杀简单化处理为高处射死、抛尸黄河。秦淮墨客纪振伦之《杨家府世代忠勇演义志传》一书中，杨七郎奉命向潘仁美求救，两人争吵一番，潘仁美本意将之斩首，后又将其灌醉，绑在树上射死。陈林、柴敢将七郎尸体扔在桑干河里，尸体竟然倒漂上岸，最后二人将七郎尸体掩埋回寨。[②] 故事发生的重要地点昊天寺，在纪振伦笔下转而成为宋太宗驾幸的五台山昊天寺。戏剧、小说等民间故事在成型过程中，将现实地理名胜和历史史实融合在一起绾结成文，这是世代累积型作品的共性。

在两部小说中，杨业父子的身份都是先锋，作为行军作战时的先头部队，这一身份与《辽史》中遭受射鬼箭刑罚的对象极为吻合。戏剧中杨业父子二人均被以射鬼箭的方式处死，到了小说中，仅仅成为七郎一人之死法。射鬼箭这一契丹仪式经过时间的淘洗和文人加工改造，痕迹逐渐淡化。就杂剧、小说与史书所记辽人射鬼箭仪式的相似性而论，随着时间推移，仪式也会以不同的形式加以变化。

那么，明代小说何以对杨家将故事进行了改编，删改了《昊天

---

① 陈继儒《南北宋志传》，上海古籍出版社 1994 年版，第 642～646 页。

② 参见纪振伦《杨家府世代忠勇演义志传》，上海古籍出版社 1994 年版，第 90～100 页。

塔》所写杨业遭受射鬼箭的仪式呢？朱元璋在开国之初，就曾经颁布诏令，禁绝胡服胡俗[1]，杨业骸骨遭受射鬼箭之俗，属于被禁止的行列，此其一。其二，以朱元璋所推崇的宣扬“子孝共妻贤”“有贞有烈赵贞女，全忠全孝蔡伯喈”的《琵琶记》为官方认可的创作标准，《昊天塔》里的杨业无疑是忠孝两全的。但倘若让忠臣在死后骨殖被射，其鬼魂要向儿子求救，表现出英雄末路的悲伤，无疑削弱了杨业的英雄气概。故而，明代小说的杨家将故事选择让杨业撞死李陵碑后被辽人带走头颅的写法。但如此一来，倒颇有点汉人斩首示众的意味了，其间隐含着“胡俗”被改编的痕迹。而杨七郎遭受射鬼箭得以保留，则因为此处运用的隐蔽性、且能突出忠奸斗争的主题，所以在明代的小说作品中继续流传。

迨及清代，清宫大戏《昭代箫韶》[2] 第二本第十出《万箭攒身先尽忠》，写杨七郎（杨希）突出重围，前往元帅潘仁美处求取救兵。潘仁美为报杀子之仇，将杨七郎五花大绑，用乱箭射死。而写杨业，则因袭明人小说撞死于李陵碑的写法。至于京剧及各地方戏中的杨家将戏曲，涉及杨家将故事的作品，基本都是写杨业撞死在李陵碑，其骨殖存放地点也由昊天塔改为红羊洞，杨七郎惨遭乱箭射杀的情节则基本不变。

总之，杂剧《昊天塔》对契丹射鬼箭仪式改头换面，变其名称为百箭会。杨家将故事对射鬼箭仪式的运用，在文本生成和衍变的时空线索中间，是不断发生变化的。尽管戏剧将射鬼箭的施刑地点从木柱变成了塔尖、花树，尽管从史书中杨业中流矢被擒、到杂剧中改为杨业骨殖遭受百箭会和七郎被乱箭射死，迭变为小说仅仅保留杨七郎被乱箭射杀，正是在文人不断加工改造的过程中，射鬼箭仪式逐渐变得

---

① 洪武元年（1368），朱元璋在申禁胡服的同时，亦申禁胡语、胡姓，“于是百有余年胡俗，悉复中国之旧矣”。参见胡广等《太祖实录》，台湾“中央研究院”历史语言研究所 1962 年版，第 525 页。

② 周祥钰等《鼎峙春秋》，载《古本戏曲丛刊》九集，国家图书馆出版社 2016 年版。

陌生起来。但种种变异曲折之处，实际均源于辽代之射鬼箭仪式。

从《昊天塔》杂剧到明清小说、清代的宫廷大戏以及众多地方戏，杨家将的故事一直在不同的时代以不同的形式不断被演绎。射鬼箭仪式在杨家将故事中的演变轨迹，充分说明少数民族文化对汉族文学艺术的影响，实则表里皆有、源远流长。

（杨波　暨南大学文学院博士后）

戲曲研究

安多藏戏表演的审美特征及其传承

邸莎若拉

安多藏戏产生以来，形成了自己的传统艺术形式、观念价值、美学思想等，作为一个延续至今从未断裂的古老传统，其生命力法则急需总结。本文对安多藏戏表演的审美特征及其传承谱系略做梳理，尝试呈现安多藏戏“生成—存续—传习”的生命力法则，以期推进中国少数民族戏剧遗产的理论建设和保护实践。

一　安多藏戏的形成及艺术特点

（一）安多藏戏的形成

安多藏戏是18世纪初流传于青海、甘肃省南部、四川北部（阿坝、红原、若尔盖、壤塘和达县安多方言区）等安多藏族地区的藏戏流派。安多藏戏，在甘青安多藏区称为“南木特尔”，意为讲述传记故事。这是安多地区藏族百姓对藏戏的称谓。安多是指操安多方言的藏族地区，安多藏戏使用安多方言演唱藏戏，它包括青海黄南藏戏、果洛“格萨尔”藏戏、甘南藏戏和四川北部藏戏，等等。黄南藏戏是安多藏戏的一个重要支系，是安多地区影响较大、历史悠久的藏戏种类。

从藏戏剧目考证，安多藏戏剧目均为神佛故事，有一些是梵剧剧目，如《云乘王子》《冉玛那王》《德巴丹保》等；从表演形态来看，由于它的产生、形成与历史发展有着独特的人文生态环境，使得安多藏戏在民族语言、音乐唱腔、戏剧程式诸方面独具审美特色，既保留西藏传统藏戏的表现形式，又吸收安多地区仪式、说唱、民歌、舞蹈、服饰、化妆等艺术形式，且自成表演审美体系。本文以黄南藏戏和甘南藏戏为例进行阐释。

黄南藏戏诞生于同仁隆务寺。早在 17 世纪中叶，隆务寺僧侣到拉萨进修时，受到西藏藏戏的熏陶，回来后，在寺内学演藏戏，他们在藏戏中融入了安多地区藏族音乐、舞蹈和说唱曲艺等，并以安多方言演出，成为有别于西藏藏戏的安多藏戏。20 世纪四五十年代，甘南藏戏传承人琅仓活佛又将南木特表演形式传入黄南地区，形成了黄南藏戏的艺术审美特质。

甘南藏戏，也称南木特尔藏戏，发源于甘肃省甘南藏族自治州夏河县九甲乡大河夏河畔的拉卜楞寺。代表剧目是由《米拉日巴劝化记》改编的《公保多吉听法》，是宗教法会仪式重要内容之一，即米拉羌姆，其形式是在表演中讲述米拉日巴生平故事，“其特点是以羌姆法舞形式演述米拉日巴的故事，演出场所是在寺院经堂前表演，演员均为僧人，角色均戴面具，服饰为藏族生活装。表演形式穿插在宗教法舞之中，具有宗教仪式性，可以说是一部宗教仪式剧，它标志着甘南南木特藏戏的形成”①。

（二）安多藏戏的艺术特点

藏戏和汉族戏曲有共同的戏曲的特征，就是王国维先生概括的“以歌舞演故事”。这是在特有的历史、地理、文化背景的作用下形成的。但是，相对于戏曲特征而言，如唱念做打的综合表演、强烈的节奏感、虚拟性的时空处理、程式化的动作技巧、象征性的人物装扮、装饰性的舞台布景等方面，藏戏有其鲜明的个性特征。② 我们知道，任何宗教都是人类思想文化的一种表现形态，具有丰富的内容。从这个意义上讲，宗教依赖于文化，其存在与发展是和人类文化的发展交织在一起的。就藏传佛教而言，其建筑风格、寺院组织、管理形式、学经制度、宗教节日活动，以及绘画、雕塑、堆绣、宗教音乐、舞蹈和戏剧等一系列艺术形式，内容博大丰富，且有着浓厚的地域民族特色。安多藏戏正是在这种文化的基础上，吸收多种文化成分，变得丰富多彩。在表现内容上，它既有佛经故事、藏族名僧事迹，也吸纳了藏族祭祀仪式，也有传自祖国内地的民俗以及民族间交往的历史典故。它反映了藏族历史发展中形成的世俗生活与宗教生活相结合的特殊的社会形态；在艺术形式上，涉及的领域广阔，它既保留了寺院的宗教音乐、舞蹈以及绘画艺术，又吸收了民间的音乐歌舞、说唱等艺术营养，同时受到汉族文化的影响，借鉴了汉族戏曲的表演程式，从而内容形式斑斓多彩，形成了具有说唱歌舞、广场演出、观赏娱乐等鲜明的民族特征的一个完整独特的演剧审美体系，其艺术特点可归纳如下：

1. 具有丰富而自成体系的表演程式、技艺技法。历代藏戏艺人在长期的艺术实践中，吸收寺院绘画人物形态，融入寺院宗教舞蹈、

---

① 参见曹娅丽《试论藏族仪式剧〈米拉日巴劝化记〉的流传及其对安多藏戏的影响》，《青海民族研究》2003 年第 4 期。

② 参见曹娅丽《青海黄南藏戏的新风采——析现代藏戏〈金色的黎明〉之创作特色》，《戏曲研究》第 60 辑。

民间舞蹈及藏族生活素材动作等，总结出各种行当及成套的表演程式、手式指法、身段步法和人物造型，形成本剧种独有的藏戏表演艺术风格。①

2. 在藏戏音乐中既保留了宗教音乐的成分，也吸收了当地民歌、舞蹈音乐素材，在唱腔音乐方面以安多地区的道歌、说唱音民歌等为主体，即由寺院诵经音乐、民间说唱及歌舞音乐和打击乐构成藏戏音乐体系，具有鲜明的地域和民族特色。

3. 积累了近40多个传统剧目和创作剧目。在民间演出的主要剧目有《诺桑王传》《松赞干布》《智美更登》《苏吉尼玛》《朗萨姑娘》《白玛文巴》《卓娃桑姆》《文成公主》《冉玛纳王》《德巴丹保》《官却邦王子》《公保多吉听法》《赛马称王》《天岭卜筮》《英雄诞生》《十三铁事》《霍岭大战》等剧目。其中，在专业剧团保留了《意乐仙女》《诺桑王子》《苏吉尼玛》(《鹿女》)《藏王的使者》《金色的黎明》《格桑花盛开的时候》等剧目。

4. 保留了仪式剧《贡保多杰听法》的表演。该剧是安多地区各寺院举行宗教法会中一个重要内容，即米拉羌姆仪式，并沿袭至今，被学术界誉为藏戏之“活化石”。

5. 果洛地区的“格萨尔藏戏”保留着说唱史诗的戏剧表演形态，是一种用安多语演唱史诗表演的藏戏，极具梵剧特色。这对于研究戏曲的早期形态具有学术价值。

安多藏戏反映了一定历史时期戏剧的形态、独特的审美观念，形成了具有浓郁地方特色和民族特色的演出习俗，以其独有的艺术形式记录了近、现代藏族社会的历史。

---

① 参见曹娅丽《试论藏族仪式剧〈米拉日巴劝化记〉的流传及其对安多藏戏的影响》，《青海民族研究》2003年第4期。

二　安多藏戏传承谱系及传承人的贡献

历代安多藏戏艺人在长期的艺术实践中，创作了具有藏民族特点的戏曲表演程式，体现了中华民族戏曲表演程式的审美特征。

（一）安多地区宗教寺院戏师的传承谱系

安多藏戏是伴随着藏传佛教的发展而产生的，安多藏戏是由青海黄南地区隆务寺戏师吉先甲、多吉甲和甘肃甘南地区拉卜楞寺琅仓活佛以及一批僧侣文人倡导和传播的，他们为安多藏戏的形成及发展做出了贡献。

1. 吉先甲（1854—1946），藏族。他 5 岁时进入隆务寺为僧，清末至民国初年，作为隆务寺藏戏演员和组织者，他在藏戏剧本的改编中注重文学性与戏剧性，表演上注重艺术性。特别是在他 73 岁高龄时对《诺桑王传》的全面改革和创作，使隆务寺藏戏在艺术上有了质的飞跃。①

2. 多吉甲（1910—1973），藏族。6 岁进隆务寺。是一个集表演、编导及藏戏传播于一身的藏戏艺术家。24 岁时，接过吉先甲的重任，对隆务寺藏戏剧目、表演程式、角色扮演做了系统创作。他首先修改《诺桑王传》剧本，将其原本简单的说唱故事改为文学性较强的融唱、做、念、舞等为一体的藏戏表演形式。在宗教改革期间，他不仅在隆务寺倡导演藏戏，而且将寺院藏戏传播给广大民众，使藏戏从寺院走向民间，兴盛于民间。②

3. 琅仓四世活佛（1900—1988），琅仓四世法名嘻藏勒夏嘉措，夏河佐盖多玛人，“南木特尔”藏戏活动家、著名编剧。琅仓四世见识广博、阅历丰富，曾任拉卜楞寺第 90 任总法台。1931 年－1941 年在赴内蒙弘法期间，留居北京 12 年，常与梅兰芳等艺术家交流学习，

①② 参见《中国戏曲志·青海卷》，中国 ISBN 中心 1998 年版，第 459 页、第 462 页。

对京剧较熟悉，也对京剧十分爱好，他以拉卜楞藏族民间歌舞为基础，大胆地吸收了京剧的台步和身段动作及指法，为甘南藏戏表演程式的形成做出了贡献。①

（二）专业藏戏艺术家的传承

青海黄南藏戏在表演上与西藏藏戏相比独具特色。黄南藏戏表演艺术在20世纪80年代中期得到进一步的发展，是与高鹏、多杰太、华本嘉等人的创作理念密不可分的。他们既是黄南藏戏表演艺术的革新者又是表演理论的集大成者，他们在安多藏戏史上写下重要一笔。

1. 多杰太（1948—2012），藏族。5岁入隆务寺，从小生活在隆务寺——藏戏的摇篮，寺院不仅赋予他创作的灵感，而且还赋予他音乐的灵性和编导演的才智。1960年他从隆务寺还俗，在民间传演藏戏，1965年加入黄南歌舞团，编演藏戏和歌舞剧。1980年7月，他根据《诺桑王传》改编创作了第一台大型神话藏戏《诺桑王子》，第一次把民间纯朴的广场藏戏搬上了华丽的现代艺术舞台，这是藏剧史上第一次将古老的安多藏戏搬上戏剧舞台的壮举。

2. 华本嘉（1957—2002），藏族。他在《诺桑王子》的基础上，于1982年7月，创作了大型神话藏戏《意乐仙女》。《意乐仙女》以藏族舞蹈铺排剧情，舞蹈贯穿于藏戏，彰显出藏民族审美特质。

3. 高鹏（1948—2010），为藏戏做出贡献的汉族艺术家。在20世纪80年代，高鹏和年轻的藏族作者华本嘉共同创作的第一出藏戏《意乐仙女》首演成功。之后，高鹏又和藏族作者华本嘉、多杰太合作创编了《苏吉尼玛》《藏王的使者》，后又协助多杰太从事现代藏戏《金色的黎明》《纳桑贡玛的悲歌》等戏的编剧与导演的工作。高鹏在不断的创作实践中，根据黄南藏戏的表演特点，按照戏曲行当和样式，从理论上规范了各种人物类型和独有的程式动作，即把黄南藏戏角色初步综括为九型，即庄重型、秀丽型、慈祥型、超俗型、刚健

---

① 参见《中国戏曲志·甘肃卷》，中国ISBN中心1998年版，第109页。

型、谐趣型、险恶型、仿生型。表演身段亦可综括为10余种，如拉拇指、翻掌快步、行礼舞式、朝步等，这些身段在不断地演出中都已提炼成为黄南藏戏所特有的程式性动作。这种不拘一格的表现手法，折射出藏民族传统文化的魅力，奠定了黄南藏戏艺术发展的基础。[①]

三　安多藏戏表演的审美特征及其传承

安多藏戏在继承传统的基础上，又有了新的发展，它既继承古老藏戏“温巴顿”传统表演形式，同时又把安多藏族舞蹈融入藏戏，并与京剧表演程式相融合，创造了藏戏表演的程式化和生活化、歌舞性与戏剧性和谐统一的审美表演形态。

（一）“温巴顿”传统藏戏表演审美特征

“温巴顿”，即“顿”，传统藏戏开场戏，专门介绍剧情及人物，通常称为“温巴顿”，或“甲鲁温巴”。开场戏中人物有三种：“甲鲁”“温巴”及“拉姆”，其中，“拉姆”可有多人，由他们组成一支歌舞队。由一名“甲鲁”介绍该剧的剧情及主要人物，并且有祈祷、祈福、感恩神灵佛祖保佑的内容。“甲鲁”“温巴”的出场形式是“折嘎”说唱，“折嘎”藏语意为吉祥之祝愿。表演时，“温巴”戴山羊皮面具，“甲鲁”戴高筒帽，手拿一根木棍，藏语称此木棍为“桑白顿珠”。“甲鲁”“温巴”应情而语，缘事而言，即兴创作，说唱结合，有韵有白，同时有程式化的舞蹈动作伴之。[②] 黄南藏戏不仅融入了安多藏区的民间传统歌舞杂技百戏、宗教祭祀仪式以及戏剧程式动作，而且保留了“温巴顿”开场戏表演，并将“温巴顿”形式贯穿于整部剧每一场戏。如在《金色的黎明》一剧中，开场就有“温巴顿”表

① 以上专业藏戏艺术家的传承参见曹娅丽《青海黄南藏戏》，文化艺术出版社2007年版，第165～166页。

② 参见曹娅丽《青海黄南藏戏的新风采——析现代藏戏〈金色的黎明〉之创作特色》，《戏曲研究》第60辑。

演，在主要部分“雄”（即正戏）的每一场戏开场时也都有“甲鲁”“温巴”、仙女及假面串场，有时他们成为剧情的解释者，有时又成为剧中人，贯穿整场藏戏。① 由此可见，这种表演形式已运用得十分自然、流畅、灵活，贯穿剧情，突出了传统藏戏的特征，同时又有所发展，独具美学特色。

（二）舞蹈化与虚拟性的藏戏表演审美韵致

舞蹈化与虚拟性是戏剧表演的灵魂。比如“跑”在京剧舞台上必须既标准又优美。像旦角的跑圆场，就要跑小碎步，快如风似的围着舞台转。其表演源于生活又高于生活，是艺术提炼的身段表演动作。在安多藏戏表演中，舞蹈化与虚拟性也是戏剧表演的核心，但它更趋于舞蹈化，“跑”在藏戏表演中是“舞”，载歌载舞是藏戏表演的灵魂所在，形成了安多藏戏表演程式的审美韵致。

首先，安多藏戏在表演中将京剧程式化与藏族舞蹈相结合，虚拟性与生活动作相结合，形成了藏戏表演身段程式。

其次，在戏剧表演程式上，具有严格的形式规范，其中包括唱、念、做、打（舞、技）、服饰、造型等，融入了安多地区藏族的诗、乐、舞、美术等艺术因素。它的舞蹈，铺排剧情，构成了藏戏的灵魂。由此，安多藏戏表演不仅具有藏民族载歌载舞的艺术特色，又呈现出戏曲表演程式的魅力。

（三）歌舞性与戏剧性相统一的美学特质

戏曲的舞，是一种无声的语言，具有抒情状物的功能。藏戏中的舞蹈，它不再是单纯的藏族舞蹈，而是一种戏剧化的舞蹈，体现了“以歌舞演故事”的戏曲美学特质。

安多藏戏在表演形式上一方面吸收安多民间歌舞、说唱、民歌诸多艺术营养，一方面保留安多地区歌舞仪式、宗教仪式，形成了具有

---

① 参见曹娅丽《青海黄南藏戏的新风采——析现代藏戏〈金色的黎明〉之创作特色》，《戏曲研究》第60辑。

安多藏戏表演艺术特征的戏剧程式。即是说，在专业藏戏团的表演中，身段表演动作都有严格规定，并固定下来成为程式化动作；民间藏戏团的表演却更多的是生活化和歌舞性的表演，有些动作也略带程式表演。黄南藏戏的程式化和生活化、歌舞性与戏剧性和谐统一于表演形式之中。具体归纳如下：

1. 丰富的表演技法

安多藏戏在形成发展的过程中，吸收藏族古往今来各种各样表演艺术的同时，又借鉴吸收汉族古典戏曲的程式表演动作，综合融铸成黄南藏戏表演艺术技法，主要有唱、舞、韵、白、表、技、谐等几种。如“舞”：黄南藏戏舞蹈也占很大分量，载歌载舞是它的一个明显特色。黄南藏戏在演出时，唱腔中间和表演部分，都要穿插已固定格式的藏戏舞蹈；人物表演动作也基本上舞蹈化，成为程式性和戏剧化了的舞蹈身段动作。如“表”：黄南藏戏的表演身段和动作，除戏剧化舞蹈外，还有汉族古典戏曲的程式表演动作与藏族生活动作相融合的表演形式，主要吸收戏曲中君王、君臣走台步的身段动作，并与藏戏中王臣步法糅和在一起，成为黄南藏戏的表演程式动作。

2. 多姿多彩的表演身段

历代藏戏艺术家在创作编排新型藏戏时，既注意对传统藏戏歌舞、说唱等技艺的充分继承和发掘，又注意吸收借鉴汉族戏曲中的表演艺术，与传统藏戏的表演技艺相结合进行发展创新，使黄南藏戏表演艺术获得了发展。剧作家高鹏先生将黄南藏戏的身段动作归纳为以下几点[①]：

第一，吸收戏曲中君王、大臣的台步和身段动作，如朝步、自豪步等，并将它与藏族王臣的生活步法糅合在一起加以提炼，使之舞蹈化。其动作特点是同手同脚，动作缓慢，舒展、庄严、肃穆，有自豪之意。

① 参见《中国戏曲志·青海卷》，第277页。

第二，女性角色的身段，既借鉴了西藏藏戏的身段歌舞动作，又融合了当地民间歌舞的动作。如托肘步，吸收西藏藏戏女性的身段动作衍化而成，为女性角色出场时的基本动作。如《金色的黎明》中桑姆的进出场。此步法为小臂上举，手心朝内，右手按音乐的节奏托左肘，左右轮换，脚下配以轻快的碎步。一般用于尊敬、朝见时。又如翻掌快步，借鉴西藏藏戏女角色手腕动作变化而成，是女子特别是女子群体的快节奏身段动作。如《藏王的使者》中随禄东赞赴唐朝的四侍女上场亦用此步法。其基本动作是双手置胸前，手腕由里向外灵活地翻动，配以轻盈的快步，身体左右轻微摆动，是表现青年女子轻巧、灵动的步态。

第三，源于安多藏族歌舞动作，融入藏戏之中，成为藏戏表演的程式动作。如翻腕托掌步：与托肘步近似，在变化上更加花哨好看，为活泼、俏丽、妖娆之女性出场时的基本步法。《金色的黎明》中女子群舞上场，都是用这一步法。又如翻掌叉腰快步：与翻掌快步相同，只是每翻掌两次后即加一次双手叉腰的动作。这一身段更具俏丽、妩媚的特点，更适合表现少女与性格活泼的女性。在藏戏《苏吉尼玛》中侍女捧妆盒给苏吉尼玛梳妆时的上场动作，《金色的黎明》中青年桑姆上场动作，都是采用这一步法。再如举臂翻腕：是愉悦、欢乐时的手腕动作，大都在女子群舞中使用。其动作是双臂高举，手腕快速由外向内转动，同时配合脚步轻快地跳动，腰部也随着轻摆。此外，有些人物形象塑造直接吸收壁画人物和民间艺术中人物的身段、手型、步法等动作，成为黄南藏戏所特有的程式动作。

综观安多藏戏的表演审美特征，它经历了羌姆乐舞到宗教仪式剧的演变，从仪式剧到丰富的藏戏传统剧目，从单一的讲述故事到戏剧扮演角色，从戏剧扮演角色到接受了京剧表演程式的唱、念、做、舞各种表现手段以及各行角色的各种表演技术，体现了中华民族戏曲的美学特征。它凝聚着本地区、本民族深厚的文化传统，体现了本地区、本民族独特的审美意识。它是在民族文化和民间艺术的土壤中孕育和成长起来的，既与人民群众的生活有着千丝万缕的联系，又与现实生活密切相关。藏戏生存与发展的土壤是离不开这个民族的生产方式、生活方式、价值观、宗教信仰、审美趣味的。正因如此，藏戏有着广泛的群众性和民间传承性。有一批民间和寺院藏戏传承机构，有一批有影响的民间艺人，更有一批热爱藏戏事业的传承者，使藏安多戏始终与社会民众保持密切联系，即是说，安多藏戏遵循着“生成—存续—传习”之艺术学生命力法则沿袭至今，这是安多藏戏世代传承的关键。

（邸莎若拉　中国艺术研究院中国非物质文化遗产保护中心）

戯曲研究

十三行行商与清代戏曲关系考[①]

陈雅新

鸦片战争前的清朝政府，在对外关系上实行“闭关政策”。清代入关之初厉行海禁，康熙二十三年（1684）始开禁，准许广州、漳州、宁波、云台山四口通商，到乾隆二十二年（1757）则只准广州一口通商。当时清政府在广州指定若干特许的行商（洋货行或外洋行）垄断和管理经营对外贸易，又被称为“十三行”。一直到鸦片战争后1842年订立《南京条约》，才打破了清政府的闭关政策，“十三行”

① 本文为国家社科基金重大项目“海外藏珍稀中国民俗文献与文物资料整理、研究暨数据库建设”（项目编号：16ZDA163）阶段性成果。

的公行制度也随之瓦解。[①] 而行商的后代仍然在中国商界发挥着重要影响。正如朱希祖所言："十三行在中国近代史中，关系最巨。以政治言，行商有秉命封舱停市约束外人之行政权，又常为政府官吏之代表，外人一切请求陈述，均须由彼辈转达，是又有唯一之外交权；以经济言，行商为对外贸易之独占者，外人不得与中国其他商人直接贸易。"[②] 然而这一持续了近一个世纪的组织，对于清代戏曲的影响却未有人做过专门探讨。[③] 本文搜集了中外史料，首次对十三行行商与清代戏曲的关系做出揭示。

商路即戏路，是研究者的一个共识。然而自 1757 年成为唯一口岸，至 1842 年中英《南京条约》规定中国开放五口，广州的国内商路又受到国际贸易的显著影响。对外贸易兴盛，则入粤外省商人多，广州外江梨园会馆兴盛；反之，对外贸易冷淡，则广州外江梨园会馆亦不景气。而国外市场对于茶、生丝、土布、瓷器等不同产地商品的需求，则会引起相应省份商人的入粤，这些省份的戏班也随之而来。因此，外贸影响了广州外江梨园会馆的兴衰和构成会馆各省戏班的多寡。[④] 十三行则是这一时期中外贸易的枢纽，其经营状况改变着整个广州商业，进而影响到广州剧坛。除此宏观影响外，行商与广州梨园也有很多直接的关联。

一　演戏宴请中外宾客

十三行设立后，洋人活动的范围被严格限制在广州城外的商馆

---

① 徐新吾、张简《"十三行"名称由来考》，《学术月刊》1981 年第 3 期。

② 梁嘉彬《广东十三行考》，广东人民出版社 1999 年版，第 5 页。

③ 关于十三行的研究，参见冷东《20 世纪以来十三行研究评析》，《中国史研究动态》2012 年第 3 期。冷东、金峰、肖楚雄《十三行与岭南社会变迁》（广州出版社 2014 年版），对十三行与岭南经济变迁、政治军事变迁、岭南城市变迁、文化变迁等方面做出探讨，没有涉及戏曲。

④ 参见冼玉清《清代六省戏班在广东》，《中山大学学报》（社会科学版）1963 年第 3 期。

区，不准入城，因此到行商家中做客、参观行商的庭院成了洋人最好的消遣。[①] 据英国人威廉·希基（William Hickey）（1749－1830）回忆录记载，1769年（乾隆三十四年）10月1日和2日，他在行商潘启官（Pankeequa）的乡间庭院参加了晚宴：

> 在黄埔度过了愉快的三天后，我们返回了广州。接下来的几天中，麦克林托克给了我一张来自行商潘启官两次款待的邀请函，分别是在十月一日和二日。第一天的晚宴配以英式装束和服务，在此场合中，中国人相当尴尬地用着刀和叉，各方面都符合欧洲时尚。各种最好的葡萄酒都充足地供应着。晚上上演了一部好战题材的戏，展现了很多精彩的打斗，期间的舞蹈和音乐比我预期的要好。一个场景中，一位英国海军军官被介绍上台，他穿着全身制服，戴着突出的尖角帽，大摇大摆地在舞台上说“Maskee can do! God damn!”（一定能成功！该死的上帝!）引起哄堂大笑，一个中国人不能自已地大喊：“Truly have muchee like Englishman.”（真像英国人）
>
> 第二天则相反，一切都是中式的。餐桌上没有了刀叉，所有的欧洲客人都用筷子，或者说努力用着筷子去吃。招待是极好的，上好的饮食。中国人喜欢吃高档的菜肴，保持着最好的烹饪。晚上，绚丽的烟花（也是他们擅长的）在花园燃放，花园被彩色灯笼照得十分美观。我们站在一座临时建造的建筑上，观赏了戏法、紧松绳舞，随后观赏的哑剧是我见过最巧妙的之一。演出一直持续到深夜，我们和几位大班返回了商馆，都对中国东道主的慷慨招待与美味供应感到非

① 参见刘凤霞《口岸文化——从广东的外销艺术探讨近代中西文化的相互观照》，香港中文大学2012年哲学博士论文，第89～94页。

常满意。[①]

潘启官（1714—1788），同文行行商，名振承，又名潘启，外国人因称之为潘启官（Puankhequa Ⅰ）。他是十三行商的早期首领，居于行商首领地位近30年。在潘振承之后，其子潘有度（1755－1820）、孙潘正炜（1791－1850）相继为行商，改商号为同孚行，仍在十三行中居重要地位，外商亦称他们为潘启官（Puankhequa Ⅱ、Puankhequa Ⅲ）。[②] 从希基的记述可知，潘启官在乡间私家园林中对英国商人与商船大班进行了款待。第一天为西餐，西式服务；第二天为中餐，中式服务。第一天晚上上演了一部战争题材戏曲，其中有滑稽演员装扮成英国海军军官，并说英语，实际上是中式的广州英语（Canton English或Pidgin English）。[③] 第二天晚上的表演有烟火、戏法、杂耍与哑剧。

1793年英国马戛尔尼（George Macartney）使团访华，从北京返航至广州后，下榻在旧属行商的花园中。1794年荷兰德胜（Isaac Titsingh）使团访华，也三次在同一花园中参加宴会。蔡鸿生先生引用研究者博克瑟的著作，称此花园为行商伍氏所有。[④] 这一说法影响广泛，但这是蔡先生引用失误的结果。蔡先生所引博克瑟的原著称此花园的所有者为行商Lopqua，非伍氏。[⑤] 在荷使团正使德胜和副使范

---

① 引文为笔者译，原文参见 Edited by Peter Quennell，*The prodigal rake：memoirs of William Hickey*，New York：E. P. Dutton &Co. Inc，1962，p. 143. 篇幅所限，本文不录英文原文，下同。

② 梁嘉彬《广东十三行考》，第259～270页。

③ 关于“广州英语”以及以后的“洋泾浜英语”，参见吴义雄《“广州英语”与19世纪中叶以前的中西交往》，《近代史研究》2001年第3期；邹振环《19世纪早期广州版商贸英语读本的编刊及其影响》，《学术研究》2006年第8期；程美宝《Pidgin English研究方法之再思——以18－19世纪的广州与澳门为中心》，《海洋史研究》第二辑；周振鹤《中国洋泾浜英语的形成》，《复旦学报》2013年第5期，等等。

④ 蔡鸿生《王文诰荷兰国贡使纪事诗释证》，载蔡鸿生《中外交流史事考述》，大象出版社2007年版，第366页。

⑤ C. R. Boxer，*Dutch Merchants and Mariner in Asia*，London，1988，1602－1795，IX，p. 15.

罢览的日记中多次提到这所花园属于 Lopqua，应无疑。蔡香玉认为 Lopqua 或为行商陈远来，此花园为陈氏旧有。[①] 笔者认同蔡香玉的观点。陈氏花园中专门设有戏台，两国使者都在其中观赏了大量的戏曲演出。[②] 英使团主计员巴罗记载："有一次一个高水平的南京戏班来了广州，看来受到了行商和富民们的极力推捧。"[③] 可见，行商还聘请了外省来广巡演的南京班招待英使。

刊于嘉庆九年（1804）的小说《蜃楼志》，描绘了十三行商人的生活情形。正如序言所说，作者"生长粤东，熟悉琐事，所撰《蜃楼志》一书，不过本地风光，绝非空中楼阁也"[④]，具有很高的史料价值。其中对于行商观剧的描写颇多。我们通过对以下一段描述的考证，证实《蜃楼志》高度的写实性：

> ……摆着攒盘果品、看吃大桌，外江贵华班、福寿班演戏。仲翁父子安席送酒，戏子参过场，各人都替春才递酒、簪花，方才入席。汤上两道，戏文四折，必元等分付撤去桌面，并做两席，团团而坐……那戏旦凤官、玉官、三秀又上来磕了头，再请赏戏，并请递酒。庆居等从前已都点过，卞如玉便点了一出《闹宴》，吉士点了一出《坠马》，施延年点了一回《孙行者三调芭蕉扇》……[⑤]

外江贵华班与福寿班都见诸外江梨园会馆碑刻的记载。贵华为江西班，分别记载于乾隆四十五年（1780）《外江梨园会馆碑记》、乾隆

① 蔡香玉《乾隆末年荷使在广州的国礼与国宴》，载赵春晨等编《广州十三行与清代中外关系》，世界图书出版社广东有限公司 2012 年版，第 248 页。

② 荷使观剧情况参见蔡香玉《乾隆末年荷使在广州的国礼与国宴》，载赵春晨等编《广州十三行与清代中外关系》。关于英国马戛尔尼使团在广州的观剧详情，笔者已另撰文探讨，待发表。

③ John Barrow, *Travels in China*, London: Printed by A. Strahan, Printers—Street, For T. Cadell and W. Davies, in the Strand, 1804, p. 221.

④ 《蜃楼志小说序》，庾岭劳人说，愚山老人编《蜃楼志》，台北广雅出版有限公司 1983 年版。

⑤ 庾岭劳人说，愚山老人编《蜃楼志》，第 258 页。

五十六年（1791）《重修梨园会馆碑记》、嘉庆五年（1800）《重修圣帝金身碑记》、嘉庆十年（1805）《重修会馆碑记》《重修会馆各殿碑记》、道光十七年（1837）《重修长庚会碑记》之中。福寿为湖南班，见诸于乾隆五十六年（1791）《梨园会馆上会碑记》、嘉庆十年（1805）《重修会馆各殿碑记》、道光三年（1823）《财神会碑记》、道光十七年（1837）《重起长庚会碑记》之中。戏旦凤官、玉官、三秀三人，凤官，即陈凤官，玉官即袁玉官，都作为贵华班的成员，出现在嘉庆五年（1800）的《重修圣帝金身碑记》中；三秀，即谢三秀，乾隆四十五年（1780）《外江梨园会馆碑记》记载属于湖南祥泰班，《蜃楼志》记其属于湖南福寿班，这很好理解，因为伶人同省份之间换班是广州梨园会馆的常见现象。① 这些，都足见《蜃楼志》在戏曲记述上高度的真实性，我们据此可将这段描述的原型定位在约1800年，这对于确定《蜃楼志》的创作时间也具有参考意义。《闹宴》为传奇《牡丹亭》中一出，《坠马》为戏文《琵琶记》中一出，《孙行者三调芭蕉扇》为《西游记》杂剧中一折，都是昆剧常演的折子戏，因此此两班唱的也许是昆腔。

1816至1817年英国派以阿美士德勋爵（William Pitt Amherst）（1773－1857）为正使的使团访华。1817年1月1日，使团从北京返回了广州，1月16日，受到行商章官（Chun－qua）的宴请。使团的第三长官亨利·艾利斯对这次宴请有以下记述：

> 章官是主要行商之一，他为大使提供了晚宴与“唱戏”，或者说戏剧演出。晚宴主要是英式，只有很少几道中国菜，显然是特意安排的。戏的恼人难以形容，演员与器具（我不愿叫它们乐器）地狱般地喧闹；整个演出让人痛苦难熬，我

① 广州外江梨园会馆伶人换班的情况参见黄伟《外江班在广东的发展历程——以广州外江梨园会馆碑刻文献作为考察对象》，《戏曲艺术》2010年第3期。这些碑文参见中国戏剧家协会广东分会、广东省文化局戏曲研究室编《广东戏曲史料汇编》第一辑，1963年版，第36～66页。

> 确信我再也不愿被要求来经历了。戏剧以恭维大使开始，称大使晋升官级的时期已定，并且指日可待。翻跟头和戏法是晚上娱乐的一部分，表演得不错。我们的东道主章官曾在财政部门任职，因一些弊政被革职。他在公务中仍有些关系，继续联络着。他的父亲是一位看起来便可敬的老人，戴着红色顶戴，也来尽地主之谊。看到这位老先生从演出中获得的满足几乎让我气恼，因为对我而言，感受是如此不同。在活跃的部分，有时会有大量演员出现，有时还会有观众混入。我们既看了悲剧，又看了喜剧。悲剧中，皇帝、王公与大臣们趾高气扬，咆哮到了可怕的极致。而喜剧中的滑稽点似乎在于画在小丑鼻子上的条纹。女性人物由男孩来扮演。（原注：演员被中国的法律和习俗视为低劣职业）行商昆水官在桌旁转着，为主要客人们的健康而敬酒：有人告诉我，一个完美的中国礼节需要主人亲自端上第一道菜。①

章官（Chun－qua），或称刘章官，名刘德章（？—1825），于乾隆五十九年（1794）至道光五年（1825）充当东生行行商。② 参加晚宴的行商至少还有昆水官（Con－see－qua）。昆水官或称潘昆水官、潘昆官、坤水官，为丽泉行洋商潘长耀使用的商名。嘉庆元年（1796）创设丽泉行，道光三年（1823）病故。因生意亏折，家产被查抄。③ 从引文可知，章官以英餐和戏曲招待了使团。演出以例戏《跳加官》开始，既有喜剧，又有悲剧，人物有皇帝、王公、大臣和小丑等，有些出目上场演员很多，还有票友参与其中。艾利斯除了对

---

① 原文见 Henry Ellis，*Journal of the proceedings of the late embassy to China*，London，1817，pp. 418－419. 引文为笔者译，参考了刘天路、刘甜甜译，刘海岩审校《阿美士德使团出使中国日志》，商务印书馆 2013 年版，第 286～287 页。刘译本将 Chun－qua 音译为春官，将 Con－see－qua 音译为丛熙官，误。

② 梁嘉彬《广东十三行考》，第 301～302 页。

③ 杨国桢《洋商与大班：广东十三行文书初探》，载龚缨晏主编《20 世纪中国“海上丝绸之路”研究集萃》，浙江大学出版社 2011 年版，第 518 页。

翻跟斗和戏法有点认可外，对演出的其他方面都极不欣赏。使团医官麦克劳德对这次演出的记录更为奇特，让人难以想见是怎样的戏剧场景，足见他对中国戏剧的陌生：

> 在整个宴饮过程中，一部戏剧在建在大厅尽头的戏台上上演。它的题材对于一般欧洲人难以理解，甚至喧闹的音乐都足以让人退步。在小小的舞台上，聚集了许多公牛，同样多的驴，一伙补锅匠围着一口铜锅，几把剁肉刀和几根骨头，和大约三十只猫；然后牛吼、驴嘶、锤击、猫叫之声开始齐鸣，由此可能对中国交响乐的旋律产生一点了解。（他们轻柔点的音乐，例如婚礼上或其他与舞台无关的场合中所用，并不难听。）他们的杂耍极其娴熟，翻筋斗者表现了非凡的敏捷技艺。①

行商设戏筵宴请宾客在当时广州文人的日记中也颇常见，反映了知识精英阶层对十三行戏剧活动的参与。例如文人谢兰生的日记中记有嘉庆二十四年（1819）四月二十七日“过万松园观剧”、十月十三日“天宝梁君请十六日戏席”②，等等。万松园为行商伍氏的别墅，除谢兰生外，观生、张如芝、罗文俊、黄乔松、梁梅、李秉绶、钟启韶、蔡锦泉等嘉道间的名流也时常过从。③ 天宝即天宝行，创立于嘉庆十三年（1808），梁君即其开创者行商梁经国。④

法国人福尔格（Paul－Émile Daurand－Forgues）（1813－1883）

---

① 引文为笔者译，原文参见 John M'Leod, *Narrative of a Voyage, in His Majesty's late Ship Alceste, to the Yellow Sea, Along the Coast of Corea, and Through Its Numerous Hitherto Undiscovered Islands, to the Island of Lewchew; with an Account of Her Shipwreck in the Straits of Gaspar*, London: John Murray, Albemarle Street, 1817, pp. 149－150.

② 谢兰生著，李若晴等整理《常惺惺斋日记（外四种）》，广东人民出版社 2014 年版，第 8 页、第 18 页。

③ 《番禺县续志》卷四十叶十九，台湾成文出版社 1967 年版，第 569 页。

④ 梁嘉彬《广东十三行考》，第 323 页。

（又名老尼克，Old Nick）在其《开放的中华》① 一书中，记载了他于道光十六年（1836）七月初七受邀参加了行商秀官（Saoqua）家中的晚宴，书中对此次宴饮有以下描述：

> 一番恭维后，他领着我们进了宴会厅——这是一间位于宅子的正屋，即主人所住的地方。
>
> 大厅内，左右两边摆放着四张印尼苏拉特木料做成的桌子，呈一个大平行四边形，留有足够的空间通向一个椭圆形的门。门边立着两只巨大的古瓷瓶，插满色彩鲜艳的花朵，其中高高地夹着两扇宽大的孔雀羽毛。第五张桌子，也就是缲官（笔者注：误，应译作秀官）的桌子，摆在大厅的最内侧，在进门的边上，正对着另一端的是一个小戏台。整顿晚宴期间，戏台上翻筋斗和走钢丝的杂技演员以及歌手不停地表演着，虽然似乎没人瞧他们一眼。虽然桌子足够四人甚至六人入座，但每张桌子只坐两位客人，左右留出空间，不挡住看表演的视线。②

秀官（Saoqua），即马佐良（1795—1865），顺泰行商，原名马展谋。可见，在他住宅宴会厅内也设有戏台，为宴请中外宾客助兴。对主、客就座的位置也做了特意安排，让人人都能看到演出。

---

① Old Nick，Ouvrage Illustré Par Auguste Borget，*La Chine ouverte*，Paris：H. Fournier，Éditeur，1845.

② ［法］老尼克著，钱林森、蔡宏宁译《开放的中华——一个番鬼在大清国》，山东画报出版社2004年版，第25页。书中尚配有一幅名为“Un Diner”（晚宴）的插图，博格特（Auguste Borget）所绘，然而此图所绘内容与文中内容明显不吻合。其实，此画的原型为阿托姆《中国官员的晚宴》一画，参见 Thomas Allom，*The Rev G. N Wright，M. A.*，*The Chinese empire illustrated*，Vol. 6，The London printing and publishing company，1858. 而阿托姆画中的戏剧演出场面是模仿亚历山大《一部中国戏剧》（A Chinese Theatre）而来。亚历山大画作现藏大英图书馆，为画册 *Album of 278 drawings of landscapes，coastlines，costumes and everyday life made during Lord Macartney's embassy to the Emperor of China. Between* 1792 *and* 1794 中第168幅，画册编号 WD961：1792—1794。

二　家庭演戏

除了上述行商与中外官员、商人等宴饮要请戏班助兴外，在行商的家庭生活中，也经常要演戏，例如乔迁新宅。《蜃楼志》中行商苏万魁新居建成后家中演戏庆祝：

万魁分付正楼厅上排下合家欢酒席，天井中演戏庆贺。又叫家人们于两边厅上摆下十数席酒，陪着邻居佃户们痛饮，几于一夜无眠。到了次日，叫家人入城，分请诸客，都送了“即午彩觞候教”帖子，雇了三只中号酒船伺候，又格外叫了一班戏子。到了下午，诸客到齐。演戏飞觞，猜枚射覆。①

行商人家结婚更要演戏，例如《蜃楼志》中行商苏吉士（笑官）结婚：

腊尽春回，吉期已到……苏家叫了几班戏子，数十名鼓吹，家人一个个新衣新帽，妇女一个个艳抹浓妆，各厅都张着灯彩，铺着地毯，真是花团锦簇。到了吉日，这迎娶的彩灯花轿，更格外的艳丽辉煌。晚上新人进门，亲友喧阗，笙歌缭绕，把一个笑官好像抬在云雾里一般。②

可见，行商财力充沛，迎娶及婚礼上要同时请数家戏班。并且不但男方家里演戏，女方家中也要演。《蜃楼志》写到袁大人到行商苏吉士家中下聘礼时：

戏子参了场，递了手本，袁侍郎点了半本《满床笏》。酒过三巡，即起身告别。③

《满床笏》演郭子仪及全家皆封高官，所用笏排列满床之事，专供喜庆场合之用。

---

①②③　庾岭劳人说，愚山老人编《蜃楼志》，第43页、第104页、第230页。

富有的行商，家中往往妻妾众多。梨园戏子都是男伶，不便为女眷演戏。因此行商家中还专门设有家班，全由女伶组成，即女戏。并在私家园林中建造戏台，供女眷们消遣，也可用来招待其他行商家中的女眷：

> 再说吉士因如玉回清远过节去了，只与姐姐妻妾们预赏端阳，在后园漾渌池中造了两只小小龙舟，一家子凭栏观看。又用三千二百两银子，买了一班苏州女戏子，共十四名女孩，四名女教习，分隶各房答应。这日都传齐在自知亭唱戏。到了晚上，东南上一片乌云涌起，隐隐雷鸣，因分付将龙舟收下。
>
> 次日端阳佳节……（苏吉士）着人到温家、乌家、施家，请那些太太奶奶们到来，同玩龙舟，并看女戏。①

行商苏吉士的家班由 14 名苏州女孩和 4 名女教习组成，平时分属于他的各房妻妾，为她们唱曲；聚集在一起，则是一个完整的戏班，可以搬演整出剧目。苏州是昆曲的繁盛之地，可见此时行商人家对昆曲的喜爱。观戏与观龙舟同时，可知此自知亭应是临水而建，观剧环境优雅，并“可以利用水的回声作用增添乐音的幽回效果”。②

英国人艾伯特·史密斯（Albert Smith）（1816－1860）于 1858 年 9 月 15 日（星期三）游玩了潘庭官（Puntinqua）的花园。庭官是潘正炜的号，但潘正炜已于 1850 年离世，此庭官或指潘正炜的族人、海山仙馆的主人潘仕成（1804－1874）。③ 史密斯记述了两次鸦片战争后潘氏花园破败凋零的景象，而花园中的剧场建筑依然存在：

> 有一座建造精良的舞台，专为唱戏之用，其对面为一座

---

① 庾岭劳人说，愚山老人编《蜃楼志》，第 254～255 页。

② 廖奔《中国古代剧场史》，中州古籍出版社 1997 年版，第 25 页。

③ 关于潘仕成的身份是否为行商，学界有争议，但其与十三行商人的密切关系则无可置疑。参见蒋祖缘《潘仕成是行商而非盐商辨》，《岭南文史》2000 年第 2 期；陈泽泓《潘仕成身份再辨》，《学术研究》2014 年第 2 期；邱捷《潘仕成的身份及末路》，《近代史研究》2018 年第 6 期，等等。

亭，供女眷们看戏之用，在亭子与剧场之间本来应该有水。[①]

《法兰西公报》(Gazette de France) 1860年(咸丰十年)4月11日登载了一封寄自广州的信，文中大谈寄信者所见潘氏住宅的豪奢，谈及“妇女们居住的房屋前有一个戏台，可容上百个演员演出。戏台的位置安排得使人们在屋里就能毫无困难地看到表演”。[②] 按年份，此潘氏庭院也应指潘仕成的海山仙馆。海山仙馆还见诸同光朝人俞洵庆的描述：“距堂数武，一台峙立水中，为管弦歌舞之处。每于台中作乐，则音出水面，清响可听。”[③] 可见潘仕成的私家花园将戏台设在水中，利用水的回声增加音乐之美，还设有看戏的亭子，坐在堂内或亭中都能看戏，更加方便了家中女眷。其情形正可与《蜃楼志》的描述相互印证、补充。

三　组建洋行班

行商是广州戏曲的一大消费群体，也许是由于对艺术和服务水准的更高要求，富有的行商们更直接组建戏班，参与到梨园行会当中。广州外江梨园会馆成立于乾隆二十七年(1762)，会馆所立乾隆三十一年(1766)《不知名碑记》记载了一个专为十三行演戏的“洋行班”：

洋行班主江丰晋 陈广大

　　师傅李文风

　　管班沈岐山

---

① 引文为笔者译，原文见 Albert Smith, *To China and back: being a diary kept, out and home*, London, 1859, p. 43.

② 转引自［美］亨特(Hunter William C.)著，沈正邦译《旧中国杂记》，广东人民出版社1992年版，第90页。

③ 俞洵庆《荷廊笔记》，转引自黄佛颐编纂，仇江等点校《广州城坊志》，广东人民出版社1994年版，第609页。

众信崔雄士　陈友官　尹君邻　郑华官　李彩官
欧文亮　周士林　许德珍
子弟阿二　阿陞　广龄　金宝　长庆　国寿　四喜
九宁　德官　玉保　阿保　阿福　阿九　官友
共花钱拾陆圆[①]

广州外江梨园会馆为来广外省戏班的行会组织，具有行业垄断的性质。据记载，外江班是当时广州梨园的霸主，而本地班只准许在乡村搬演。[②] 洋行班为十三行行商组织的戏班，本属本地班，但能够在外江梨园会馆上会，可见其实力之强，可能是行商财可通神的缘故。其成员欧文亮在会馆乾隆二十七年（1762）《建造会馆碑记》中属姑苏朝元班；其师傅李文凤和众信崔雄士、许德珍都出现在乾隆二十七年的碑文中，也可能来自姑苏；其子弟，从名字看，可能是广东本地人。可知，行商也许因其他戏班雇主太多或水平欠佳，因而出钱聘请姑苏师傅及一些成员，教广州本地的子弟演唱昆曲，专门为洋行服务。

四　出口戏曲题材外销画

行商垄断着中国的主要外贸，对于茶、丝等主要货物，外商必须从行商手里购买；对于一些装饰性物品例如绘画、扇子、漆器等，则可直接从中国商铺购买。尽管如此，仍有史料说明，至少在 19 世纪初，英国官方机构会通过行商来购入中国外销艺术品。这些装饰性艺术品上经常被绘以中国的各类事物，其中戏曲图像便经常出现。

例如 1803 年英国东印度公司董事会给广州行商写信，为印度事

① 中国戏剧家协会广东分会、广东省文化局戏曲研究室编《广东戏曲史料汇编》第一辑，1963 年版，第 42 页。

② 杨懋建《梦华琐簿》，载傅谨主编《京剧历史文献汇编》第一卷，凤凰出版社 2011 年版，第 498 页。

物部图书馆征求关于中国植物的绘画，于是一批描绘中国植物的外销画被准时送达。1805 年董事会再次写信，称这些画作被高度称赞，期望同样地为他们制作一些混杂题材的画作。似乎正是在这一请求下，又一批外销画于约 1806 年被送达，其中便有 36 幅中国戏剧题材的画作。[①] 这 36 幅画原藏于印度事务部图书馆（The India Office Library），1982 年转归大英图书馆（The British Library），架号：Add. Or. 2048—2083。它们形制统一，欧洲纸，水彩画，宽 54 厘米，高 42.5 厘米。每幅画的正下方都题有剧名，这 36 出戏分别是：《昭君出塞》《琵琶词》《华容释曹》《辞父取玺》《克用借兵》《擒一丈青》《疯僧骂相》《项王别姬》《误斩姚奇》《射花云》《周清成亲》《遇吉骂闯》《齐王哭殿》《义释严颜》《李白和番》《单刀赴会》《崔子弑齐君》《醉打门神》《三战吕布》《五郎救第》（按："第"同"弟"）《包公打銮》《回书见父》《威逼魏主》《斩四门》《金莲挑帘》《由基射叔》《醉打山门》《菜刀记》《酒楼戏凤》《王朝结拜》《渔女刺骥》《卖皮弦》《辕门斩子》《建文打车》《贞娥刺虎》和《匡胤盘殿》。此外，与这 36 幅同批送抵印度事物部图书馆的还包括两套船舶画，其中有两幅描绘广府戏船的画作，编号分别为 Add. Or. 1978 和 Add. Or. 2019。广州的戏船，后来被称为红船，是早期的广州本地班和后来的粤剧班的生活场所与出行工具。[②]

这批外销画的写实度非常高，将中国戏剧的服饰、装扮、道具、布景等舞台面貌和演员们赖以生活和巡演的戏船都相当逼真地呈现于英国读者面前。

此外，行商的后代或曾帮助过粤剧的发展，并在光绪朝始创广州

① 这些通信现存大英图书馆，编号：Mss. Eur. D. 562.16，可参见 Mildred Archer, India Office Library, *Company drawings in the India Office Library*, London: Her Majesty's Stationery Office, 1972, pp. 253—259.

② 以上 38 幅画均可参见王次澄、吴芳思、宋家钰、卢庆滨编著《大英图书馆特藏中国清代外销画精华》第 6 册，广东人民出版社 2011 年版。

公开营业的商业戏院。据说，较早出现的粤剧细班（童子班）是清咸丰间的“庆上元”班，由艺人兰桂和华保两人任主教。他们和老艺人邝明（邝新华之父），早年曾在琼花会馆协助李文茂起义。清朝禁演粤剧，二人就借用十三行富商伍紫垣在河南（今海珠区）溪峡的花园，招收了一批儿童来传授技艺。对外则说是家庭娱乐活动。[①] 伍紫垣（1810－1863），名崇曜，原名元薇，字紫垣，商名绍荣，其父伍秉鉴殁后任怡和行行主。“光绪二十五年，广州五大富商中的潘、卢、伍、叶四家，在他们居住的河南（海珠区）寺前街附近，开设了一间戏院叫‘大观园’。这是广州有史以来第一间公开营业的戏院。”[②]此四家的祖上都是行商。

至此，我们对十三行商人与清代戏曲的关系做初步总结。宏观上，行商对外贸易上的经营情况，影响着广州外江梨园会馆的兴衰。具体联系上，行商组建戏班，参与到广州梨园行会中；家中宴会厅、园林中都设有剧场，时常设戏筵宴请官员、文人、外国商人大班等，特别是每有外使访华，更要隆重演戏娱宾；每逢喜事、节庆等家中都要演戏，甚至同时雇请数班，另有女子家班，专供行商家中众多的女眷消遣。可见，行商无疑是广州戏剧的一大参与和消费群体。演戏款待外国人，特别是被限制在商馆区的外商，并将戏曲题材的外销画出口到国外，对于清代戏曲对外传播产生的作用是不可替代的。并且由于行商巨大的戏曲需求所致，在十三行所在的商馆区街道上还汇集了诸多的戏曲相关商铺，包括戏服铺、戏筵铺、搭戏棚铺、鼓乐铺、乐器铺，等等，都被如实地描绘在了 19 世纪初的广州外销画中，[③] 反映了由十三行所带动的整个广州戏剧生态的繁荣。

十三行与清代戏曲的关系，无论对于十三行研究还是戏曲史研究都是一全新的话题。事实上，发端于 15 世纪末的“全球化”浪潮，

①② 赖伯疆《粤剧史》，中国戏剧出版社 1988 年版，第 301～302 页、第 314 页。
③ 详参拙作《十三行街道上的戏曲商铺图考》，《中华戏曲》第 59 辑，待刊。

至18、19世纪愈发强劲；作为中西唯一贸易枢纽长达近一个世纪的十三行，是“全球化”与清代中国的重要连结点。以往的戏曲史研究往往对清代所处的国际政治、军事、经济等因素考虑不足，考证十三行与清代戏曲的关系，既为“全球化浪潮中的清代戏曲”这一以往被忽视的面向做出尝试性探索，也为理解十三行在清代社会、文化、政治中扮演的角色提供了一个独特的视角。

（陈雅新　深圳大学饶宗颐文化研究院助理教授）

戲曲研究

1949—1951年粤剧“戏改”

仲立斌

1949年是中国历史划时代的一年，也是中国戏曲从现代形态向当代形态转折的开始，而酝酿于中华人民共和国成立前夕并在成立之后自上而下推行的“戏改”运动，则是此转折的主要“助力”。1949年10月14日广州解放后，广州市军管会文艺处即派林榆[①]接管海珠戏院、乐善戏院、大华戏院，作为粤剧“戏改”领导部门的华南文联[②]及广东省文联、广州市文联也相继成立，粤剧“戏改”便逐步展开了。综观粤剧“戏改”有其特殊性，这是由其特定历史与区域文化

① 林榆（1920－ ），广东东莞人，1949年之后曾任广州军管会文艺处接管组长、军管代表、华南文联福利部长、文管处长、广东粤剧团团长、广东粤剧院副院长等职，编演执导古装戏和现代戏40余部。

② “文联”为“文学艺术工作者联合会”之简称，下文“文联”处相同。

特性所决定的。本文以1949－1951的粤剧“戏改”最初阶段为研究对象，从“改戏”“改人”和“改制”三个方面来论述，基于档案、报刊等文献探索1952年粤剧“《三春审父》事件”[①]之前粤剧所走过的历程，以厘清粤剧的当代改革脉络。

一　审定剧目

林榆曾记有广州解放后粤剧上演剧目的状况：“戏院上演的剧目相当混乱，掺杂着不少迷信、仇杀、诲淫诲盗的内容。这些剧目天天上演，泛滥成灾，影响很坏。”[②]面对如此局面，在华南文联以及广东省教育厅的领导下，由林榆具体负责，开始了剧目审查工作：“凡是在市内演出的剧团，必须向政府有关单位申报演出的剧本，经过审查批转才能上演。演出时审查单位有重点地派人临场审查，发现问题即对剧团进行批评着其改正。如不依法送审剧本演出，或弄虚作假的，即罚其停演。”[③]

粤剧剧目审查的标准与全国其他地方戏曲大同小异，即根据1946年冀中地区成立的“旧剧研究委员会”《关于改造旧剧问题的几个初步意见》中所提出的剧目审查原则：1. 歌颂封建帝王，宣传封建秩序的部分，一律不演。（如《怀都父》中收子都杀得“真龙出现”，《狸猫换太子》中的九曲桥土地神救驾等，都必须坚决删去。）2. 宣传鬼神迷信和宿命思想的部分不演。（如《四进士》中的小鬼出现。《捉放曹》中偶然得一梦及《打渔杀家》中乌鸦叫过预知不祥，《庆顶珠》可以遁水等神话和李俊问“可曾有圣上旨意，可曾有六部

① 粤剧于1952年参加中南区及全国戏曲会演，因参演剧目《三春审父》而受到戏改领导田汉、周扬的严厉批评，此次粤剧“戏改”中的挫折，笔者将其称为“《三春审父》事件”。

②③ 林榆《戏改兴衰常入梦——我与粤剧半个世纪的不解之缘》（上），载《广东戏剧年鉴1996－2000》（内部印刷），第781页。

公文”等，都不合理，也不妥当，都应该删去。）3. 提倡淫秽、伤风败俗的部分应改造和删去。4. 曲解历史，曲解事实或不合理的演义部分，应该经过修正和改造，如汉朝的赤眉、黄巾，唐朝的黄巢，宋朝的梁山好汉及方腊等，明朝的李自成，都是农民的革命领袖，而旧剧中许多地方，视为流寇造反，都应彻底改造，还历史以真实面目。（不合理的荒谬部分如《江东计》中诸葛亮三拍周瑜棺木，反而将周瑜真的拍死；又如三国的《群英会》是很好的，诸葛亮知天文懂地理是可能的，但《借东风》却是神话演义，应当改造。）5. 鄙视贫民讽刺群众的部分，必须坚决地改造，旧剧中很多描写群众的地方，大部分为配角（如《四进士》中富有深厚正义感的宋士杰之妻，本为一个村妇，却描写为流氓式的人物；如《贫女泪》把一个贫苦妇女描写为人人耻笑的傻闺女等），都是旧剧编写的错误，都应彻底从人物性格上予以改造，给群众在旧剧中以正确地位。[1]

但是，据广东省档案馆存1953年黄宁婴[2]提交的有关广州解放三年来粤剧上演剧目情况的报告，剧目审查的效果并非尽如人意，上演剧目混乱的状况还比较突出：

> 它具体表现在解放以来在广州市的舞台上竟出现过一千七八百个不同的“戏轨”剧目；它具体表现在剧团日夜换新戏，编剧者拼命粗制滥造，翻抄改装；它具体表现在某剧团演五天戏竟向审查机关递送一百多本曲本，而某编剧者竟能一次选送好几十个附有本事的新“戏轨”，它具体表现在一般的剧本内容都是离奇曲折而又千篇一律，随便虚构一些“节烈”“孝道”“猜疑”“嫉妒”“奸杀”“冤冤相报”的情

① 《关于改造旧剧问题的几个初步意见》，载张学新《晋察冀革命戏剧运动史料》，河北省文化厅文化志编辑办公室1991年，第80页。

② 黄宁婴（1915～1979），广东台山人，1949年后历任广州市军管会文教接管会文艺处旧剧改革组组长，华南文联筹委会常委、戏剧部副部长，华南人民艺术学院教授兼文学部主任。

节，一炉而共冶，便成“杰作”。总而言之，剧团和编剧者绞尽脑汁，都为了要服从于一个目的——乱编乱演！所以，“戏轨”的花样真个是无奇不有：色情的如《色胆夺王妃》《欲火葬迷楼》《香阵困傻兵》《香甜寡妇心》《情困女泰山》《风骚小姐》《风流贵妇》，等等，奇情的如《狂风雨后夜莺啼》《花街藏节妇》《凄凉节妇断肠夫》《愿郎重吻妻朱唇》，等等，为了加强刺激，还有什么《古刹食人精》《棺材精嫁女》《激死半个老豆》《牛精换太子》！①

就当时全国“戏改”的情况看，严格的剧目审查使得大量传统剧目被禁，而大量的禁戏则造成很多地方剧种陷入“剧本荒”。于是，“戏改局”的工作迅疾转向了纠正禁戏过度的偏向。1950年7月，文化部邀请戏曲界代表人士与戏曲改进局的负责人组成“戏曲改进委员会”，负责监督剧目修改与剧本编写，并且决定戏曲的基本方针，试图使“戏改”政策能够更加全面地考虑到戏曲界的具体情况，更能顾及戏曲艺人们的切身利益。“戏改会”成立后，马上对漫无标准的禁戏现象做出了制止，提出了剧目审定工作要注意区分迷信与神话、恋爱与淫乱等，这使得大量的传统剧目又有了继续上演的机会。

显然，“剧本荒”并没有出现在粤剧中，这使粤剧“戏改”领导者林榆认识到，粤剧要改变这种“剧目混乱”的状况，单单通过剧目审查似乎不能从根源上解决问题，而“积极的治本的好办法”是要创作出内容积极向上的、符合新社会新风尚的好剧目。②

① 黄宁婴《留市粤剧团代表会议剧目问题报告》，1953年，广东省档案馆存，档号：307—1—7—76—85。

② 林榆《戏改兴衰常入梦——我与粤剧半个世纪的不解之缘》（上），载《广东戏剧年鉴1996—2000》（内部印刷），第781页。

二　“好看有益”及其批判

1950年7月，时任华南文联主席的欧阳山在“粤剧界座谈会”中提出“好看有益”的粤剧改革原则，其具体含义是：“好看不单指灯光和胶片等，主要还是看剧的内容。在生活中要有斗争、矛盾和真实的感情等等，使人觉得不是‘做戏’。如此吸引观众，才有真正致胜的力量。”[①]“有益的范围是广大无边的，总之从共同纲领出发，符合共同纲领便是有益”，并进一步解释“从共同纲领出发，即是从为人民服务出发”。[②]欧阳山还指出什么样的剧目是“无益”的：“（一）宣扬麻醉与恐吓人民的封建道德与迷信者：譬如《新舍子奉姑》……（二）宣扬淫毒奸杀者：《杀子报》是代表这一类最坏的剧本……（三）丑化和侮辱劳动人民的语言和动作。”[③]

欧阳山的“好看有益”在一段时间内指导了粤剧剧目审查与创编，创作于1950年的《愁龙苦凤两翻身》被推荐为“好看有益”的代表[④]，但是这一原则很快受到了批判。1951年7月29日，署名何士上的《关于粤剧改革工作的指导思想和创作方法的商榷》的文章在《南方日报》发表，该文指出：

> 从广州解放后到现在，华南文联粤剧研究组的同志一共创作、改编了三、四十出新粤剧。这些新粤剧绝大多数是以反封建、反暴敛、反侵略为主题的。通过它们，千万个观众受到了一些初步的政治教育，剧作者们辛勤创作的成绩，是应该肯定的。但同时也应该指出，在这三、四十出新粤剧当中，真正优秀的作品并不是很多。更值得注意的是，就作品的质素来看，不是在日益进步，而是每况愈下，最近期间完

①②③　欧阳山《我们对粤剧改造的意见——7月31日在粤剧界座谈会上的讲话》，《南方日报》1950年8月12日第4版。

④　《推荐〈愁龙苦凤两翻身〉》，《南方日报》1950年8月19日。

成的新粤剧，无论是改编的也好，创作的也好，几乎没有一部可以达到初期《九件衣》的水平，这真是使人感到有点遗憾！①

何士上还进一步指出："粤剧改革工作的指导方针，已经明确地规定为'好睇（看）有益'，我想，这样提法是轻重倒置的。'有益'是政治标准，'好睇'是艺术标准，先'好睇'而后'有益'，把艺术标准放在政治标准之上，这恐怕是不大适当的吧！""我们既然承认，在有阶级有党的社会里，艺术必须服从阶级与党的政治要求，服从一定革命时期的革命任务，那么，我们对艺术作品的评价，总应该以政治标准放在第一位，而以艺术标准放在第二位的。"②

三　编演"新粤剧"

所谓"新粤剧"，是指内容健康、反映阶级斗争、有教育意义的新型粤剧。1949年陈卓莹根据京剧《九件衣》移植改编的同名粤剧剧目，由胜利剧团首演，梁荫棠、紫兰女担任主演，欧阳山认为"《九件衣》的演出，是粤剧界的一个革命，为粤剧开辟了一个新道路"③，是采用移植手法较早创作的新粤剧。

1950年，华南文学艺术联合会成立"粤剧编剧组"，由林榆担任负责人，成员有著名编剧陈卓莹、林仙根、杨子静、傅炜生、李文申等，任务是编写内容健康、主题积极的新粤剧，取代内容欠佳的旧粤剧④。移植是粤剧编剧组"新粤剧"创编的主要方法，除此之外也有改编以及新编的剧目。"新粤剧"《白毛女》是1950年由华南文联粤

①② 何士上《关于粤剧改革工作思想和创作方法的商榷》，《南方日报》1951年7月29日第6版。

③ 《南方日报社论》，《南方日报》1950年1月21日第2版。

④ 林榆《戏改兴衰常入梦——我与粤剧半个世纪的不解之缘》（上），载《广东戏剧年鉴1996—2000》（内部印刷），第781页。

剧编剧组根据贺敬之、丁毅同名民族歌剧改编，同年9月6日由胜寿年剧团正式公演于广州，靓少佳、郎筠玉、林小群、朱少秋等担任主演，这也是1949年后广东粤剧的第一部现代戏，林榆在1950年9月6日的《南方日报》发文指出："粤剧舞台从来就是表现帝王臣仆等统治者的生活或小市民落后的生活意识，但粤剧《白毛女》把现代的生活搬上舞台，表现了人民繁盛斗争的伟大史实，新中国的人民在粤剧舞台上成了主角、做了主人，这是粤剧舞台第一次，是史无前例的……"① 黄宁婴则认为："粤剧《白毛女》的出现，是粤剧史上的大革命!"②"新粤剧"《白毛女》再现了同名民族歌剧的主题，控诉了"将人变成鬼"的黑暗旧社会，讴歌了"将鬼变成人"的新时代。

"新粤剧"《红娘子》于1950年由陈卓莹改编自同名京剧，永光明剧团首演。《红娘子》描写了河南杞县的卖艺女刘秀英为县官所迫占山为匪，后投奔了闯王李自成，成长为闯王手下的名将红娘子，故事中也穿插了红娘子的爱情悲剧。此剧着重于表现受压迫妇女奋起抗争的主题，将红娘子刻画成反奴役妇女的典型。黄宁婴认为，"新粤剧"《红娘子》较之传统粤剧有诸多的革新："旧粤剧是没有群众场面，或避免群众场面的；新粤剧《红娘子》却适当地出现了群众场面，处处表现了群众的力量。旧粤剧的谈情说爱是颓废的、色情的，充满了各式各样的病态的；新粤剧《红娘子》跟那些旧粤剧一样的也穿漂亮的戏服，也唱皮黄、唱小曲，也有噱头，可是，两者所获至的效果却是恰恰相反的：前者给观众带来了革命情绪的激动，革命事业的认识，起了积极的教育作用，而后者只能麻痹观众，毒害观众，或者说得轻松一点，给观众以无聊的消遣。"③

这一时期非移植的"新粤剧"数量较少，1950年由易巩编创的《愁龙苦凤两翻身》是第一部创作的"新粤剧"，这部剧目演出之后得

① 林榆《祝粤剧〈白毛女〉上演》，《南方日报》1950年9月6日。
② 黄宁婴《我为〈白毛女〉欢呼》，《南方日报》1950年9月9日。
③ 黄宁婴《写在新粤剧〈红娘子〉演出之前》，《南方日报》1950年2月12日。

到了很高评价："今天《愁龙苦凤两翻身》的演出，比《九件衣》和《红娘子》更跨进了一步……是一出难得的、健康的戏剧，是一出符合了新民主主义的文化内容，相当地接近民族的、科学的、大众的戏剧，它的演出恰好给一切旧型戏剧指出了一条正确的道路。"①

为了大力推广"新粤剧"，"戏改"允许粤剧戏班在上演"新粤剧"时申请减免演出税，这无疑大大提高了戏班演出新粤剧的热情。

"新粤剧"虽然收到了不少好评，但不久何士上又在《南方日报》发文，指出"新粤剧"按照政治主题框架拼凑创作的弊端，文中还对之前获得广泛好评的《愁龙苦凤两翻身》提出质疑："有些新粤剧的编撰者，为了要配合'主题'，不管合不合身份的性格，硬是要强迫他的人物接受他自己所规定的理论和道德、思想和感情，以主观的意志来摆布人物的情况。"② 何士上还以《鸳鸯剑》一剧为例来说明编剧在"政治主题框架"下的"牵强附会"："粤剧《鸳鸯剑》的剧情，前半部和原作大致相同，但结局则写男主人公回家后愤恨不已，操刀欲杀恶霸主人，但众寡不敌，情况非常危急，幸而起义农民的队伍及时赶到，杀了恶霸，救出了他，于是男主人公和他的爱人一同参加了起义农民的队伍。"③ 显然，改编后的《鸳鸯剑》着力歌颂的是受压迫者团结起来反抗恶势力的英勇斗争，是"戏改"剧目的一种典型范式。

四　"改人"与"改制"

"戏改"强调"改人"工作应当先行，但是1949～1951年粤剧"戏改"的最初阶段并未举行粤剧创作表演人员有组织、有计划的学习改造活动，而是将教育改造贯彻到演出工作中去。何士上1951年

---

① 华南人民剧团《〈愁龙苦凤两翻身〉的演出》，《南方日报》1950年8月12日。

②③ 何士上《关于粤剧改革工作思想和创作方法的商榷》，《南方日报》1951年7月29日。

7月29日发表于《羊城晚报》的文章，表达了他对该时期粤剧“改人”工作的不满和担忧：“粤剧改革工作者似乎把大部分精力都放在剧本的编撰工作上，而对粤剧艺人和原有编撰人的团结教育工作做得很不够，这也是舍本逐末的做法。其实剧改工作如果不从剧艺人的思想改造做起，只凭几个新文艺工作者来包办代替，是绝不可能获得多大的成绩的。”① 1951年9月21日《南方日报》的《广东文联粤剧团的成果和经验》，记录了当时粤剧“改人”工作贯彻到农村第一线演出工作中的情况：“首先表现在劳动观点上，过去他们在戏班中的生活大多数是好逸恶劳的，但现在连到女艺人也自己抬戏箱、搬行李；在没有戏台的地方演出，全队便动员起来盖搭舞台，摆设座位。其次，表现在阶级觉悟上，他们已能认识到自己今天的地位是人民的艺术工作者，再不喜欢别人叫他们做‘老倌’，并热烈要求学习，要求改造自己。”②

粤剧“改制”方面，首先是其行会组织“八和会馆”职能的结束。创立于清光绪年间的“八和会馆”，一直发挥着团结粤剧艺人、协调戏班关系、倡办艺人福利事业、传承粤剧技艺等多种职能，在1949年广州解放后因被视为封建的行会组织，其管理粤剧行业的职能由政府接管，自此，“八和会馆”的职能终止了，粤剧由自我管理转向政府管理。1949年后，粤剧戏班“改制”工作也逐步进行，首先是成立了第一个共和班“东方红”，至第一届全国戏曲会演前，又成立了“珠江”“万方红”“太阳升”三个民主班。③ 1950年年底，为了配合土改运动，成立了第一个民营公助剧团“广东省文联粤剧团”，该团担负农村巡演及政策宣传的职责，共分9个队，在广东农村巡回

---

① 何士上《关于粤剧改革工作思想和创作方法的商榷》，《南方日报》1951年7月29日。

② 《广东文联粤剧团的成果和经验》，《南方日报》1951年9月21日。

③ 剧协广州分会《十年来粤剧工作的回顾》，1959年，广东省档案馆存，档号：312—1—29—53—55。

演出，至1951年8月共演出992场，观众达72万6千余人，足迹遍番禺、南海、顺德、新会、三水等14个县，上演了《白毛女》《九件衣》等剧。[①]

五 1949—1951年粤剧最初期“戏改”的“不彻底性”

1949—1951年是粤剧“戏改”的最初阶段，粤剧带着之前“省港班”的诸多“问题”走入新时代，改革中经历了艺术标准与政治标准之间的权衡较量，并在随后的“《三春审父》事件”中遭受挫折并经历了“痛苦蜕变”。

如果说粤剧在“戏改”中不能“偏安一隅”，也许是由于远离北方政治中心并作为外来文化输入前沿地带的地理格局，其在之前的发展却享有很大自由度。粤剧的自由发展在20世纪20—40年代可谓达到了“极致”，当时粤剧经历了从农村向城市的“转型”，随之而来的是演出场所由农村广场转向城市剧院、粤剧观众由传统戏观众转向在戏曲审美方面几乎毫无经验的一般城市观众，面对这些新情况，再加上省港澳城市中西方文化、殖民文化、华侨文化等多元文化的影响以及电影、流行音乐等多元娱乐方式的竞争，粤剧必须使出浑身解数来改变自我以获得“生机”，因此，该时期的粤剧基于传统题材、外国电影、社会时事等创制时尚化或者贴近现实生活的新剧，不少剧目内容荒诞，甚至涉及色情，戏班还每天换演新戏以迎合城市观众求新、求变的审美需求，为改变传统粤剧“土、旧”面貌将爵士鼓、萨克斯、电子琴、夏威夷吉他、大提琴、小提琴等外来乐器加入伴奏乐队，还广泛吸纳中外流行歌曲、民歌、小调以及新创音调，甚至“全剧不用梆黄”以消除戏曲程式化唱腔与城市观众之间的隔阂，以闪亮的胶片服装、机关布景来营造豪华、奇幻的舞台效果，行当制度则出

① 《广东文联粤剧团的成果和经验》，《南方日报》1951年9月21日。

于缩小班社规模以降低成本、争取最大盈利空间着想而从“十大行当”萎缩至“六柱制”。

1949 年，粤剧“省港班”的这些做法显然是与新社会意识形态相违背的，广东“戏改”领导者也第一时间投入到工作中，无论是剧目审查、关于“好看有益”的探讨以及创编“新粤剧”等，都是该时期粤剧“戏改”积极进展的表现，但是，粤剧“戏改”似乎将重点放在了剧目题材内容方面的改革与探讨，在音乐上也注意摒弃流行歌曲、外国歌曲等[①]，但对“省港班”时期诸如服装、舞美、六柱制等的“问题”是有所忽视的，所以，初期的粤剧“戏改”显然是“不彻底”的，而粤剧之前延续了几十年的“习惯”也有其“顽固”性，因此，该时期诸如剧目常换常新、剧目题材包含荒诞与色情内容等的“问题”依然突出，即便是“新粤剧”的表演也还带着“省港班”时期的“烙印”，郭秉箴在其《广东戏曲改革三十年》中记述道：“（新粤剧）为了争取观众，也搞一些噱头，如让李自成在两军阵前谈恋爱等，同样也搞机关布景和胶片服装。演员的政治思想高，但思想上还没有和商业化的舞台作风划清界限，上了台还是演自己而不是演角色，像白毛女就还穿亮片、涂指甲油，大春出场则由观众席走上舞台，引起全场惊讶！”[②]“新粤剧”况且如此，可想而知那些“旧剧”会更加自由。

至于粤剧“戏改”初期在“政治标准”与“艺术标准”之间的摇摆，在“好看有益”的提出与批判、“新粤剧”的创作与批评中都有体现，这关乎的是教育观众与娱乐观众之间的矛盾，体现粤剧在新时期一种特殊观演关系的建构过程。众所周知，中国戏曲历来兼具娱乐

---

① 陈卓莹在其发表于 1950 年 2 月 12 日《南方日报》的《〈红娘子〉改编后记》中记有：“改编成粤剧的《红娘子》，有十多支小调插入，但是全部都是地方性的民谣民歌；陕豫等北方民歌占了十分之八。一切油滑性、剽窃西洋音乐的谱子，一个也不采用。”

② 郭秉箴《广东戏曲改革三十年》，载广东戏剧研究室编《粤剧研究资料选》（内部资料），1983 年，第 455 页。

与教育的双重功能，在过去基础教育不能普及的时代，群众可以通过看戏这种“娱乐”方式来获得历史文化知识与伦理道德修养，而当戏班将“生存”或“盈利”放在第一位的时候，比如粤剧的“省港班”时期，会更加强化戏曲娱乐功能以赢得观众，从而造成教育功能与娱乐功能的失衡。1949 年之后，戏曲要发挥的教育功能与过去不同，国家话语的特点突出，这增加了教育功能与娱乐功能之间调和的难度，强调教育功能则娱乐功能丧失，突出娱乐功能则教育功能削弱，而且，强调娱乐功能会形成与国家文艺政策的“背道而驰”，凸显教育功能则会失去观众而导致戏班的生存危机，于是便出现了“戏改”期间“政治标准”与“艺术标准”之间的较量，如上述新粤剧《白毛女》在服装、装扮以及表演上的做法，虽然后续受到了批评，但似乎不啻为一种调和政治标准与娱乐标准的权宜之计。另外，“戏改”初期“百花齐放”的号召所带来的政策“宽松性”，也是其在政治标准与艺术标准之间摇摆的原因。但其实，该时期新粤剧的代表作，无论是《愁龙苦凤两翻身》还是《九件衣》《白毛女》，虽然在广州报刊的官方话语中都曾受到好评，但并没有赢得观众的喜爱，郭秉箴在其《广东粤剧改革三十年》中记有，“戏改”初期“优势和观众的大多数，都还在《可怜女》《偷锁玉郎心》《红侠闹清宫》等未经改革的名艺人主演的剧目这边”。①

综观 1949—1951 年粤剧“戏改”的最初阶段，体现出了改革的“不彻底性”，这直接导致了粤剧 1952 年“《三春审父》事件”。该年，粤剧以传统剧目《三春审父》参加中南区戏曲会演作为随后全国戏曲会演的“前奏”，受到了时任文化部戏曲改进局局长田汉以及文化部副部长周扬的两次“点名”批评，指出该剧题材反封建不彻底，还有

① 郭秉箴《广东戏曲改革三十年》，载广东戏剧研究室编《粤剧研究资料选》（内部资料），1983 年，第 455 页。

诸如亮闪闪的胶片服装、机关布景、六柱制等形式主义做法①，认为粤剧沾染了商业化、买办化的恶劣风气，把艺术变商品，竞尚新奇，迎合小市民的落后趣味，从而将艺术引导到堕落的道路②。粤剧在全国戏曲界面前受到“戏改”高层领导者如此的批评，这在当时特殊的社会话语中是一项非常严重的过失，随后，粤剧便进入一个“痛苦”的整改过程。

结　语

1949—1951 年的 3 年时间是广东粤剧“戏改”的最初阶段，“改人、改制、改戏”的工作都逐步开展，其中，“改戏”是重点，在实施剧目审查效果不佳的情况下，“戏改”领导人林榆认识到，创编符合新社会意识形态的作品当是解决剧目问题的有效办法。1950 年“粤剧编剧组”成立后，推出了《红娘子》《愁龙苦凤两翻身》等，这些“内容健康、反映阶级斗争、有教育意义”的“新粤剧”受到广泛好评，但是也有何士上在《南方日报》发文指出其按照政治主题框架拼凑创作的弊端，这提示了作品艺术标准的重要性，而 1950 年欧阳山提出的“好看有益”受到批判，又向粤剧界强调了“戏改”政治标准第一的原则。

粤剧“戏改”初期在政治标准与艺术标准之间进行取舍的难题，是新时期平衡戏曲娱乐功能与教育功能的难题所致，体现出一种新型观演关系的建构，是全国“戏改”初期普遍存在的情况，而当时很多地方剧种所遭遇的剧本荒、上演剧目荒并没有出现在粤剧中，粤剧依

---

① 中南区第一届全国戏曲观摩会演大会编，啸风记录《田汉谈粤剧、饶河戏和赣南采茶戏演出的几个节目》，中南区第一届戏曲会演大会《会刊》，1952 年 9 月 8 日（第七期），广东省档案馆存，档号：309－1－22－9－9。

② 中国艺术研究院戏曲研究所《戏曲研究》编辑部、吉林省戏剧创作评论室评论辅导部编《戏剧工作文献资料汇编》（续编），1985 年，第 137 页。

然延续着之前“省港班”剧目常换常新、题材荒诞等诸多做法，这就是粤剧的“特殊现象”了，关乎粤剧“省港班”时期的特殊发展历程，而粤剧“戏改”初期也在“改人”工作的推进上力度有限。总之，粤剧“戏改”初期整体呈现出一种改革的“不彻底性”，这最终导致了粤剧随后所面临的艰难状况。

（仲立斌　华南师范大学音乐学院副教授）

戲曲研究

梁素珍广东汉剧旦角表演艺术特色简析

王　琴

梁素珍是广东汉剧当代旦角表演艺术的代表性人物，国家级非物质文化遗产广东汉剧代表性传承人。梁素珍生于1938年，广东省梅县松口人，广东省首届文艺终身成就奖获得者。1952年进入福建上杭木偶汉剧团，1954年参加梅县艺光汉剧团，拜师钟熙懿，主攻青衣、花旦。钟熙懿（1904—1956），福建上杭人，工青衣，是广东汉剧第一代名旦。她以嗓音清脆，表演朴实、台步细腻著称，代表剧目有《对绣鞋》《柴房会》《昭君出塞》《大香山》等。1956年12月梁素珍调入广东汉剧团，又得到著名汉剧表演艺术家黄桂珠老师指导。黄桂珠（1916—1994），广东饶平人，是广东汉剧旦角第一代代表性人物，12岁登台，17岁以“桂珠点犯”[①] 名驰潮梅，代表性剧目有《百里奚认妻》《齐王求将》《秦香莲》《林昭德》《打洞结拜》等。她嗓音清柔婉转、刻画人物细腻、感情真挚，演唱声情并茂、字正腔圆，自成“吉派”[②]。梁素珍承继钟熙懿、黄桂珠旦角表演艺术，她所开创的“梁派”表演艺术在延续广东汉剧古朴表演风格的基础上，增加了旦角表演的温婉和圆润。表演细腻，情感丰富，唱腔音色柔美、清丽婀娜、行腔平稳、婉转缠绵。

“梁素珍是20世纪后半叶广东汉剧舞台上一颗璀璨的明珠，是广东汉剧最杰出的旦角（青衣）之一，为当时广东汉剧的辉煌成就立下了汗马功劳。尤其她在广东汉剧旦行（青衣）唱腔的造诣上，独树一帜，不论是旦行的发声方法、气息控制、旋律旋法、装饰音（包括依音、波音、回音、颤音、滑音等）的运用上，都独具特色，达到了‘字正腔圆、腔随字转’‘声情并茂’的效果，形成了自己独具一格的流派，堪称‘梁派’。”[③] 梁素珍不仅形成了自己独特的表演风格，具有经典性代表剧目，更重要的是培养了广东汉剧旦角四代传承人：第一代：李仙花（第11届、第18届中国戏剧梅花奖获得者）、杨秀薇（第16届中国戏剧梅花奖获得者）；第二代：李焕霞（国家一级演员）、陈小平（国家二级演员）；第三代：管乐莹（广东汉剧院优秀青年演员）；第四代传承人：陈好、张敏（梅州市艺术学校汉剧科学

---

① 黄桂珠演出《血掌印》中“点犯”，在行腔中加入了弹舌的“花音”唱法。传统旦行唱腔中的“花舌”唱法，多用于表现活泼、欢快的情绪，黄桂珠在此处把曲调转入中、低音区，在慢节拍中运用“花舌”技巧，产生了特殊的艺术感染力。在20世纪30年代，邀请戏班的管事人往往指定上演剧目中一定要有“桂珠点犯”。参见吴伟忠《低徊激越总动人》，载《南国牡丹一代名伶——黄桂珠》，广东汉剧院2004年编印，第108页。

② 黄桂珠小名“阿吉”。

③ 参见丘煌《赞梁素珍唱腔》、丘丹青《美哉！梁派艺术》（载《南国奇葩——梁素珍图文辑》，广东省戏剧家协会、广东汉剧院2003年编印，第44页）以及李智敏《浅议广东汉剧“梁派”表演艺术的继承与创新》（《戏剧之家》2015年第6期）。

生）。梁素珍表演艺术的生成、发展伴随着新中国广东汉剧的发展历程，[①] 其表演特色更多地体现于其细腻传神的表演与独特的唱腔艺术，可概括为：情真、艺雅、腔新。

梁素珍从事广东汉剧艺术60余年来，主攻青衣、花旦，演出过100多个剧目，曾在80多出剧目中扮演主角，塑造了上百个女性人物形象，无论是早期的《梁四珍与赵玉粦》《昭君出塞》《闹严府》《二度梅》，折子戏《盘夫》《丛台别》《店别》《拾玉镯》，还是成熟期的《齐王求将》《秦香莲》《王昭君》《春娘曲》《林昭德与王金爱》《花灯案》《玉筝记》《翁媳会》（折子戏），现代戏《一袋麦种》《货郎计》《人民勤务员》，以及后期的《大脚马皇后》《明月传》《义子登科》等，大都是贤妻良母、助人为乐、心地善良的品德高尚女性。对于每一个人物，梁素珍根据剧情、规定情境、人物性格，设计动作和唱腔，呈现出独一无二的人物形象。

一　行当与人物：从人物出发演行当中的人物

行当是戏曲特有的表演体制，是形象类型和表演程式的统一。行当是戏曲表演程式创造形象的结果，又是形象再创造的出发点。梁素珍遵从行当表演规律，从剧情、人物、情感、情境出发去演绎行当中的人物，从行当的“类”中凸显这一个人物的“个性”。

突破单一行当呈现的是人物性格的多面性，随着情境的转变，人物性格的转换推动情节的发展；在情节的推进中，人物性格在行当的转换中得到了丰富和深入。同时，表演过程中另一行当的表演技法的融入，两种行当的表演映照，衬托出人物特定情境下的强烈感情，丰富了人物情感的层次。

---

① 关于梁素珍表演艺术发展的不同历史阶段、师承及对广东汉剧旦角表演艺术的延伸和拓展，参见拙文《论广东汉剧“梁派”表演艺术的形成》，《民族艺林》2018年第1期。

《丛台别》将刀马旦的表演程式糅合在闺门旦的身法中，表演细腻，既重内涵，又具意蕴，既体现闺门旦的娴静，又在动态中体现离家去国的痛苦和不舍。

《丛台别》是《二度梅》中重要的一折，充分展示了汉剧旦角的舞台表演程式和身段，如“摆四门”“三上马”“三回头”等，主要在趱车“摆四门”“上丛台”“界河别”的场景中。

“摆四门”，开场，幕后一声“趱～车”音调哀怨，“罢了～”哭腔，【起霸】“陈杏元坐车辇”，“辇”字行腔上挑了一个高腔，表达她的呜咽伤心，“泪如雨点”，右手水袖向外一翻，左手水袖绕起，微举双手，轻拭泪痕。仪仗队变幻走到下场门，陈杏元走到中间，轻轻撩开车帷，一阵风，“朔风起～黄叶落”，表演上让观众感受到朔风扑面，“朔风”用颤音，深沉悲伤，双手表示黄叶满地，眼神从下慢慢向上，先看到地上的满地黄花，慢慢抬头看到天上孤雁，“孤雁飞”，搓步，看到它很伤感，举目望远，故国之情油然而生。仪仗队走到舞台中央，看到孤雁就想到爹娘，“思家乡”“想爹娘”三字音若游丝，续而不断，悲惨之情更进一步。车辇行进到上场门口（右台口），陈杏元重又捻开车帘，一眼望到左台口梅良玉在那儿哭，心里难受，“梅公子坐雕鞍”（一直注视着他）“珠泪不干”（挽起袖哭泣），步儿迟缓地随着车驾归到台中。①

“上丛台”中，陈与梅虽已缔结了良缘，但因为陈的被逼奉旨和番，此婚姻已不合法，且梅良玉是“犯官”之子，不宜暴露真实身份，在封建社会，未婚夫妻单独叙别，只能含蓄，要将这种微妙复杂的感情表达出来。转面来，见到梅兄，想上前，又不敢，怎么办？“万恨千仇”，剩下时间不多，丛台不叙别，就到了界河边。“临别时，哪顾羞丑。”挽起袖子，踩着锣鼓节奏一步一步上前去，拉起梅良玉的手，梅良玉：“你叫我做什么？”陈羞赧，“我要与你丛台话别。”

① 根据梁素珍访谈整理。访谈时间：2017 年 9 月 16 日；访谈地点：梁素珍家中。

"手挽手与梅兄上丛台"，梅良玉扶着陈杏元，托着她的手，两个人斜步上九梯，上到最后一阶楼梯，因为年久未修，楼梯有点坑洼不平，险些摔倒，梅良玉托住，陈杏元害羞。①

"丛台话别"，来到丛台上，两人才订婚三天，千言万语不知从何说起，欲说还休，陈杏元用 20 多句唱词表明心迹，从缓到疾，从弱到强，"那时节为妹的含笑泉下"，止不住心中酸楚，涕泪俱下地"哭头"，到"生为人死为鬼魂归你梅家"，已呜咽不能成声，抑扬顿挫，层次鲜明。②

"界河别"，与亲人故国作最后的诀别，时间的紧迫，此时已容不得含蓄而缓慢地陈情，"三上马""三回头"表示对亲人、祖国的不舍，"腰腿功""翎子功"等高难度形体动作完好地呈现内心活动。

"摆四门""丛台别"中运用的是闺门旦的表演程式，节奏缓慢，声腔沉郁。"界河别"闺门旦中融入刀马旦的表演程式，"三上马""三回头"动作的迅疾表现离家去国的强烈的悲伤和不舍，高难度的表演技艺增强了观赏性和情感的强度。从缓慢忧伤的"摆四门"，路途中的离愁别绪，到丛台上的犹豫而又急切的表达，再到界河边的动态的迅疾的做工，由慢到快，由缓到急，由有声到无声，情感的层次一步步升级，从前两场的唱重于做的文场子到后一场做重于唱的武场子，梁素珍从感情上和唱做上都把握到位，表演细腻，韵味悠长。

二　唱腔与情感：声传曲，腔传情

梁素珍在长期的演唱过程中形成了自己的独特风格和演唱技巧，注重发声、吐字、用气、花腔的运用，清晰准确地表达字音与词义，注重字与音、音与情之间的关系，用优美的唱腔与动听的演唱来传情达意，刻画人物形象，表达人物的思想感情。"梁派"的形成更多地

---

①② 根据梁素珍访谈整理。访谈时间：2017 年 9 月 16 日；访谈地点：梁素珍家中。

在于她独具特色的唱腔艺术，在唱腔处理上通过强、弱、快、慢赋予一种技巧性和情感化。

为适应人物个性、特定情景的需要改变原板式规律，其花腔细腻委婉，拖腔缠绵迤逦，装饰音华丽多姿，力图呈现独特的韵味。

《盘夫》【二黄慢板】“我爱你学富潘宋上”增加了比较多的小花腔，慢板中的特慢，缠绵华丽。“我爱～你～”很深情，此腔在汉剧中演唱起来比较平铺直叙，梁素珍处理成高挑的音，表达严兰贞对曾荣强烈的感情。“却为何”“何～”三个拖腔，汉剧原没有这样唱，表达强烈的疑惑和百思不得其解的心境，第一个“何”重一点，第二个“何”轻一点，第三个“何”垫起脚，冲向前去，冲到左台脚。“私背花烛～”面向观众，眼睛直视，思索，为什么，我哪里不好呢？“离”左手的袖子搭到右手上，“洞～房”水袖翻起来，一个垫步，慢慢走一个大圆场，走回中线，把袖子展起来，翻水袖，右腿垫起来，蹲下去，最后“啊～”一个定相。①

梁素珍在继承传统唱腔的基础上进行创新，“原汉剧传统‘吹腔’所唱的《昭君出塞》，‘相烦你劳带到那长安去’，‘劳带’一个小顿，表示这一相托是十分诚恳，把‘长安去’三字拉长间隔，随即吸一口气后甩较长的拖腔，梁素珍把原来传统甩腔的上托音改为下滑音。把人物凄凉而又牵恋的情绪，表达得更为吻合，从而更加感染观众”②。“当遇到某一字的声调加以情绪化的处理，梁素珍会用超过 8 度的下滑音，这种行腔，在传统唱腔中是没有这种唱法的，梁素珍运用得合情合理且悦耳动听。”③

《大脚马皇后》是 20 世纪 90 年代创作的作品，剧中在行刑前的晚上，从初更唱到三更。梁素珍将汉剧古调融入汉剧曲牌创作而成，“谯楼上打初更，吹弹歌舞满皇城。开国之初杀百姓，洪武皇帝要损

---

① 根据梁素珍访谈整理。访谈时间：2017 年 9 月 17 日；访谈地点：梁素珍家中。

②③ 《南国奇葩——梁素珍图文辑》，第 58 页、第 45 页。

英名。等待皇帝酒醒后，今夜我要说人情”。再用排调元素创作吹腔，“万岁，请将香茶饮，胸中怒气平一平”细细劝说，从百姓中来的皇后，具有百姓的同情心。二更用二黄慢板去唱，“谯楼上打二更，东山升起月半轮，再将画卷细观看，画稿尚未涂丹青，看圆说瓜难定罪，我再向皇帝去说情”。将马娘娘爱民如子的形象一步步深入，很有层次感，从一更粗线条看画，到二更仔细研究画。贯穿之线体现了马娘娘善良、体恤百姓之心。每次看都发现了问题，第一次看，未落款未题词；第二次看，未涂丹青。到了三更，着急了，天亮就要斩首画家。升高调，表现焦急的心情，用【二黄反线原板】唱“谯楼上打三更，锣声苍凉扣我心，四更一过天色亮，荒郊又添一孤坟”。

梁素珍在此剧中创作了一系列唱腔唱段，“夫君称帝坐龙庭”“娘娘我出嫁之后即从军”“想当年聚众造反举黄旗”“灯下展开画一张”“鼓楼上打初更”“谯楼上打二更”“你说话如锥刺我心”“谯楼上打三更”“要学庄王能容人”等，是她艺术上的新阶段。

三　传承与创新：继承不拟古，创新不离本

梁素珍有感汉剧前辈旦角表演中水袖运用比较欠缺，参考了其他剧种的水袖手法，在传统的基础上创造了一套独特的汉剧水袖表演技法：勾、撑、拂、拨、冲、扬、掸、甩、打、抖。

《秦香莲》本是广东汉剧表演艺术家黄桂珠、黄粦传的代表剧目，1978 年，梁素珍饰演秦香莲，既有师承，又根据自己对角色人物的理解，在表演艺术上进行新的探索和创造。在秦香莲人物性格的把握上既保留传统表演中秦香莲善良、柔情、忍让的一面，又在水袖、指法的运用上加大了力度，加深了秦香莲倔强、刚毅的一面。梁素珍并不局限从某一词句的简单理解来设计表演，而是以秦香莲的命运、心路历程为纵贯之线，表演上突出香莲的性格从忍让到极度克制发展到反抗，感情上从爱、委曲求全到怨恨进而发展为要在逆境中赢得你死

我活的抗争、报仇雪恨的情感、性格变化的层次感。剧中“杀庙”一场中运用了许多汉剧的程式和身段，如：相持、破棚（破台）、漫头、扯台、焗面等，运用长跪步、拨袖，抛袖等较大的舞台调度动作，节奏紧凑，呈现了秦香莲由出场时的疲乏、怆恐，在韩琦的刀口下时的悲愤、母爱，下场时的激愤、坚定，都表现得凝练、真实、自然，深沉有力。

在汉剧旦角唱腔上梁素珍进行了许多的创新，创作设计自己的角色唱腔，如《丛台别》中的陈杏元唱腔、《春娘曲》中的春娘唱腔、《盘夫索夫》中的严兰贞唱腔等；创作了新的旦行板式、旦行声腔，如【二黄退板】，在汉剧旦腔的二黄调性中原没有【退板】的结构形式，她根据前辈表演艺术家罗恒报创作的【二黄马龙头】原理及汉剧旦角发声规律创作了【二黄退板】，填补了汉剧板腔的空白。

梁素珍借鉴黄桂珠的“点犯”中的行腔形式，运用到《王昭君》“天上人间”唱段中，从而创作出新腔【西皮花腔头板】（又称【西皮花腔慢板】，4/4 拍）：“可想见，三百里前代阿房，一路上情歌妙舞无心赏。两边厢文臣武将视若寻常。最难堪六宫粉黛偷眼望，（转【二六】）直令我女行天性难掩藏。”

《林昭德与王金爱》“诀别”一场，王金爱在法场与林昭德诀别，倾诉“生死愿嫁林昭德”，梁素珍在敬奠三杯酒时唱【反线二黄】，由梁素珍设计创作，融合了佛曲中常用的丝弦乐《正金钱》与粤剧的腔调，丰富了广东汉剧的音乐唱腔，对塑造王金爱的艺术形象起了锦上添花的作用。

汉剧中有许多传统的曲调已失传，如汉剧小调【七句半】，有词没谱，没有人会唱。1955 年在梅县艺光汉剧团排《索夫》时，梁素珍寻根问祖，请教了汉剧老艺人萧雪梅①老师，根据她唱的一个模糊的轮廓，凭借自己的汉剧音乐基础，完善恢复了失传的【七句半】，丰富了汉剧的小调唱腔。【七句半】有别于汉剧的【西皮】【二黄】板式，类似于小倒板，朗朗上口，通俗易懂。1965 年排演《一袋麦种》时就运用上了【七句半】："穿小村过小巷……只见爹爹坐门前。"

结 语

梁素珍 1952 年开始从事汉剧艺术，师承名旦钟熙懿，后又得到汉剧名家黄桂珠亲炙指导。她上承汉剧的传统表演技艺，吸收所长，融会贯通，继承传统的基础上将广东汉剧旦角表演艺术进行艺术上的推进，创立新的板式、新的汉剧旦行声腔，独自创作角色唱腔，恢复完善汉剧中的传统曲调等，从而形成了广东汉剧旦角的重要流派，对广东汉剧的发展起到承前启后、弘扬传承的重要作用。

（王琴　广东省艺术研究所助理研究员）

① 萧雪梅（1919—1967），广东大埔人。从小受汉剧熏陶，12 岁进入其父亲萧道斋办的福顺细子班学艺，先从师李祝三，后就教于吕毛（大头蓝衫）。以花旦见长，表演玲珑活泼，细腻大方，云手工极佳。她在《醉酒》中饰杨玉环，因久不得见君颜，借酒发泄，酒后醉态，使用云步工，有行云飘风之感。1952 年参加梅县艺光汉剧团，1959 年调汕头专区戏曲学校任教。代表剧目有《醉酒》《丛台别》《孝义流芳》等。

薪火相传　以启山林

——“钱南扬学术成就暨第八届南戏国际学术研讨会”综述

张晓芳

2018年11月2日至5日，为纪念著名南戏史专家钱南扬先生120周年诞辰，由平湖市委、平湖市人民政府、南京大学、上海师范大学、温州大学及浙江传统戏曲研究与传承中心联合主办的“钱南扬学术成就暨第八届南戏国际学术研讨会”在浙江平湖隆重举行，来自大陆、台湾、日本等地的专家学者70多人围绕“钱南扬先生学术成就与治学方法”“南戏与古代戏曲史研究”“戏曲演出与曲体曲律研究”等问题进行了讨论和交流。

钱南扬先生是学界公认的南戏研究的开拓者与集大成者，他不仅在戏曲史、民间文学、民俗学等领域取得了一系列成就，还是一位伟大的戏曲教育家，先后培养了吴新雷、俞为民、朱恒夫等优秀学人，同时这些弟子们又开枝散叶、传续香火，培养出了一大批再传弟子，成为现今南戏及中国戏曲研究的中坚力量。

一　先进的学术思想与方法使钱南扬成为南戏研究的集大成者

总结钱南扬先生的学术成就，探讨他的治学方法，成为本次会议的重要议题。徐州师范大学赵兴勤教授在《钱南扬的学术思想与担当意识》中总结钱先生的学术思想有三点：一是以历史的、发展的眼光来看待文学现象；二是对“英雄”与“时势”的关系问题有着独特的思考；三是善于运用辩证思维来研究并解决问题。另外，钱先生还有着“拓荒补缺”“知其难为却勇为”的开拓精神，见从史出，独立思考，不盲从前人。温州大学俞为民教授在《钱南扬先生的南戏研究及其成就》一文中总结了钱先生在南戏研究领域上的成就，主要体现在三个方面：一是南戏研究资料的搜集和辑佚，在资料上为南戏研究奠定了基础；二是校注和整理南戏剧作；三是从理论上对南戏加以阐释和总结。上海师范大学朱恒夫教授在《民间的视角与立场：钱南扬先生戏曲研究的特色》一文中分析了钱先生戏曲研究的特色，即民间视角和立场，认为钱先生力求复原被忽视、涂改的民间戏剧的真实面貌；利用文献中所记载的民间故事弄清楚所辑南戏残曲的剧情本末；用彼时的俚语市语、民俗知识、社会生活的知识和现在仍存在于民间的语言等注释南戏剧本中的方言术语。他的视角与立场体现了钱先生对劳动人民的深厚感情和对民间文艺敬重的态度。复旦大学江巨荣教授在《钱南扬先生南戏研究的学术贡献》一文中勾画了钱先生南戏研究的进程：钱先生的南戏研究从钩稽南戏剧目和佚曲开始，花费近10年的时间，广泛搜集元明以来留存的曲谱曲选，出版了《宋元南戏百一录》。钱先生又经过20多年的钩稽爬梳出版了《宋元戏文辑佚》，为宋元南戏的剧目与遗存开出了一本总账，找到了从宋金杂剧、明传奇之间一个失去的重要环节，把南戏辑佚水平提高到了新的阶段。此后，钱先生对元本《琵琶记》《永乐大典戏文三种》文本的版本、版式及文本的原生状态做了深入的考证，为我们提供了辨析南戏早期文本的一把钥匙。南戏研究集大成式的著作《戏文概论》，总结了包括钱先生在内的南戏研究成果，并有新的突破，资料翔实，立论平允，树立了南戏研究的范式。南京大学解玉峰教授在《试论钱南扬先生的治学取向和治学风格》一文中，他论述了钱先生治学的民间取向及专家之精审、史家之严谨的风格。南京师范大学孙书磊教授在《钱南扬与顾颉刚交游及其学术史意义》中梳理了钱先生与顾颉刚的交游及这段不平凡的交游在治学领域和研究方法上的重要意义。

除南戏史之外，曲学和民间文艺也是钱先生学术成就的重要方面。苏州大学王宁、黄金龙老师在《钱南扬先生的曲学研究》一文中从四个方面总结了钱先生在曲学研究上的建树：一是以乐学为根柢，直视戏曲艺术本体；二是对明清曲谱的集中研究；三是有关曲牌的考订和探究；四是关于历代曲体文学演变进化之研究。钱先生的曲学研究从律谱之学、声歌之学到词乐因应论，已经涵盖了“吴梅曲学”的核心观念。钱南扬先生在民间文艺领域的贡献主要集中在两个方面，其一就是梁山伯、祝英台等民间故事研究，南京大学王宁邦教授在《循着钱南扬先生梁祝传说研究的足迹前行》中，不仅总结了钱先生对梁祝文化研究的贡献，循着钱先生的研究足迹，在大量占有、消化前人研究成果的前提下，对梁祝传说进行了探索性的研究，反映在对祝英台、【祝英台近】词（曲）牌、“碧鲜庵”碑、山伯庙、华山畿、梁祝传说起源等的考证上。

二　新的材料、新的视角，推进了南戏研究

日本早稻田大学冈崎由美教授在《日本江户时代接受南戏文献的情形》一文中，整理了日本江户时代有关中国戏曲的评论，考察了日本当时接受南戏文献的情状。台湾“中央大学”孙玫教授在《从〈西

厢记〉和〈琵琶记〉看戏曲之变与古今观念之变》一文中为我们梳理了古今之人关于《西厢记》和《琵琶记》的评价，深入分析了前者由贬到褒，后者由褒到贬的社会历史语境，并指出这两部作品成为我们今日体悟和感知古今世俗、世变的具体例证。台湾嘉义大学汪天成教授继《全家锦囊大全刘智远初探》之后，在《再探》一文中进一步研究了各本“刘智远”在关目、家门、曲籍引录等方面的不同，深究了其在南戏史上的意义。浙江传媒学院伏涤修教授在《宋元南戏历史人物故事剧述略》一文中对宋元南戏中出现历史人物的剧作进行了梳理，对历史人物故事剧和历史人物的关系进行了探讨，认为宋元南戏存在泛历史化现象，历史人物故事剧存在较为明显的非历史化倾向及民间欣赏趣味浓厚的特点。

伴随着新材料的发现，对原有史实的考订，往往会使戏曲史上的疑点得以清晰和明朗，考证的目的在于征实求真，避免以讹传讹，贻误后人。本次会议中有多篇论文从文献资料出发对文学史、戏曲史上的一些疑点做了探析。如：江苏第二师范学院冯保善教授在《冯梦龙生平史实新证》中通过详密的论证，认为冯梦龙里籍为长洲，最终庠籍是吴县。厦门大学杨惠玲在《清董榕〈芝龛记〉传奇编刊考述》一文中详细梳理了《芝龛记》的8次编刊过程及存留的9个版本。扬州大学张晓兰在《天一阁所藏孤本戏曲〈后七子〉作者及本事考述》中考证出天一阁所藏《复庄今乐府选》中收录的孤本剧作《后七子》的作者为汪熷，汪氏作有9种传奇，其中《升平乐事》《贤星序》《典午春秋》《奇节》未见著录，可补戏曲史之阙。

对戏曲史上既有史实的重新审视也是本次研讨会关注之点。淮北师范大学任荣教授的《郑骞〈止酒停云室曲录〉的戏曲学价值发覆——兼论吴晓铃〈曲录新编〉之编纂》一文，以郑骞的《止酒停云室曲录》为研究对象，指出此书系郑骞手稿，书中所列曲籍皆郑骞之藏书，其中不乏原刻、旧抄本以及名家钞、批、珍藏本。郑骞、吴晓铃等人在戏曲目录编纂上的尝试，折射出戏曲学的第二代学人为推动戏曲学发展所付出的努力。

三 对戏曲其他问题的探讨，使研讨会内容丰富多彩

戏曲是一门舞台艺术，对戏曲演出的研究最能把握这一活态艺术的本质。华东师范大学赵山林教授在《同光前后三庆班演出昆曲折子戏考述》一文中对同光前后三庆班演出昆曲折子戏进行了考述，指出了以三庆班为代表的四大徽班的艺术活动始终离不开对历史悠久的昆曲艺术的吸收与借鉴。三庆班能够长期保持演唱昆腔戏的特色，与其人才培养的总体构想及内容、方式有关。三庆班演出昆曲折子戏之丰富，为传承昆曲艺术做出了贡献，同时也为京剧艺术的发展提供了丰富的营养。台湾大学林鹤宜教授的《行业神作为地方保护神：福建作场戏中所见的“戏神群”探析》一文，通过考察福建作场戏中所见的“戏神群”，探析了行业神作为地方保护神的原因。上海大学赵晓红教授的《从昆弋身段谱看昆曲舞台表演的流传与传承——以〈白兔记〉为例》一文，通过对4种藏本《白兔记》身段谱的研究，指出了每个戏班都有自己的演出脚本，因而在舞台上呈现出了不同的特色。上海师范大学赵炳翔、陈劲松教授的《论马连良在民国年间所灌制的京剧唱片》一文，凭借唱片来研究马连良的艺术特色，将马连良的灌片经历分为三个阶段。马连良转益多师，广泛汲取各家之精华，勇于创新，别开天地，终于形成了飘逸洒脱、华丽优美的马派艺术。马连良的唱片对推动京剧艺术的发展具有不可估量的意义和价值。

曲体研究方面，东南大学徐子方教授在《北曲南唱和昆曲北唱》中提出了自己对元明戏曲曲体发展演变的一点思考：南唱是北曲南曲化的重要形式。元及明初剧作家接受南戏影响只是出于丰富舞台表现力的需要，南戏曲体的少量介入并未破坏整个北曲体系。与此同时，传奇在自己的音律体制扩展中也在吸收北曲，因此成了南戏完成传奇化的重要因素之一。正因为南曲中北曲具备独特的审美补偿作用，导

致明中叶后传奇创作过程中向北曲靠拢的情况并没有中止，反而更为多见。另一方面，由于嘉靖以后昆曲问世并迅速风靡南北，北曲南唱最终发展成为昆唱北曲至昆唱杂剧。温州大学张真的《从丝绸之路走来的皮鞋——南戏曲牌【赵皮鞋】源流考》一文，详细考证了【赵皮鞋】这一曲牌的源流，南戏曲牌【赵皮鞋】即“赵官家皮鞋”之意。从《张协状元》开始，南戏、传奇作品中凡用【赵皮鞋】者，都用于介绍人物身份，而这些人物基本上都是官员或者官差。

如何振兴戏曲，也有专家提出了新的富有启发性的路径。临沂大学宋希芝教授的《从古代戏曲的民间性与文人化看当下戏曲的创作问题》一文，认为戏曲的民间性强调群众的深度参与，促进了戏曲的横向扩布，但是不利于纵向传承。文人化使戏曲具有了经典性，但同时也使戏曲艺术逐步脱离舞台，损失了部分底层观众和民间市场。因而今天的现代戏创作应该从文人角度强化人民性，让俗与雅在戏曲之中合理平衡发展。浙江传媒学院武翠娟的《戏之殇：票友与中国戏曲史研究体系的建构》一文以清末民国票友为例，探讨了许多票友不仅于唱功做派上不输于职业艺人，对于戏曲声腔技艺的理解亦非一般艺人所能比肩，在推动戏曲艺术的保存与传播、推动舞台剧目的编演、创造（京剧）新的声腔艺术、开创新的戏曲流派，以及戏曲理论研究、戏曲刊物的创办、戏曲人才的培养等戏曲文化构建层面上起到了重要作用。

此次研讨会共收到论文 60 余篇，集中反映了南戏及其他戏曲领域的最新研究进展，从中可以看出当前戏曲研究三个方面的特点：第一，学人们循着老一辈学人开辟的道路，继续向前推进。第二，新的剧本、曲谱和曲家生平资料被不断发掘出来。第三，研究视角不断变化，戏曲唱片、昆弋身段谱、行业会馆演剧等开拓了新的研究领域。

会议期间，平湖市当湖街道还举行了“钱南扬纪念馆”开馆仪式。

（张晓芳　上海师范大学文学院博士研究生）

《戏曲研究》稿约

《戏曲研究》杂志由中国艺术研究院戏曲研究所主办，创刊于1957年，1980年复刊，是当代戏剧史上创办最早的戏曲学领域学术杂志，为“中文社会科学引文索引”（CSSCI）来源集刊。本刊坚持继承与发扬中国艺术研究院理论联系实际的优良传统，坚持严谨朴实的学风，努力把刊物办成高水准、专业性强的学术刊物。

一、本刊所设的栏目广泛涉及戏曲研究的多元领域，刊登戏曲理论、戏曲批评、戏曲遗产研究、深度访谈、戏曲史研究、戏曲文化研究、地方戏研究、比较戏剧、表导演艺术、戏曲音乐、文献考证、少数民族戏剧及各类专题研究。

二、本刊2019年度计划编辑出版4辑，拟分设专题：戏曲理论建设70年研究专题、戏曲现代戏的艺术实践与理论反思专题、新世纪戏曲研究的学术实践与理论总结专题、戏曲舞台艺术的记录与研究专题、剧种理论与剧种建设专题。竭诚欢迎海内外专家、学者不吝赐稿。

三、来稿以万字左右为宜。特别优秀的稿件不受此限。

四、来稿提供200字左右的中文摘要、3～5个中文关键词，同时提供与中文对应的英文题目、摘要和关键词。

五、凡引文，一律出注，并核对原文，确保引文与原文一致。注释采用页下注，务必详细注明文献出处，格式遵从本刊要求，做到规范、准确。示例如下：

专著：

周妙中《清代戏曲史》，中州古籍出版社1987年版，第339页。

论文集、丛书：

沈达人《张庚先生论戏曲形态》，载中国艺术研究院戏曲研究所编《戏曲学的新发展——张庚先生百年诞辰国际学术研讨会论集》，文化艺术出版社 2012 年版，第 8 页。

徐复祚《曲论》，载《中国古典戏曲论著集成》（四），中国戏剧出版社 1959 年版，第 237 页。

期刊论文：

康保成《中国戏剧史研究的新思路》，《湖北大学学报》（哲学社会科学版）2005 年第 5 期。

报刊文章：

毛小雨《关于建立东方戏剧学体系的刍议》，《中国文化报》2013 年 7 月 16 日。

古籍：

姚际恒《古今伪书考》卷三，光绪三年（1877）苏州文学山房活字本。

屈大均《广东新语》卷九，中华书局 1985 年版，第 215 页。

李开先《西野春游词序》，载《李中麓闲居集》，《四库全书存目丛书·集部》第 92 册，齐鲁书社 1997 年版，第 597 页。

王骥德著，陈多、叶长海注释《曲律注释》，上海古籍出版社 2012 年版，第 126 页。

乔溎梁、贺熙龄纂，游际盛增补《浮梁县志》卷二十一“艺文·诗录”，清道光十二年（1832）刻本，载《中国地方志集成·江西府志辑（7）》，江苏古籍出版社 1996 年版，第 480 页。

译著：

［德］莱辛著，张黎译《汉堡剧评》，上海译文出版社 2002 年版，第 2 页。

英文：

Hans J. Morgenthau，*Politics Among Nations*：*The Struggle for*

Power and Peace，6th ed.，New York：Alfred A. Knopf Inc.，1985，pp. 389—392.

六、来稿请注明作者姓名、工作单位、职称或职务、通讯地址、邮政编码、联系电话、电子邮箱。

七、来稿作者文责自负，本刊对决定采用的稿件有删改权，不同意删改者，请在来稿中说明。本刊不收取版面费，对刊用稿件皆赠送当辑样书两册。

八、请勿一稿多投，投稿后三个月内未收到本刊用稿通知，作者可自行处理。来稿一律不退，也不奉告审稿意见，敬请海涵。

九、本刊已成为《中国学术期刊》（光盘版）、《中国期刊网》和《万方数据——数字化期刊群》入网期刊，如不同意刊用文章被收录，请在来稿时特别声明。

十、来稿以附件形式发至 xiquyanjiu@sina.com，并以纸稿形式邮寄至：北京市朝阳区惠新北里甲 1 号中国艺术研究院戏曲研究所《戏曲研究》编辑部，邮编：100029。

《戏曲研究》编辑部

《戏曲研究》2019 年度约稿专题

一、戏曲理论建设 70 年研究专题

中华人民共和国成立 70 年来，中国戏曲理论研究获得了历史性成就，研究方法不断更新，研究领域不断拓展，研究力量不断增长，同时，有关戏曲现状与发展的理性思考从未间断，大量纷繁复杂的理念、学说和观点亟待深入而系统的梳理、建构。为了贯彻落实习近平同志新时代中国特色社会主义思想，总结 70 年戏曲理论研究成就，本专题从不同角度探讨相关的戏曲理论问题，以期凝聚成若干理论共识，推动中国戏曲理论的现代转型，实现戏曲理论体系的不断充实和完善，从而助力新时代戏曲理论事业的繁盛。

二、戏曲现代戏的艺术实践与理论反思专题

戏曲现代戏的创作，既是时代社会生活与人民的需要，也是现代戏曲发展的必然趋势。1949 年以来，现实题材创作取得丰硕成果，但相对于剧目数量的丰富性及其在现当代戏曲发展史上的重要性和特殊性，有关这方面的理论研究相对薄弱。近 20 年来，戏曲现代戏创作陷入“作品多，精品少”的尴尬之境，与理论的乏力也有一定关系。理性地梳理和总结现代戏的艺术创作实践，系统地提炼和反思现代戏的理论，对于推进当前现代戏的创作实践、构建中国戏曲表演理论体系，具有积极的现实意义。

三、新世纪戏曲研究的学术实践与理论总结专题

新世纪以来，戏曲研究成果不断涌现，既有对传统研究领域的深耕和挖掘，也有对新研究领域的探索和拓展，宫廷戏曲、戏曲图像、戏曲传播、戏曲教育、戏曲与非遗保护等方面的研究取得显著突破，戏曲史研究和书写方法更加深入而多元，著述内容更为丰富而立体，戏曲理论体系建构的研究逐渐走向深入。回顾和总结新世纪以来戏曲

研究的成果和方法，总结其经验与得失，有利于推动戏曲学科的进一步发展。

四、戏曲舞台艺术的记录与研究专题

1949年以来，戏曲舞台艺术的记录进入有组织、有目的的搜集整理新阶段，覆盖了诸多剧种、行当，还涉及了音乐、舞美、服装、化妆、道具以及毯子、把子、龙套乃至后台管理等方面，留下不少范本。作为口传心授直接影响的一部分，戏曲舞台艺术的记录工作意义重大，同样，研究工作也不容忽视。随着多元化、组合式、全方位的记录方式不断更新，多向度、跨学科、综合性的研究观念、视野、方法不断开拓，有很多实践经验值得总结，也有不少现实问题值得讨论，研究力量的不足以及研究成果的结构失衡同样值得重视。

五、剧种理论与剧种建设专题

20世纪后半叶以来，“剧种”一词得到了越来越广泛的使用，剧种历史与艺术的研究蔚为大观，对戏曲种类相关问题的讨论也渐趋深入，并愈发成为理解戏曲史、构建戏曲理论体系、促进戏曲艺术发展的重要内容。期待对剧种的名与实、种与属，剧种的识别与认定，剧种流变中的连续性与断裂性、区域性与跨区域性，剧种的文化自觉与未来建设等问题作进一步的探讨。

图书在版编目（CIP）数据

戏曲研究．第108辑／《戏曲研究》编辑部编．—北京：文化艺术出版社，2019.1
ISBN 978-7-5039-6330-8

Ⅰ.①戏…　Ⅱ.①戏…　Ⅲ.①中国戏剧—文集　Ⅳ.①I207.3-53

中国版本图书馆CIP数据核字（2019）第019445号

戏曲研究（108）

编　　者　中国艺术研究院戏曲研究所《戏曲研究》编辑部
责任编辑　吴士新
装帧设计　徐道会
出版发行　文化艺术出版社
地　　址　北京市东城区东四八条52号　100700
网　　址　www.whyscbs.com
电子邮件　whysbooks@263.net
电　　话　（010）84057666（总编室）　84057667（办公室）
　　　　　84057691—84057699（发行部）
传　　真　（010）84057660（总编室）　84057670（办公室）
　　　　　84057690（发行部）
经　　销　全国新华书店
印　　刷　固安县京平诚乾印刷有限公司
版　　次　2019年1月第1版
　　　　　2019年1月第1次印刷
开　　本　880毫米×1230毫米　1/32
印　　张　11
字　　数　294千字
书　　号　ISBN 978-7-5039-6330-8
定　　价　42.00元

本刊启事

我刊已成为《中国学术期刊》（光盘版）、《中国期刊网》和《万方数据——数字化期刊群》入网期刊。如作者不同意文章被收录，请在来稿时特别声明。

《戏曲研究》编辑部